HEYNE <

Das Buch

Verborgen im üppigen Grün der schottischen Highlands leben die letzten Drachenkönige: mächtige Krieger, die in der Lage sind ihre Gestalt zu wechseln. Ihre Aufgabe ist es, die Menschen vor den Feen und ihren dunklen Kräften zu beschützen. Doch inzwischen glauben die Menschen nicht mehr an Magie, und die Drachenkönige haben sich von ihnen abgewandt. Einer von ihnen ist Kellan, der die letzten 1200 Jahre in seiner Höhle geschlafen hat – bis er eines Tages von der schönsten Frau, die er in seinem unsterblichen Leben je gesehen hat, geweckt wird …

Denae Lacroix ist die beste Agentin des britischen Geheimdienstes, und sie hat einen Auftrag: das Gelände der offensichtlich gefährlichen Firma Draegan Industries in den schottischen Highlands auszuspionieren. Doch Denaes Mission läuft schief, und plötzlich findet sie sich in der Gewalt des atemberaubend attraktiven Kellan wieder. Obwohl Kellan und Denae wissen, dass sie einander nicht trauen sollten, können sie der unwiderstehlichen Anziehungskraft, die sie aufeinander ausüben, nicht widerstehen. Die Stunden des Glücks und der Leidenschaft sind allerdings nur von kurzer Dauer, denn schon bald fallen sie den Feinden der Drachenkönige in die Hände: den Dunklen Feen …

Die Autorin

Donna Grant wurde in Texas geboren und ist dort auch aufgewachsen. Ihre Leidenschaft fürs Reisen führte sie jedoch auch nach Mexico, Jamaika und Schottland. Ihre zweite große Leidenschaft ist das Schreiben übernatürlicher Liebesgeschichten, mit denen sie regelmäßig eine Platzierung auf den amerikanischen Bestsellerlisten schafft. Die Autorin lebt mit ihrer Familie in Texas.

Mehr über Autorin und Werk erfahren Sie auf:
www.donnagrant.com

DONNA GRANT

DUNKLE FLAMMEN

Roman

WILHELM HEYNE VERLAG
MÜNCHEN

Titel der amerikanischen Originalausgabe
DARKEST FLAME
Deutsche Übersetzung von Ingrid Klein

MIX
Papier aus verantwortungsvollen Quellen
FSC® C014496
FSC
www.fsc.org

Verlagsgruppe Random House FSC®-N001967
Das für dieses Buch verwendete FSC®-zertifizierte Papier
Holmen Book Cream liefert Holmen Paper, Hallstavik, Schweden.

2. Auflage
Deutsche Erstausgabe 08/2015
Redaktion: Uta Dahnke

Printed in Germany 2015
Umschlaggestaltung: Nele Schütz Design, München, unter
Verwendung von shutterstock/Rynio Productions
Satz: Christine Roithner Verlagsservice, Breitenaich
Druck und Bindung: GGP Media GmbH, Pößneck

ISBN: 978-3-453-31680-5

www.heyne.de

Für Mom.

Weil es eine Freude ist,
Deine Tochter zu sein!

1

Dreagan Land
20. April

Die Nacht war dunkel und still, als Denae zu einer Eiche schlich und darauf wartete, dass ihr Kollege Matt zu ihr aufschloss. Vor zwei Nächten waren sie im Schutz der Dunkelheit von einem langsam fahrenden Lieferwagen gesprungen.

Während sie nur ihr Messer hatte – und zwei weitere, von denen keiner etwas ahnte –, war Matt mit einer Glock ausgestattet worden. Er hatte versucht, sie vor ihr zu verbergen, aber Denae hatte sie trotzdem bemerkt.

Eine Eule rief in der Nähe, und Grillen zirpten laut in der Stille. Der Wind, der durch die Zweige der Bäume fuhr, brachte die Blätter zum Rascheln. Der Mond spielte Haschmich mit dichten Wolken, die wie dunkle Riesen rasch über den Himmel zogen.

Eine perfekte Nacht zum Spionieren.

»Worauf wartest du?«, flüsterte Matt gereizt, als er sie überholte und die Führung übernahm.

Denae rückte ihren Rucksack zurecht und musterte Matt

durch ihre Nachtsichtbrille. Er war ein wirklich unglaubliches Arschloch. Nicht ein einziges Mal während ihrer Zeit beim MI5 hatte sie Befehle in Frage gestellt. Aber genau das tat sie in diesem Augenblick.

Der MI5 hatte die Aufgabe, Großbritannien, seine Bürger und Interessen zu schützen, sowohl innerhalb des Landes als auch in Übersee, wenn die nationale Sicherheit bedroht war. Denae hatte Erkundigungen eingezogen über Dreagan Industries, wie sie es gewohnheitsmäßig bei jedem Auftrag machte, den sie erhielt. Dreagan stellte Whisky her, seit Aufzeichnungen darüber existierten, und außer der Tatsache, dass die Akte äußerst dünn war, gab es absolut nichts über Dreagan, was den MI5 hätte veranlassen müssen, das Unternehmen unter die Lupe zu nehmen.

Dennoch war sie hier.

Aufgrund ihres fotografischen Gedächtnisses machte es Sinn, dass man sie zusammen mit Matt schickte, aber … da steckte noch mehr dahinter. Spione vertrauten selten irgendjemandem – schon gar nicht anderen Spionen.

Es gab Lager innerhalb einiger Abteilungen des MI5, geheime Unterabteilungen, jedenfalls so geheim, wie es eben möglich war in einem Gebäude voller Schnüffler. Aber das war nicht das Beunruhigende. Das Beunruhigende war die Tatsache, dass es darüber hinaus noch eine mysteriöse Abteilung für Geheimoperationen gab, von der sie bisher nur gerüchteweise gehört hatte, nachdem ihr diese Mission übertragen worden war. Und dieses Gerücht bereitete ihr Kopfzerbrechen.

Denae war misstrauisch geworden, sobald sie erfahren hatte, dass genau diese streng geheime Unterabteilung den Befehl erteilt hatte, Dreagan zu infiltrieren. Und sie war noch misstrauischer geworden, als sie zwei Wanzen in ihrer Wohnung und einen Peilsender an ihrem Auto entdeckt hatte.

Doch es war unmöglich gewesen, den Auftrag abzulehnen. Also war sie hier, mitten in der Nacht, mit einem Kollegen, den sie nicht ausstehen konnte.

Geduckt folgte Denae Matt durch das dichte Farngestrüpp. Seit sie die Grenze zum Gelände von Dreagan überschritten hatten, spürte sie ein merkwürdiges Kribbeln im Nacken. Beinahe so, als hätten sie mehr als nur das Gesetz gebrochen, indem sie hier eingedrungen waren.

Und das war der Grund dafür, dass sie nervös und angespannt war.

Keine gute Kombination in Verbindung mit ihrem Misstrauen Matt dem Arschloch gegenüber – und ihrer Abneigung gegen ihn.

Es hatte Folgen, wenn man Gesetze brach. Was würde es sie kosten, wenn man sie schnappte? Allerdings waren sie MI5-Agenten. Sie ließen sich nicht schnappen.

Ihr und Matt blieben ein paar Stunden, um zu dem markierten Punkt auf dem GPS, mit dem sie ausgestattet waren, zu gelangen. In zwei Tagen hatten sie knapp über zwanzigtausend Morgen Land durchquert. Sie bewegten sich schnell und leise und rasteten selten.

»Wie nahe, Lacroix?«, fragte Matt, sobald sie zu ihm aufgeschlossen hatte.

Er wartete nicht auf ihre Antwort, ehe er zum nächsten Baum eilte. Denae folgte ihm. Matt hatte sich nie sonderlich erwärmen können für sie, und obgleich sie früher schon mit ihm zusammengearbeitet hatte, ohne dass es Zwischenfälle gegeben hatte, war er nicht glücklich gewesen, dass sie für diese Mission ausgewählt worden war.

Matt hatte sein Missfallen laut und deutlich geäußert vor der gesamten Abteilung. Denae hatte nach außen hin so getan, als hätte es ihr nichts ausgemacht. Was ihr jedoch etwas ausgemacht hatte, war die Tatsache, dass nur sie beide losgeschickt wurden. Weitere Teams hätten zu verschiedenen Punkten von Dreagan geschickt werden müssen, um sicherzustellen, dass nichts übersehen wurde. Es waren so viele Fehler gemacht worden, dass sie sich einfach fragen musste, warum Dreagan ein Ziel für den MI5 war.

Ihre Besorgnis war zunehmend größer geworden. Vage Bemerkungen wie »Du wirst wissen, wonach wir suchen, sobald du es siehst«, in Verbindung mit der mysteriösen Abteilung, die den Befehl erteilt hatte, plus den mangelnden Beweisen, dass irgendjemand bei Dreagan irgendetwas Verbotenes tat, führten dazu, dass sie besorgt und angespannt war.

Denae unterdrückte ein Knurren, als Matt sie unsanft anstieß. Sie sah ihn finster an. »Drei Meilen«, fauchte sie ihn an.

Matt war der Goldjunge des MI5. Sie hatte sich ihre Position durch jahrelange harte Arbeit verdient, aber Matt war in der Hierarchie mühelos aufgestiegen – zu mühelos. Ihre Verärgerung hatte auch mit der Tatsache zu tun, dass Matt noch zusätzliche Befehle bekommen hatte außer denen, die ihnen beiden erteilt worden waren. Und das alles bedrückte sie sehr.

Wenn der MI5 Geheimniskrämerei betrieb gegenüber seinen Agenten, starben in der Regel Menschen. Ging es in diesem Fall darum? War Matt ausgesandt worden, um jemanden zu ermorden? Denae hatte einen derartigen Befehl nicht erhalten, und obgleich sie ihre Arbeit liebte, hatte es sich bei dem einzigen Mal, dass sie jemanden getötet hatte, um Selbstverteidigung gehandelt.

Sie blieb am Rand des dichten, schützenden Waldes stehen. Vor ihr lag jetzt ein Meer aus Gras, das sich endlos von einem Ende des Tals bis zum anderen erstreckte, umringt von einem majestätischen Gebirge.

Denae übernahm die Führung, weil sie das GPS hatte. Sie hielt sich so dicht wie möglich an den Bergen, wobei ihre Blicke hin und her schossen und sie jeden Moment erwartete, dass ein Angriff auf sie erfolgen würde.

Frank, ihr Vorgesetzter, hatte geäußert, dass die Menschen von Dreagan gefährlich waren, aber nähere Angaben, in welcher Hinsicht genau, hatte er nicht gemacht. Genauso wenig, wie ihr ein Blick in die Akte Dreagan weitere Aufschlüsse verschafft hatte.

Laut Frank lebten die Bewohner von Dreagan deswegen so abgeschieden, weil sie etwas verbargen. Was genau das war, hatte ihr ebenfalls keiner gesagt. – Sie würde es erkennen, wenn sie es sähe.

Denae warf im Laufen einen Blick über ihre Schulter zurück. Hatte man Matt darüber aufgeklärt? Wusste er, was an den Bewohnern von Dreagan – an allen – so wichtig war, dass der MI5 in Aktion trat?

Ihre Überlegungen wurden dadurch unterbrochen, dass sie den Zielpunkt erreichten. Denae verlangsamte ihr Tempo und wies auf einen Teich, dessen Oberfläche sich kräuselte, als ein Windstoß über das Wasser fuhr. »Das ist er.«

»Gut«, sagte Matt und riss sich die Nachtsichtbrille herunter, bevor er seinen Rucksack abstreifte.

Denae tat es ihm nach und zog ihre schwarze Sporthose und -jacke aus. Darunter trug sie einen schwarzen Tauchanzug. Als Nächstes packte sie die Tauchflasche aus, die Maske und die Schwimmflossen, während Matt sie mit undurchdringlicher Miene anstarrte.

Sie spürte seinen musternden Blick und zählte langsam bis zehn. »Ich weiß, dass du mich nicht leiden kannst. Finde dich einfach damit ab. Und vergiss nicht, dass das Gefühl mehr als gegenseitig ist.«

»Ich sehe ja ein, dass du nützlich warst, als du verdeckt an den Universitäten gearbeitet hast, aber es ist mir schlicht unbegreiflich, dass sie dich auf diese wichtige Mission geschickt haben.«

»Warum? Bin ich nicht gut genug?«, fragte sie, während sie ihre Schwimmflossen anzog.

Er schwieg sekundenlang. »Ich schätze schon, dass du gut genug bist.«

Denae blickte ihn finster an. »Wow. Und ich schätze, dass es das Äußerste an Kompliment ist, was ich jemals von dir bekommen werde.«

»Du hättest in Amerika bleiben und zum CIA oder FBI gehen sollen, statt dich vom MI5 anheuern zu lassen. Es gibt auch noch andere, die ein fotografisches Gedächtnis haben.«

»Aha, es geht also darum, dass ich Amerikanerin bin.«

»Du wirst es noch bereuen, jemals zum MI5 gekommen zu sein«, sagte er kryptisch und sprang ins Wasser.

Es war nicht das erste Mal, dass ein Kollege darauf hinwies, dass sie Amerikanerin war, aber keiner hatte jemals derartige Drohungen ausgestoßen, wie Matt es gerade getan hatte. Sie würde beweisen, dass sie auf diese Mission geschickt worden war, weil sie es verdiente.

Denae schnallte sich die Tauchflasche auf den Rücken, setzte die Maske auf und schob sich den Atemregler in den Mund, bevor sie in den tiefen Teich sprang. Dank der Gewichte an ihrem Gürtel sank sie schnell.

Schwimmen konnte sie schon immer gut, und sie setzte

ihr Können ein, sodass sie nur so durchs Wasser schoss. Kleine Lämpchen an beiden Seiten ihrer Maske leuchteten den Weg durch das pechschwarze Wasser aus.

Riesige Felsen ragten vom Grund auf. Je näher sie dem Gebirge kamen, desto dichter wurden die Felsbrocken, bis sie sich nur noch hindurchschlängeln konnten.

Denae holte Matt mühelos ein. Aber als sie an ihm vorbeischwamm, streckte er den Arm aus und riss ihr den Atemregler aus dem Mund. Sie vollzog eine rasche Wende, um zu sehen, was er im Schilde führte, als sie das Messer in seiner Hand erspähte.

Im selben Augenblick durchtrennte er die Riemen ihrer Tauchflasche. Diese versank schnell außer Sichtweite im tiefen Wasser unter ihr, bevor sie sie zu fassen kriegen konnte. Denae ging sofort in Verteidigungsmodus und verpasste Matt einen Fußtritt gegen das Kinn.

Matt wich zurück, was ihr genügend Zeit verschaffte, eine Körperdrehung zu vollziehen und durch den schmalen Spalt zu schießen, durch den das Wasser aus dem Berg drang, das den Teich füllte.

Ihre Lungen brannten. Sie konzentrierte sich darauf, schnell und gewandt wie ein Fisch zu schwimmen, genau wie ihr Vater es ihr beigebracht hatte. Laut hallte ein Pistolenschuss durchs Wasser. Denae wandte den Kopf und sah, dass Matt seine Glock abfeuerte, aber die Kugeln verfehlten sie knapp. Sie musste unbedingt an die Wasseroberfläche gelangen, um die Oberhand zu gewinnen.

Zweimal wäre sie beinahe gegen Felsen geprallt. Sie nahm sich die kostbaren wenigen Sekunden Zeit und zog ihr Bein an, um einen Leuchtstab zu fassen zu kriegen, der in der dortigen Tasche steckte, und ihn einzuschalten.

Helles grünes Licht flammte auf. Denae stieß ein paar Luftblasen aus und schwamm weiter. Es konnte kein Zweifel bestehen, dass Matt vorhatte, sie zu töten. Da sie nicht wusste, wie lang der Tunnel war, bevor er sich im Inneren des Berges nach oben hin öffnete, konnte es sehr gut sein, dass sein Wunsch in Erfüllung ging.

Tod durch Ertrinken. Sie hätte es sich denken können, schließlich war ihre Schwester so gestorben.

Denae weigerte sich, an Renee und an diesen Tag, der ihr Leben verändert hatte, zu denken, während sie kräftiger mit den Beinen paddelte. Matt war immer noch hinter ihr, und wenn sie auch nur die geringste Chance haben wollte, hier lebend herauszukommen, musste sie vor ihm an die Oberfläche gelangen.

Da das Wasser so dunkel war, würde sie die Tunnelöffnung nicht erkennen, sondern sie ertasten müssen. Denae bewegte sich so nah sie konnte an der Decke des Tunnels. Da das Wasser in die Gegenrichtung floss, verlangsamte es ihr Vorankommen, und ihr Körper begann zu zittern vor Atemnot.

Denae schloss ihre Augen für eine Sekunde ganz fest, um sich zu konzentrieren, ehe sie die Lider wieder öffnete und sich weiter vorwärtsbewegte, wobei sie einen flüchtigen Blick auf Matts Taucherbrille erhaschte, deren Licht das Wasser durchdrang.

Sie stieß weitere Luftblasen aus und überlegte, ob sich Renee so gefühlt hatte, als sie ertrank. Seit Jahren hatte Denae nicht zurückgedacht an diesen schicksalsträchtigen Tag, der das Leben ihrer Familie für immer verändert und ein Schuldgefühl zu ihrem ständigen Begleiter gemacht hatte.

Bei diesen aufwühlenden Gedanken brauchte sie einen

Moment, um zu registrieren, dass die Decke des Tunnels sich nicht länger über ihr befand. Denae richtete den Leuchtstab nach oben und sah nichts weiter als Wasser.

Sie paddelte kräftig mit den Beinen und schoss hinauf. Als sie die Oberfläche durchbrach, schnappte sie keuchend nach Luft, bevor sie wieder unter Wasser sank, um ans Ufer zu schwimmen. Dort angekommen, warf sie den Leuchtstab auf den Boden der Höhle und stieg schnell aus dem Wasser.

Matt war bereits hinter ihr, bevor sie die Zeit gehabt hatte, beide Schwimmflossen abzustreifen. Seine hatte er, wie sie bemerkte, da er dastand und sie anstarrte, schon im Wasser ausgezogen. Während sie einander um den Leuchtstab herum umkreisten, schaffte sie es, die zweite Flosse wegzukicken.

Matt grinste bedrohlich, als er seine Tauchflasche abstreifte. »Hätte mir ja denken können, dass du eine schnelle Schwimmerin bist.«

»War es von Anfang an dein Plan, mich im Wasser zu töten?«

»Nicht dich zu töten, Denae, nur zu verwunden.«

Sie runzelte die Stirn. »Mich zu verwunden. Warum? Damit du den ganzen Erfolg dieses Auftrags allein einheimsen kannst?«

»Du bist eine dumme Gans.«

»Dann klär mich auf, oder kämpf weiter.«

Matt sprang vor, zielte mit dem Messer in seiner Hand auf ihr Bein. Denae wehrte den Angriff mit ihrem Arm ab und versetzte ihm einen Kinnhaken mit der anderen Faust.

Er wirbelte herum und streckte seinen Fuß vor, versuchte, sie zu Fall zu bringen, aber sie sprang beiseite und trat ihrerseits zu, verpasste ihm einen Tritt direkt vor die Brust.

»Du dienst hier als Lockvogel«, sagte er höhnisch, während er einige Schritte zurücktaumelte.

Vor Schreck setzte ihr Herzschlag für eine Sekunde aus. Lockvogel. Es gab nur einen Grund, Lockvögel einzusetzen, und es nahm nie ein gutes Ende. »Da ich ja so eine Idiotin bin, erklär es mir.«

Die Erregung in Matts Augen sagte alles. »Deine Aufgabe bei dieser Mission besteht darin zu sterben, damit wir aufdecken können, wer die in Dreagan wirklich sind.«

Genau wie sie erwartet hatte. »Du willst mich verwunden, weil du annimmst, dass die hier in Dreagan mich töten werden, sobald sie mich entdeckt haben.«

»Etwas in der Art«, sagte Matt prustend. »Wir müssen sie schnappen. Dein Tod wird uns die Möglichkeit dazu verschaffen. Die Leute hier werden nie erfahren, dass sie eine MI5-Agentin getötet haben.«

»Doch mein Tod wird dem MI5 den Vorwand liefern, Untersuchungen über Dreagan anzustellen«, vollendete sie den Gedankengang.

Denae war entsetzt. Nicht nur, weil man sie sterben lassen wollte – wobei »man« bedeutete, dass alle aus ihrer Abteilung es geplant hatten –, sondern auch, weil den Leuten von Dreagan eine Falle gestellt wurde.

Es bestand kein Grund für sie, darauf zu antworten. Matt hatte seine Befehle, aber Denae würde es ihm nicht leicht machen. Sie täuschte einen linken Haken an und trat Matt mit ihrem rechten Fuß gegen den Kopf.

Er knurrte und stürzte sich erneut auf sie. Dieses Mal konnte sie den Stoß nicht abblocken und spürte den schmerzhaften Stich, als die Klinge durch ihren Tauchanzug fuhr und in ihre linke Seite drang.

Denae trat gegen Matts Arm, der die Klinge hielt, sodass er die Waffe fallen ließ. Dann vollführte sie eine Drehung und rammte ihm ihren Ellbogen gegen die Kehle. Er trat ihr in die Kniekehle und schickte sie zu Boden.

Sie rollte sich zusammen und beiseite, und als sie wieder auf die Füße kam, hielt sie ihr Messer in der Hand. Niemand legte Wert darauf, sich mit ihr anzulegen, wenn Messer im Spiel waren, weil sie so gut war. Jetzt, da sie die Waffe gezückt hatte, bestand eine reale Chance.

»Weißt du, dein Tod wird die Welt befreien«, sagte Matt, während er sie erneut angriff.

2

Kellan lag regungslos in seiner Ecke. Das Geräusch von Wasser, das gegen die Steine schwappte, weckte ihn augenblicklich. Er öffnete ein Auge und sah, dass sich die normalerweise spiegelglatte Oberfläche des Höhlensees heftig kräuselte, da ein Mensch aus dem Wasser auftauchte.

Er hatte kaum Zeit zu erkennen, dass es ein schwer atmendes weibliches Wesen war, bevor sich ein zweites Wesen zu ihm gesellte – ein Mann.

Kellan bewegte seinen Kopf, um bessere Sicht zu haben. Es war viele Jahrhunderte her, dass er einen Menschen gesehen hatte, und ehrlich gesagt konnte es von ihm aus wieder eine Ewigkeit dauern, bis er einen weiteren zu sehen bekam. Wie unglaublich er sie alle verabscheute.

Er schätzte es auch ganz und gar nicht, dass sein Schlaf gestört wurde, doch war ihm klar, dass Constantine nicht glücklich wäre, wenn er sich in Drachengestalt sehen ließe und die zwei Eindringlinge vertilgte – so verführerisch die Vorstellung auch sein mochte.

Seine einzige andere Möglichkeit wäre, menschliche Gestalt anzunehmen und sich ihnen entgegenzustellen. Aber das war einfach zu scheußlich, um es auch nur in Betracht zu ziehen.

Kellan blieb, wo er war, und beobachtete, wie die beiden sich gegenseitig umkreisten. *Nichts hat sich geändert. Menschen müssen sich immer bekämpfen.*

Egal wie viele Jahrhunderte verstrichen, egal welches Land er besuchte, sie waren alle gleich. Egoistische, streitlustige, arrogante, gierige Bastarde.

Ihm war es gleichgültig, wie viele Menschen sich gegenseitig umbrachten. Je mehr tot waren, desto näher rückte der Zeitpunkt, da die Drachen heimkehrten. Es waren die Menschen, die dafür verantwortlich waren, dass die Drachen nicht mehr über die Welt herrschten.

Es waren die Menschen, die den Krieg begonnen hatten.

Aber es waren die Drachen gewesen, die ihn beendet hatten.

Die Menschen redeten miteinander.

Aufmerksam lauschte Kellan ihrem Gespräch. Er führte sich die vielen Male vor Augen, die Con ihn während seines Schlafs besucht hatte, und ihm wurde bewusst, dass viele, viele, *viele* Jahrhunderte vergangen waren, seit er das letzte Mal wach gewesen war.

Con versorgte alle paar Jahrzehnte die Drachen, die es vorzogen, Jahrhunderte – oder Jahrtausende – zu verschlafen, mit Informationen über das Weltgeschehen, sodass sie, wenn sie aufwachten, mehr oder weniger auf dem Laufenden waren. Sodass es Kellan nicht schwerfiel, dem Gespräch zu folgen.

Das Männchen mochte das Weibchen nicht, dem Abscheu nach zu urteilen, der in seiner Stimme lag. Überraschenderweise duckte sich das Weibchen nicht. Es wehrte sich, bewegte sich schnell – für eine Sterbliche – und versetzte dem Mann heftige und präzise Tritte. Keiner dieser Schläge oder Tritte ging fehl.

Kellan roch Blut. Es war lange her, dass dieser Geruch ihm begegnet war. Er erinnerte ihn an das letzte Mal, als er sich unter Menschen bewegt hatte – und warum er beschlossen hatte zu schlafen.

Er hörte das Paar knurren. Der Mann hatte eine gebrochene Nase und eine aufgesprungene Lippe, aber der Geruch, den Kellan wahrnahm, war stark, zu stark für derartig belanglose Verletzungen.

Seine Drachenaugen blickten auf das weibliche Wesen, und er sah, dass es seinen linken Arm schützend an seine Seite presste. Blut strömte an seinem Bein hinunter auf den Felsboden.

Wirbelnd richtete sich das Weibchen mit einer eigenen Waffe in der Hand auf.

Kellans Interesse wuchs, als das Männchen davon redete, das Weibchen verwunden zu wollen. Es war nicht schwer zu erraten, dass Letzteres die Drachen anlocken sollte.

Er schnaubte in Gedanken. Wie dumm die Menschen doch waren. Sie alle hielten Drachen für niedere Wesen, die alles in ihrer Sichtweite fressen oder versengen wollten. Wie hatte es nur geschehen können, dass er und die anderen Drachenkönige so tief gesunken waren?

Sie hatten einst den Himmel, die Meere und die Erde beherrscht. Drachen in allen Farben hatten die Erde ihr Zuhause genannt. Sie hatten uneingeschränkt geherrscht.

Und es war das Recht Kellans und der anderen Drachenkönige gewesen, ihre Drachen zu regieren, dafür zu sorgen, dass niemand aus der Reihe tanzte. Was nicht heißen sollte, dass es keine Kämpfe gab, aber ein einziges Wort von einem Drachenkönig, und jeder Kampf wurde eingestellt.

Wie Kellan sich nach dieser Zeit zurücksehnte! Er vermisste seine Drachen, und er vermisste es, sich in den Himmel zu erheben und zu fliegen, wann immer er wollte. Das war einer der vielen Gründe, warum er beschlossen hatte, die Zeit einfach zu verschlafen. Es war ihm unmöglich, auf die Welt und die Menschen zu blicken, ohne sich zu wünschen, sie alle zu töten.

Kellan war beeindruckt von dem weiblichen Wesen, obgleich er es wirklich nicht gern zugab. Die Frau war eine heldenhafte Kämpferin, und trotz ihrer Verwundung gewann sie nach und nach die Oberhand.

Sie vollführte eine blitzschnelle Drehung, ließ ihren Gegner mit einem Tritt zu Boden gehen. Dann warf sie sich auf ihn und stieß ihm ihre Klinge ins Herz.

Und damit war der Kampf vorüber.

Die Frau hatte jedoch zu viel Blut verloren. Sie konnte nicht zurück ins Freie schwimmen, und sie kannte den Weg durch die Höhlen des Gebirges nicht, um nach Hilfe zu suchen.

Der Einzige, der helfen konnte, war Kellan. Doch das würde er nicht tun. Das würde zwar Con fuchsteufelswild machen, aber Kellan hatte schon lange aufgehört, sich deswegen Gedanken zu machen.

Allerdings würde er seinen Schlaf erst wieder fortsetzen, wenn sie ihren letzten Atemzug getan hatte. Kellan erwartete, dass sie zusammenbrach und starb oder versuchte, einen Weg hinaus zu finden.

Stattdessen stieß sie den Mann weg und lehnte sich an einen Felsen, bevor sie irgendwelche Stäbe aus einer Tasche am Bein ihres hautengen Anzugs zog. Sie richtete sie auf den

Boden, und nach einem leisen Knacken umgab sie grünes Licht.

Sie legte diese Dinger beiseite und zog ein kleines Behältnis aus der Tasche an ihrem anderen Bein. Ihr Atem ging rau und stoßweise, und Schweiß bedeckte ihre Haut.

»Mist«, murmelte sie und schluckte vernehmlich.

Ihr Akzent war weder schottisch noch englisch. Kellan ging alle Sprachvarianten durch, mit denen Con sein Gedächtnis im Laufe der Jahrhunderte gefüttert hatte, bis er bei Amerikanisch angelangt war.

Könnte das der Grund sein, warum der Brite sie nicht gemocht hatte? Es war zwar ein dämlicher Grund, aber schließlich ergab menschliches Handeln selten Sinn.

Kellan hörte auf, über Akzente nachzudenken, als die Frau hinter sich griff und etwas packte. Er hörte eine Art Reißen, bevor ihr schwarzer Anzug sich lockerte.

Mit einem Ächzen zog sie ihren rechten Arm aus dem schwarzen Material, bevor sie vorsichtig auch den linken herauszog. Sie zerrte den festen Stoff herunter, und Kellan erblickte ein kleines Oberteil, das ihre Brüste hielt. Eine Art Bikini, wie er sich erinnerte.

Ihre Brust hob sich, da sie versuchte, trotz der Schmerzen zu atmen, und ihre Haut wurde bleich. Sie griff nach dem kleinen schwarzen Behältnis, das sie aus der Tasche an ihrem Bein geholt hatte, und öffnete es, entnahm ihm ein weißes Päckchen und riss es mithilfe ihrer Zähne auf. Sie konzentrierte sich, indem sie kurz die Augen schloss, bevor sie winzige Körnchen auf ihre Wunde streute.

Sie keuchte und zuckte bei dem Kontakt zusammen. Kellan hatte nie viel Gutes zu sagen gewusst über Menschen, aber er musste der Frau Anerkennung zollen. Ihre Hände waren blutverschmiert, ihre Arme zitterten, sie war schwach, es war dunkel, und dennoch gab sie keineswegs auf.

Sein Interesse steigerte sich noch, als er sah, wie sie eine gebogene Nadel und einen Faden hervorholte. Um die Wunde an ihrer linken Seite sehen zu können, musste sie sich drehen. Trotzdem schaffte sie es, einige Stiche zu machen, bevor sie ohnmächtig zusammensank.

Mehrere Minuten lang starrte Kellan sie an. Die Frau war seitlich zusammengesackt, sie atmete flach und unregelmäßig. Er wusste definitiv, dass sie schon bald heftiges Fieber bekommen würde.

Wenn es nach ihm ginge, würde er sie vergessen. Sie würde sterben – wie eben alle Sterblichen. Dann erinnerte sich Kellan wieder daran, warum er sich für den Schlaf entschieden hatte. Einst hatte er einen Schwur getan, ein Versprechen gegeben, das er dann aufgrund seines unbändigen Hasses auf die Menschen gebrochen hatte.

Con hätte ihm das Leben nehmen können, aber stattdessen hatte er Kellan erlaubt zu schlafen. Er bezweifelte ernsthaft, dass Con ihn ein zweites Mal damit durchkommen ließe. Constantine war der König der Drachenkönige. Er war das ultimative Gesetz – obgleich das alle anderen Drachenkönige nicht daran hinderte zu tun, was auch immer sie tun wollten.

Con nahm ihre Aufgabe, die Menschen zu beschützen, sehr ernst. Wäre es nach Kellan gegangen, hätten er und seinesgleichen schon vor langer Zeit alle Sterblichen auf der Welt ausgelöscht. Die Menschen waren wie eine Seuche, die alles zerstörte. Man musste sich nur ansehen, was sie den Drachen angetan hatten.

Alles, was man heutzutage über Drachen wusste, war

nichts weiter als ein Mythos, eine beängstigende Fantasie, etwas, was nicht einmal andeutungsweise dem glich, was das Leben als Drache wirklich bedeutete.

Kellan erinnerte sich lebhaft daran, wie nach einem Kampf mit den Menschen die Erde mit seinen geliebten Bronzenen übersät war. Die Bronzedrachen waren die Überbringer des Rechts.

Während Kellan den Bronzenen befohlen hatte, die Menschen zu beschützen, hatten die Menschen die Drachen im Gegenzug getötet. Ein Verrat, den Kellan noch jetzt, viele Tausend Jahre später, nicht vergeben konnte.

Denn obgleich die Drachen die Menschheit verteidigen sollten, hatte diese ihren Schutz nie wirklich gewollt. Die Sterblichen hatten schon früh daran gedacht, die Lebewesen, die die Welt eigentlich beherrschten, zu betrügen.

Kellan war nicht der Einzige gewesen, der verraten wurde. Ulrik, der König der Silbernen, war von einem Menschenweibchen betrogen worden – und dann vom Rest der Drachenkönige.

Kellan kniff die Augen zu, als er an diesen Tag zurückdachte. Hätte er gewusst, was mit seinen Bronzenen geschehen würde, hätte er sich mit Ulrik verbündet.

Am Ende waren die Drachen diejenigen gewesen, die alles verloren. Con hatte sie in andere Gefilde geschickt.

Lediglich die Könige waren auf der Erde zurückgeblieben.

Wofür waren sie noch gut? Die wenigen Male, da Kellan aus seinem Schlaf erwacht war und die Welt betrachtet hatte, hatte er feststellen müssen, dass seine Brüder sich versteckt halten und darauf warten mussten, dass sie sich im Schutz der Dunkelheit oder eines Sturmes in den Himmel schwingen konnten.

Zu fliegen war ihr Recht, ihr Privileg, und sogar das war ihnen genommen worden. Durch die Menschen.

Stunden vergingen, während er über seinen Hass auf die Menschen nachgrübelte, und noch immer hatte sich die Frau nicht wieder geregt. Kellan blieb keine Wahl, als sie zu Con zu bringen, weil er sich nicht traute, den Versuch zu unternehmen, ihre Wunde ausreichend zu versorgen.

Hass löste sich nicht einfach in Luft auf, auch nicht im Lauf von Jahrhunderten.

Er war nicht bereit, seinen Schlaf zu beenden, aber dieser beiden Menschenwesen wegen, die in seinen Berg eingedrungen waren, würde Con Nachforschungen anstellen wollen. Kellan musste zugeben, dass ihn diese Sache selbst neugierig gemacht hatte.

Nachdem er mittels der telepathischen Fähigkeit, über die alle Drachenkönige verfügten, quasi über ihr Drachenhandy, Con gerufen hatte, wusste Kellan, dass sein Freund schnell kommen würde.

Mittels kaum mehr als eines Gedankens nahm Kellan Menschengestalt an. Er ließ seine Arme kreisen und schüttelte seine Beine aus. Es gab keine Kleidung für ihn, die er hätte anziehen können, weil er nicht vorgehabt hatte, binnen der nächsten Jahrtausende aufzuwachen.

Er ging nackt hinüber zu der Frau und hockte sich neben sie. Kellan besaß nicht Cons Heilkraft. Die Blutung hatte zwar etwas nachgelassen, aber sie hatte nicht aufgehört.

Kellan drehte die Frau auf den Rücken, wobei er registrierte, wie heiß sich ihre Haut anfühlte, und sein Körper reagierte spontan auf die Weichheit dieses weiblichen Wesens, und das machte ihn wütend. Sein Körper brauchte Erleichterung, aber die würde er nicht bei dieser Frau finden.

Also ignorierte Kellan schnell seinen anschwellenden Schwanz und die weichen Kurven der weiblichen Brust, nahm die Nadel, die sie benutzt hatte, zur Hand, und nähte die Schnittwunde weiter.

Der Mann hatte keines ihrer lebenswichtigen Organe getroffen, aber die Wunde war lang und tief. So zerbrechlich wie Menschenwesen waren, wusste Kellan, dass es Cons Hilfe bedurfte, wenn sie überleben sollte. Die Entscheidung, ob sie sterben sollte oder nicht, würde Con überlassen bleiben.

Sobald Kellan fertig war, zerbiss er den Faden mit seinen Zähnen und verknotete ihn, bevor er die Frau vom Boden aufhob. Ihre Rundungen in seinen Armen zu spüren machte ihm erneut das Verlangen nach Befriedigung bewusst, das an ihm zerrte. Er musste sich darum kümmern. Es hatte nichts mit dieser speziellen Frau in seinen Armen zu tun. Es war einfach nur zu lange her.

Kellan sagte sich das noch einmal sicherheitshalber, bevor er seine Höhle verließ.

Viele seiner Drachenkönig-Kumpels hatten sich Menschenfrauen als Geliebte genommen. Kellan hatte auch mehrere gehabt, bevor seine Bronzenen getötet worden waren. Danach nahm er nur noch ein weibliches Wesen, wenn er es einfach nicht länger aushielt.

Unglücklicherweise forderte sein Körper gerade jetzt unbedingt Erleichterung. Er spähte hinunter auf die Frau in seinen Armen. Sie war dünn, aber ihre Muskeln waren wohlgeformt. Ihr kupferbraunes Haar wurde durch einen Knoten aus dem Gesicht gehalten, sodass er nicht abschätzen konnte, wie lang es war.

Kellan musterte sie nicht genauer. Dazu bestand kein

Anlass. Er hatte nicht vor, sie wiederzusehen, sobald er sie Con vor die Füße gelegt hatte, obgleich er ihren Mut und ihre Zähigkeit bewunderte. Mehr würde sie von ihm, Kellan, nicht bekommen.

Mehr konnte er ihr nicht geben.

Es war sehr viel mehr, als er jedem anderen menschlichen Lebewesen in Tausenden von Jahren hatte zukommen lassen.

Kellan steuerte mühelos durch die Tunnel seines Berges, bis er zu dem Eingang gelangte. Genau wie er erwartet hatte, wartete Con drinnen bereits auf ihn, zusammen mit Rhys und Kiril.

Cons Gesicht war grimmig, sein blondes Haar triefte vom Regen, der die Welt außerhalb des Berges durchnässte. »Mir war klar, dass es sich um etwas Wichtiges handeln musste, wenn du mich rufst. Wer ist sie?«

»Keine Ahnung, und es ist mir auch gleichgültig«, sagte Kellan und hielt sie Con hin.

Aber Con verschränkte seine Hände hinter dem Rücken, womit er deutlich zu erkennen gab, dass er sich weigerte, sie auch nur anzufassen, und holte tief Luft. »War sie schon verwundet, als du sie gefunden hast?«

Es war zu erwarten gewesen, dass Con annehmen würde, dass er sie verwundet hatte. Kellan konnte es ihm nicht verdenken, nicht nach dem, was ihn dazu gebracht hatte, den Schlaf zu wählen.

»Nein. Sie hat meine Höhle entdeckt«, presste Kellan hervor, während er versuchte, seinen Zorn zu beherrschen. Er wollte die Frau nicht länger halten, ihren Geruch nicht einatmen, ihre Rundungen nicht spüren. »Nun nimm sie schon, damit ich mich wieder schlafen legen kann.«

Rhys fuhr sich mit der Hand durch seine langen, dunklen Haare, bevor er sich den Regen aus dem Gesicht wischte. »Die meisten anderen Könige sind seit Monaten wach. Hast du nicht vor mehreren Monaten Cons Ruf zu den Waffen vernommen?«

»Wenn ich es hätte, hätte ich dann weitergeschlafen?«, fragte Kellan mit erhobenen Augenbrauen zurück und starrte Rhys ausdruckslos an.

»Dies ist nicht das erste Mal, dass es Grenzverletzungen bei uns gegeben hat«, sagte Con, bevor Rhys antworten konnte. »Du musst dir ein paar Tage Zeit nehmen und mich nach Dreagan Manor begleiten. Wenn wir uns um diese Frau gekümmert und ihr Gedächtnis gelöscht haben, kannst du weiterschlafen, alter Freund.«

Kellan sparte sich jegliches Gegenargument. Es gefiel ihm nicht zu hören, dass Dreagans Grenzen überschritten worden waren, und wenn Con zu den Waffen rief, musste es einen gewichtigen Grund geben. »Gut. Aber jemand soll sie mir abnehmen.«

Kirils grüne Augen funkelten erheitert, als er sich abwandte. »Wie es aussieht, hast du doch alles gut unter Kontrolle. Außerdem ist sie hübsch geformt. Bist du in Versuchung?«

Der Kopf der Frau bewegte sich, sodass ihre Wange jetzt an Kellans Schulter ruhte. Ihr Fieber wütete, erinnerte ihn daran, warum er Con überhaupt gerufen hatte.

»Sie hat Fieber«, sagte Kellan, ignorierte Kirils Frage und sah Con unverwandt an.

Con sagte kein Wort, als er näher trat und eine Hand auf die Stirn der Frau legte. »Ja. Ich bin gespannt zu erfahren, was mit ihr geschehen ist.«

»Da ist noch einer in meiner Höhle. Sie haben gekämpft, und das Weibchen hat ihn getötet.«

»Keine guten Nachrichten«, sagte Con finster. »In dem Fall halte ich es für besser, dass unsere Besucherin erst dann ganz geheilt wird, wenn wir mehr Informationen aus ihr herausgequetscht haben.«

Es war ihm egal, was Con tat, solange er ihm die Frau abnahm. Kellan wollte nicht länger verantwortlich sein für sie. Er hatte seine Pflicht getan und sie zu Constantine gebracht. Das sollte genügen.

Es musste genügen.

Während Con seine Zauberkraft einsetzte und die Frau so weit heilte, dass das Fieber verschwand, betrachtete Kellan den König der Könige. Con trug eine schwarze lange Hose und dazu ein weißes Hemd, dessen Ärmel er bis zu den Ellbogen hochgekrempelt hatte. Cons blondes Haar war kürzer als letztes Mal, aber seine schwarzen Augen registrierten immer noch alles.

Dann nahm Kellan Rhys und Kiril in Augenschein, die am Eingang des Berges standen und ihnen den Rücken zukehrten. Beide waren mit Jeans und Stiefeln bekleidet. Während Rhys einen dünnen, olivgrünen Pullover trug, war Kiril mit einem schlichten weißen T-Shirt angetan.

»Das müsste genügen fürs Erste«, meinte Con und trat zurück. »Wie gut, dass ich Kiril gebeten habe, uns zu fahren bei diesem Sturm.«

Rhys schmunzelte. »Seine Fahrkünste haben sich in den sechs Monaten, die er wach ist, so weit verbessert, dass er keine Schafe mehr überfährt.«

»Ich habe nur das eine überfahren, verdammt noch mal«, sagte Kiril säuerlich und versetzte Rhys einen Stoß.

Con ging zwischen den beiden hindurch, und sobald er an ihnen vorbei war, holte Rhys weit aus und verpasste Kiril einen Kinnhaken, bevor er in den Sturm hinausrannte. Kiril fluchte heftig und folgte ihm.

Kellan betrachte die Außenwelt, an der er nicht teilhaben wollte, und dann die Frau in seinen Armen. Je eher er sie nach Draegan Manor brachte, desto schneller könnte er in seine Höhle zurückkehren und weiterschlafen.

Doch tief in seinem Inneren wusste er, dass sich, sobald er den Berg verließ, sein Leben für immer verändern würde.

Kellan ging zum Höhlenausgang, spähte durch den dichten Regen und sah, dass seine Freunde in einem schwarzen Wagen auf ihn warteten, auf dem, quer über die Front verlaufend, »Range Rover« stand.

Er begegnete Cons geduldigem Blick, bevor er aus seinem Berg trat.

3

Denae kam langsam zu sich, hielt aber die Lider geschlossen. Auch ohne einen Blick zu riskieren, wusste sie, dass sie nicht mehr in dem dunklen Berg war. Wegen des sauberen Geruchs und des Lichts, das ihr in die Augen stach. Wer hatte sie gefunden? Und wohin hatte man sie gebracht?

Aufgrund dessen, was Matt preisgegeben hatte, war ihr der Weg zurück zum MI5 verschlossen. Sie würden sie auf die eine oder andere Weise umbringen wegen der Informationen, die sie jetzt über das abgekartete Spiel hinsichtlich Dreagan Industries und die speziellen Interessen des MI5 hatte. Sie könnte die Verantwortlichen bei Dreagan ins Bild setzen, falls sie ihr Glauben schenkten. Doch wohin sollte sie danach gehen? Für den Geheimdienst wäre es ein Kinderspiel, sie aufzuspüren.

Um sie herum war Bewegung. Ein Stuhl knarrte, da jemand von ihm aufstand.

Als eine Sekunde später eine Tür geöffnet wurde, hörte sie eine männliche Stimme, die sich leise an jemanden im Raum wandte: »Wie geht es ihr?«

»Unverändert«, antwortete eine tiefe, raue Stimme. Es

hörte sich an, als hätte dieser Mann sie seit einer Ewigkeit nicht mehr benutzt.

»Sie schläft jetzt seit zwölf Stunden.«

»Ich weiß.« Seine Stimme verriet außerordentliche Gereiztheit und Verärgerung.

Er wollte sie nicht hier haben, wer auch immer *er* war. Der andere Mann, der den Raum betreten hatte, schien jedoch aufrichtig besorgt zu sein um sie. Vielleicht hatte sie ja Glück, und er gehörte nicht zum MI5.

»Gib mir sofort Bescheid, sobald eine Veränderung eintritt«, sagte der erste Mann, bevor die Tür sich hinter ihm schloss.

Der Fußboden knarrte, als der genervte Mann um ihr Bett herumging. »Du kannst jetzt die Augen öffnen.«

Für den Bruchteil einer Sekunde spielte Denae mit dem Gedanken, in ihrem Zustand zu verharren, aber der Mann wusste, dass sie wach war. Was machte es also für einen Sinn, weiter so zu tun, als ob sie schliefe? Sie öffnete die Augen und blickte auf einen Stuhl, der mit einem blau-roten Plaid bedeckt war. Das war der Stuhl, auf dem der Mann gesessen hatte, dachte sie.

Er stand nah am Bett. Stand er so nah, damit er sie versorgen konnte? Oder um sie zu bewachen?

Wahrscheinlich Letzteres.

Denae drehte ihren Kopf, um sich im Raum umzusehen, und entdeckte ihn mit dem Rücken zu ihr, wie er aus dem großen Fenster starrte, das sich ihrem Bett gegenüber befand. Sein dickes Haar fiel ihm in lockeren karamellfarbenen Wellen über den Rücken.

Er rollte seine Schultern, so als ob das dunkelorangefarbene T-Shirt ihn irgendwie einschnürte, das sich perfekt an seine Schultern, die Arme und den Rücken schmiegte.

Seine Arme wirkten entspannt, hingen locker herunter, aber mit seinen Fingern hatte er die Fensterbank fest gepackt, was ihr sagte, dass dieser Raum der letzte Ort war, an dem er sein wollte.

Ihr Blick verharrte auf seinen breiten, kräftigen Schultern, wanderte zu seinen schmalen Hüften. Um diese Hüften trug er eine tief sitzende Denim-Jeans, die seinen Po schön eng umspannte.

So sehr sie den Anblick genoss, ihre Lage war höchst prekär. Sollte sie lange genug überleben, um Dreagan zu verlassen – weil es nicht den geringsten Zweifel daran gab, dass sie sich genau dort befand –, würde sie nicht lange genug am Leben bleiben, um ihre Koffer zu packen und den ersten Flug zurück nach Texas zu nehmen.

»Hast du Schmerzen?«, fragte er.

Denae berührte probeweise ihre linke Seite, bevor sie sich vorsichtig hochzog und gegen das Kopfende lehnte. »Sie sind minimal.«

Das Schweigen zog sich in die Länge, bis sie schon glaubte, dass er im Stehen schlief.

Aber plötzlich wandte er sich um und sah sie an, und ihr stockte der Atem. Sie bekam einen trockenen Mund, und ihr Herz raste.

Der Mann, der da vor ihr stand, war so schön wie ein Gott und in seiner Wut so versengend wie die Sonne. Und sie konnte ihren Blick nicht von ihm abwenden.

Sein karamellbraunes Haar war seitlich geteilt und umrahmte wellenförmig ein Gesicht, das aus Granit gemeißelt schien. Er hatte hohe Wangenknochen, eine kräftige Kieferpartie und ein kantiges Kinn. Sein Mund war breit, seine Lippen verführerisch voll. Seine Augen, verblüffend seladongrün, nahmen sie gefangen mit ihrem intensiven, beinahe grausamen Starren.

Irgendwie schaffte sie es, ihren Blick von seinen Augen abzuwenden und auf seine Brust zu richten, die genauso beeindruckend war wie sein Rücken. Das T-Shirt saß wie angegossen über den kräftigen Muskeln seiner Arme und Brust.

Er war ein Mann der Tat, ein Mann, der sich nicht verarschen ließ. Ein Mann, der nicht nachgab, solange er nicht alle Antworten hatte, die er haben wollte.

»Wer bist du?«, wollte er wissen.

Sie wurde erneut von seinen blassgrünen Augen angezogen. »Mein Name ist Denae Lacroix.«

»Also, hallo Denae«, ließ sich eine Stimme von der Tür her vernehmen.

Ihr Kopf fuhr herum, und sie erblickte einen wirklich beeindruckenden Mann mit surferblondem Haar und pechschwarzen Augen. Er war groß und hatte ebenfalls breite Schultern, und sie hatte den deutlichen Eindruck, dass unter seiner Designerkleidung ein muskulöser Körper steckte.

Er stand absolut selbstsicher da. Es war offensichtlich, dass er hier das Sagen hatte. Er war der Anführer, er war derjenige, der darüber bestimmen würde, ob sie weiterlebte oder sterben musste.

Hinter ihm stand eine Frau mit einem Essenstablett.

Wieso hatte Denae nicht mitbekommen, dass dort jemand in der Tür stand? Die Angeln knackten schließlich, wenn man die Tür öffnete. Normalerweise registrierte sie ihre Umgebung sehr viel bewusster.

Sie spähte hinüber zu dem Mann am Fenster, aber der hatte sich bereits abgewandt. So als könnte er ihren Anblick nicht länger ertragen. Enttäuschung breitete sich aus in ihrem Bauch. Sie fühlte sich dermaßen angezogen von ihm, dass die restliche Welt schlicht ausgeblendet war. Das war noch nie zuvor geschehen, und in ihrem Metier könnte es sie das Leben kosten.

Doch offensichtlich war die Anziehung einseitig.

»Weißt du, wo du bist?«, fragte der Mann an der Tür, während er ins Zimmer trat.

Die Frau beschwichtigte ihn mit einem »Schhhhh« und eilte zu Denae, stellte ihr das Tablett auf den Schoß. »Con, ich bitte dich. Sie ist verletzt und höchstwahrscheinlich kurz davor zu verhungern.«

»Sie ist hier eingedrungen.«

Das kam von dem Mann am Fenster. Denae hätte zu gern seinen Namen gewusst. Sogar wenn sie die anderen anblickte, schaffte sie es nicht, sich vollständig von ihm loszureißen und ihm keine Aufmerksamkeit mehr zu schenken.

»Hi«, sagte die Frau mit einem strahlenden Lächeln. Sie hatte freundliche, dunkelbraune Augen. »Ich bin Cassie. Ich wusste nicht, was du magst, also habe ich ein bisschen von allem mitgebracht.«

Denae konnte nicht anders, als das Lächeln zu erwidern. »Du bist Amerikanerin.«

»Stimmt. Genau genommen aus Arizona. Und du?«

»Südtexas.«

Cassies Augen weiteten sich, als sie ihr brünettes Haar über die Schulter zurückwarf. »Das müssen wir später unbedingt vertiefen.«

»Das würde ich gern«, erwiderte Denae und meinte es tatsächlich. Sie hatte nicht gedacht, dass sie die Staaten vermissen würde, aber nachdem sie so lange weg war, tat sie es.

Sie räusperte sich, um sich zu sammeln, und blickte den Mann an, den Cassie Con genannt hatte. »Ja, ich weiß, wo ich bin. Ich bin in Dreagan.«

»Zu dem Warum werden wir gleich kommen«, sagte er und nahm Platz auf einem schmalen Stuhl neben dem Fenster, der viel zu zerbrechlich wirkte für jemanden seiner Größe.

Er saß da, als wäre er ganz entspannt, aber er erinnerte Denae an einen Löwen im Käfig, der nur auf eine Gelegenheit wartete, um anzugreifen. Und wenn der Angriff käme, würde er schnell kommen. Und tödlich sein.

»Mein Name ist Constantine. Hast du von mir gehört?«

Sie spähte schon wieder zu dem anderen Mann hinüber. »Er ist in einigen Berichten aufgetaucht. Darüber hinaus weiß ich nichts.«

»Berichten?«, fragte der Namenlose, dessen Blick sie kurz streifte.

Con beugte sich auf seinem Stuhl vor und wies auf ihn. »Dies ist Kellan, Denae. Er ist derjenige … der dich gefunden hat.«

Con machte absichtlich eine Pause, aber sie verstand nicht warum. Ihr Blick kehrte zu Kellan zurück, und sie stellte fest, dass er schon wieder aus dem Fenster schaute, sie dadurch als unbedeutend abstempelte.

Verdammt, aber er war umwerfend. Selbst wenn ihn der Umstand, sich im selben Raum wie sie aufhalten zu müssen, unglaublich nervte.

»Wer hat dich geschickt?«, fragte Con.

Denae griff zum Wasserglas auf dem Tablett und leerte es vollständig, bevor sie ein Stück Toast abbiss, kaute und schluckte. Der kleine Bissen half, ihren nagenden Hunger zu lindern. »Ich wünschte, dass es so einfach zu erklären wäre.«

»Du bist hier in Sicherheit«, sagte Cassie.

Denae lächelte traurig und starrte auf das Essenstablett; der Appetit war ihr plötzlich vergangen. »Ich bin hintergangen worden.«

»Von wem?«, drängte Cassie sie.

Was für einen Unterschied machte es, wenn sie es wussten? Sie hätten sie sterben lassen können. Stattdessen hatten sie sie hierhergebracht und ihre Wunde versorgt. War es vielleicht eine List? Sie war nach Strich und Faden vom MI5 betrogen worden. Denae wusste einfach nicht länger, wem sie vertrauen konnte. Aber für den Moment würde sie auf die Leute hier in Dreagan setzen.

Durch ihre vielen Einsätze und die Menschenkenntnis, die sie im Laufe der Zeit erworben hatte, hatte sie eine schwierige Lektion gelernt: Es gab nur eine Person, der sie letztlich vertrauen konnte, und das war sie selbst.

Sie hob ihren Blick zu Con. »Wenn ich es dir sage, kannst du mich dann außer Landes schaffen lassen unter einem anderen Namen?«

»Willst du untertauchen?«, fragte er interessiert.

»Ja. Wenn ich außer Landes komme, sorge ich dafür, dass ich nie aufgespürt werde.«

Cassie sank auf den Stuhl neben ihrem Bett. »Und wenn sie dich finden?«

»Dann werden sie mich töten. Das ist das, was Matt versucht hat. Ich war ein Lockvogel.«

»Ein Lockvogel«, wiederholte Con bedächtig, während er die Stirn runzelte. »Sag mir, wer dich geschickt hat.«

»Der MI5.« Denae fürchtete beinah, dass allein schon bei

der Erwähnung des Namens irgendwelche Agenten des MI5 die Tür eintreten würden. Sie behaupteten schließlich, immer ganz genau zu wissen, was vor sich ging.

Con sprang auf und ging schweigend im Raum auf und ab. Zum ersten Mal nahm Denae den Raum als solchen wahr und nicht nur Kellan.

Das Schlafzimmer war geräumig. Es gab das große Fenster gegenüber vom Bett und zwei schmalere zu beiden Seiten, die reichlich Licht hereinließen. Die Wände waren blaugrau gestrichen, mit eierschalfarbenen Stuckverzierungen, so groß und kompliziert, dass sie schwer beeindruckt war.

Der Fußboden bestand aus dunklem Holz und war mit unterschiedlich großen farbigen Teppichen bedeckt. Ein Kamin mit weißer Marmorverkleidung befand sich zu ihrer Rechten.

Eine cremefarbene Steppdecke, abgesetzt mit marineblauer gepaspelter Umrandung, lag auf dem Bett. Neben dem großen Himmelbett stand ein kleiner Tisch mit einer antik aussehenden Uhr und einem Blumenstrauß aus gelben Narzissen und weißen Tulpen.

Die Fensterrahmen waren genauso cremefarben gehalten wie die Daunendecke, und die marineblauen Gardinen waren zur Seite gezogen, um Licht hereinzulassen. Ein Gemälde, das einen Sonnenuntergang über einem See zeigte, hing an der einen Wand, während ein ovaler Spiegel in einem verzierten Rahmen eine andere schmückte, und eine Sammlung kleiner viereckiger Bilder, die man nur als schottische Stillleben bezeichnen konnte, füllte eine weitere.

Es war ein geschlechtsneutraler Raum, und sie fand die Farben beruhigend. Sie war nie versessen gewesen auf Blumenmuster oder Pastelltöne.

»Warum hat der MI5 sich auf uns konzentriert?«, fragte Con, als er endlich am Fußende des Bettes stehen blieb.

Sie blickte in seine schwarzen Augen, bemerkte den mühsam unterdrückten Zorn und konnte nur die Achseln zucken. »Meine Befehle lauteten, mein fotografisches Gedächtnis zu benutzen, um alles zu registrieren, was sich in der Höhle befand.«

»Wonach hast du gesucht?«, verlangte Kellan zu wissen.

Denae sah hinüber zu Kellan, bevor sie den Blick abwandte und aufs Bett starrte. »Mein Vorgesetzter sagte, ich würde es wissen, wenn ich es sähe.«

Cons Miene verfinsterte sich noch weiter. »Mehr hat man dir nicht gesagt?«

»Nein«, antwortete sie. »Auf dem Weg durch das Wasser zur Höhle hat Matt versucht, mich mit dem Messer zu verwunden, bevor er auf mich geschossen hat. Und als wir aufgetaucht sind, haben wir miteinander gekämpft. Er sagte, sobald ihr mich verletzt vorfändet, würdet ihr mich töten und niemals erfahren, dass ich vom MI5 war.«

»Und damit dem MI5 den Vorwand liefern, uns zu verfolgen«, folgerte Con und fluchte leise vor sich hin, während er das Kinn auf seine Brust sinken ließ.

»Warum arbeitest du für sie?«, fragte Cassie.

Denae setzte sich vorsichtig ein wenig anders hin, bemüht, nicht zusammenzuzucken, als ihre Naht schmerzhaft spannte. »Ich wurde hauptsächlich wegen meines fotografischen Gedächtnisses rekrutiert. Als ich daran dachte, in die Navy einzutreten und die entsprechenden Prüfungen ablegte, versuchten Leute vom FBI und der CIA, mich anzuwerben. Ich wusste damals nicht, was ich machen wollte. Bevor ich eine Entscheidung treffen konnte, kontaktierte mich ein MI5-Agent. Ich brauchte einen Ortswechsel, also akzeptierte ich.«

»Du hast alle und alles hinter dir gelassen nur wegen eines Ortswechsels?«

Denae sah zu Boden, als der alte Schmerz sich meldete, ein Schmerz, der sie immer dann mit voller Wucht mitten in die Brust traf, wenn sie es am wenigsten erwartete. »Es gab niemanden, den ich verlassen musste. Und der wahre Grund war, dass sie mich verdeckt an den Universitäten einsetzen wollten, um Stalker, Vergewaltiger und solche, die Großbritannien vernichten wollten, aufzuspüren. Ich habe diese Scheißkerle vor Gericht gebracht.«

Sie befeuchtete sich die Lippen, hob den Blick und sah, dass Kellan sie mit seinen hellgrünen Augen beobachtete, bar jeden Gefühls. Manche hätten ihn für kalt und gefühllos halten können. Aber sie hielt ihn für gleichgültig, so als würde er die Welt beobachten und nicht wirklich Teil von ihr sein.

Wie sehr sie sich gewünscht hätte, so zu empfinden, nachdem ihr Vater gestorben war! Stattdessen war sie orientierungslos gewesen, hatte sich treiben lassen, wohin auch immer das Leben sie führte – und es war nicht immer gut gewesen.

»Wie lange warst du beim MI5?«, fragte Con und riss sie damit glücklicherweise aus ihren Gedanken.

»Sieben Jahre. Ich war Studentin im zweiten Studienjahr, als ich ihr Angebot annahm. Ich arbeitete für sie, während sie mich dafür bezahlten, offiziell weiter zu studieren. Es lief hervorragend, weil ich Amerikanerin war und niemand den Verdacht hegte, dass ich für die britische Regierung arbeitete.«

»Und dann?«

»Ich habe mich hochgearbeitet, so wie es jeder tut.« Sie schluckte und verdrängte nur mit großer Mühe, dass ihr Herz wie wild schlug, solange Kellan sie so intensiv anstarrte. »Ich habe Fortschritte gemacht. Ich erwartete natürlich nicht, für alle Zeiten als Feldagentin eingesetzt zu werden, aber bis ich herausgefunden hatte, wohin ich innerhalb des MI5 am besten passte, war es ein guter Anfang.«

Con setzte sich wieder. »Erzähl mir von deinem letzten Einsatz.«

Denae fuhr sich mit einem Finger über die Handknöchel ihrer anderen Hand. Sie hatte Handschuhe getragen, die ihre Haut vor Platzwunden schützten, als sie mit Matt gekämpft hatte, aber ihre Knöchel waren noch immer empfindlich.

»Ich wurde zusammen mit Matt ausgewählt. Er war leitender Geheimagent, der Liebling der Bonzen beim MI5. Keiner war überraschter als ich, dass ich ausgewählt wurde, ein Team mit ihm zu bilden. Zwei Tage später wurden wir mitten in der Nacht abgesetzt an der Grenze zu Dreagan.«

»Abgesetzt?«, wiederholte Cassie. »Wie habt ihr Dreagan durchquert?«

Con biss die Zähne zusammen. »Und was noch wichtiger ist: Wo wurdet ihr abgesetzt?«

»Wir wurden an eurer südöstlichen Grenze ungefähr fünfunddreißig Kilometer westlich der Stadt abgesetzt. Und was die Frage betrifft, wie wir Dreagan durchquert haben: Wir waren zu Fuß unterwegs. Zwei Tage lang sind Matt und ich den Koordinaten gefolgt, die man uns gegeben hatte.«

Con hatte regungslos dagesessen, während sie sprach, aber sobald sie das Wort »Koordinaten« erwähnte, erfüllte Zorn den Raum. Denae spähte zu Cassie und sah Sorgenfalten in ihrem Gesicht. Denaes Blick huschte zu Kellan, und sie bemerkte, dass sogar er verblüfft war durch ihre Offenbarung.

»Ich weiß nicht, woher die Koordinaten kamen«, beeilte sie sich hinzuzufügen.

Cassie rutschte vor bis zur Kante ihres Stuhls, sah sie erwartungsvoll an und stellte ihr dann die Frage: »Kannst du es herausfinden?«

Denae schüttelte langsam den Kopf. »Matt hatte diese Information ebenfalls nicht bekommen. Die Koordinaten führten uns zu einem kleinen Teich vor einem Berg. Unter diesem Teich ist ein Zufluss. Dem folgten wir, bis wir den Zugang zum Berg und eine Höhle erreichten.«

»Und das war die ganze Mission?«, erkundigte Con sich. »Hier einzudringen, damit du betrogen und als Köder benutzt werden konntest?«

»Ich wusste nicht, was die genaue Aufgabe war. Matts Befehl lautete, mich zurückzulassen, damit ihr mich töten konntet. Mir wurde gesagt, dass wir alle Bewohner Dreagans auskundschaften sollten, sobald wir herausgefunden hatten, was sich in der Höhle befand.«

»Uns auskundschaften? Warum?«, fragte Cassie verblüfft.

»Zu viele Geheimnisse hier, schätze ich.« Denae zuckte die Achseln. »Mehr hat man mir nicht gesagt.«

Kellan schnaubte feindselig. »Und du hast nicht nachgefragt.«

»Es ist mein Job, Einsatzbefehle zu befolgen, wie auch immer sie lauten. Ich schütze die Menschen von Großbritannien.«

Con fuhr sich durchs Haar. »Kommen wir zurück zu deiner Geschichte. Was ist passiert, als ihr die Höhle erreicht habt?«

»Wie ich dir bereits sagte, sobald wir im Wasser waren, versuchte Matt, mich zu töten. Ich wollte nicht sterben oder als Lockvogel benutzt werden, und ich war wütend, dass ich hintergangen worden war. Nur einer von uns würde den Kampf lebend überstehen. Ich sorgte dafür, dass ich es war.«

»Da ist noch mehr«, sagte Kellan.

Denae öffnete schon den Mund, um das zu verneinen, als sie sich an Matts letzte Worte erinnerte. »Matt sagte, die Welt würde erfahren, wer ihr seid, und sie würde befreit werden.«

Cassie stand auf und drehte dem Bett den Rücken zu, als sie flüsterte: »O Gott.«

»Aber du hast den Kampf gewonnen«, sagte Con. »Du hast ihn getötet. Warum sollte ich deinen Worten Glauben schenken? Er hätte das Bauernopfer sein können. Wir sind hauptsächlich Männer hier. Käme es deiner Aufgabe nicht entgegen, wenn wir dich – und nicht etwa diesen Mann – retten würden?«

Denae war nicht überrascht von Cons Worten. »Ich kann nichts anbieten als Beweis. Ich möchte wirklich nicht wissen, was der MI5 aufzudecken versuchte. Sie haben mich hierhergeschickt, damit ich sterbe. Wenn ich zu ihnen zurückkehre, habe ich den Einsatz verpatzt, und ich weiß zu viel. Sie würden mich töten. Wenn ich verschwinde und versuche, irgendwo unter meinem eigenen Namen unterzutauchen, würde mir irgendein tödlicher Unfall zustoßen.«

Con stand mit einem kleinen, berechnenden Lächeln auf den Lippen auf. »Also, Denae Lacroix. Dein Leben ist in unseren Händen, nicht wahr?«

»Ja«, sagte sie, auch wenn sie es ungern zugab.

»Gut. Mal angenommen, ich glaube dir, dann werde ich dir gestatten, unter einem neuen Namen zu gehen. Aber bevor das passiert, hast du mich über alles, was du über den MI5 und seine Mitarbeiter weißt, zu informieren.«

Als ob sie eine Wahl hätte. Sie musste Dreagan verlassen – wie auch Großbritannien –, und ihre einzige Chance lag darin zu kooperieren. »Abgemacht.«

Con öffnete die Tür, ließ Cassie den Vortritt und Denae allein mit Kellan. Der näherte sich mit langsamen, bedächtigen Schritten dem Bett, und Denaes Herzschlag beschleunigte sich. Nicht weil sie sich bedroht fühlte, sondern weil er sie verwirrte, sie faszinierte.

Sie in seinen Bann schlug.

Er blieb neben dem Bett stehen und beugte sich vor. Denae verhielt sich mucksmäuschenstill, als er seinen Kopf senkte. Ihre Lippen teilten sich in Erwartung seines Kusses.

Seine Hände packten das Tablett und nahmen es ihr vom Schoß. Dann drehte er sich um und verließ den Raum, schloss leise die Tür hinter sich.

»Toll, Denae. Zu denken, dass du einen Kuss erhältst von einem Mann, der es nicht mal ertragen kann, dich anzusehen.«

Es gab Dinge, über die sie sich mehr Sorgen machen musste, zum Beispiel, wie sie es in Zukunft bewerkstelligen sollte, dem MI5 und MI6 für den Rest ihres Lebens zu entgehen. Aber trotz all dieser Probleme konnte sie nicht aufhören, an seladongrüne Augen und karamellfarbenes Haar zu denken.

4

Kellan zog mit einem Fuß die Tür hinter sich zu, als er das Zimmer verließ. Er war sich nicht sicher, was ihn dazu getrieben hatte, Denae wieder derart nahe zu kommen.

Denae. Es war ein schöner, kultivierter Name, der ihm leicht über die Lippen kam. So ungern er es zugab – er passte zu der Frau, die ihn trug.

Er hatte mit eigenen Augen gesehen, wie gut trainiert sie war, aber trotz ihrer Wehrhaftigkeit und ihres Selbstbewusstseins war sie ausgesprochen weiblich. Und er hasste es, dass er es so deutlich registrierte.

Aber es zu registrieren war gar nichts im Vergleich zu der Erinnerung daran, wie sich ihr Körper in seinen Armen angefühlt hatte. Auf der gesamten Fahrt hatte er sie in seinen Armen gehalten.

Ihre Wärme, ihr frischer Geruch waren ihm immer noch gegenwärtig. Genauso wenig konnte er verdrängen, welche Verlockung ihr verführerischer Körper darstellte.

Und ihr Gesicht. Kellan hätte beinahe laut gestöhnt, als er an ihre whiskyfarbenen Augen dachte, deren Blick ihm durch und durch ging.

Ihr herzförmiges Gesicht war bezaubernd, ihre vollen Lippen sahen geradezu aufreizend zum Küssen aus. Wie er seine Hände davon abhalten konnte, über ihre Wangen und die zarte Kinnpartie zu streichen, würde ihm immer unbegreiflich bleiben. Sogar ihre kupferbraunen Augenbrauen und die Art, wie sie sich über ihren Augen wölbten, verlockten ihn.

Sie war, er hasste es, es zuzugeben, atemberaubend schön. Sie hatte eine Zerbrechlichkeit an sich, die im Widerspruch stand zu ihrer Stärke, die er mit eigenen Augen erlebt hatte.

Denae war ein Rätsel, ein unwiderstehlicher Leckerbissen, in den er *nicht* beißen wollte.

Kellan ging zu der Stelle, wo Cassie zusammen mit den anderen stand. Er trat ganz dicht an sie heran, stieß sie beinahe an mit dem Tablett, das er trug, bevor er es ihr reichte. Er wartete gespannt, ob sein Körper auf Cassie so reagierte, wie er es auf Denae getan hatte, aber zu seinem Verdruss tat sich absolut nichts.

»Du hast hoffentlich einen verdammt guten Grund, meiner Gefährtin derart nahe zu kommen«, äußerte Hal mit eisiger Stimme.

Kellan wandte sich Hal zu und hob eine Augenbraue. »Wenn du nicht willst, dass sie von Männern umgeben ist, hättest du es dir vielleicht lieber zweimal überlegen sollen, ob du hier mit ihr lebst, wo sie umringt ist von Drachenkönigen.«

»Das reicht«, sagte Con, bevor Hal antworten konnte.

Kellan wandte sich wieder an Cassie. »Sie wird jetzt nichts essen. Gib der Frau weitere dreißig Minuten, und dann bring ihr ein neues Tablett. Ich vermute, dass sie dann etwas essen wird.«

»Warum isst sie denn jetzt nichts?«, fragte Cassie verwundert, als sie das Tablett entgegennahm.

»Weil sie Angst hat«, antwortete Con. »Das war überdeutlich zu sehen. Weit weniger klar ist, ob sie sich vor uns fürchtet oder vor dem MI5.«

Cassie blickte hinüber zur Tür von Denaes Zimmer und runzelte die Stirn. »Ihr wurden die Koordinaten zu Kellans Höhle gegeben. Hat uns da jemand verraten?«

»Keiner von hier«, sagte Hal, während er tröstend einen Arm um sie legte.

Con seufzte vernehmlich. »Es ist Ulrik. Wir müssen nur herausfinden, wie er es zuwege bringt.«

»Er war seit Tausenden von Jahren nicht in Dreagan«, sagte Kellan. »Wie kommst du darauf, dass er es ist?«

»Wer sollte es sonst sein? Außerdem hat sich der Grundriss nicht geändert«, meinte Hal.

Cassie blickte Hal liebevoll an. »Wie vergesslich ihr doch alle seid. Wir wissen nicht, ob es Ulrik war, der das Komplott durch ReineEdelsteine angezettelt hat. Es hätte auch jemand anders sein können.«

»Nein«, behauptete Con nachdrücklich. »Es kann kein anderer gewesen sein, Cassie. Ulrik ist der einzige Drachenkönig, der sich nicht auf diesem Stück Land befindet. Er ist der Einzige, der einen Groll gegen uns hegt, der Einzige, der von unserer Vernichtung profitieren würde.«

Kellan hörte aufmerksam zu. Das waren Vorgänge, von denen er keine Ahnung hatte. Trotz seines Wunsches, in seine Höhle zurückzukehren und weiterzuschlafen, war es möglicherweise ratsam, so lange wach zu bleiben, bis sie herausgefunden hatten, wer für dieses Unheil verantwortlich war, und sich um denjenigen kümmern konnten. Sogar wenn es Ulrik war.

Es war ein Schock für Kellan gewesen zu erfahren, dass

Hal sich eine Gefährtin genommen hatte, aber Kellan war mehr als verblüfft gewesen, als er mitbekam, dass Guy und Banan das Gleiche getan hatten.

Hatte keiner von ihnen aus der Doppelzüngigkeit und der Heimtücke der Menschen gelernt? Hatten sie das, was Ulrik mit seiner Frau passiert war, vergessen?

Erinnerungen an seine letzten Begegnungen mit Menschen stiegen in ihm auf, aber Kellan schob sie energisch beiseite. Wenn er daran dachte, würde ihn sein Zorn gleich wieder übermannen. Und wohin würde sie das führen?

»ReineEdelsteine?«, wiederholte Kellan.

Con nickte. »Genau. Ich muss dich über einige Dinge in Kenntnis setzen. Folge mir.«

Kellan nickte Cassie und Hal zu, ehe er Con zu seinem Büro folgte. So viel hatte sich in ihrem Herrenhaus Dreagan Manor geändert, und dennoch blieb so vieles immer gleich.

Dieselben Drachenbilder hingen noch an den Wänden, wenn auch in anderen Räumen. Drachen konnte man immer noch überall finden, von dem geschnitzten Treppengeländer über Tischbeine bis hin zu metallenen Drachen als Wandleuchtern.

Sosehr es ihn beruhigte, all die vertrauten Dinge zu sehen, so sehr erstaunte es Kellan zu sehen, welche Fortschritte die Menschen gemacht hatten. Durch Cons verschiedentliche Besuche in seiner Höhle hatte Kellan von jedem Krieg erfahren, von der Entdeckung der Elektrizität, von Flugzeugen, Autos und Waffen. Er hatte von ihrer Kleidung gehört, ihrer Sprache, ihren Reden und von Weltmächten.

Nichts davon rückte die Sterblichen in ein gutes Licht.

Sobald er Cons Büro betreten hatte, setzte Kellan sich in einen der weich gepolsterten Sessel vor Cons großem Schreibtisch, die auf einzigartige Art und Weise mit geschnitzten Drachen verziert waren, die man manchmal kaum erkennen konnte.

»Du bist sehr schweigsam gewesen«, sagte Con, als er in seinen Sessel sank. »Du hast sehr, sehr lange geschlafen, mein Freund.«

»Ich hätte es vorgezogen, wenn es so geblieben wäre.«

»Du hast wirklich meinen Ruf nicht vernommen?«

Kellan schüttelte den Kopf. »Du weißt, dass ich ihn nicht ignoriert hätte, hätte ich dich gehört.«

»Die meisten anderen sind aufgewacht«, sagte Con, während er einen Füllfederhalter zur Hand nahm und ihn zwischen seinen Fingern hin und her rollte. »Das ist eine weitere Geschichte, über die ich dich informieren muss. Wir sind jetzt mit den Kriegern verbündet.«

Kellan war verblüfft von den Neuigkeiten, und er verbarg seine Verblüffung nicht. »Ich nehme an, dass es einen guten Grund dafür gab.«

»Stimmt. Ich werde dir alles darüber erzählen, wie Cassie, Elena und Jane dazu kamen, sich mit Hal, Guy und Banan zu verbinden. Das führt nämlich unmittelbar dazu, warum die Krieger von uns wissen und wie es kam, dass wir mit ihnen in den Kampf zogen.«

Das wurde ja immer interessanter. Kellan war beinahe glücklich, dass er aufgewacht war und diese Geschichten zu hören bekam. So lange hatten die Drachenkönige die Krieger beobachtet, aber Con hatte eisern daran festgehalten, sich von ihnen fernzuhalten. Irgendetwas Einschneidendes musste passiert sein, dass er seine Meinung geändert hatte.

»Bevor ich zu alldem komme, musst du etwas für mich tun.«

Irgendwie war Kellan nicht überrascht. »Du hast dich nicht geändert.«

»Nein, habe ich wohl nicht.« Cons Nasenflügel blähten sich, als er tief durchatmete. »Ich möchte, dass du ein Auge auf Denae hast. Finde so viel wie möglich heraus über den MI5, über ihre Beteiligung und ob sie lügt. Gewinne ihr Vertrauen mit allen erforderlichen Mitteln.«

»Das würde ich lieber nicht tun.« Kellan sagte das ziemlich barsch, aber ihm war die Vorstellung, noch mehr Zeit mit Denae zu verbringen, so zuwider, dass sich ihm allein bei der Erwähnung ihres Namens die Nackenhaare sträubten.

Jetzt war es an Con, ungläubig dreinzuschauen. »Du würdest es lieber nicht tun?«

»Habe ich mich unklar ausgedrückt?«

»Willst du es vielleicht erklären?«

Kellan veränderte seine Sitzhaltung; es behagte ihm nicht, wie die Kleidung ihn einschnürte. Der Grund dafür war sein langer Schlaf. Sein Körper hatte inzwischen vergessen, wie es sich anfühlte, Menschengestalt anzunehmen und Kleidung zu tragen. »Ich möchte keine Wiederholung dessen riskieren … was letztes Mal passiert ist, als ich wach war.«

»Das wirst du auch nicht«, sagte Con, so als ob er das bestimmen würde. »Muss ich dich daran erinnern, dass es deine Höhle war, von der sie die Koordinaten hatten? Du hast sie kämpfen sehen. Du hast gehört, was sie gesagt haben. Nicht ich, nicht irgendein anderer. Du, Kellan. Deswegen musst du derjenige sein, der ihr Vertrauen gewinnt.«

»Ich mag sie nicht.«

»Du magst überhaupt keinen Menschen. Ich verstehe und respektiere das, doch es gibt jetzt drei weibliche Wesen, die mit deinen Brüdern eine Verbindung eingegangen sind.«

Kellan packte die Armlehnen des Sessels, um seinen zunehmenden Ingrimm im Zaum zu halten. »Glaubst du, dass ich ihnen etwas antun werde?«

»Nein. Ich weise nur auf diese Tatsache hin. Ich mag dagegen gewesen sein, dass Cassie, Elena und Jane nach Dreagan kommen und sich mit Drachenkönigen verbinden, aber man kann die Liebe zwischen allen drei Paaren nicht leugnen. Sei nett zu den Frauen. Ich will keine internen Streitigkeiten. Wir haben genug andere Sorgen.«

»Du musst dir keine Gedanken machen wegen der Frauen, die einen Bund eingegangen sind. Ich werde höflich zu ihnen sein.«

Con beugte sich vor und stützte seine Unterarme auf den Schreibtisch. »Es gibt noch weitere Menschen hier, Kellan. Wir stellen viele von ihnen ein, damit sie hier arbeiten und verschiedenste Aufgaben übernehmen.«

Umgeben von Menschen. Das reichte normalerweise, dass Kellan sich auf der Stelle zurückwünschte in seine Höhle. Aber dann erinnerte er sich an die Bedrohung für alle Drachenkönige, und er wusste, dass es eine Weile dauern würde, bis er wieder in seine Höhle zurückkehren und seinen friedlichen Schlaf aufnehmen konnte, nach dem er sich sehnte.

»Wird das ein Problem sein?«, fragte Con und durchbohrte ihn mit seinen schwarzen Augen.

Kellan hielt Cons Blick stand. »Wenn sie mich nicht hintergehen, wird es kein Problem geben.«

»In Ordnung. Und jetzt zu Denae.«

Kellan stand auf und ging auf und ab im Büro. Er musste sich unbedingt bewegen, um das Kribbeln in seinen Gliedern zu verscheuchen. Sein Blick fiel auf Cons Schwert, das an der Wand hing. Jeder Drachenkönig war mit einer Tätowierung gekennzeichnet, aber zusätzlich war jedem von ihnen auch ein spezielles Schwert anvertraut worden.

»Ich werde dich über alles informieren, was ich über Denae und ihren Kollegen erfahren habe, aber ich halte es für klüger, wenn ich ihr aus dem Weg gehe.«

»Da bin ich anderer Meinung«, widersprach Con.

Kellan maß den König der Könige mit zusammengekniffenen Augen. »Was hast du im Sinn, Constantine?«

»Ich versuche, Dreagan und alle, die es ihr Zuhause nennen, zu beschützen. Ich möchte wissen, warum ausgerechnet deine Höhle gezielt ausgewählt wurde, und keiner eignet sich besser als du, den Grund dafür herauszufinden.«

Kellan kaufte ihm das nicht für eine Minute ab. Con würde alles tun, um Dreagan und die Drachenkönige zu beschützen, aber hinter seiner Bitte steckte noch weitaus mehr.

»Fein«, sagte Con und warf seinen Füller auf den Schreibtisch. »Ich glaube, du brauchst etwas Übung im Umgang mit Menschen, um deinen Hass im Zaum zu halten. Nicht alle Menschen sind schlecht, Kellan.«

»Das sehe ich anders. Vergiss nicht, dass ich es selbst erlebt habe.«

»Das war vor sehr langer Zeit.«

Kellan trat hinter Cons Schreibtisch und blickte aus einem der Fenster hinaus auf das grüne Tal unter ihnen und die weißen Punkte, bei denen es sich um Schafe handelte. »Mein Herz wird immer voll von Hass auf die Menschen bleiben. Sie haben meine Bronzedrachen abgeschlachtet, die nur dort waren, um sie zu beschützen. Sie haben Ulrik verraten und dadurch jeden Einzelnen von uns ebenfalls.«

»Hat die Tötung dieses Menschen deine Schmerzen beseitigt?«

Ohne auf Con einzugehen, sagte Kellan: »Ihretwegen habe ich keine Bronzenen mehr, die ich regieren kann.«

»Keiner von uns regiert noch Drachen«, erwiderte Con leise. »Wir alle spüren den Verlust.«

Kellan war so in seinen eigenen Kummer versunken, dass er dieses kleine Detail verdrängt hatte. Er war nicht der einzige Drachenkönig, der hintergangen worden war. Nicht der Einzige, der unter dem Verlust der Drachen litt.

Con verlangte nicht viel, und obgleich Kellan derjenige war, der die Geschichte der Drachen bewahrte, hatte Con ihm gestattet, beinahe eintausenddreihundert Jahre lang zu schlafen.

»Ich bin nicht mehr der Drachenkönig, der ich mal war«, sagte Kellan. »Ich bin nicht mehr geduldig oder versöhnlich. Ich weiß nicht mehr, wie es ist, gnädig zu sein oder milde. Wenn es das ist, was du von mir Denae gegenüber erwartest, dann schlage ich ernsthaft vor, dass du jemand anderen fragst.«

Einen Moment herrschte Schweigen, bevor Con sagte: »Ich will dich, Kellan. Ich hätte dich nicht gebeten, wenn ich nicht davon überzeugt wäre, dass du genau der Richtige bist für diese Aufgabe.«

Kellan verschränkte die Hände hinter seinem Rücken. »Ich muss dich warnen, ich habe einen besonderen Widerwillen gegen Denae. Ihr Vertrauen zu gewinnen wird nicht leicht sein, da sie mitbekommen wird, wie sehr ich sie verabscheue.«

»Ich glaube, du schaffst das schon.«

Die Heiterkeit in Cons Worten bewog Kellan dazu, sich zu seinem Freund umzudrehen. Als er dessen breites Grinsen sah, stöhnte Kellan. »Was ist?«

»Glaubst du, dass mir verborgen geblieben ist, wie ungern du sie berührt hast?«

»Genau. Weil ich sie nicht *mag.*«

Con nickte und grinste unverändert. »Wie lange ist es her, dass du deinem Körper Erleichterung verschafft hast?«

»Du kennst die Antwort darauf«, fauchte Kellan. »Ich werde mich darum kümmern, sobald ich kann.«

»Ich habe gesehen, wie Denae dich beobachtet hat.«

»Sie hat alle beobachtet. Ihre Lage ist heikel, und sie weiß das.«

Con lehnte sich zurück in seinem Sessel. »Wäre es denn so schlimm, Denae näherzukommen?«

»Ja.«

»Hm. Du fühlst dich also nicht von ihr angezogen?«

Kellan ging zur Tür, während er antwortete: »Nein.«

»Nicht einmal ein bisschen?«

»Nicht einmal ein kleines bisschen«, behauptete er und verließ Cons Büro.

Erst als Kellan auf dem Flur stand, ging ihm richtig auf, worum Con ihn gebeten hatte. Denae nahezukommen. Wie sollte Kellan das bewerkstelligen, wenn er es kaum ertragen konnte, sich in der Nähe dieser Frau aufzuhalten?

»Für die Drachen«, murmelte Kellan.

Gerade weil Con so viel geopfert hatte, und die anderen Drachenkönige sich versteckt hatten, um das Überleben ihrer Art zu sichern, durfte Kellan nicht zurückstehen.

Con würde alles tun, alles sagen, um die Sicherheit Dreagans zu gewährleisten und die der Drachenkönige, die hier lebten. Kellan würde seinen Hass unterdrücken, um Denae ihre Geheimnisse zu entlocken.

Aber sollte sie ihn und die anderen Drachenkönige in irgendeiner Weise betrügen, würde er sie töten.

5

Denae stützte sich auf das Waschbecken, weil das Aufstehen und der Gang ins Badezimmer ihr sehr schwergefallen war. Als sie die Schmerzen einigermaßen unter Kontrolle hatte, hob sie das weite Hemd an, um ihre Wunde zu betrachten.

Eine lange Gazebinde bedeckte sie. Sie lüpfte die Gaze ein wenig und starrte verblüfft auf die Wunde im Spiegel.

»Stimmt etwas nicht?«

Beim Geräusch der tiefen, sinnlichen Stimme fuhr Denae herum, vergaß die Wunde vor Überraschung. Der Schmerz setzte unmittelbar ein, sodass sie keuchte und sich an etwas festhielt, um nicht umzukippen.

Sie fand sich wieder in Kellans Armen, der sie sanft, aber sicher aufrecht hielt. Denae umklammerte seine starken Arme, während sie die Hitze, die er ausstrahlte, in sich aufnahm. Sie blickte auf und war gefangen von seinen hellgrünen Augen, seinen Wimpern, die so dicht und schwarz waren, dass sie bei jedem anderen feminin gewirkt hätten.

Ihr Körper reagierte prompt auf seine Berührung. Ihr Blut geriet in Wallung, und eine anhaltende Hitze breitete sich zwischen ihren Beinen aus. Denae war die unwiderstehliche erotische Anziehung, die Kellan auf sie ausübte, unerklärlich. Aber sie war da, als ob sie immer schon da gewesen wäre. Als ob etwas in ihr nur darauf gewartet hätte, dass sie Kellan begegnete.

So schön seine Augen waren, sie verrieten keinerlei Gefühl. Es fühlte sich an wie ein Eimer Eiswasser, der über ihr ausgekippt wurde. Denae trat zurück und versuchte, die straffen Muskeln seiner Brust unter ihren Handflächen zu ignorieren.

»Du kannst mich jetzt loslassen«, sagte sie, als sie sich erneut zum Spiegel umwandte.

»Du bist blass.«

Denae hielt sich wieder am Waschbecken fest. »Ja. Das soll vorkommen, wenn man verwundet ist und viel Blut verloren hat.«

»Du solltest dich besser fühlen.«

Sie hob den Blick, um ihn im Spiegel anzuschauen. Seine Bemerkung sowie die Tatsache, dass ihre Wunde aussah, als wäre sie bereits eine Woche und nicht erst ein paar Stunden alt, veranlasste sie dazu, ihn stirnrunzelnd zu mustern. »Was habt ihr mit mir angestellt?«

Denae zuckte zusammen, als sie den Satz beendet hatte. Es hatte sie viel Mühe gekostet, ihren näselnden texanischen Tonfall loszuwerden, aber gerade eben war er wieder deutlich hörbar gewesen.

»Wir haben dich versorgt.«

Sie drehte sich um und sah ihm in die Augen, achtete darauf, sich langsam zu bewegen, um ihre Seite nicht anzuspannen. »Was habt ihr sonst noch gemacht? Ich weiß, wie tief die Wunde war. Ich weiß, dass ich schlimm geblutet habe.«

»Es war dunkel in der Höhle«, sagte er und lehnte sich mit der Schulter an den Türrahmen, bevor er seine Arme vor der Brust verschränkte.

Das führte dazu, dass sich sein T-Shirt noch mehr über seine starken Muskeln spannte. Denae musste den Blick abwenden. Verdammt sollte er sein, so gut auszusehen, dass sie ihn am liebsten auf der Stelle vernascht hätte. »Warst du zufällig in der Höhle?«

»Es ist meine Höhle.«

Sie hob ruckartig den Blick zu ihm und legte die Stirn in Falten. »*Deine* Höhle? Was bedeutet das genau?«

»Wenn ich nicht da gewesen wäre, wärst du jetzt tot.«

»Ich glaube, das wäre besser gewesen für alle Beteiligten.« Denae wandte sich erneut zum Waschbecken um und drehte den Hahn auf. Sie spritzte sich Wasser ins Gesicht, fühlte sich plötzlich von Grund auf erschöpft.

Sie trocknete sich das Gesicht ab und erblickte eine Bürste. Ohne darüber nachzudenken, entfernte sie ihre Haarspange und lockerte ihr Haar. Es war immer noch teilweise feucht, als sie es durchbürstete.

Denae ertappte Kellan dabei, ihre Hand zu beobachten, welche die Bürste hielt, mit der sie sich durch ihr volles Haar fuhr. Etwas flackerte auf in seinen Augen, irgendein unbekanntes Gefühl, das sie veranlasste innezuhalten.

Als sie das tat, zuckte sein Blick, er sah ihr in die Augen, und die Kälte war wieder da.

Mehrere Sekunden lang starrten sie einander angespannt an. Er machte sie nervös, als ob da eine Unterströmung von etwas Ursprünglichem, Sexuellem wäre, die sie nicht greifen konnte.

Denae wünschte, sie wüsste ihren Körper einzusetzen, wie

einige Agentinnen es taten. Verführung war nicht eine ihrer Stärken, und sie hatte es auch nicht trainiert beim MI5. Hätte sie nur die verdeckt arbeitenden Agentinnen genauer beobachtet, die dabei ihren Körper einsetzten, dann wüsste sie möglicherweise, was gerade mit ihr passierte.

Sie legte die Bürste zurück und war ganz zappelig, war sich plötzlich ihrer selbst nicht mehr sicher. Es war das erste Mal, dass sie solche … Unruhe verspürte, jetzt, in Kellans Gegenwart.

Machte er das absichtlich? Wenn ja, war es eine tolle Taktik, weil sie perfekt funktionierte. Zum Teufel mit ihm.

»Fühlst du dich unbehaglich in meiner Nähe?«, fragte er.

Sie weigerte sich, ihn wieder anzuschauen, nicht einmal im Spiegel. »Hast du es nicht genau darauf abgesehen?«

»Wie kommst du darauf?«

»Warum bist du in meinem Zimmer?«

»Ist das nicht offensichtlich?«

Denae schüttelte den Kopf und lachte verzagt. »Ich habe bereits erklärt, dass ich euch alles erzählen werde, was ich über die Pläne des MI5 bezüglich Dreagan weiß. Es ist unnötig, dass jemand mich bewacht. Ich bezweifle, dass ich entkommen könnte, auch wenn ich es vorhätte.«

»Du bist auf unser Land gekommen und in meine Höhle eingedrungen, ohne uns zu kennen.«

»Ich glaube, dass wir Glück gehabt haben«, sagte sie und ging auf die Tür zu, wobei sie sorgfältig vermied, ihn anzublicken.

Gerade als sie glaubte, dass er ihr den Weg freigeben würde, blockierte er ihn, zwang sie, ihn anzusehen. »Wonach habt ihr gesucht?«

»Nach allem. Und jedem. Wie ich schon sagte, sie waren

der Meinung, dass ich es wüsste, sobald ich es sähe. Mehr hat man mir nicht gesagt. Als ich nachgefragt habe, warum Dreagan das Ziel war, wurde mir bedeutet, dass es Verdachtsmomente gebe. Matt wusste mehr.«

»Ihn hast du umgebracht.«

»Ich hatte nur die Wahl zu töten oder getötet zu werden«, sagte sie mit zusammengebissenen Zähnen.

Ihre Kräfte verließen sie zusehends. Als ob er das spürte, gab Kellan ihr den Weg frei, und sie ging die paar Schritte zum Bett und setzte sich vorsichtig.

»Cassie hat dir ein Schmerzmittel gebracht«, sagte Kellan, als er sich auf dem Stuhl niederließ, den Con vor Kurzem freigemacht hatte.

Denae versuchte, nicht zusammenzuzucken bei der Anstrengung, beide Beine aufs Bett zu hieven. »Ich habe eine hohe Schmerztoleranz.«

»Du willst damit sagen, dass du dem, was im Medikament ist, misstraust.«

»Etwas in der Art. Ich bin sicher, dass du das verstehst.«

Zu ihrer Verblüffung verzogen sich seine Lippen unmerklich, beinahe so, als würde er lächeln. »Ja. Es könnte aber auch sein, dass du einfach stur bist.«

»Ich mag Schmerzen nicht«, antwortete sie und zog die Bettdecke über ihre nackten Beine. Die Shorts, die sie trug, waren aufgerissen, zeigten beinahe alles.

Sie hätte möglicherweise auf die Bettdecke verzichtet, hätte sie angenommen, dass Kellan interessiert war, aber seine Unnahbarkeit sagte alles. Wenn sie nur ihren eigenen Körper davon überzeugen könnte, dass dieser Typ reine Zeitverschwendung war, hätte sie vielleicht eher das Gefühl gehabt, die Situation im Griff zu haben.

»Wenn du Schmerzen nicht magst, dann nimm die Medikamente.«

»Na schön. Ich werde diese verdammten Pillen schlucken.«

Eine karamellfarbene Augenbraue hob sich. »Du bist leicht zu ärgern. Das hätte ich nicht erwartet von einer MI5-Agentin.«

»Tja, na ja, du scheinst das irgendwie bei mir zutage zu fördern.« Kaum hatte sie das ausgesprochen, hätte Denae es gern zurückgenommen. »Hör zu, ich bin müde, habe Schmerzen und bin wütend über den Verrat einer Organisation und eines Landes, zu dessen Schutz ich da war. Ich bin nicht ganz ich selbst.«

»Genau genommen bist du jetzt mehr du selbst als zu jeder anderen Zeit.«

»Weswegen du mich auch genau jetzt verhören willst.« Sie lehnte sich mit dem Kopf an das Kopfende und machte es sich so bequem wie möglich. »Leg los.«

Für den Bruchteil einer Sekunde bemerkte sie Verwirrung in seiner Miene, bevor er ihre Worte registrierte. »Können wir nicht einfach miteinander reden?«

»Du hast nicht mit mir geredet. Du hast mich gegen dich aufgebracht.«

»Da liegst du falsch. Ich bin gekommen, um zu sehen, wie es dir geht.«

Denae seufzte. Der Versuch, sich mit Kellan zu unterhalten, erschöpfte sie. Es war beinahe, als würden sie sich duellieren, nur dass sie es mit Worten statt mit Schwertern taten. Und sie war eindeutig auf der Verliererseite.

»Warum hast du nicht Cassie geschickt? Ich weiß, dass du nicht hier bei mir sein willst.«

»Cassie ist damit beschäftigt, sich um ihren Ehemann zu kümmern.«

Darüber musste Denae lächeln und hatte das Gefühl, einen kleinen Sieg errungen zu haben. »Aha, aber du leugnest nicht, dass du nicht hier sein möchtest.«

»Ich leugne es nicht.«

»Das tut mir leid.« Sie meinte es ernst. »Es macht nie Spaß, einen Job am Hals zu haben, den man nicht will.«

Er antwortete nicht, und Denae stellte fest, dass sie die Augen nicht länger offen halten konnte, während die Minuten verstrichen. Sie war gerade dabei einzudösen, als er fragte: »Was sucht der MI5 in Dreagan?«

»Darüber wurde ich nicht informiert«, wiederholte sie und gähnte, wobei sie die Augen geschlossen hielt. »Ich ging davon aus, dass ich Erkundigungen einziehen sollte. Erst als Matt mir eröffnete, dass ich als Lockvogel dienen sollte, erkannte ich, dass sich dahinter noch eine andere Aufgabe verbarg. Warum war ich ein Lockvogel? Und warum musste ich verwundet werden? Dachten sie, dass mich irgendein Tier angreifen würde?«

»Es hätte sich etwas in der Höhle befinden können außer dir.«

Denae öffnete die Augen einen Spaltbreit. »Es ist deine Höhle. Hast du gesagt. Was war darin?«

»Ich.«

»Du?« Schläfrig, wie sie war, begriff sie nicht gleich, was er da sagte. »Du warst da? Du hast mich und Matt kämpfen sehen?«

Er nickte nur knapp.

Das sorgte dafür, dass Denae hellwach wurde. »Wie lange hast du mich bluten lassen?«

»Du lebst, oder etwa nicht?«

»Das war nicht meine Frage.« Sie bemühte sich, ihrer Bestürzung Herr zu werden. »Du musstest allen Ernstes überlegen, ob du mich retten sollst oder nicht? Was für ein Mensch bist du?«

»Anders als alle dir bekannten.«

»Offensichtlich«, sagte sie und dachte nicht daran, ihre Wut zurückzuhalten. »Du bist genauso schlecht wie Matt. Er hat mich benutzt, und in deinen Augen war ich es beinahe nicht wert, gerettet zu werden. Wohin ist es mit dieser Welt nur gekommen?«

Er streckte seine Beine aus und schlug die Füße übereinander. »Das frage ich mich auch seit Jahren. Ja, ich gebe zu, dass ich mit mir gerungen habe, ob ich dir helfen soll. Tatsache ist: Ich tat es.«

»Bereust du es?« Sie wartete gespannt auf seine Antwort, fragte sich, warum sie sich selbst ständig wieder in eine Situation brachte, in der sie verletzbar war.

»Das kommt darauf an, was du uns über den MI5 erzählen kannst.«

»Befragst du mich jetzt?«

»Nein.«

Denae glitt von den Kissen tiefer ins Bett, bis sie flach auf dem Rücken lag. »Hast du vor, die ganze Nacht hierzubleiben?«

»Wir wollen doch nicht, dass du glaubst, du könntest fliehen, oder?«

Denae blickte an die Decke. »Wohin sollte ich schon fliehen? Im Moment ist Dreagan der sicherste Ort für mich.«

»Solange du dich kooperativ verhältst und wir nicht glauben, dass du lügst, wirst du hier Schutz genießen.«

»Könnt ihr mich wirklich außer Landes schaffen?«

»Es gibt viel, was wir tun können.«

Sie knurrte. »Vielleicht interessiert sich der MI5 deshalb für euch. Ich habe die Akte über Dreagan eingesehen. Sie enthält nur ein paar Blatt Papier. Sie ist so dünn, dass es überhaupt keinen Sinn ergibt, dass wir hierhergeschickt wurden.«

»Wie dick sind die Akten, die du normalerweise siehst?«

Sie hielt ihre Hand hoch und zeigte den Umfang mit Zeigefinger und Daumen an. »Ungefähr acht Zentimeter oder so. Vor jedem Einsatz werden Informationen über alle und jeden gesammelt, die in Verbindung stehen mit dem zu beobachtenden Zielobjekt. Dann erst wird der Einsatz geplant, und mehrere Teams werden losgeschickt.«

»Hast du nicht gesagt, dass es nur du und Matt waren?«

Denae stützte ihren Kopf mit einer Hand ab, um Kellan ansehen zu können. »Es waren nur wir beide. Das war ein weiteres Alarmsignal für mich, aber dann dachte ich, dass möglicherweise andere Teams schon losgeschickt worden waren, von denen wir nichts wussten.«

»Niemand anders ist geortet worden.«

Er sagte das mit so absoluter Gewissheit, dass sie sich fragte, ob der MI5 recht gehabt hatte, mehr Informationen über Dreagan und seine Bewohner sammeln zu wollen.

»Dreagan besteht aus über sechzigtausend Morgen. Es ist absolut unmöglich, dass ihr die gesamte Fläche erfassen konntet, seit ich hierhergebracht worden bin, es sei denn, ihr verfügt über weit entwickeltes militärisches Gerät.«

Kellan starrte sie einfach nur unverwandt an, verweigerte jegliche Zustimmung oder Erwiderung.

»Ihr habt es, nicht wahr?«, fragte sie und setzte sich erneut zu hastig auf im Bett, was zu einem schmerzhaften Ziehen in ihrer Seite führte, sodass sie das Gesicht verzog. »Habt ihr es gestohlen? Der MI5 wird vor nichts zurückschrecken, um dieses Kriegsgerät wieder in die Hände zu bekommen.«

Kellan beugte sich auf seinem Stuhl vor. »Hast du nie daran gedacht, dass es vieles gibt auf der Welt, was weit über den beschränkten menschlichen Verstand hinausgeht?«

Denae blieb total verblüfft zurück, als Kellan sich erhob, den Raum verließ und sie mit dieser Frage zurückließ, die ihr nicht mehr aus dem Kopf ging.

Und keine Antwort war in Sicht.

6

Irgendwo in Schottland …

Das Verlies war dunkel, wie das gesamte zerfallende Schloss. Als ob ihn das ängstigen würde. Er hatte um das Treffen gebeten, um eine Verbindung zu pflegen, die es seit über zehntausend Jahren nicht mehr gegeben hatte.

Die Drachenkönige hatten den entscheidenden Fehler begangen, sich von den Feen zu entfremden. Einen Fehler, den er nicht wiederholen würde. Er kannte ein Geheimnis der Feen, das die Könige unbedingt geheim halten wollten.

Er war dabei, Dinge voranzutreiben und sich mit den tödlichsten der Feen zu verbünden – mit den Dunklen Feen. Diese Wesen zögerten nicht, ihre beträchtliche Macht einzusetzen, um einfach alles zu bekommen, was sie wollten.

»Du hast mich warten lassen«, sagte er in das Dunkel.

Er war nicht allein. Er war nicht allein gewesen seit dem Moment, da er die alte Zugbrücke überschritten hatte. Die Feen waren überall. Zwei standen weniger als einen halben Meter entfernt von ihm.

Nicht dass er sich fürchtete. Die Dunklen hatten ihre eigene

Art, die Dinge anzugehen, und sie mussten immer noch lernen, ihm zu vertrauen.

»Weil ich es so wollte«, sagte die Reibeisenstimme des Anführers der Dunklen, Taraeth. Ein unheimliches blaues Licht erfüllte plötzlich das Verlies. »Warum hast du um dieses Treffen gebeten?«

»Bei dem Versuch, Dreagan zu infiltrieren, hat es ein Problem gegeben.«

Taraeth grinste höhnisch, seine roten Augen glühten. »Das wissen wir. Der Mann hat seine Aufgabe nicht erfüllt. Die Frau ist jetzt in den Händen der Drachenkönige.«

»Glaubst du etwa, dass sie ihr glauben werden?«, fragte er. »Natürlich werden sie das nicht tun. Sie werden alle Informationen, die sie kriegen können, aus ihr herausholen, und dann werden sie sie gehen lassen.«

»Aber dann hat sie sie gesehen.«

Er zuckte die Achseln. »Vielleicht, aber ich glaube es eher nicht. Sie werden sehr vorsichtig sein. Sobald die Frau frei ist, werde ich dafür sorgen, dass der MI5 sie sich schnappt. Die Könige werden sie bewachen. Sie werden ihr zu Hilfe kommen. Und an der Stelle kommst du ins Spiel.«

Taraeth lächelte kalt und berechnend. »Du überlässt mir einen Drachenkönig?«

»Schnapp dir so viele, wie du kriegen kannst, und mach mit ihnen, was du willst.«

Taraeth ließ sich den neuen Plan einige Minuten durch den Kopf gehen, bevor er seine Arme vor der Brust verschränkte. »Es gibt nur einen, den ich will.«

Er nickte. »Ah, ja. Kellan. Warum ihn?«

»Geht dich nichts an. Was passiert, wenn dieser Plan schiefgeht?«

»Wird er nicht«, entgegnete er. »Ich kenne die Könige. Ich weiß, wie sie ticken. Sie werden uns direkt in die Hände spielen.«

Taraeth nickte, und im nächsten Augenblick war das blaue Licht verschwunden. Genau wie die Dunklen Feen.

Er ging aus dem Verlies und zurück durch die Ruinen des Schlosses und weiter über die Zugbrücke zu seinem Wagen. Er glitt hinters Steuer, startete den Wagen und steuerte ihn in Richtung Perth.

Banan starrte die Schafe an, die in einen der Pferche getrieben wurden, um geschoren zu werden. Als er erfahren hatte, dass eine MI5-Agentin auf dem Landsitz festgehalten wurde, hatte er es einfach nicht glauben mögen. Es war Henry North gewesen, ein MI5-Agent, den sie ein paarmal um Hilfe ersucht hatten, der ihm geholfen hatte, die Männer aufzuspüren, die für Janes Entführung in London verantwortlich waren.

Das Geräusch sich nähernder Schritte wurde vom Blöken der Schafe übertönt, aber Banan hörte es trotzdem.

»Es ist möglicherweise an der Zeit, Henry anzurufen«, sagte Constantine, als er zu ihm kam.

Banan sah ihn an und stellte fest, dass Con seine schicke Hose und sein Designerhemd gegen ein weißes T-Shirt, ausgebleichte Jeans und Stiefel ausgetauscht hatte. »Nicht gerade dein üblicher Aufzug.«

»Ich konnte schließlich nicht gut durch Matsch und Dreck marschieren in meiner üblichen Kleidung, oder?«, gab Con verdrossen zurück.

Banan schloss das Gatter, als der Pferch voll war, und öffnete dann schnell ein weiteres. »Ich möchte nicht hören, was Henry zu sagen hat.«

»Es dürfte dich aber interessieren. Laut Jane ruft er jetzt ständig bei ihr an, da du nicht an dein Handy gehst.«

Banan lehnte sich an den Zaun. »Ich mag Henry, Con. Jedes Mal wenn wir ihn um etwas gebeten haben, hat er sich für uns eingesetzt.«

»Was bringt dich dann auf den Gedanken, dass es jetzt anders sein könnte?«

»Warum hat er uns nichts gesagt?«, fragte Banan und blickte Con an. »Warum hat er uns nicht gewarnt?«

Con zuckte die Achseln. »Er wusste es vielleicht nicht. Du weißt doch, wie die einzelnen Abteilungen ihre Geheimnisse voreinander haben in der Spionagewelt.«

Da mochte er recht haben, aber das flaue Gefühl, das Banan im Magen verspürte, schrie förmlich nach Vergeltung für den Fall, dass Henry sie betrogen hatte.

»Ruf ihn an«, drängte Con ihn. »Glaubst du wirklich, dass Henry weiterhin versuchen würde, uns anzurufen, wenn er uns verraten hätte?«

»Ja. Er mag vielleicht nicht wissen, wer wir sind, aber er weiß, dass wir mächtig sind.«

Con lehnte sich über den Zaun und tätschelte eins der dicken Schafe, das gerade vorbeischoss. »Wenn du ihn nicht anrufst, lade ich ihn nach Dreagan ein. Die Entscheidung liegt bei dir.«

Banan blickte Con in die Augen und sah, dass es diesem ernst war.

Ein Windstoß fuhr durch das Tal und zerzauste Cons blondes Haar. Banan wandte sich ab und strich sich mit der Hand über seine kurzen, dunklen Stoppeln.

»Na gut«, sagte er und holte sein Handy hervor.

Es gab zehn verpasste Anrufe von Henry und drei Nachrichten. Banan schenkte es sich, die Nachrichten abzuhören, und wählte gleich Henrys Nummer.

Henry meldete sich nach dem ersten Klingeln: »Hallo, Banan.«

»Sag mir, dass du nichts davon wusstest.«

»Ich wusste es nicht«, beteuerte der Brite hastig. »Ich schwöre es. Ich habe es erst herausgefunden, als ich von zwei vermissten Agenten erfuhr. Als ich hörte, aus welcher Abteilung sie stammten, habe ich nachgeforscht und von ihrem verdeckten Einsatz in Dreagan erfahren.«

Banan schloss die Augen. »Ich möchte dir so gern glauben.«

»Dann tu das. Ich habe mich gemeldet, sobald es mir zu Ohren gekommen war. Jane wollte mir nichts sagen. Ich kann in wenigen Stunden in Dreagan sein.«

»Warum solltest du hierherkommen wollen?«

»Weil ich weiß, dass du kein Wort glaubst, das ich am Telefon sage. Du musst mir in die Augen sehen.«

Banan drehte sich um und sah Con an. Er wusste, dass Con das ganze Telefongespräch verfolgen konnte. »Warum spielt es eine Rolle, was ich denke?«

»Ich habe mein Leben lang gelogen und mich optisch angepasst, also quasi unsichtbar gemacht. Keiner könnte mich aus einer Menge herauspicken, Banan. Ich bin gut in meinem Job, aber hin und wieder passiert es, dass ich wahrgenommen werden möchte. Du und die anderen in Dreagan, ihr könnt mich sehen. Für euch bin ich kein Geist.«

»Deine Entscheidung«, meinte Con zu Banan.

Banan schloss das zweite Gatter, bevor er zu einem weiteren Pferch ging. »Können sie dich hier aufspüren?«

»Nein. Genauso wenig, wie sie dieses Handy abhören

können. Sie kennen diese Nummer nicht. Ich komme morgen früh.«

»Einer der Agenten ist tot«, informierte Banan ihn. »Die Agentin tötete ihren Kollegen, als er sie angriff.«

Henry stieß einen tiefen Seufzer aus. »Verflixt. Wir müssen das irgendwie wieder zurechtbiegen.«

»Wir kommen damit klar. Die Frau behauptet, dass sie verraten wurde von eurer Organisation. Sie wird dir nicht trauen.«

»Sie muss nicht unbedingt erfahren, dass ich da bin. Ich kenne die Abteilung, für die sie gearbeitet hat. Die ist bekannt dafür, dass sie Agenten im Stich lässt und dass es Fraktionen gibt, die sich gegenseitig bespitzeln. Sorgt für ihre Sicherheit. Sie werden hinter ihr her sein.«

Banan beendete das Gespräch und steckte das Handy ein. »Wir hatten großes Glück, uns versteckt halten zu können über all die Jahrhunderte hinweg. Wieso habe ich das Gefühl, dass das alles kurz vor dem Ende steht?«

»Wenn es das tut, dann ist es halt so«, sagte Con. »Dann folgen wir unseren Drachen in ihr Reich und leben wieder mit ihnen zusammen.«

»Und was wird aus unserem Schutz für die Menschen?«

»Sobald sie erfahren, dass wir Drachen sind, werden sie uns unablässig jagen. Sieh dir doch an, was sie mit Loch Ness angestellt haben, nur weil jemand behauptete, dass er etwas im Wasser gesehen hat. Dass dieses Etwas zufällig einer von uns war. Sie haben Loch Ness unaufhörlich durchkämmt, und sie werden nicht aufgeben, auch wenn sie absolut nichts finden können. Was, glaubst du, werden sie tun, wenn sie herausfinden, dass wir uns in Drachen verwandeln können?«

Banan kniff die Augenlider zu. »So gut wir uns auch verstecken würden, es würde nichts helfen. Es gibt keinen Ort auf diesem Planeten, an den wir uns zurückziehen könnten.«

»Nein, gibt es nicht. Wir müssten gehen oder erneut einem Krieg ins Auge schauen. Ich möchte nicht, dass die Könige noch einmal entzweit werden.«

»Wir könnten uns über die Welt verteilen. Jane zu bitten ihr Reich zu verlassen, wird schwierig. Aber wenn wir nicht in Dreagan sind, können sie auch nicht wissen, wer ein Drachenkönig ist.«

Con blickte über das Land. »Sie werden es herausfinden. Sie finden es immer heraus. Du weißt, dass wir nicht lange fortbleiben können. Wenn wir nicht hier sind mit unserer Magie, werden die Silbernen erwachen und die Menschen töten. Diese Silbernen sind die größten von Ulriks Drachen. Wir müssen dafür sorgen, dass sie weiterschlafen, da sie den anderen, gemäß Ulriks Befehl, nicht gefolgt sind.«

»Es wird nicht lange dauern, bis wir gnadenlos gejagt werden. Ich bin mir nicht sicher, ob es mir wirklich leidtäte, was die Silbernen mit den Menschen anstellen würden.«

»Und was würde Jane denken?«

Banan zuckte zusammen, als er an seine Menschenfrau dachte, die vor wenigen Monaten seine Gefährtin geworden war. »Sie ist jetzt eine von uns. Sie wird es verstehen.«

»Das bezweifle ich«, sagte Constantine, als er ging.

Banan gab den Schafscherern das Zeichen, dass sie anfangen sollten, während er zum nächsten Pferch ging und das Gatter öffnete. So lange waren sie anonym geblieben, dass sie es schon für selbstverständlich gehalten hatten.

Doch es war eine Sache für Banan, auf der Flucht zu sein und sich vor den Menschen zu verstecken, die ihn jagten, aber eine völlig andere, Jane dabeizuhaben. Und sie hier zurückzulassen kam auch nicht in Frage.

Als seine Gefährtin gehörte sie jetzt zu ihnen, auch wenn sie sich nicht verwandeln konnte. Sie waren verbunden, und zwar durch weit mehr als durch Liebe und Schwüre. Sie würde so lange leben, wie er lebte, und sterben, wenn er starb. Da er nur durch die Hand eines anderen Drachenkönigs getötet werden konnte, könnte sie faktisch ewig leben.

Könnten sie Dreagan und diese Gefielde verlassen? Einerseits wäre Banan am liebsten sofort aufgebrochen. Wie oft träumte er davon, seine Blauen wiederzusehen. Andererseits dachte er an Jane und wusste, dass sie ihm überallhin folgen würde, aber wäre sie auch glücklich?

Con betrat die Whiskybrennerei und sog die vielen Düfte in sich auf, die im Verlauf der Herstellung ihres berühmten Whiskys entstanden. Es war laut, weil die Destillierapparate noch in Betrieb waren, was ihm half, die Gedanken, die ihm durch den Kopf gingen, zu kaschieren.

Banan hatte recht. Man würde ihre Identität bald aufdecken. Es fragte sich nur, wie bald.

Es war Cons Aufgabe, für die Sicherheit der Könige zu sorgen und Dreagan als Zufluchtsort für sie zu bewahren. Wie hatte es passieren können, dass alles derart aus dem Ruder lief? Es wäre ihm ein Leichtes gewesen, die Schuld den Frauen zu geben, die einen Bund mit seinen Königen geschlossen hatten, aber Con wusste, dass sie nicht daran beteiligt waren.

Nein, die Schuld lag bei denen, die hinter den Kulissen die Fäden zogen. Wer auch immer das sein mochte. Allen voran diese Leute von ReineEdelsteine mit ihren Versuchen, etwas herauszufinden, indem sie sich unter dem Vorwand der »Höhlenexpeditionen« bei ihnen eingeschlichen hatten.

Nur weil sie diesem Anfangsverdacht nachgegangen waren, mit Elenas und Janes Hilfe, hatten die Könige begriffen, dass ReineEdelsteine nicht mehr als ein Deckname war, dass sich dahinter eine andere lenkende Kraft verbarg. Jane hatte mit dem Mann gesprochen, aber sie hatte nie sein Gesicht gesehen.

Tief in seinem Innersten wusste Con, dass Ulrik Anteil daran hatte – wenn er nicht überhaupt der Urheber des Ganzen war.

Seit Jahrhunderten hatte Con damit gerechnet, dass Ulrik Rache nehmen würde, aber er hatte angenommen, dass Ulrik sich nur ihn zum Ziel nehmen würde – nicht alle Drachenkönige.

Con hatte das Richtige getan, als er vor mehr als hunderttausend Jahren Ulriks Frau getötet hatte. Sie hatte Ulrik und die Könige verraten. Als Oberhaupt aller Könige hatte Con die Pflicht gehabt zu handeln.

Er hatte geglaubt, er könnte mit Ulrik reden und ihn davon überzeugen, dass ihm keine andere Wahl geblieben war. Aber Ulrik war völlig außer sich und keinen Argumenten zugänglich gewesen.

Con stieg die Treppe zu der Plattform hinauf, von der aus er die Arbeiter überblicken konnte. Er stützte seine Hände auf das Geländer. Ulrik hatte getan, was ihnen streng untersagt war: Er hatte mithilfe seiner Silbernen einen Krieg gegen die Menschen angezettelt.

Es spielte keine Rolle, dass die Menschen Drachen töteten. Es war die Aufgabe der Drachenkönige, für Frieden zwischen Drachen und Menschen zu sorgen.

Das war Con nicht gelungen, er hatte versagt.

Da Ulrik Worten nicht zugänglich gewesen war, war Con keine andere Wahl geblieben – er hatte Ulrik das Recht genommen, Drachengestalt anzunehmen und ein Schwert zu besitzen. Und dann hatte Con Ulrik auch noch seiner Magie beraubt, sodass er nicht mehr mit seinen Silbernen kommunizieren konnte.

Der Rest der Könige hatte einige der Silbernen gefangen und sie in den Bergen Dreagans versteckt. Ulrik indes musste als Unsterblicher weiterleben, ohne die sonstigen Vorteile eines Drachenkönigs zu genießen.

Die Konfrontation zwischen Constantine und Ulrik rückte immer näher. Con erwartete sie jetzt schon eine ganze Weile. Sein einstiger bester Freund, derjenige, den er Bruder genannt hatte vor allen anderen, war jetzt sein Feind.

Ulrik lechzte nach Vergeltung.

Con würde sich ihm stellen.

7

Kellan wusste nicht genau, warum er, lange nachdem sie eingeschlafen war, zu Denaes Schlafzimmer zurückgegangen war. Er hatte draußen vor ihrer Tür stundenlang Wache gehalten und über ihre Unterhaltung nachgedacht.

Als die Morgendämmerung einsetzte, betrat er das Zimmer in der Erwartung, dass sie aufwachte. Stattdessen befand sie sich mitten in einem Traum, und es war kein guter, so wie sie sich hin und her warf und aufschrie.

Kellan ging zu ihr, wollte sie schon aufwecken, als sie sich wieder beruhigte. Er hielt inne, dann trat er zurück und setzte sich auf den Stuhl neben dem Bett, wollte sie nicht stören.

So sehr er sich auch bemühte wegzuschauen, wurde sein Blick jedoch immer wieder von ihren langen, dichten braunen Haaren angezogen, die von kupferfarbenen Strähnen durchzogen waren und sich über das Kissen ergossen.

Seit sie es gestern Abend gelöst und er gesehen hatte, wie es sie wie ein Vorhang umgab, verspürte Kellan das starke Bedürfnis, seine Finger hindurchgleiten zu lassen. Es war länger, als er erwartet hatte, reichte ihr bis zur Mitte ihres Rückens, glänzend, seidenweich und glatt.

Sonnenstrahlen fielen durch die Fenster. Sobald Denae gefrühstückt hatte, würde Kellan damit beginnen, ihr Informationen zu entlocken. Con wollte, dass er jedes erforderliche Mittel einsetzte.

Kellan hoffte, dass es nicht dazu kommen würde. Ihr nahezukommen war eine Prüfung, auf die er wirklich verzichten konnte. Es war ihm keine Zeit geblieben, eine bereitwillige Bettgefährtin aufzutun innerhalb der wenigen Stunden, die er jetzt wach war, aber er musste sich wirklich dringend darum kümmern.

Die ganze Angelegenheit könnte einigermaßen kompliziert werden, wenn Denae ihn weiterhin so in Versuchung führte. Sogar in diesem Moment, da er ihr Bein unter der Bettdecke hervorlugen sah, hatte er das absurde Bedürfnis, ihre Haut zu berühren und die Decke wegzureißen, damit er mehr von ihr sehen konnte.

Kellan wurde von einem qualvollen Stöhnen aus seinen Gedanken gerissen. Erneut hatte Denae einen Albtraum. Sie bewegte sich unruhig, und ihre Worte waren undeutlich, sodass er sie nicht verstehen konnte.

»Renee!«, rief sie, und dann riss sie die Augen auf.

Er verhielt sich still, wollte sie nicht erschrecken.

Nach einer Weile stieß Denae den Atem aus und verzog schmerzhaft das Gesicht. Sie bedeckte es mit beiden Händen, aber es war kein Schluchzen zu hören, und sie schien auch nicht zu weinen. Dann setzte sie sich langsam im Bett auf und fuhr sich mit einer Hand durch ihre langen Haare, strich sie sich aus dem Gesicht.

Sie hob ihre Hand und griff nach der Flasche mit den Tabletten. Kellan wusste, dass diese Kodein enthielten, was ihre Schmerzen lindern würde. Dennoch ließ sie ihre Hand mehrere Sekunden lang zitternd über der Flasche innehalten, bevor sie sie auf ihren Oberschenkel zurücksinken ließ.

Plötzlich hob sie den Kopf und blickte ihn an. Kellan sagte kein Wort, hauptsächlich, weil er unsicher war, was er sagen sollte. Offensichtlich kämpfte Denae mit Schmerzen, und es musste einen guten Grund für sie geben, das Medikament nicht einzunehmen.

»Hast du häufig Albträume?«

Sie atmete zittrig ein. »Sie kommen wiederholt, wenn ich im Stress bin.«

Kellan beobachtete sie scharf, als er die Frage stellte: »Wer ist Renee?«

»Meine Schwester.« Denae schloss die Augen und schluckte schwer. »Sie starb durch meine Schuld.«

Als sie die Augen wieder aufschlug, hielt Kellan ihren Blick fest, wartete darauf, dass sie fortfuhr. Er hatte nicht erwartet, dass sie sich öffnen würde, aber jetzt, da sie es getan hatte, wollte er wissen, warum sie sich die Schuld am Tod ihrer Schwester gab.

»Renee war nur ein Jahr älter, und wir standen uns sehr nahe. Sie hatte sich ohne Wissen meiner Eltern heimlich mit einem älteren Jungen getroffen. Alles lief gut, bis es das plötzlich nicht mehr tat. Eines Nachmittags gingen wir beide auf ihre Bitte hin an den Strand, wo sie mir eröffnete, dass sie diesem Jungen den Laufpass gegeben hatte, der sie aber nicht gehen lassen wollte.«

Er verhielt sich weiterhin still, als Denae ihre Hand vorsichtig auf ihre Wunde legte und tief Luft holte.

»Ich hielt das anfangs für einen Scherz. Ich ahnte nicht, dass der Typ sich zu einem Stalker entwickelt hatte und uns gefolgt war. Sie war eine unglaublich gute Schwimmerin, viel besser als ich. Aber als sie sich nicht wieder mit ihm einlassen wollte, ertränkte er sie. Ich höre sie immer noch meinen Namen rufen, während ich Schlange stand, um Eis zu kaufen.«

»Wie alt warst du?«

Sie blinzelte, als ob sie sich aus ihren Erinnerungen reißen müsste. »Vierzehn.«

»Wo waren eure Eltern?«

»Sie machten einen Strandspaziergang.«

Er konnte es nicht fassen, dass er kurz davor war, sie zu trösten – eine Sterbliche. Kellan blickte ihr in die Augen und sagte: »Es ist genauso wenig ihre Schuld, wie es deine ist.«

»Vielleicht«, erwiderte sie flüsternd.

»Möchtest du etwas essen?«, fragte er, um das Schweigen zu brechen.

Ihre Schultern entspannten sich, so als ob eine große Last von ihnen genommen worden war. »Das wäre schön.«

»Ich kümmere mich darum.« Kellan stand auf und ging zur Tür, öffnete sie und hielt inne. »Du wirst es wahrscheinlich nicht gern hören, aber du bist schwach. Wenn du Hilfe brauchst, wäre es töricht, nicht darum zu bitten.«

»Willst du, dass ich dich bitte?«, fragte sie misstrauisch.

Er blickte in ihre whiskyfarbenen Augen und wünschte sich wirklich sehr, dass sie nicht so verdammt gut aussehen würde, völlig zerknautscht vom Schlaf, so als ob sie die ganze Nacht hindurch geliebt worden wäre.

Sein Verlangen war groß, und sie sah immer verführerischer aus, je länger er in ihrer Nähe war. Es lag wahrscheinlich nur an seinem körperlichen Bedürfnis nach Erleichterung, nur daran und an nichts anderem. Kellan ballte die Faust, als er sich vorstellte, wie seine Hand durch ihre weiche

Haarfülle glitt, um ihren Kopf zu halten, während er sie leidenschaftlich und wild küsste.

»Mich oder jemand anderen«, sagte er, nachdem er sich geräuspert hatte. »Ich kann Cassie vorbeischicken, wenn du möchtest.«

»Ich komme schon allein zurecht.«

Sie war unglaublich stur. Obgleich er nicht hinschauen wollte, konnte er doch weder verhindern, dass sein Blick über ihre langen, schlanken Beine glitt, als sie aufstand, noch, dass er bemerkte, wie ihre Shorts kurz unter ihren wirklich reizenden Pobacken endete.

Sein Blick wanderte hinauf zu dem locker fallenden Hemd, das ihre Hüften und Taille vor ihm verbarg, nicht aber die sanfte Bewegung ihrer Brüste oder die Art und Weise, wie ihre Knospen hervortraten und sich unter dem Stoff abzeichneten.

Da sein Körper bereits in arger Bedrängnis war, bekam er auf der Stelle einen schmerzhaft harten Ständer. Die überwältigende, verheerende Gier, umgehend sein Verlangen zu befriedigen, wurde noch zehnmal schlimmer, allein durch Denaes Anblick.

Ihre langen, schlanken Finger griffen nach der Badezimmertür, dann drehte sie sich um und sah ihn mit ihren Whisky-Augen an. »Ich habe gestern Abend nicht gelogen. Ich kann eine Menge Schmerzen ertragen. Du kannst mich eine Weile allein lassen.«

Mist, wenn nur sein Körper ihn nicht so antreiben würde, auf sie zuzugehen. Es war zum Verrücktwerden, auch wenn er wusste, dass es einzig und allein an der Tatsache lag, dass sie ein weibliches Wesen in unmittelbarer Nähe zu einem Mann war, der es dringend nötig hatte, seinem Körper Befriedigung zu verschaffen. Er wollte nicht von ihr angezogen werden, egal aus welchem Grund.

Kellan verließ den Raum und schloss die Tür hinter sich, bevor sein bestes Teil das Denken übernahm und die Kontrolle an sich riss.

»Wie geht es ihr?«, fragte Rhys, als er die letzten Stufen zum Flur im zweiten Stock hinaufstieg.

Kellan wurde weiterhin von dem Bild ihrer wogenden Brüste unter ihrem Hemd verfolgt. Wie einfach es doch wäre, dieses dünne Hemd aufzureißen und sich an ihrem Anblick zu weiden!

Er konnte auch nicht aufhören, an ihre Geschichte über Renee zu denken. Er hatte echten Kummer und Schuldgefühle in ihren Augen bemerkt. Der Schmerz über den Tod ihrer Schwester verfolgte und quälte sie.

»Kellan?«

Er schüttelte die Gedanken ab und blickte Rhys an. »Sie ist hungrig. Ich muss ihr etwas zu essen bringen.«

Rhys blickte ihn aus schmalen, eisblauen Augen an. »Lass Kiril ihr das Essen bringen. Ich glaube, ich sollte dich nach Inverness fahren.«

»Con möchte, dass ich in ihrer Nähe bleibe.« Obgleich Kellan überall sein wollte, nur nicht dort. Eine Fahrt nach Inverness klang spitzenmäßig, vor allem, weil sie ihn von Denae entfernen würde, aber auch, weil er in der Stadt eine bereitwillige Frau finden könnte, um seine Lust zu stillen.

»Weiß Con, dass du dich kaum noch bezähmen kannst?«

Kellan kniff kurz die Augen zusammen. »Ich nehme es an. Und ich nehme ebenfalls an, dass er mich mit voller Absicht darum gebeten hat, weil ich so lange geschlafen habe.« Kellan verkniff es sich, den dritten Grund zu erwähnen, den Hauptgrund dafür, dass er sich entschieden hatte zu schlafen – denjenigen, den nur Con kannte.

»Er kann schon ein echtes Arschloch sein«, konstatierte Rhys ausdruckslos. »Das traue ich ihm durchaus zu. Keiner von uns hat dir deinen Schlaf missgönnt. Kehr in deine Höhle zurück. Ich werde mich um Denae kümmern.«

Zweifellos würde Rhys genau das tun. Das wäre für Kellan *der* Ausweg überhaupt. Con mochte zwar das Oberhaupt der Könige sein, aber das hieß nicht, dass er den Drachenkönigen befehlen konnte, wo es langging.

Wenn also Rhys ihm die Chance bot zu verschwinden, wie er es sich wünschte, warum ergriff Kellan sie dann nicht einfach?

Plötzlich tauchte blitzartig das Bild von Denaes zittriger Hand über dem Medizinfläschchen vor seinem geistigen Auge auf. Es gab viel, was die Frau vor ihnen verbarg. Wenn darunter etwas war, was den Königen schadete, durfte Kellan seinen Schlaf auf keinen Fall wieder aufnehmen.

Oder jedenfalls redete er sich das ein.

»Noch nicht«, beschied er Rhys. »Ich möchte alldem auf den Grund gehen.«

»Hat Con dich in alles eingeweiht?«

»Gestern Abend«, antwortete Kellan. »Die Geschichte, wie es kam, dass die Frauen sich mit Hal, Guy und Banan verbanden, ist ein echter Hammer. Die Silbernen haben sich tatsächlich bewegt?«

Rhys nickte. »Wir haben immer noch nicht herausgefunden, wie oder warum.«

»Und die Krieger.« Kellan hatte alle Informationen in sich aufgesogen über die Krieger und Druiden von MacLeod Castle und ihren Kampf gegen die bösen Druiden. »Con hat den Kriegern tatsächlich erzählt, was wir sind. Und er hat an ihrer Seite gekämpft.«

Rhys grinste breit, als er seine Hände in die Vordertaschen seiner Jeans steckte. »Kellan, es fühlte sich toll an, wieder zu kämpfen. Außerdem sind Charon und Phelan anständige Männer. Du wirst sie mögen, glaube ich.«

»So viel hat sich verändert.«

»Und ganz vieles auch nicht«, sagte Rhys leise. »Wir warten immer noch bis zum Einbruch der Nacht, um in den Himmel aufzusteigen. Nur manchmal, wenn es stark genug stürmt, können wir auch tagsüber fliegen. Wir sind nicht frei.«

Kellan kratzte sich am Kinn und spürte die nachgewachsenen Bartstoppeln. »Wir sind schon nicht mehr frei, seit die Menschen hierherkamen, mein Freund.«

»Ich habe dich vermisst. Ich weiß, dass nur der Hass auf die Sterblichen dich so lange hat schlafen lassen, aber es tut echt gut, dass du wieder da bist.«

Seine Worte besänftigten Kellan ein wenig, und er rang sich ein Lächeln ab. »Es tut auch gut, dich wiederzusehen. Erzähl es nicht Con, aber ich habe diesen Ort schon vermisst.«

Rhys lachte schallend. »Mir soll alles recht sein, was Con gegen den Strich geht.«

Jetzt musste Kellan wirklich grinsen. Rhys ließ sich keine Gelegenheit entgehen, Con zu ärgern. »Wie viele von uns sind jetzt wach?«

»Ungefähr ein Drittel. Die meisten haben sich nur kurz umgesehen und sind in ihre Höhlen zurückgekehrt. Andere sind ein wenig neugieriger. Wir haben uns im Laufe der Jahrhunderte abgewechselt und deine Arbeit weitergeführt, aber da wir keine offiziellen Hüter der Geschichte sind, könnte es sein, dass einiges fehlt.«

Bei der Erwähnung der Geschichte der Drachenkönige stieß Kellan sich von der Tür ab, an der er gelehnt hatte, und ging in Richtung Treppe. Als Hüter musste er nicht vor Ort sein, um ein Geschehen zu erfassen. Es lief in seinem Kopf ab wie einer dieser Filme, die inzwischen so beliebt waren. Sie liefen sogar während seines Jahrhunderte währenden Schlafs weiter. Alles, was er jetzt noch zu tun hatte, war, sie zu dokumentieren.

Es gab Zeiten, in denen er stolz darauf gewesen war, der Bewahrer der Geschichte zu sein. Das war nun nicht mehr der Fall. Er verfolgte diesen Gedankengang nicht weiter, als er hörte, wie etwas gegen die Wand der Dusche prallte. »Pass auf, für den Fall, dass Denae ausrutscht. Sie ist eigensinnig.«

Kellan brauchte zehn Minuten, um Cassie im Erdgeschoss ausfindig zu machen und wieder zu Denae zurückzukehren. Als er sich ihrem Zimmer näherte, fand er die Tür einen Spaltweit offen, und Rhys war nirgends zu sehen.

Dann hörte er Denae lachen und Rhys' Stimme. Kellan stieß die Tür auf und sah die beiden am Fenster stehen und hinausblicken.

»Die Schafe klettern übereinander«, sagte Denae verwundert und lachte.

Rhys stützte sich lässig mit dem Arm gegen die Wand. »Das kommt schon vor, besonders wenn die Schäferhunde hinter ihnen auf und ab rennen, wenn sie eingepfercht sind, so wie jetzt.«

»Die Schafe werden doch nicht geschlachtet, oder?«

Rhys lachte lange und ausgiebig. »Aber nein, Kindchen. Sie werden geschoren.«

»Aber ihr schlachtet sie doch auch hier«, fragte sie, während sie sich zu ihm umdrehte.

»Ein paar schon. Die meisten werden jedoch verkauft. Sie werden auf Lastwagen verladen und verschifft.«

»Fangt ihr sie alle ein? Ich kann einige in weiter Entfernung sehen, die wie kleine weiße Flecken wirken.«

Rhys wandte seinen Kopf um und entdeckte Kellan. »Ja, das tun wir«, antwortete er Denae. »Ich schätze, ich bin jetzt fertig hier.«

»Fertig?«, fragte sie und drehte ihren Kopf, folgte seinem Blick.

Sobald ihr Blick ihn traf, spürte Kellan, wie sich sein Blut erhitzte. Ihr Haar war immer noch offen, lud ihn förmlich ein, es zu berühren – sie zu berühren.

Rhys räusperte sich in die Stille hinein. »Äh, Kellan, ich habe ihr versprochen, dass ich mich auf die Suche mache nach passender Kleidung für sie. Sie fühlt sich nicht wohl, wenn sie …« Rhys wies auf ihre Shorts und das Hemd, das sie trug. »Na ja … das da trägt.«

Warum das so war, verstand Kellan absolut nicht. Sie hatte kein Wort geäußert gestern oder vorhin, dass sie etwas anderes zum Anziehen wollte. Unter den gegebenen Umständen wollte *er* jedenfalls so schnell wie irgend möglich heraus aus seinem Shirt, seinen Jeans, seinen Stiefeln.

Er wollte hinauf in die Wolken, mit den Luftströmungen treiben und die Welt von oben betrachten. Er wollte seine Hände in Denaes Haaren, ihren Körper unter sich haben.

Er wollte in ihr sein.

Kellan wandte sich ab von ihr und blickte Rhys an. »Das ist eine gute Idee. Ich werde mal sehen, was sich da machen lässt.«

»Bin schon dabei«, meinte Rhys und eilte aus dem Zimmer.

Kellan blickte den leeren Türrahmen noch lange, nachdem Rhys gegangen war, an. Auf gar keinen Fall konnte er damit beginnen, Denae auszufragen, solange er seinen Körper nicht unter Kontrolle hatte. So viel war offensichtlich und schmerzhaft klar.

»Jetzt ist es an mir zu fragen, ob du dich unbehaglich fühlst in meiner Nähe«, sagte sie.

»Nein.« Das war alles, was er herausbrachte. Und er betete, dass sie ihm fernblieb. Er war sich nicht sicher, ob er genügend Zurückhaltung aufbringen konnte, sollte sie näher zu ihm kommen.

»Dreagan ist ein wunderschöner Ort. Ich habe auch den Whisky probiert. Kein Wunder, dass es euch hier so gut geht.«

Er betrachtete sie, begriff, dass sie auf etwas Bestimmtes hinauswollte mit ihren Worten. »Aber?«

»Aber … ich habe das Gefühl, dass sehr viel mehr dran ist an diesem Ort. Nimm dich, zum Beispiel.«

»Was ist mit mir?« Er sollte sie eigentlich nicht in ein derartiges Gespräch verwickeln, aber er war neugierig, wie sie ihn einschätzte.

Sie befeuchtete sich die Lippen, lenkte seine Aufmerksamkeit darauf, wie voll und üppig sie waren, wie sie förmlich darum bettelten, geküsst zu werden. »Du bist anders. Wenn ich in deine Augen sehe, ist es beinahe so, als ob … als ob ich zurückblicke in vergangene Zeiten.«

Kellan wusste, dass er nicht zulassen durfte, dass sie fortfuhr. Er musste den Spieß umdrehen, sie dazu bringen, über alles, nur nicht über ihn und wie sie ihn sah zu reden. Es war zu gefährlich für sie – und für ihn.

Er beschloss, die Fragen zu wiederholen, die er ihr bereits gestellt hatte. Vielleicht würde er etwas anderes erfahren, weil es da noch mehr geben musste. Er wollte nicht, dass sie eine Frau war, die Hilfe brauchte. Er war sich nicht sicher, wie viel länger er ihre süßen weiblichen Rundungen ignorieren konnte.

Das zuzugeben, wenn auch nur sich selbst gegenüber, machte ihn stinksauer. Sie war ein Menschenwesen. Er durfte nicht vergessen, was die Menschen ihm und seinen Bronzedrachen angetan hatten.

»Was hattet ihr, du und Matt, tatsächlich hier zu finden geglaubt? Was, glaubte Matt, würde passieren, wenn er dich verwundete und als Köder einsetzte?«

8

Denae fiel nicht auf das Ablenkungsmanöver herein. Kellan hatte das Thema nur gewechselt, weil etwas, was sie gesagt hatte, einen Nerv getroffen hatte. Sie hielt dem Blick seiner hellgrünen Augen stand, während er sie mit seinen Worten herausforderte.

»Meinem Gefühl nach erwartete Matt, dass etwas sich zeigen, etwas herauskommen würde.« Sie schloss die Augen und dachte zurück an die Höhle. Denae war hauptsächlich damit beschäftigt gewesen, am Leben zu bleiben, aber ihr Training und ihr fotografisches Gedächtnis sorgten dafür, dass sie jedes noch so kleine Detail registrierte. »Die Art und Weise, wie er sagte, dass ich der Köder sei. Es war beinahe, als ob …«

Sie riss die Augen auf, als ein Unbehagen sie durchzuckte.

»Als ob was?«, drängte Kellan sie.

»Als ob Matt ein Tier erwartete. Er wollte, dass ich blutete, so verletzt war, dass ich nicht mehr fliehen oder mich bewegen konnte. Der einzige Grund dafür wäre, dass es da irgendein Lebewesen gab, dessen Aufmerksamkeit er erregen wollte.«

Kellan wandte den Blick ab, ein Muskel an seinem Kinn

zuckte, als er die Zähne zusammenbiss. »Was hatte Matt geplant für den Fall, dass sich dieses ›Wesen‹, das er unbedingt sehen wollte, blicken ließ?«

»Das weiß ich nicht.«

»Was vermutest du?«, fragte er scharf.

Kellan sah vielleicht so verdammt fantastisch aus, dass es ihr schwerfiel, klar zu denken, aber trotzdem brachte er sie auf die Palme. Sie funkelte ihn wütend an, bevor sie sich wieder auf die Höhle und das, worauf Matt gewartet haben mochte, und auf ihre Ausrüstung und Waffen konzentrierte. »Ich wäre zurück ins Wasser gesprungen. Die Tauchflaschen enthielten genug Sauerstoff, um mehrere Male hin und zurück zu schwimmen.«

»Benötigt der MI5 denn nicht mehr als den Augenzeugenbericht eines Agenten?«

Denae nickte langsam und lehnte sich an das hölzerne Fußende des Bettes. »Sie hätten auf jeden Fall definitive Beweise verlangt. Matt muss irgendein Gerät bei sich gehabt haben, um ein Foto oder eine Aufnahme zu machen.«

»Und du erwartest von mir, dass ich dir abnehme, dass du keine Vermutung hattest, weshalb man euch beide nach Dreagan geschickt hat?«

»Ich versuche mich kooperativ zu verhalten, aber ich kann durch absolut nichts beweisen, dass ich diejenige war, die hintergangen wurde. Sie wollten meinen Tod. Ich war entbehrlich, ersetzbar. Großbritannien mag zwar nicht mein Heimatland sein, aber ich habe einen Eid geleistet, es zu beschützen.«

»Der MI5 hat jedoch keinen Eid geleistet, dich zu beschützen, nicht wahr?«

Wie sie es hasste, ihm recht geben zu müssen. »Nein.

Doch ich könnte Entsprechendes von jedem Geheimdienst in jedem Land der Welt behaupten. Ich wusste, würde ich während eines Einsatzes gefangen genommen, wäre ich auf mich allein gestellt. Dies hier war aber etwas anderes. Ich wurde verraten, meine eigenen Leute haben sich gegen mich gestellt.«

»Das ist kein gutes Gefühl, nicht wahr?«

Die Art und Weise, wie er das sagte, die zornsprühenden Worte und der tief sitzende Groll sagten ihr, dass er etwas Vergleichbares erlebt hatte. »Es ist jedenfalls ein Gefühl, das einen für immer verändert«, erwiderte sie und beobachtete ihn aufmerksam.

»Mehr, als du ahnst«, murmelte er, bevor er tief Luft holte und durchatmete. »Was kannst du mir sonst noch berichten über das, was der MI5 über Dreagan weiß?«

In dem Moment kam Rhys zurück, der lächelte. »Ich habe dir etwas zum Anziehen besorgt. Cassie meinte, dass du möglicherweise nichts Enges tragen magst wegen deiner Verwundung. Deswegen hat sie mir dies hier mitgegeben.«

Denae sah, wie Rhys eine schwarze Yoga-Hose hochhielt. »Die Sachen sind genau richtig. Vielen Dank, Rhys.«

»Gern geschehen.« Er reichte ihr die Klamotten mit einem Zwinkern.

Sie lachte über sein Flirten, weil sie wusste, dass es harmlos war. Rhys war einer dieser Typen, der mit jeder Frau flirtete, bis er eine fand, die sein Herz eroberte – wenn er das denn jemals zulassen würde.

Unter Kellans merkwürdigem Blick ging Denae langsam ins Bad, um sich umzuziehen. Erleichtert stellte sie fest, dass es zu dem übergroßen T-Shirt ein Bustier gab. Als Erstes zog Denae ihre Unterhose aus.

Wer auch immer sie entkleidet hatte, hatte ihr den Tauchanzug und den Sportbikini, den sie darunter getragen hatte, ausgezogen und ihr dann eine hellrosa Unterhose verpasst.

Denae drehte die Wasserhähne über dem Waschbecken auf und schnappte sich einen Waschlappen. Sie konnte sich zwar nicht duschen, da ihre Wundnaht sonst nass würde, aber sie würde sich auf jeden Fall gründlich waschen.

»Brauchst du Hilfe?«, erkundigte sich Rhys durch die Tür.

»Zieh Leine«, sagte Kellan. »Wir haben uns gerade unterhalten.«

Ihre Worte wurden undeutlich, und auch nachdem sie das Wasser abgedreht hatte, konnte sie sie nicht besser verstehen. Einen Moment später hörte sie, dass Rhys den Raum verließ.

Denae fand die Seife und begann sich, so gut es ging, zu waschen. »Dieser Ort ist voller Geheimnisse«, sagte sie mit erhobener Stimme, damit Kellan sie verstehen konnte.

»Jeder Ort hat seine Geheimnisse.«

Sie dachte an das Strandhaus, das ihrer Familie gehörte, an diesen schrecklichen Tag vor vielen Jahren, und ihr war klar, dass er recht hatte. »Wird Con mich wirklich gehen lassen? Oder wird er mich dem MI5 übergeben?«

»Der MI5 hat uns nachgestellt«, antwortete Kellan mit harter und unversöhnlicher Stimme. »Solange du dein Versprechen hältst, halten wir unseres.«

»Da ist doch ein Haken an der Sache«, sagte sie, während sie sich abtrocknete und anzukleiden begann. Als sie fertig war, öffnete sie die Badezimmertür und sah Kellan auf seinem gewohnten Stuhl sitzen. »Es gibt immer einen Haken.«

»Und wo liegt deiner Meinung nach der Haken dieses Mal?«

»Das weiß ich noch nicht. Da ist irgendetwas an Dreagan,

was ich nicht richtig einordnen kann. Es ist ein schöner Ort mit Geheimnissen, obgleich, wie du ganz richtig bemerkt hast, es viele solcher Orte gibt. Und trotzdem … Etwas an diesem hier ist einfach anders. Und auch an dir.«

Kellan fuhr sich mit der Hand durch sein langes Haar und zuckte mit den Achseln. »Wir stellen Whisky her und züchten Schafe und Rinder. Nichts, worüber sich der MI5 Sorgen machen müsste.«

»Du warst in der Höhle.« Die Erkenntnis traf sie wie aus heiterem Himmel. Wie war es nur möglich, dass sie seine Bemerkung, dass sie in seiner Höhle aufgetaucht war, hatte vergessen können?

Eine karamellfarbene Augenbraue hob sich. »Ich sagte doch, dass es meine Höhle war.«

»Aber du hast dich in ihr aufgehalten. Wie hättest du sonst wissen können, dass ich da war?«

»Es war reines Glück, dass ich durch die Höhlen gewandert bin und dich gefunden habe. Mehr nicht.«

Denae sank auf den Sessel neben dem Bett und legte sich ihre Haare über eine Schulter, um einen Zopf zu flechten. Sie hatte gedacht, ein weiteres Stück von dem Puzzle gefunden zu haben, aber Kellan wusste eine glaubwürdige Antwort auf jede Frage oder Bemerkung ihrerseits.

»Was wäre passiert, wenn ihr beide, du und Matt, draufgegangen wärt und ich dich nicht gefunden hätte?«

»Ich schätze, dass der MI5 ein weiteres Team geschickt hätte, höchstwahrscheinlich sogar gleich mehrere Teams. Sie wären davon ausgegangen, dass uns das, weswegen wir hierhergeschickt wurden, getötet hat.«

»Also gibst du zu, dass du geschickt wurdest, um etwas herauszufinden?«, setzte er nach.

Denae verdrehte die Augen, war mit ihrem Zopf fertig und fixierte ihn. »Zum dritten Mal: ja. Ich weiß aber nun mal nicht, was.«

»Hattest du keinerlei Verbindung währenddessen zum MI5?«

»Nein. Wir gingen blind hinein. Der MI5 wollte nicht, dass es eine wie auch immer geartete Möglichkeit gab, die Spur zu ihm zurückzuverfolgen.«

Kellan warf ihr einen sarkastischen Blick zu. »Und zwei Agenten hätten uns nicht zu ihm geführt?«

»Wir hatten nichts bei uns, was einen Hinweis darauf gegeben hätte, dass wir für den MI5 arbeiteten. Wir hätten irgendwer sein können. Der einzige Grund, warum du weißt, für wen wir gearbeitet haben, ist, dass ich es dir erzählt habe. Der MI5 hat überall Spione. Ihr glaubt möglicherweise, dass ihr mich hier versteckt haltet, aber ich garantiere dir, sie wissen, dass ich am Leben bin.«

Er beugte sich vor auf seinem Stuhl, sah ihr fest in die Augen. »Und wir haben dir Sicherheit garantiert, solange du kooperierst.«

»Genau das tue ich doch«, sagte sie entnervt. Es fiel ihr nicht leicht, verärgert zu bleiben, wenn sie einfach nicht einschätzen konnte, ob sich Kellans Wut gegen sie oder jemand anders richtete.

Er achtete penibel darauf, auf Distanz zu bleiben. Wenn sie ihm zu nahe käme, würde er zurückweichen. Es war zwar nur unterschwellig in seiner Haltung erkennbar, aber für sie trotzdem offensichtlich.

»Du hast gesagt, der MI5 hat eine Akte über Dreagan«, sagte Kellan und brachte das Gespräch damit wieder auf den richtigen Kurs. »Was steht da drin?«

»So gut wie nichts. Sie enthielt vielleicht zwanzig Seiten, maximal.«

»Irgendein Foto? Irgendwelche Namen?«

»Cons. Seinen Namen, aber kein Foto. Es gab ein Foto von einer Frau mit blonden Haaren und grünen Augen. Laut Bildunterschrift arbeitete sie für ReineEdelsteine, sowohl in den Vereinigten Staaten als auch in Großbritannien.«

Kellan ließ sein Kinn sinken. »Das müsste Elena sein. Sie ist jetzt mit Guy verheiratet und lebt hier. Was stand da noch über sie?«

»Hinter ihrem Namen war ein Fragezeichen.«

Er hob den Kopf. Seiner grimmigen Miene nach zu urteilen waren das nicht die Worte, die er gern gehört hätte. »Ein Fragezeichen? Warum?«

»Das könnte alles Mögliche bedeuten. Zum Beispiel, dass sie nicht wissen, ob sie lebt oder bereits tot ist oder ob sie noch im Land ist oder nicht.«

»Oder ob sie beteiligt ist an dem, was in Dreagan vor sich geht, nicht wahr?«

Denae verschränkte ihre Hände vor ihrem Körper. »Das ist eine weitere Möglichkeit.«

»Gab es noch mehr Namen oder Abbildungen in der Akte?«

»Nein, was mir wirklich seltsam vorkam und absolut untypisch für den MI5 ist. Als ich deswegen nachhakte, wurde ich unverzüglich zurückgepfiffen. Mein Job wäre, den mir erteilten Auftrag auszuführen, und basta.«

Kellan stand auf und ging zum Fenster, kehrte ihr den Rücken zu. Der beige Pullover, den er trug, passte ihm ebenso angegossen wie das T-Shirt am vergangenen Tag, und genau wie gestern wirkte er, als fühlte er sich unwohl darin. Obgleich er seine Schultern nicht mehr ganz so häufig hochzog.

Denae lehnte sich in dem Sessel zurück. »Ich hatte nicht viel Zeit, um die Akte zu studieren, aber soweit ich sehen konnte, waren es hauptsächlich Satellitenaufnahmen von Dreagan.«

»Was zeigten diese Aufnahmen?«, fragte er und wandte ihr sein Profil zu.

»Ganz Dreagan. Zu jeder Jahreszeit. Mir kam absolut nichts ungewöhnlich vor, aber ich habe bemerkt, dass einige der Berge markiert waren, genau wie gewisse Punkte. Deine Höhle war einer dieser markierten Punkte.«

Als er schwieg, schob sie ihren Zopf von ihrer Schulter. Kellan stand still wie eine Statue. Er war besorgt über das, was sie enthüllt hatte, was klar ersichtlich war an seinem Blick und den markanten Gesichtszügen.

»Ich kann dir mehrere Möglichkeiten nennen, wie sie euch überfallen werden«, sagte sie. »Dich überfallen werden«, berichtigte sie sich. »Aber dafür brauche ich etwas als Gegenleistung.«

»Du bist am Leben«, sagte er schneidend und wandte seinen Kopf langsam zur Seite. »Wir lassen dich am Leben. Das sollte doch wohl reichen.«

Das war mehr, als jeder andere ihr zugestehen würde, aber es war dennoch nicht genug. »Kannst du mir garantieren, dass ich lebend und mit einer neuen Identität hier herauskomme?«

»Das könnte ich, aber es wäre möglicherweise eine Lüge.«

»Ich weiß.«

Er drehte sich langsam um und sah sie an, seine Stirn nachdenklich in Falten gelegt. »Würdest du mir glauben?«

»So wie jeder in meiner Situation es tun würde. Ich vertraue dir nicht vollständig, genauso, wie du mir nicht wirklich vertraust. Mein Leben liegt in euren Händen. Ich bin euch ausgeliefert.«

»Con hat sein Wort gegeben. Mehr brauchst du nicht.«

Denae wusste angesichts der entschlossenen Miene Kellans, dass sie nicht mehr von ihm bekommen würde. Es war ein Risiko, das sie einging, wenn sie ihnen alles sagte, was sie wusste. Sie konnten sie leicht töten, ihre Leiche entsorgen und behaupten, dass weder sie noch Matt es je bis zu der Höhle geschafft hatten.

Oder sie konnten ihr eine neue Identität verschaffen und ihr helfen, das Land zu verlassen, um ein so normales Leben zu führen, wie es jemand konnte, der ständig auf der Flucht war.

»Ich sollte es euch nicht erzählen«, sagte sie. »Ich habe einen Eid geschworen, den ich sehr ernst nehme.«

Kellan lehnte sich mit der Schulter gegen die Wand. »Sie haben dich benutzt.«

»Genau, wie ihr es tut.«

»Ja, aber wir werden nicht versuchen, dich zu töten, wenn alles vorüber ist.«

Denae konnte es nicht fassen, wie sehr sie von ihrem gewohnten Pfad abgewichen war. »Ich weiß, ich sollte es euch nicht sagen, aber aus irgendeinem Grund, den ich selbst nicht verstehe, möchte ich es.«

Und zwar wirklich. Lag das an Dreagan? Oder an Kellan?

Ja, sie wollte ihnen helfen, weil sie Dreagan mit seiner Schönheit und unerklärlichen Geheimnissen mochte. Und Kellans wegen.

Obwohl sie es nicht wollte, war sie fasziniert von seinen

grünen Augen, seinem kühlen Blick, verlockten sie seine vollen Lippen und sein muskulöser, fester Körper.

Es war eine höllenmäßige Situation, in der sie sich befand, aber irgendwie wusste sie, dass es nicht bloß Zufall gewesen war, dass Kellan sie gefunden hatte in seiner Höhle und dass er derjenige war, der sie verhörte.

Ihre Pfade würden sich auch in Zukunft kreuzen. Denae wusste nur nicht, wie lange.

9

Kellan war kurz davor, Denae das übergroße Shirt mit dem weiten Halsausschnitt vom Leib zu reißen, das ihr ständig über die eine Schulter rutschte und ihm einen verlockenden Blick auf ihre weiche Haut bot.

Er blieb an der Wand stehen und versuchte, seine rasende Begierde an die kurze Leine zu legen und unter Kontrolle zu halten, obgleich sie heftig in ihm loderte.

Verdammt, warum musste Denae aber auch derart verführerisch sein?

»Wenn es dir lieber wäre, dass ich Con hole und du es ihm erzählst, tue ich das.« Kellan betete im Stillen, dass sie dieses Angebot annahm, damit er ein paar Minuten für sich hatte und sich wieder sammeln konnte.

Sie neigte ihren Kopf zur Seite, und der lange Zopf fiel ihr über die nackte Schulter. Es war beinahe nicht auszuhalten. Kellan unterdrückte in letzter Sekunde ein Stöhnen.

Statt ihm Vorwürfe zu machen, begann sie, ihm die verschiedenen Methoden zu erklären, mit denen der MI5 Dreagan beobachten könnte – und würde. Sobald sie damit durch war, fuhr sie fort mit einer Aufzählung, auf welche Art der

MI5 Dreagan infiltrieren könnte, ohne dass irgendjemand von ihnen das mitbekäme.

Als sie damit fertig war, hatte Kellan eher noch mehr Gründe, die Menschen zu hassen. Er stieß sich von der Wand ab und öffnete die Tür.

Da er Con im Korridor erblickte, wusste Kellan, dass Constantine alles mit angehört hatte.

Con nickte ihm zu, ehe er den Raum betrat. »Es ist an der Zeit.«

Kellan spähte hinüber zu Denae, bevor er sich zu Con umdrehte. Er reagierte so alarmiert, dass seine Haut förmlich kribbelte, und er schüttelte heftig den Kopf. »Ich halte das für keine gute Idee.«

»Es ist nur fair. Sie hat uns schließlich ihr Geheimwissen anvertraut. Sogar bevor sie von unserem wusste.«

Kellan hatte keine Ahnung, was ihn mehr aufregte. Dass sie Denae gleich sowohl erzählen als auch zeigen würden, was sie waren, oder dass, kurz bevor sie sie gehen ließen, Guy aus ihrem Gedächtnis alles, was mit Dreagan zu tun hatte, löschen würde.

Sie würde ihn vergessen, vergessen, wie sie ihn mit ihren Augen durch das Zimmer verfolgte und anblickte, als ob er Antworten auf einfach alles hätte.

Aber er würde niemals die Hitze ihres Blickes oder die schiere Verlockung vergessen, die sie verkörperte.

»Ich möchte es nicht wissen«, beeilte sich Denae zu sagen.

Kellan blickte hinüber zu dem Sessel, in dem sie saß. Sie wirkte stoisch, aber er spürte die aufsteigende Furcht in ihr. Aufgrund ihres Trainings war ihr nur zu bewusst, in welcher Lage sie sich befand.

»Wenn ihr es mir erzählt, werdet ihr mich töten«, sagte sie

zu Con. »Ich will es nicht wissen. Ich will es nicht sehen. Ich will es nicht hören.«

Con lächelte nur, aber das Lächeln erreichte seine Augen nicht. »Denae Lacroix, glaubst du wirklich, dass wir dir etwas antun werden?«

»Ohne jeden Zweifel. Ihr habt euch außerordentliche Mühe gegeben, eure Identitäten geheim zu halten.«

Constantine öffnete die Tür weit. »Wir werden dich nicht töten. Es gibt andere Methoden. Ich verfüge über eine gewisse Gabe, eine, die beweisen wird, dass wir unser Wort halten.«

Kellan machte einen Schritt auf Denae zu, war sich aber nicht im Klaren darüber, ob er ihr oder Con helfen wollte. Cons seltsamer Blick ließ ihn innehalten. Was zum Teufel war nur los mit ihm? Er hatte doch wohl nicht die Absicht, sich zwischen Con und Denae zu stellen, um sie zu beschützen? Der Gedanke erschütterte ihn bis ins Mark.

Er hasste Menschen, sogar schöne.

Ihre whiskyfarbenen Augen blickten ihn an, und Kellan nickte ihr ermutigend zu. Mehr würde sie von ihm nicht bekommen. Er konnte es nicht riskieren, ihr noch näher zu kommen. Sie hatte ja keine Ahnung, wie dieses unförmige T-Shirt, das eine Schulter frei ließ, sein Blut erhitzte.

»Zeige mir deine Wunde«, befahl ihr Con.

Erneut spähte Denae hinüber zu Kellan, bevor sie tat, wozu Con sie aufgefordert hatte: Sie hob das Shirt an, sodass das viereckige Stück Gaze sichtbar wurde.

Kellan hatte die Verletzung nicht gesehen, seit er sie vernäht hatte. Es war Cassie gewesen, die die Wunde gesäubert und verbunden hatte.

»Du hattest großes Glück, dass dein Kollege nichts Lebenswichtiges getroffen hat«, sagte Con, als er neben dem Sessel in die Hocke ging und die Hand nach dem Verband ausstreckte.

Denae wich zurück. »Was hast du vor?«

»Ich will mir deine Wunde ansehen.«

Kellan wandte sich von den beiden ab, verunsichert durch sein plötzlich zunehmendes Gefühl der Verärgerung. Con hatte gewollt, dass er eine Verbindung zu Denae herstellte, und das hatte er offensichtlich getan.

Verdammt!

»Ich weiß nicht«, sagte Denae.

Das Geräusch einer Bewegung hinter ihm veranlasste Kellan, über seine Schulter zu blicken. Denae war aufgestanden und nah an ihn herangetreten. Ihr Gesicht war blass, und sie konnte die Schmerzen, die ihr die schnelle Bewegung verursacht hatte, nicht verbergen.

Ohne darüber nachzudenken, ergriff Kellan ihren Arm, um sie zu stützen. »Con wird dir nicht wehtun.«

»Vielleicht solltest du ihren Verband entfernen, Kellan«, schlug Con vor, während er sich erhob.

Kellan blickte hinunter in Denaes Augen. Sie war viel zu nah, ihre Körper berührten sich fast. Sein Verlangen flackerte auf, machte ihm schwer zu schaffen, als er sie näher zu sich zog. Ihre Augen schienen in seinem Gesicht lesen zu wollen. Und wieder hob sie ihr Shirt an, dieses Mal für ihn.

Seine Hand streifte die warme Haut ihres Bauches, und er konnte ihr Beben spüren. Ihr scharfes Einatmen bestätigte ihm, dass sie nicht immun war gegen seine Berührung.

Es war Cons wachsamer Blick, der dafür sorgte, dass Kellan wieder ernüchterte, jedenfalls sein Verstand, wenn auch nicht sein Körper. Er tat sein Bestes, um ihre viel zu nahen schwellenden Brüste zu ignorieren, während er sanft die Mullbinde entfernte.

Aber sein Schwanz war nicht so gehorsam. Er war schmerzhaft hart und wollte nichts anderes, als Denae noch viel näher zu kommen. Kellan holte tief Luft und atmete Denaes sauberen, gesunden Duft ein.

Im Tageslicht konnte Kellan den gut zwölf Zentimeter langen Schnitt und die ungleichmäßigen Stiche von ihr sehen, bevor er weitergemacht hatte. Die Haut um die Wunde war rosa, signalisierte, dass sie heilte.

Er blickte Denae ins Gesicht und registrierte, dass sich ihre Körper irgendwie noch näher gekommen waren. Sie standen inzwischen so nah beieinander, dass er sich nur etwas hinunterbeugen müsste, um sie zu küssen.

»Es wird nicht wehtun«, erklärte Con und trat zu ihnen.

Denae packte Kellan am Arm, als Con seine Hand neben ihre Wunde legte. Im nächsten Augenblick füllte Cons Magie den Raum, und sie konnte verfolgen, wie der Schnitt vor ihren Augen heilte und die Fäden zu Boden fielen.

Ihre Augen weiteten sich, als sie von Kellan zu Con blickte. »Was hast du gerade gemacht?«

»Ich habe dich geheilt, Miss Lacroix«, sagte Con hochmütig. »Das ist eins von unseren Geheimnissen!«

»Können das alle hier?«

Kellan schüttelte den Kopf. »Das steht nur in Cons Macht.«

»Macht?« Sie kniff die Augen zu, hielt weiterhin seinen Arm umklammert. »Das verstehe ich nicht.«

»Lass es dir von uns zeigen«, drängte Con.

Kellan wartete darauf, dass sie die Augen öffnete. Als sie es tat, überraschte ihn die Unsicherheit in ihrem Blick. Während des Kampfes war sie absolut selbstsicher gewesen. Sogar noch, als sie verwundet im Bett gelegen hatte, war ihr Selbstvertrauen unerschütterlich gewesen.

Aber wenn es sie schon beunruhigte, mit anzusehen, wie eine Wunde geheilt wurde, wie würde sie dann erst reagieren, wenn sie Drachengestalt annahmen?

»Con, ich weiß wirklich nicht, ob das eine gute Idee ist«, wandte Kellan ein.

»Du bezweifelst, dass ich damit klarkomme?«, fragte Denae ihn und straffte die Schultern.

Kellan seufzte. »Nein.«

Sie trat zurück, ließ seinen Arm los und drehte sich zu Con um. »Zeige es mir.«

Con trat zum Fenster und wartete, dass sie neben ihn trat. »Kellan? Möchtest du dir die Ehre geben, oder soll ich einen der anderen bitten?«

»Vergiss es.«

Con gluckste und wandte sich zum Fenster. »Schau in den Himmel, Denae.«

Eine Sekunde später erhaschte Kellan einen flüchtigen Blick auf dunkelrote Schuppen. Guy.

Denae trat einen Schritt zurück, die Hand auf ihren Mund gepresst, bevor sie näher ans Fenster trat und zusah, wie Guy durch die Luft und die Wolken segelte. In ihrer Miene lagen Ungläubigkeit, Verwirrung, eine Spur Angst und Erregung.

Kellan fragte sich, was von alledem den Sieg davontragen würde. Er hatte Menschen gesehen, die entsetzt auf sie reagiert hatten, während andere ihnen nicht nah genug kommen konnten.

Denae war pragmatisch, realistisch. Sie würde wahrscheinlich nie ganz als Wahrheit akzeptieren, was sich gerade vor ihren Augen abspielte.

»Drachen«, flüsterte Denae, und Angst ließ ihre Stimme zittern. »Das war ein Drache. Ein sehr großer Drache.«

Con wandte sich vom Fenster ab und ging zur Tür, sein Blick und Kellans trafen sich kurz. »Das stimmt, Denae Lacroix. Jetzt kennst du unser Geheimnis.«

Kellan starrte Con hinterher. Con ließ ihn in diesem Zimmer zurück, damit er jede von Denaes Fragen beantworten musste, so als ob selbiges sie dazu bringen würde, ihm deutlicher zu vertrauen – oder ihn dazu, das Leben zu vergessen, das er ausgelöscht hatte.

Sein Kopf fuhr herum zu Denae. Sie beobachtete Guy mit großen, staunenden Augen. Mit einer Hand auf der Fensterscheibe verrenkte sie sich den Hals, um Guys Flugkünste zu verfolgen. Sie sah aus, als würde sie die Show, die er abzog, genießen.

Aber ihm war bewusst, was für ein doppeltes Spiel Menschen treiben konnten.

»Es ist beängstigend schön«, sagte Denae. »Ist das der einzige hier? War ich dafür der Köder?« Sie blickte über ihre Schulter zu ihm. »Wird er mich fressen?«

»Die Antworten lauten: Nein. Ja. Nein.«

Sie sah ihn an, ihre Augen leuchteten vor Staunen. »Das war unglaublich. Es ist mir nie in den Sinn gekommen, dass Drachen existieren könnten. Es gibt kein Video, keine Blogs, nichts über Dreagan.«

»Wir schätzen unsere Privatsphäre.«

»Das muss es sein, wohinter der MI5 her ist. Die Welt kann unmöglich wissen, dass ihr einen Drachen habt. Warte.« Sie blinzelte und runzelte dann die Stirn. »Du hast meine erste Frage verneint. Das bedeutet …«

»Dass es noch weitere gibt.«

Sie atmete mehrmals tief durch, während sie ihn nachdenklich betrachtete. »Con bat dich, dir die Ehre zu geben. Bist du … bist du ein Drache?«

Er könnte es leugnen. Sie würde es nie erfahren. Aber aus irgendeinem Grund ging ihm die Lüge nicht über die Lippen. »Ja.«

»Du kannst dich in so etwas verwandeln?«, fragte sie und wies aus dem Fenster.

»Kann ich.«

»Und deine Höhle? Du warst dort, nicht wahr? Du warst in … Drachengestalt?«

Er nickte langsam.

»Ich war der Lockvogel für dich«, sagte sie und sank aufs Bett, ihre Miene absolut fassungslos. »Der Köder für einen *Drachen*. Und der MI5 wusste das. Wieso wussten sie, dass ihr Drachen seid?«

»Drachenkönige, um genau zu sein«, verbesserte er sie.

Sie sah ihn verblüfft an. »Drachenkönige. Was bedeutet das genau?«

»Drachen lebten in diesem Reich seit Anbeginn der Zeit. In jeder Größe, jeder Farbe beherrschten sie den Himmel, das Land und das Wasser. Jede Drachengattung hatte einen König.«

Ihre Züge wurden weich, als sie sagte: »Du warst einer von ihnen.«

»Die Drachen, die über die stärkste Magie, die meisten Talente und die ausgeprägteste Intelligenz verfügten, wurden zum König ihrer Gruppe erwählt.«

»Welche war deine?«

»Ich bin der König der Bronzenen.«

Sie rieb die Hände aneinander, und langsam kehrte wieder Farbe in ihr Gesicht zurück. »Wo sind all die Drachen? Verstecken sie sich in den Bergen?«

Kellan blickte auf die Berge vor dem Fenster. »Ich wünschte, es wäre so. Sie sind verschwunden. Weggeschickt, weil Menschen in dieses Reich kamen.«

»Ich … ich verstehe nicht ganz …«, sagte sie zögernd.

»Die Drachenkönige hatten die Aufgabe, den Frieden zwischen Drachen und Menschen zu erhalten. Eine Weile funktionierte es auch, aber eine Menschenfrau hinterging einen der Könige, Ulrik, und beschwor damit den Krieg herauf. Die Drachen – und ihre Könige – waren sich uneins, ob sie die Menschen schützen oder vernichten sollten. Con hat uns wieder geeint.«

»Warum Con?«

»Weil er der König der Könige ist. Er ist der König der Goldenen, aber er hat sich das Recht, über alle Drachen zu herrschen, erworben.«

Sie befeuchtete ihre Lippen und nickte. »Okay. Also er hat euch geeint. Hat das den Krieg beendet?«

»Nein. Die Menschen waren versessen aufs Töten. Die Bronzedrachen waren die Überbringer des Rechts. Ich übertrug ihnen die Aufgabe, auf einen bestimmten Ort achtzugeben, während ich gegen andere Menschen kämpfte. Die Menschen wandten sich gegen meine Drachen und töteten sie, und weil ich den Bronzenen befohlen hatte, die Menschen zu beschützen, haben sie sich nicht verteidigt.«

»O Gott«, murmelte sie. »Ich dachte, dass du nur mich nicht leiden kannst, aber es sind Menschen im Allgemeinen. Jetzt verstehe ich.«

Er trat einen Schritt auf sie zu. »Du machst dir keinen Begriff von dem Ausmaß meines Hasses. Ich habe versucht, damit zu leben, und ich habe es auch jahrhundertelang geschafft. Aber ich wurde noch ein weiteres Mal hintergangen.«

Denae wusste instinktiv, dass Kellan Vergeltung geübt hatte. »Was hast du getan?«

»Ich habe ihm das Leben genommen, nachdem er eine junge Frau vergewaltigt und ermordet hatte, die er sicher nach Hause zu begleiten versprochen hatte. Danach konnte ich den Anblick von Sterblichen nicht mehr ertragen.«

Das erklärte so manches an Kellan. Wem wäre in den Sinn gekommen, dass jemand so Prachtvolles und Machtvolles so unglaublich leiden konnte? »Und deine Drachen? Wo sind sie?«, wollte sie wissen, um das Thema zu wechseln.

»Uns blieb keine andere Wahl, als unsere Drachen in ein anderes Reich zu senden«, fuhr er fort. »Sobald sie in Sicherheit waren, versteckten wir uns in Dreagan. Es war nicht schwer, die Menschen von unserem Gebiet fernzuhalten. Wir verblassten zu einer Legende und später zu einem Mythos. Und dann gerieten wir in Vergessenheit.«

»Offenbar nicht ganz«, sagte sie, während sie sich die Schenkel rieb. »Jemand weiß, dass ihr existiert, und sie wollen euch bloßstellen. Alles ergibt jetzt einen Sinn. Die beinahe leere Akte, die Geheimmission, Matt, der mich als Köder benutzte. Sie haben versucht, euch auszuspähen, um es der Welt mitzuteilen.« Sie schluckte schwer. »Die Welt darf es nicht erfahren. Weißt du, was passieren würde?«

»Ich kann es mir ziemlich gut vorstellen. Warum, glaubst du, haben wir uns so bemüht, im Verborgenen zu bleiben?«

»Ich glaube nicht, dass das reichen wird. Immerhin weiß ich jetzt Bescheid. Was habt ihr euch dabei gedacht, es mir zu offenbaren?«

»Wir wollten dein Vertrauen belohnen, aber mach dir keine Sorgen. Du wirst nicht in der Lage sein, irgendjemandem irgendetwas zu berichten. Wir werden aus deinem Gedächtnis alles, was mit Dreagan zu tun hat, löschen.«

»Löschen … mein …« Sie verstummte, während sie ihn verärgert musterte. Aber ihre Miene glättete sich schnell, und sie seufzte vernehmlich. »Das ist wahrscheinlich das Beste. Doch der MI5 wird weiterhin hinter euch her sein, bis sie gekriegt haben, was sie haben wollen.«

»Sie können es versuchen.«

Denae stand auf und ging zu ihm. »Hör auf, so starrköpfig zu sein. Ich versuche doch nur zu helfen. Ihr könnt auf keinen Fall hierbleiben. Ihr müsst verschwinden.«

»Dreagan ist seit Abertausenden von Jahren unser Zuhause. Wir werden nicht gehen.«

Sie schürzte die Lippen, betrachtete ihn aus schmalen Augen. »Könnt ihr sie abwehren?«

»Das ist nicht nötig.«

»Offenbar kennt ihr den MI5 nicht.«

Er verzog seinen Mund zu einem leichten Lächeln. »Wir können nicht getötet werden. Das einzige Lebewesen, das uns töten könnte, müsste ebenfalls ein Drachenkönig sein.«

»Gut. Das ändert allerdings alles.«

10

Denae rieb sich die Stelle, an der ihre Verletzung gewesen war. Sie war noch etwas empfindlich, aber die Schmerzen waren verschwunden. Doch so wunderbar und verblüffend Cons kleiner Trick war, war er doch nichts im Vergleich zu dem Drachen, der gerade seine Kreise über Dreagan zog.

»Nur ein Drachenkönig kann einen Drachenkönig töten«, wiederholte sie. »Ich denke, das sollte der MI5 erfahren. Wenn sie das wissen, ziehen sie sich möglicherweise zurück.«

»Glaubst du das wirklich?«

Sie seufzte und schüttelte den Kopf. »Nein. Dann würden sie versuchen, einen der Könige auf ihre Seite zu ziehen und ihn gegen den Rest von euch einzusetzen.«

Kellan schnaubte laut. »Das würde ihnen nicht gelingen. Nicht nach allem, was wir hinter uns haben.«

»Du vertraust den anderen Drachenkönigen also bedingungslos?«

»Ja.«

Dieser Gedanke verblüffte sie. »Da kannst du von Glück sagen, weißt du. Einem Spion wird eingeimpft, niemals irgendjemandem zu vertrauen. Aber den Leuten in deinem Team musst du nun mal vertrauen. Ich war diejenige, die sich dieses Mal die Finger verbrannt hat.«

»Du hast eine Lektion gelernt.«

»Das habe ich. Ich kann wirklich niemandem vertrauen.« Nicht einmal Kellan oder irgendeinem in Dreagan, so sehr sie sich das auch wünschte.

Con hatte sie angeblich zum Zeichen ihrer guten Absichten geheilt. Aber das war nichts als eine fromme Lüge, das wusste sie. Genau wie ihre Behauptung, dass sie es ihr schuldeten, ihr Geheimnis mit ihr zu teilen, weil sie ihnen vom MI5 erzählt hatte.

»Also, wie wird es ablaufen?«

Für eine Sekunde zeigte sich Verwirrung in Kellans Miene. »Was meinst du?«

»Mein Tod? Wie ist er geplant? Gift in meinem Essen? Ein Messer in meinem Rücken? Oder vielleicht diene ich als kleiner Snack für einen Drachen?«

»Con sagte, dass wir dich nicht töten werden. Wir werden nur gewisse Erinnerungen löschen.«

Sie zuckte die Achseln und erhob sich, um wieder aus dem Fenster zu schauen. »Ich bin nicht dumm. Ihr habt euer Geheimnis vor aller Welt verborgen. Warum es gerade mir offenbaren? Einer, die ihr als eure Feindin anseht? Die einzig logische Schlussfolgerung ist, dass ich getötet werde.«

»Es stimmt, wir wissen nicht mit Sicherheit, ob wir dir trauen können. Du hast deine Lage allerdings verbessert, indem du uns über den MI5 und sein Interesse an uns informiert hast.«

»Aber?«, setzte sie nach.

»Es gibt kein Aber«, antwortete Kellan.

Denae lachte und drehte sich zu ihm um. »Warum kann ich dann nicht gehen?«

»Wie ich Con kenne, arbeitet er bereits daran, dir eine neue Identität zu verschaffen.«

»Sie sollte wirklich sehr gut sein, weil der MI5 mich überall suchen wird.« Ihr wurde bewusst, dass sie ihr Aussehen verändern müsste für den Fall, dass sie tatsächlich gehen könnte. Sie hatte keine andere Wahl, als weiterhin daran zu glauben. Nur … wie wollten sie ihre Erinnerungen auslöschen? Andererseits hatte Con sie vor ihren eigenen Augen geheilt. »Ich brauche eine Schere und Haarfärbemittel.«

Kellan verschränkte seine Arme vor der Brust und runzelte die Stirn. »Wofür?«

»Ich muss mein Aussehen verändern.«

»Indem du dir die Haare abschneidest?«, fragte er ungläubig.

Sie zupfte an ihrem Zopf. »Es sind nur Haare. Sie wachsen wieder nach.«

»Es wird nicht nötig sein, dass du das tust«, sagte Kellan, ehe er sich abrupt umdrehte und das Zimmer verließ.

Denae schüttelte den Kopf, als er gegangen war. Kellan war ihr wirklich ein Rätsel. Hätte sie es nicht besser gewusst, wäre sie tatsächlich auf den Gedanken gekommen, dass er nicht wollte, dass sie sich die Haare abschnitt.

»Es ist nur Haar«, wiederholte sie, obgleich sie es sich auch nur ungern abschneiden wollte. Ihr Vater hatte ihre langen Haare immer geliebt und jedes Mal Einwände erhoben, wenn sie sie kürzen wollte.

Jetzt, da sie geheilt war, blieb Denae nur ungern untätig in ihrem Zimmer. Sie wollte Dreagan erkunden und sich vielleicht einen Drachen genauer ansehen.

Sie wollte Kellan genauer ansehen. Wie er wohl als Drache aussah? Und war sie mutig genug, das herauszufinden?

Rhi lehnte sich auf ihrer Chaiselongue zurück und betrachtete prüfend ihre frisch lackierten Finger- und Fußnägel. Der glänzende korallenrote Nagellack, der »Bright Lights – Big Color« hieß, würde spitzenmäßig zu ihrem neuen Kleid passen, und die schwarz-silbernen Streifen waren ein toller Akzent.

Niemand wusste von ihrem kleinen Versteck, nicht einmal ihre Königin. Hierher zog sie sich immer dann zurück, wenn sie für sich sein wollte. Es war ein Ort, den sie mit keiner der anderen Feen teilen musste.

Und das Beste daran war: Der Drachenkönig könnte sie niemals hier aufspüren.

»Jessie hat sich dieses Mal selbst übertroffen«, sagte Rhi zu sich selbst und meinte damit Jessies fantastische Maniküre samt Nageldesign.

Rhi legte ihren Kopf zurück und schloss die Augen. Es gab nichts für sie zu tun. Sie könnte nachsehen, was Phelan und Aisley so trieben, aber sie hatte den beiden erst letzte Woche nachspioniert. Es würde nicht mehr lange dauern, bis ihre Königin sich in der Hinsicht mehr wünschte.

Bis dahin würde Rhi das Paar in Ruhe lassen und ihm sein Vergnügen gönnen. Eine riesige Last war allen von MacLeod Castle von den Schultern genommen durch den Tod von Jason Wallace – einem *Drough*, einem bösen Druiden, der versucht hatte, die Krieger und Druiden zu töten.

Sie wünschte, sie könnte Phelan und den anderen Kriegern sagen, dass ihr Leben jetzt friedlich verlaufen würde, aber das konnte sie nicht. Weil etwas in der Luft lag, eine

Störung, die einfach nicht weichen wollte. Und sie hatte direkt mit Dreagan zu tun.

Seit Wochen schon weigerte sich Rhi, an den sich ständig einmischenden, unbeugsamen, störrischen Drachenkönig auch nur zu denken. Nach allem, was geschehen war zwischen den Königen und den Feen, hütete sich Rhi vor einer Einmischung ihrerseits.

Aber es gab eine Vergangenheit. Eine, die Rhi – egal, wie sehr sie sich bemühte, sie zu verdrängen – einfach nicht vergessen konnte.

»Ich werde die Könige besuchen *seinetwegen*. Nur seinetwegen.«

Sie schloss die Augen, als sie an ihre viel zu kurze Affäre dachte. Wie erregend sie gewesen war, wie wunderbar.

Wie unglaublich.

Er hatte gesagt, der Grund dafür war, dass sie eigentlich Feinde sein sollten, keine Liebenden. Aber Rhi wusste, der wirkliche Grund war, dass …

Sie konnte es nicht einmal in Gedanken formulieren, weil sie dann erneut in eine Million Teile zerbersten würde. Es spielte keine Rolle, was passiert war und wie glücklich sie gewesen waren. Es zählte nur, dass er sie verlassen hatte.

Und sie hatte ihr Versteck gefunden.

Monatelang hatte Rhi ihren Zufluchtsort nicht verlassen. Nicht einmal, als ihre Königin sie gerufen hatte, sie angefleht hatte zurückzukommen. Nicht einmal, als aus diesen flehentlichen Bitten Befehle geworden waren.

Eine Fee durfte kein gebrochenes Herz haben wegen eines Drachenkönigs.

Es ging nicht darum, dass Rhi sich schämte, weil sie der Lockung eines Drachenkönigs nachgegeben hatte. Sie wollte nur nicht hören, wie die anderen Feen die Drachenkönige schlechtmachten, was sie regelmäßig taten. Als sie schließlich doch zum Hof zurückkehrte, ließ wieder eine Fee eine Tirade gegen die Könige vom Stapel, und unter anderem fiel auch der Name ihres Geliebten.

Rhi hätte die Fee getötet, die es gewagt hatte, ihn zu verleumden, wäre ihre Königin nicht gewesen. Usaeil. Sogar jetzt noch, Hunderte von Jahren später, sehnte Rhi sich nach seiner Liebe.

Spürte er auch immer noch diese glühende Leidenschaft?

Sie würde es nur zu gern glauben, aber da er nicht versucht hatte, Verbindung zu ihr aufzunehmen, starrte die Wahrheit ihr ins Gesicht.

»Welchen Grund habe ich dann, den Königen von meinem Verdacht zu berichten?«, fragte sie sich selbst.

Rhi setzte sich aufrecht hin und ließ ihre Beine über den Rand der Chaiselongue baumeln. Andere Feen würden dem Drang nicht nachgeben, ihn ignorieren, aber sie schaffte das nicht. Genauso wenig, wie sie aufhören konnte, Phelan zu helfen, wenn er ihre Hilfe benötigte.

Als Wache der Königin hatte sie die Pflicht, ihren Instinkten zu folgen, selbst wenn diese sie zu den Königen führten, denn was auch immer da in der Luft lag, konnte Auswirkungen auf alle magischen Wesen haben, wenn nicht sogar Gefahr bedeuten – auch für die Feen.

»Aber ich hasse die Könige«, murmelte sie.

Dieser Hass beruhte auf Gegenseitigkeit, und er nahm zu im Laufe der Zeit. Und da beide Seiten unsterblich waren, wurde alles ständig noch schlimmer.

Rhi stand auf und trat auf die Veranda. Ihr metallenes Klangspiel glitzerte im Licht der Sonne. Es war ein schöner

Tag, der gleich verdorben werden würde durch einen Besuch in Dreagan.

Mit einem tiefen Seufzer und einem wehmütigen Blick auf ihr schönes korallenrotes Kleid ließ Rhi ihr Versteck verschwinden, während sie an Dreagan dachte.

Banan kam mit seinem BMW 640i gerade in dem Moment vorgefahren, als Henry North aus dem Zug stieg mit Dutzenden anderer Leute. Banan hielt den Wagen an und schaltete auf Parkposition, während Henry lässig auf ihn zukam.

Erst als Henry im Wagen saß und der Zug sich in Bewegung setzte, sah Banan ihn an.

»Was weißt du?«

Henrys haselnussbraune Augen begegneten seinen. »Du traust mir immer noch nicht.«

»Im Moment können wir es uns nicht leisten, irgendjemandem zu vertrauen.«

»Ich verstehe.« Henry seufzte und blickte durch die Windschutzscheibe. »Hierhergekommen zu sein wird mich wahrscheinlich meinen Job kosten.«

»Dann hättest du nicht herkommen sollen.«

Henry warf ihm einen kurzen Blick zu und fuhr fort, als hätte er nichts gehört: »Ich musste ein bisschen graben, aber ich habe erfahren, dass Matt Dorsey und Denae Lacroix zu einem ultrageheimen Einsatz nach Dreagan geschickt wurden von ihrem Boss Frank. Ich nehme an, es handelt sich um Denae, die ihr habt?«

Banan nickte knapp.

»Gut. Keiner mochte Matt, sodass sein Ableben auch niemand bedauert. Denae war jedoch, wie man hört, auf ihrem Weg nach oben. Sie war sehr beliebt, obgleich sie als Amerikanerin für den MI5 arbeitet. Ich weiß nicht, warum sie zu diesem Einsatz geschickt wurde.«

»Hat man beiden, Matt und Denae, mitgeteilt, weswegen sie nach Dreagan geschickt wurden?«

Henry fuhr sich mit der Hand durch sein kurzes, unauffälliges braunes Haar. »Ich musste dafür Gegenleistungen für alle Gefälligkeiten, die ich anderen im Laufe meiner fünfzehnjährigen Karriere erwiesen hatte, einfordern, aber ich kann dir sagen, dass Denae getötet werden sollte während des Einsatzes. Matt sollte es so darstellen, dass sie in Dreagan angegriffen worden war, und dann hätte der MI5 einen Vorwand gehabt, in Scharen bei euch einzudringen. Wobei Franks Formulierungen im Hinblick auf die Frage, wie ihr auf einen solchen Angriff reagieren würdet, vage blieben.«

Banan startete den Motor und umklammerte das Steuerrad. Er dachte über das, was Henry ihm erzählt hatte, nach, während er losfuhr.

»Ich werde alles tun, was erforderlich ist, damit ihr mir glaubt«, sagte Henry in das Schweigen hinein.

»Warum spielt das eine Rolle?«

»Weil keiner von euch in Dreagan mich jemals im Stich gelassen hat. Das kann ich von niemandem sonst behaupten. In meiner Branche lernst du schnell, wem du vertrauen kannst und bei wem du vorsichtig sein musst. Ihr Männer aus Dreagan habt mir nie etwas versprochen, was ihr später nicht eingehalten habt. Ihr steht zu eurem Wort.«

Banan fühlte sich miserabel, weil er Henrys Loyalität in Frage stellte. »Jemand ist hinter uns her, Henry. Oder sagen wir lieber, hinter einem Geheimnis, das wir haben.«

»Wir alle haben Geheimnisse.«

»Vielleicht. Matt sagte Denae, dass sie als Köder dienen sollte. Die Wunde, die er ihr zugefügt hatte, sollte ein Raubtier anlocken, sie jedoch nicht töten.«

Henry rieb sich das Kinn. »Jemand erwähnte das Wort Köder, aber wie ich hörte, sollte sie getötet werden, wenn alles vorbei war. Sie glauben, dass beide tot sind. Ein Raubtier, sagst du?«

»Ja.«

»Nichts davon ergibt irgendeinen Sinn.«

Aber für Banan schon. Denae sollte bluten, um Kellan in Drachengestalt anzulocken, und der MI5 hatte gehofft, den Drachen dabei beobachten zu können, wie er Denae tötete, um damit als Geheimdienst einen Grund zu haben, sie zu überfallen.

»Der MI5 wird nach Dreagan kommen«, meinte Banan.

Henry sah ihn mit verkniffener Miene an. »Ja, mein Freund, das haben sie vor. Sie erwarten, zwei tote Agenten zu finden. Wer auch immer Denae losgeschickt hat, wird nicht gerade glücklich sein, dass sie noch lebt und Matt tot ist.«

»Denae wird nicht mehr da sein.«

Henry verzog seinen Mund. »Es gibt keinen Ort, an den sie flüchten könnte, den sie nicht aufspüren würden. Für sie wäre es das Beste, wenn sie sich freiwillig stellen würde. Ich kann versuchen, sie zu beschützen, sie zu den höheren Tieren zu lotsen, die ihre Karriere fördern möchten.«

Banan sah zu ihm hinüber, ehe er auf eine andere Straße abbog und das Tempo beschleunigte. »Glaubst du wirklich, dass deine Vorgesetzten dafür sorgen können, dass sie am Leben bleibt?«

»Nein.«

Dieses Wort besiegelte Denaes Schicksal. Banan trat aufs

Gaspedal und raste über die schmale Straße. »Wann wird der MI5 kommen?«

»Sie sind bestimmt bereits auf dem Weg. Sie haben Dreagan ununterbrochen beobachtet.«

»Es wird ihnen nicht entgangen sein, dass du uns hilfst.«

Henry lächelte. »Nein, wird es nicht.«

Zum ersten Mal seit Tagen grinste Banan. »Ich bin froh, dass ich dir vor Jahren bei dieser Prügelei in der Bar geholfen habe.«

»Ich auch«, sagte Henry. »Ich wäre jetzt tot, wenn du diesen fünften Kerl, den ich übersehen hatte, nicht daran gehindert hättest, sein Messer zu benutzen.«

»Ich wusste damals gleich, dass du meiner Freundschaft würdig bist.«

»Ich werde dich nicht enttäuschen«, versprach Henry.

Banan wusste, dass dieser zu seinem Wort stehen würde. Er hoffte nur, dass er Henry nicht auf einen Weg gelotst hatte, der ihn das Leben kosten würde.

11

Rhi war sich darüber im Klaren, dass sie bald mächtig Ärger bekommen könnte. Es war Äonen her, dass eine Fee – und zwar auch nur irgendeine Fee – sich getraut hatte, Dreagan zu betreten. Die Könige mussten keine Magie benutzen, um die Feen fernzuhalten.

Das Abkommen, unterzeichnet sowohl von den Hellen als auch von den Dunklen Feen, besagte, dass sie sich nie wieder erlauben würden, einen Fuß nach Dreagan zu setzen, es sei denn, sie wollten die Feenkriege neu beginnen und von den Königen getötet werden. Das reichte, um die Feen fernzuhalten.

Normalerweise jedenfalls. Wenn es aber darum ging, Con zu ärgern, schreckte Rhi vor nichts zurück. Außerdem war das, was sie ihm zu sagen hatte, ausreichend, um ihn davon abzuhalten, den Hellen den Krieg zu erklären.

Sie überlegte einen Moment, ob sie nicht doch lieber zu ihrem Cottage zurückkehren sollte, statt die Könige über das, was sie spürte, zu informieren und sie zu alarmieren. Es würde schließlich nicht nur Auswirkungen auf die Könige haben, sondern auf das gesamte Reich.

Rhi war noch getarnt, als sie plötzlich in Cons Büro erschien, wo sie eine Gruppe von Königen vor sich sah, die miteinander diskutierten, einschließlich Con. Sie blieb unsichtbar, weil auch ein Mensch anwesend war. Es bedeutete zwar eine Verletzung der vereinbarten »Regeln« zwischen den Königen und den Feen, dass sie unsichtbar blieb und ihre Unterhaltung belauschte. Aber das war ihr egal.

Mehrere Minuten lang hörte sie sich mit an, wie das menschliche Wesen über den MI5 redete und auf welche Weise die Agenten nach Dreagan eindringen würden. Rhi fand die Information hauptsächlich deswegen ganz besonders interessant, weil sie aus Cons Regungslosigkeit schloss, wie verärgert er war.

Sie fand einen leeren Sessel und setzte sich hinein, ließ ihre Beine über eine der Armlehnen baumeln. Sobald sie es sich bequem gemacht hatte, ließ sie ihre Tarnung fallen.

»Wir müssen Denae jetzt hinausschaffen«, sagte Kellan.

Rhi hob ihre Augenbrauen, als sie Kellan erblickte. Es war Jahrhunderte her, dass er das letzte Mal wach gewesen war. Und dann hörte sie ihn auch noch über eine Frau reden? Da ging offensichtlich einiges schief in Dreagan.

Plötzlich richtete Con seine schwarzen Augen auf sie. Sekundenlang starrten sie sich wortlos gegenseitig an. Kein anderer im Raum hatte bisher bemerkt, dass sie da war. Rhi winkte ihm spöttisch zu und baumelte mit ihren Beinen, die in den neuesten Ralph-Lauren-Stiefeln aus sattelbraunem Leder steckten.

»Wir haben Besuch, Gentlemen«, sagte Con mit einem übertriebenen Seufzen, während seine Stimme vor Ärger triefte.

Kellan wandte sich zu ihr um, und zu Rhis Überraschung

verzog sich sein Mund zu einem leichten Grinsen. »Ganz schön dreist, Rhi. Sogar für dich.«

»Es ist eine ganze Weile her, Kell. Schön, dich munter und vergnügt zu sehen«, sagte sie augenzwinkernd.

Banan schüttelte nur den Kopf, während der Sterbliche mit offenem Mund dastand. Banan streckte tatsächlich die Hand aus und hob sein Kinn an, um ihn zu schließen. Rhi warf dem Menschen ein strahlendes Lächeln zu.

»Was tust du hier, Rhiannon?«, verlangte Con zu wissen.

Ihr Lächeln erstarb. Er wusste, wie sehr sie es hasste, bei ihrem vollen Namen genannt zu werden. Ihr Kopf fuhr zu ihm herum, und sie funkelte ihn an.

»Innerhalb von Dreagan«, ergänzte Rhys schmunzelnd. »Versuchst du, einen Krieg anzuzetteln?«

Rhi setzte sich aufrecht im Sessel hin. »Ich versuche, genau genommen, einen abzuwenden.«

»Du willst uns helfen?«, fragte Kiril überrascht.

Sie warf erst Rhys und dann Kiril einen kurzen Blick zu. »Wenn ihr so fragt … Ich muss euch ja nicht helfen.« Rhi wollte gerade aus dem Zimmer stürzen, als Kellan sie zurückrief. Sie blieb stehen und blickte in seine hellgrünen Augen. »Was ist?«, fragte sie verärgert.

»Du bist aus einem bestimmten Grund gekommen«, sagte Kellan. »Aus welchem?«

Rhi spürte Cons Blick auf sich. Sie könnte sich mühelos zurückziehen in ihr kleines Cottage und die Drachenkönige vergessen. Schwieriger wäre es, hierzubleiben und zu helfen. Sie würde sich höchstwahrscheinlich den Zorn ihrer Königin zuziehen, aber das war nichts Neues für sie.

Leder knarrte, als sich Con in seinem Sessel vorbeugte, um seine Unterarme auf den Schreibtisch zu legen. »Ich glaube nicht, dass sie uns irgendetwas mitzuteilen hat, Kellan. Sie ist nur gekommen, um uns zu ärgern. Kindisch, aber es funktioniert. Du kannst jetzt gehen, Rhi. Wir haben tatsächlich Geschäftliches zu besprechen.«

Rhi lachte, um ihre Wut zu überspielen, und machte eine schwungvolle Kopfbewegung, warf sich ihre langen Haare über die Schulter. »Geschäftliches? Das ist lachhaft. Ihr redet über den MI5 und Denae. Glaub ja nicht, dass du mich wie ein Kind behandeln kannst.«

»Was wissen Sie über Denae?«, verlangte der Sterbliche zu wissen.

Sie wandte sich ihm zu, und erneut staunte er sie mit offenem Mund an. Rhi trat auf ihn zu. Seine freundlichen haselnussbraunen Augen blieben fest auf sie gerichtet. Er sah gar nicht mal übel aus. Mit einem neuen Haarschnitt und etwas anderem als diesem scheußlichen grauen Anzug wäre er möglicherweise sogar recht ansehnlich.

»Rhi«, warnte Kellan mit leiser Stimme.

Sie blieb dicht vor Kellan stehen. »Wer ist dieser Sterbliche?«

»Ich bin Henry North«, sagte er. »Und was meinen Sie mit ›dieser Sterbliche‹?«

Rhi war beeindruckt. Die meisten Menschen konnten nicht denken, wenn sie von Verlangen gepackt wurden. Henry war anders. Er begehrte sie möglicherweise, wurde aber weiterhin von seinem Verstand und nicht von seinem Schwanz, beherrscht. Sie mochte ihn auf der Stelle. »Schön, Sie kennenzulernen, Henry. Sind Sie nicht ein ganz klein wenig neugierig, wie ich hier hereingekommen bin?«

Henry runzelte die Stirn und blickte in die Runde. »Tatsächlich bin ich das.«

»Ich …«

»Rhi«, unterbrach Kellan sie. »Nicht jetzt.«

Sie ging zurück zu ihrem Sessel und setzte sich. Kellan hatte recht. Dies war nicht der richtige Zeitpunkt für Neckereien. Sie musste ihnen erzählen, was sie wusste. »Seit mehreren Wochen spüre ich eine … Störung.«

»Welche Art von Störung?«, wollte Kiril wissen.

Rhi zuckte die Achseln, konnte aber ihre Unsicherheit nicht verbergen. »Ich habe versucht, sie zu lokalisieren, aber sie ist einfach überall und nirgends. Ich kann sie an keiner einzelnen Person festmachen.«

»Es könnte also eine Gruppe sein«, sagte Con und blickte zu Henry. »Vielleicht der MI5?«

Man musste kein Genie sein, um zu begreifen, dass Henry für diesen Geheimdienst arbeitete. Wer genau war diese Denae, von der Kellan geredet hatte? Arbeitete sie gleichfalls für den MI5?

Rhys fuhr sich mit der Hand durchs Haar. »Der MI5 müsste zunächst einmal Informationen über uns sammeln.«

»Was hast du getan, um den MI5 dermaßen sauer zu machen, Con?«, fragte Rhi mit gewollt unschuldiger Miene.

Cons Augen verengten sich gefährlich zu engen Schlitzen. »Nichts.«

»Hm. Das möchte ich stark bezweifeln. Aber auch egal. Nichts, was ich genauer überprüft habe, wies auf den MI5 hin. Und ich war in ganz Schottland, in Wales und in England, um nur einige Orte zu nennen.«

Kellan bewegte sich rückwärts, bis er sich mit dem Rücken an die Wand lehnen konnte. »Und ganz sicher auch auf keine bestimmte Person?«

»Nein.« Rhi schüttelte langsam den Kopf. »Das Seltsame

ist: Wenn ich es nicht besser wüsste, würde ich sagen, dass sie … Magie benutzen.«

Henrys Gesicht wurde leichenblass. »Magie?«

»Später«, bedeutete Banan ihm.

»Irgendeine bestimmte Art von Magie?«, fragte Con sie.

Rhi dachte zurück an ihre Versuche, die Quelle ausfindig zu machen. »Nein. Es gab Zeiten, da hätte ich schwören können, dass ich die Dunklen gespürt habe, und zu anderen Zeiten hätte ich meine neuen Stiefel darauf verwettet, dass es sich um Drachenmagie handelte.«

Möglicherweise wurde Henry noch etwas blasser, aber er hielt sich tapfer, während sein Blick von einem Anwesenden zum anderen wanderte.

»Wie weit sind wir mit der neuen Identität für Denae?«, erkundigte sich Kellan bei Rhys.

Rhys überprüfte sein Handy. »Dauert noch ein paar Stunden.«

»Es muss schneller gehen«, sagte Henry. »Ihr müsst sicherstellen, dass es hier keine Spur von ihr gibt, wenn der MI5 eintrifft.«

Kiril erhob sich. »Vergesst Matt nicht.«

»Er muss gleichfalls verschwinden«, sagte Henry.

Kiril lächelte, und sein Blick blieb an Rhi haften. »Klingt nach Spaß.«

Sie sah ihm hinterher, als er den Raum verließ, bevor sie ihre Aufmerksamkeit wieder Con zuwandte, dessen Blick wie gebannt an ihr hing. »Du musst mir nicht glauben«, sagte sie zu ihm.

»Das tue ich auch nicht«, behauptete er.

»Aber es ist dein eigenes Risiko. Was auch immer da draußen ist, ist stark. Stark genug, dass ich es fühlen kann.«

»Was bedeutet, dass du dich schon eine ganze Weile in diesem Reich aufhältst.«

Rhi hob eine Augenbraue, wollte ihn dazu provozieren, ihr zu befehlen zu verschwinden. Denn die Könige mochten zwar mächtig sein, und sie mochten auch den Krieg zwischen ihren Völkern gewonnen haben, doch lag es nicht in seiner Macht, sie wegzuschicken.

»Wen interessiert das?«, sagte Rhys. »Geh, Rhi. Wir haben Wichtigeres zu tun.«

»Das stimmt. Denae«, sagte sie. »Ich glaube, die würde ich sehr gern kennenlernen.«

Kellan rührte sich nicht, aber sie bemerkte, wie ein Muskel an seinem Kinn zuckte.

Faszinierend.

Es war Con, der sagte: »Nein.«

»Also, wer von euch hat eine Schwäche für diese Denae?«, fragte Rhi. »Ist es Kellan? Oder ist es Con?«

»Genug, Rhi«, sagte Banan.

Aber sie hatte noch lange nicht genug. Es war kinderleicht, Con zu ärgern, und sie war einfach zu gut darin.

»Ich werde mit ihr fertig«, sagte Con.

Rhi verdrehte die Augen. Sie wandte sich Kellan zu, weil es offensichtlich war, dass Kellan entweder für Denaes Sicherheit verantwortlich war oder dass er tatsächlich etwas für sie empfand. »Ich stimme Henry zu. Wenn Denae sterblich ist, muss sie so schnell wie möglich von hier verschwinden. Je schneller, desto besser. Ob es der MI5 ist oder etwas anderes – Dreagan ist im Moment kein sicherer Ort.«

»Denaes neue Identität ist fertig. Ich werde sie holen«, sagte Rhys und ging zur Tür. »Wollen wir uns im Hafen treffen?«

»In einer Stunde, Rhys«, rief Con ihm hinterher, als Rhys aus dem Büro eilte.

Wieder reizte diese schreckliche – und mächtige – Magie Rhis Sinne. Sie schloss die Augen und versuchte, die Richtung, aus der sie kam, zu bestimmen. Sie wusste eindeutig, dass sie sich näherte.

Sie riss die Augen auf und sah, wie alle Männer sie anstarrten. Sie schluckte und wandte sich erneut an Kellan: »Schaff Denae fort! Jetzt direkt!«

»Was hast du gespürt?«, verlangte Con zu erfahren.

Sie blickte ihn an und antwortete: »Etwas Böses rückt näher.«

Con atmete tief durch und gab Kellan ein Zeichen mit seinem Kinn. »Tu, was Rhi vorschlägt. Banan, du und die anderen stellt sicher, dass alle Sterblichen in weniger als einer Stunde aus Dreagan verschwunden sind.«

»Und du?«, konnte Rhi sich nicht verkneifen zu fragen.

»Ich werde hier sein, um jeden, der es wagt, hier einzudringen, zu begrüßen.«

Sie hatte selbst erlebt, wie er im Kampf war. Sie würde Constantine nicht willentlich in die Quere kommen, wenn es sich vermeiden ließ. Beinahe empfand sie Mitleid mit denjenigen, die vorhatten, an Dreagans Tür zu klopfen. Aber nur beinahe.

Obgleich die Feen und die Könige sich gegenseitig verachteten, waren sie sich einig hinsichtlich ihrer Gefühle für Menschen: Menschen waren unzuverlässig und zerstörten alles, was sie in die Hände bekamen.

Nun ja, die meisten von ihnen jedenfalls. Es gab ein paar Menschen, die anders waren.

»Du bist immer noch hier«, stellte Con in seinem herablassendsten Tonfall fest. »Warum?«

Rhi sagte das Erste, was ihr einfiel: »Wer sagt, dass ich hierhergekommen bin, um euch zu helfen? Ist dir jemals der Gedanke gekommen, dass ich möglicherweise hier bin, um Denae zu helfen?«

Das sorgte dafür, dass Con die Stirn runzelte – und sich ärgerte. Was genau ihre Absicht gewesen war. Eins zu null für sie!

Rhi verließ das Büro und war nicht überrascht, dass Kellan ihr umgehend folgte.

»Bist du wirklich hier, um Denae zu helfen?«, fragte er, als sie durch den Korridor gingen.

Sie schüttelte den Kopf. »Ich kam, weil ich euch alle aufmerksam machen wollte auf das, was ich spürte. Ich hätte wahrscheinlich schon eher kommen sollen. Es ist nur …«

»Ich weiß«, sagte er in ihr Schweigen hinein. »Aber dann wären wir gewarnt gewesen bezüglich des Vorhabens des MI5, heimlich auf unseren Grund und Boden vorzudringen. Und in meine Höhle.«

»Aha. Also das hat dich aufgeweckt.« Erst dann wurde ihr richtig bewusst, was er gesagt hatte. »Sie sind in deine Höhle eingedrungen? Warum?«

»Das wüssten wir alle gern. Denae wurde hintergangen von ihrem Kollegen, und sie kämpften miteinander. Sie hat ihn getötet, aber er schaffte es, sie zu verwunden.«

»Und du hast sie hier ins Herrenhaus gebracht.« Rhi rieb sich die Schläfen. »Der MI5 verfügt über keine Magie, Kell. Wie passt das alles zusammen?«

»Wir wissen es nicht, aber wir wollen sicherstellen, dass ihnen nicht gelingt, was auch immer sie planen.«

»Sie wollen jedenfalls Denae umbringen.«

»Ja.«

»Was habt ihr also vor?«

Kellan blieb stehen und blickte kurz zu einer Tür weiter hinten im Flur. »Sie hat sich eine neue Identität gewünscht, damit der MI5 sie nicht aufspüren kann. Und sie weiß, was wir sind.«

Rhi machte große Augen und blieb stehen. »Con hat zugelassen, dass du es ihr zeigst?«

»Con war derjenige, der es ihr zeigte.«

Sie hakte ihre Daumen in ihre Gürtelschlaufen. »Er wird Guy einsetzen, um ihr Gedächtnis zu löschen, nicht wahr?«

»Wird er.«

»Warum es ihr dann zeigen?«

Kellan rieb sich das Kinn. »Ich habe von ihm nur erfahren, dass er sie im Verdacht hat, möglicherweise noch etwas anderes zu verheimlichen, und dass er gehofft hatte, dass sie sich, wenn sie sieht, wer wir sind, derart fürchten würde, dass sie es uns offenbart.«

»Dieser Mann«, sagte Rhi und verdrehte die Augen.

»Selbst wenn der MI5 sie je aufspürt, wird sie nicht in der Lage sein, ihnen irgendetwas zu sagen, wenn Guy ihr Gedächtnis erst einmal gelöscht hat. Das ist das Beste.«

»Kell, du hast sehr, sehr lange geschlafen, aber glaubst du wirklich, dass der MI5, wenn er seine Agentin nach endloser Suche aufspürt, ihr glaubt, dass sie sich an nichts erinnert?«

»Es gibt keine andere Möglichkeit.«

»Eventuell doch«, wandte sie ein. Es gab ein verlassenes Haus, mehrere Kilometer entfernt. Rhi könnte es im Auge behalten, und solange Denae dort blieb, würde sie vielleicht überleben.

»Willst du die Verantwortung übernehmen?«

Weil er so überrascht klang, musterte sie ihn finster. »Willst du damit etwa andeuten, dass ich es nicht vermag?«

»Ich will damit sagen, dass du unter Umständen in dein Reich zurückbeordert wirst. Und wer würde dann auf Denae Acht geben?«

Rhi musste einräumen, dass das nicht von der Hand zu weisen war. »Stimmt.«

»Warum machst du dieses Angebot?« Seine Stimme war sanft, viel zu verständnisvoll, was ihr Unbehagen bereitete.

»Vorübergehende Unzurechnungsfähigkeit. Ich weiß auch nicht. Vergiss, dass ich es überhaupt vorgeschlagen habe. Lass uns einfach Dreagan verlassen.«

Kellan führte sie zu einer Tür, und als er sie öffnete, erblickte Rhi in dem dahinter liegenden Schlafzimmer eine schöne Frau mit kupferbraunen Haaren und einem Körper, der jedem Mann auffallen würde.

»Denae«, sagte Kellan. »Das ist Rhi. Sie ist eine Freundin.«

Rhis Lächeln wurde breiter, als sie bemerkte, mit welcher Wärme die Sterbliche Kellan ansah.

Und Kellans Entschlossenheit, Denae keines Blickes zu würdigen, sorgte dafür, dass Rhi sich auf die Zunge biss, um nicht laut loszuprusten.

Männer!

12

Denae konnte einfach nur sprachlos die schönste Frau, die sie je gesehen hatte, anstarren. Ihre schwarzen Haare hatten einen blauen Schimmer, und ihre silbernen Augen, die irgendwie zu schwirren schienen, hielten sie in ihrem Bann.

»Hallo«, sagte Rhi, während sie den Raum mit einem einladenden Lächeln betrat.

Denae blinzelte und warf Kellan einen kurzen Blick zu, um zu überprüfen, ob er genauso ehrfürchtig reagierte wie sie, aber er lehnte sich einfach gegen den Türrahmen und sah so gelangweilt aus wie immer. »Hi«, brachte sie endlich heraus.

»Bist du bereit, von hier die Fliege zu machen?«, fragte Rhi.

Denae war so verblüfft über ihre Ausdrucksweise, dass sie kichern musste. »Wer bist du?«

»Tja, da du bereits über die Drachenkönige Bescheid weißt, kann es wohl nicht schaden, es dir zu verraten. Ich bin eine Fee.«

Sie hatte zwar eine ironische Antwort auf der Zunge, aber irgendetwas hielt Denae davon ab, sie auszusprechen. Möglicherweise die Tatsache, dass sie erlebt hatte, wie Con sie heilte, und dann war da auch noch der große rote Drache, den sie gesehen hatte.

Aber jetzt mal ernsthaft. Konnte der Tag noch unwirklicher werden?

»Eine Fee?«

Rhi nickte und warf sich mit einer Kopfbewegung ihre langen Haare über die Schulter. »Wir haben einen weiten Weg vor uns, Püppchen. Ich glaube, wir sollten uns lieber in Bewegung setzen, bevor deine Freunde vom MI5 sich blicken lassen.«

»Wir?«, sagte Kellan fragend, während er sich vom Türrahmen abstieß.

Rhi verdrehte die Augen und musterte ihn. »Nein, du nicht, Kell.«

Seine Nasenflügel bebten, als er sie anstarrte. »Nein, ich nicht, aber mir wäre es lieber, wenn du am Hafen wärst und im Vorfeld die Gegend auskundschaftest.«

»Hm. Damit könntest du recht haben.« Rhi sah Denae an und zwinkerte ihr zu. »Bis bald.«

Und schon war sie einfach so verschwunden. Denae starrte den Fleck an, wo Rhi noch Sekunden zuvor gestanden hatte, bevor sie sich Kellan zuwandte.

»Eine Fee?«

»Ja«, erwiderte er mit einem resignierten Seufzen. »Es gibt eine Vorgeschichte zwischen den Königen und den Feen, und es ist keine gute.«

Denae band sich die Laufschuhe zu, die Cassie ihr vorhin gebracht hatte. »Und trotzdem ist sie hier, also kann sie nicht allzu schlimm gewesen sein.«

»Sie war schlimm. Es gab einen Krieg.«

»Wie ich feststelle, ist das ein sich wiederholendes Thema bei euch Drachenkönigen.« Es war eine halb scherzhafte, halb ernst gemeinte Äußerung.

Kellans seladongrüne Augen wurden schmal. »Sie wollten die Macht über dieses Reich. Wir waren dazu ausersehen, die Beschützer der Menschen zu sein. Wäre es dir lieber gewesen, dieses Reich den Feen zu überlassen, damit ihr alle Sklaven ihrer Gelüste wärt?«

Denae befeuchtete ihre Lippen. Sie wusste nichts über Feen, aber Kellan zufolge waren sie gefährlich. So gefährlich, dass er eine von ihnen in ihre Nähe ließ? »Warum ist dann Rhi hier, wenn keiner von euch die Feen schätzt?«

»Rhi ist ... anders. Sie war einst die Geliebte eines Königs. Komm jetzt. Wir müssen gehen.«

Denae starb beinahe vor Neugierde, mehr zu erfahren, aber sie eilte Kellan hinterher aus dem Zimmer, froh, es verlassen zu können und mehr von Dreagan zu sehen zu bekommen. Sobald sie auf den Korridor trat, um Kellan zu folgen, bemerkte sie die großen Gemälde, die an den Wänden hingen.

Hätte sie es nicht besser gewusst, hätte sie angenommen, in einem Museum zu sein. Kleine Lampen waren über jedem Gemälde angebracht, um es so zu beleuchten, dass es ins rechte Licht gerückt wurde.

Obgleich sie in Eile waren, verlangsamte sie ihre Schritte, um sich jedes Bild anzuschauen. Erst als sie schon kurz vor der Treppe waren, verharrte ihr Blick auf dem Bild eines Bronzedrachen, dessen Schuppen sogar auf dem Gemälde metallisch schimmerten.

Denae sah die beiden Hörner, die aus seiner Stirn hervortraten, bevor Kellan ihren Arm packte und sie hinter sich herzog.

»Ich wollte es mir noch genauer anschauen«, beschwerte sie sich.

»Was möchtest du lieber, dir die Gemälde ansehen oder überleben?«

Nun ja, wenn er es so ausdrückte, wollte sie natürlich lieber überleben. Aber dieser Bronzedrache, das war Kellan gewesen. Sie wusste es. Und sie wollte sich ihn noch einmal ansehen.

Denaes Hand landete auf dem Treppengeländer, und während sie die Stufen hinunterging, bekam sie mehr von dem Herrenhaus zu sehen – und mehr Drachen. Sie waren überall. Am besten gefielen ihr die metallenen Drachen, die aus der Wand ragten und deren Drachenklauen die Lampen hielten.

Erst als sie das Ende der Treppe erreichten, sah sie den geschnitzten Drachen, der sich um den Treppenpfosten wand, und blieb stehen. Sie fuhr mit ihrem Finger über die geschnitzten Zähne des Drachen.

Sie wandte ihren Kopf um zu Kellan. »Wie kann jemand dieses Haus betreten, ohne zu bemerken, was ihr alle seid?«

»Menschen sehen nur, was sie sehen wollen. Kaum welche sind so aufmerksam. Hinzu kommt, dass nur sehr wenige jemals das Innere dieses Herrenhauses gesehen haben.«

»Aber ich.«

Seine Hand ließ ihren Arm los, und dabei berührten sich ihre Finger leicht, was dazu führte, dass sehnsüchtiges Verlangen sie durchzuckte. Ihre Haut glühte, machte ihr nur zu deutlich die Nähe des höchst lebendigen, sehr gut aussehenden Mannes neben ihr bewusst.

»Du lagst im Sterben«, sagte er, während ihre Blicke sich trafen.

»Con hätte mich auch in der Höhle heilen können. Warum mich hierherbringen?«

Kellan wandte zwar nicht den Blick ab, aber irgendwie machte er den Eindruck, als würde er sich winden, als würde er versuchen, eine passende Antwort zu finden.

»Bitte nicht«, sagte sie, als er schon antworten wollte. »Wenn du vorhast zu lügen, wäre es mir lieber, wenn du mir gar nicht antwortest.«

»Habe ich dich schon einmal belogen?«, fragte er sanft. Zu sanft.

Denae wollte zurückweichen, aber die Stufen und das Geländer hinderten sie daran. Kellans Stimme war weich, doch in seinen Augen nahm sie Verärgerung wahr. »Nicht dass ich wüsste.«

»Habe ich dich schlecht behandelt?«

»Nein.«

»Hast du hier gelitten?«

»Im Gegenteil.«

Er trat noch einen Schritt näher, bis ihre Körper sich berührten. »Warum glaubst du dann, dass ich dich jetzt belügen würde?«

Denae fiel es unglaublich schwer, sich zu konzentrieren, wenn er so nah vor ihr stand.

Besonders, da sie sich nichts sehnlicher wünschte, als ihn zu berühren, ihre Hände über seine Brust gleiten zu lassen und seine Hitze zu spüren, die Stärke seiner Muskeln. Ihre Finger in seinem wunderschönen, karamellfarbenen langen Haar zu vergraben.

»Ich hätte auch in der Höhle verhört werden können, sobald Con mich geheilt hätte. Ich bin hierhergebracht worden, damit ich mich in Sicherheit wiege und unaufmerksamer werde. Ihr alle wolltet, dass ich euch vertraue. Sodass ich, wenn ich getötet werde, nicht damit rechnen würde.«

Er beugte sich so weit zu ihr hinunter, dass ihre Nasen sich beinahe berührten. »Ich gebe dir mein Wort, dass wir nicht deinen Tod planen.«

Denae konnte einfach nicht anders, als sich ihm zuzuneigen, war unfähig, seiner Anziehungskraft, dieser unverkennbaren Verlockung zu widerstehen. Ihr Körper reagierte mit einer pulsierenden Begierde, die nur Kellan befriedigen könnte. Wenn er sie denn gewollt hätte.

Was nicht der Fall war.

Kellan hatte nicht vorgehabt, Denae so nahezukommen. Was sie gesagt hatte, machte ihn wütend, aber das war keine Entschuldigung. Er wusste, er sollte lieber auf Distanz bleiben zu ihr.

Sie standen da, und ihre Körper streiften sich fast. Ihre Gesichter waren einander so nah, dass er sich nur ein ganz klein wenig hinabbeugen müsste, um sie zu küssen. Bei dem Gedanken senkte Kellan seinen Blick auf ihre vollen Lippen und unterdrückte ein Stöhnen.

Sie hatte die wunderbarsten Lippen. Als wäre sie erschaffen worden, um Männer auf die Knie sinken zu lassen, allein wegen dieses Mundes.

Er sehnte sich danach, sie zu schmecken, ihre Lippen nach Belieben auszukosten. In einem langsamen, feuchten Kuss, der andauerte und andauerte, während ihre Leidenschaft sich steigerte. Und er würde es nicht bei ihrem Mund belassen. Er wollte sie an sich pressen und wieder ihre verführerischen Kurven spüren, mit seinen Fingern über ihre Kehle fahren und beobachten, wie sich ihre seidige Haut mit einer Gänsehaut überzog.

»Der Wagen wartet«, sagte Kellan und trat hastig einen Schritt zurück, bevor er eine Dummheit beging und sie küsste.

»Natürlich.«

Er legte ihr seine Hand auf den Rücken und führte sie ins Foyer, während er innerlich schmunzelte. Weil er ihr Begehren gesehen hatte, die Sehnsucht, die sich in ihren whiskyfarbenen Augen widerspiegelte.

Ein schwarzer Range Rover Sport wartete auf sie vor der Tür. Kellan trat neben sie. »Da drinnen sitzt ein Mann, ein Freund Dreagans. Er arbeitet für den MI5 und ist hier, um zu helfen.«

Sie blieb abrupt stehen und blickte ihn erschrocken an. »Nein. Man kann ihm nicht vertrauen. Niemandem vom MI5 kann man vertrauen.«

»Wir vertrauen ihm«, sagte Kellan und sah ihr in die Augen. »Henry ist ein guter Mann. Er hat viel riskiert, um über deinen Auftrag so viel er konnte in Erfahrung zu bringen und nach Dreagan zu kommen.«

Er wartete, während Denaes Blick nervös zwischen dem SUV und dem offenen Gelände hin und her schoss. Sie war alarmiert und auf der Hut, wie jeder in ihrer Lage es wäre. Sollte es unvermeidlich sein, müsste er sie mit Gewalt in den Wagen zerren, aber er hoffte, dass ihm das erspart bliebe.

»Woher wollt ihr wissen, dass ihr ihm trauen könnt?«

»Er hat es unter Beweis gestellt. Wir haben dich geheilt und dir gezeigt, wer wir sind. Jetzt versuchen wir, dich von hier fortzuschaffen, damit der MI5 dich nicht in seine Gewalt bringen kann. Wollen wir darüber noch länger diskutieren oder verschwinden?«

Ihre Vorsicht war etwas, was ihm vertraut war und was er verstand. Er wollte diese Art von Verbindung zwar nicht mit ihr, aber er konnte nicht leugnen, was er sah.

»Ich möchte nicht sterben.«

»Ich werde dich auch nicht sterben lassen«, sagte er und öffnete die hintere Wagentür.

Sobald Denae eingestiegen war, schloss er die Tür und ging auf die andere Seite, um sich neben ihr auf den Rücksitz zu setzen. Er nickte Banan und Henry zu.

Henry drehte sich um und hielt Denae seine Hand hin. »Schön, dich am Leben zu sehen. Ich bin Henry North.«

»Henry«, sagte Denae mit einem kleinen, nervösen Lächeln. Welche Bedenken sie auch immer gehabt haben mochte, sie waren sogleich verschwunden. Henry war rundum im MI5 bekannt als verlässlicher Typ, einer, dem man bedingungslos vertrauen konnte. »Ich weiß, wer du bist. Du bist berühmt im MI5.«

Er gluckste. »Wahrscheinlich eher berüchtigt, da bin ich mir sicher.«

»Was tust du hier?«, fragte Denae, während sie Kellan ansah.

Banan startete den SUV und fuhr los. Dann sagte er erklärend: »Er kam für den Fall, dass wir in Schwierigkeiten geraten.«

»Er meint, durch MI5-Agenten«, sagte Denae. Sie presste die Lippen zusammen.

»Ich bezweifle, dass ich noch zum MI5 gehöre, seit ich das Büro verlassen habe gestern Abend«, sagte Henry, als er sich wieder nach vorn drehte und sich anschnallte. »Ich habe die Wahrheit über deinen Auftrag herausgefunden, Denae. Matt hat dir möglicherweise gesagt, dass er dich verwunden sollte und du als Köder dienen solltest, aber sie wollten nichtsdestotrotz deinen Tod.«

Obgleich Kellan wusste, dass sie gelernt hatte, ihre Gefühle und Reaktionen zu beherrschen, sah er, dass Henrys Worte sie aufregten. Sie saß beinahe reglos da, eine Hand auf ihrem Bein, an dem sie unablässig ihren Daumennagel rieb.

»Meine Vorgesetzten wissen, was passiert ist«, fuhr Henry fort. »Sie hatten große Pläne für dich, aber einige wenige – besonders diejenigen aus deiner Abteilung – hatten andere Vorstellungen.«

»Der MI5 sollte mal Hausputz veranstalten«, bemerkte Banan, während er Dreagan über unwegsames Gelände verließ, abseits der Straßen.

Henry lachte. »Das sollten sie, aber sie tun nicht immer das, was man von ihnen erwartet. Die Satelliten-Überwachungsstation in Inverness wird bereits ihre Leute hierhergeschickt haben. Seid ihr sicher, dass sie nicht wissen, wohin wir fahren?«

Kellan hielt sich an der Rückenlehne von Henrys Sitz fest, als Banan ein mit großen Steinen übersätes Gelände überquerte. »Sie könnten versuchen, uns zu folgen.«

»Ich weiß, dass Jane nicht glücklich ist, dass ich nicht bei ihr bin. Wenn also irgendjemand von euch ihr verrät, wie viel Spaß es mir macht, wird ihn das teuer zu stehen kommen«, sagte Banan mit einem breiten Grinsen.

Denae presste ihre Hand gegen das Fenster, um zu verhindern, dass ihr Kopf dagegen prallte, als der Range Rover über die Felsbrocken kroch. »Es geht doch nichts über Gefahr, um einen Mann zum Lächeln zu bringen.«

»Du hast reichlich Gefahren hinter dir«, sagte Henry, der sie über seine Schulter ansah.

Sie lachte, und das Geräusch schoss Kellan direkt in seinen Schwanz und veranlasste ihn dazu, sich in die Backe zu beißen, um ja nicht aufzustöhnen.

»Gefahr ist zu einer Lebensform für mich geworden.«

Bei ihrer Feststellung fragte sich Kellan, wie oft ihr Leben wohl schon auf der Kippe gestanden hatte und warum sie so weitermachte. Aber als er sie ansah, wurde ihm klar, dass sie einfach kein furchtsames weibliches Wesen war, das sich am liebsten an ihn geklammert hätte.

Vor sich hatte er eine Frau, die ihren Feinden in die Augen sah und herauszufinden versuchte, wie sie sie besiegen konnte. Sie war kompetent, erfahren, geschickt und klug.

Er wäre möglicherweise beunruhigt, wenn er auch nur eine Sekunde daran denken würde, ihr nachzugeben. Egal wie groß die Versuchung war, er würde nicht nachgeben. Nicht nach all dem, was er durchgemacht hatte mit den Menschen.

Kellan suchte in sich nach dem Hass, der ihn immer so leicht überkam, wenn er an Sterbliche dachte, doch der schien … weniger geworden zu sein.

Was nicht richtig sein konnte. Menschen waren Lügner, Diebe und Mörder. Sie zerstörten die Erde, ohne sich auch nur eine Sekunde um die Zukunft oder die Konsequenzen zu scheren. Sie kämpften um Länder und Throne wie Geier um einen Kadaver.

Warum die Menschen lebten und die Drachen verschwunden waren, würde Kellan nie begreifen.

Plötzlich wandte Denae ihm ihren Blick zu, und ihr Lächeln erstarb, alles Funkeln verschwand aus ihren schönen Whisky-Augen. Er wollte sie nicht schön finden, aber er konnte nicht anders.

»Was ist los?«, flüsterte sie.

Kellan blickte weg, aber sie sah ihn weiterhin an. »Nichts«, sagte er.

»Lügner.«

»Aufgepasst!«, rief Banan, ehe sie einen Hügel hinabdonnerten.

Denae wurde nach vorn geschleudert; nur ihr Sicherheitsgurt bewahrte sie davor, gegen Banans Sitz zu prallen. Der SUV neigte sich gefährlich zur Seite, sodass ihr Körper gegen Kellans gepresst wurde.

Er packte sie, ohne sich dessen bewusst zu sein, und hielt sie fest. Dann beging er den Fehler, ihr in die Augen zu sehen.

13

Instinktiv und ohne sich dessen bewusst zu sein, streckte Denae ihren Arm aus und berührte Kellans Wange. Die Überraschung, die in seinen Augen aufflackerte, ließ sie dahinschmelzen.

Bevor sie den Mut aufbringen konnte, ihn zu küssen, schob Kellan sie von sich, sodass sie wieder aufrecht saß, wandte seinen Kopf ab und sah aus dem Fenster. Als sie nach vorn schaute, begegnete sie Banans Blick, der sie im Rückspiegel musterte.

Ein kurzer Blick zurück zeigte ihr die Felsbrocken, die die Erschütterung verursacht hatten bei ihrer schnellen Fahrt.

Denae wusste weder, was Kellan an sich hatte, das ihr Herzrasen verursachte, noch, warum sie in einer Weise von ihm angezogen war, die sie nicht genauer benennen konnte. Alles, was sie wusste, war, dass sie in seinen Armen liegen und seine Lippen auf ihrem Mund spüren wollte.

Sie verstand weder, warum seine Anziehungskraft sie sprachlos machte und um den Verstand brachte, noch, warum die Tatsache, dass seine Lippen sich nie zu einem Lächeln verzogen, sie wünschen ließ, die verrücktesten Dinge zu tun, nur um ihn wenigstens einmal lächeln zu sehen.

Sie fuhren die nächste Stunde schweigend weiter. Banan kutschierte sie über zunehmend unwegsameres Gelände. Hin und wieder blickte entweder Kellan oder Banan nach oben in den Himmel.

Irgendwann wurde ihr klar, dass sie nach Drachen Ausschau hielten. Denae konnte nur Vermutungen darüber anstellen, wie leicht ein Drache einen Hubschrauber oder ein Flugzeug mit einem einzigen Prankenhieb auslöschen könnte.

»Wir haben fast die Straße erreicht«, sagte Banan.

Fünf Minuten später trat er heftig auf die Bremse, als sie eine kleine Baumgruppe erreichten, sodass alle nach vorn geschleudert wurden. Der Sicherheitsgurt schnitt ihr zum zweiten Mal an diesem Tag in die Brust.

»Was ist los?«, fragte Henry.

Kellan sagte kein Wort, als er seine Tür öffnete und aus dem Fahrzeug stieg. Als er leise die Tür hinter sich schloss, wusste Denae, dass er vorhatte, etwas in dem Wäldchen vor ihnen zu verfolgen.

Sie fasste nach dem Türgriff, doch Banan betätigte die automatische Verriegelung, sodass sie nicht hinauskonnte. »Öffne die Tür«, verlangte sie.

»Auf keinen Fall«, sagte Banan.

»Dann geh, und hilf ihm.«

Banan schnaubte. »Wenn du annimmst, dass er Hilfe braucht, dann glaube ich nicht, dass du begriffen hast, wer er ist.«

»Oh, ich verstehe. Was, wenn er …«, sagte Denae, ehe sie sich daran erinnerte, dass ein Drachenkönig nur von einem anderen Drachenkönig getötet werden konnte.

Banan begegnete ihrem Blick erneut im Rückspiegel und nickte, während es ihr langsam dämmerte. »Genau«, sagte er.

»Genau was?«, verlangte Henry mit seinem britischen Akzent zu erfahren. »Ich werde das Gefühl nicht los, dass mir einige wichtige Informationen vorenthalten werden.«

»Denae hat sich gerade daran erinnert, dass Kellan mühelos auf sich selbst aufpassen kann«, erklärte Banan seinem Freund.

Henry holte tief Luft. »So, so.«

Denae musste nicht lange auf Kellans Rückkehr warten. Er kam zurück zum Range Rover, als hätte er nur einen kleinen Spaziergang gemacht. Als er sich wieder neben sie setzte, bemerkte sie einige Blutflecken auf seinem T-Shirt.

»Ist erledigt«, sagte er.

Banan trat aufs Gaspedal, und sie setzten ihre Fahrt fort. Denae starrte Kellan während der nächsten drei Meilen an, bis er sich ihr schließlich zuwandte.

»Woher wusstest du es?«, fragte sie.

Er zuckte die Achseln. »Ihr seid leicht wahrzunehmen.«

Sie wusste nicht, ob er mit »ihr« die Leute vom MI5 meinte oder Menschen im Allgemeinen, doch so oder so war es beleidigend gemeint. Was sie ihm nicht verdenken konnte, nachdem er ihr erzählt hatte, was Menschen seinen Drachen angetan hatten. Sie an seiner Stelle würde Menschen auch hassen.

Es dauerte nicht lange, bis sie eine Straße erreichten und schneller fahren konnten. Die Landschaft huschte an ihr vorbei, während Denae aus dem Fenster starrte. Ein leichter Regen fiel aus blassgrauen Wolken, die alles verhüllten und eine düstere Stimmung erzeugten.

Sie überholten nur wenige Autos auf der schmalen Straße,

und bei der Geschwindigkeit, die sie vorlegten, war das auch besser so. Je weiter sie sich von Dreagan entfernten, desto unruhiger wurde Denae.

Kellan mochte ihr ja sein Wort gegeben haben, aber was wusste sie schon von ihm? Er hatte ihren Kampf in seiner Höhle gesehen, und er hatte sie zum Herrenhaus gebracht. Er hatte ihr ein wenig von seinen Bronzedrachen erzählt und sogar ein bisschen aus seiner Vergangenheit, aber von »Kennen« konnte wirklich keine Rede sein.

Was für ein Mann war er? Was brachte ihn zum Lachen, was machte ihn wütend? Was spornte ihn an, jemanden zu beschützen? Und was brachte ihn dazu, jemanden zu verlassen?

Er war in das Wäldchen gegangen und hatte mindestens einen Agenten getötet, ohne auch nur ins Schwitzen zu geraten. Er hatte aber auch zugegeben, einen Mann getötet zu haben, der eine junge Frau vergewaltigt und getötet hatte. War alles schwarz oder weiß für Kellan?

Sie spähte hinüber zu ihm und stellte fest, dass er sie beobachtete mit seinen hellgrünen Augen, in denen eine Andeutung von Ärger schimmerte. »Misstraust du mir immer noch?«

»Kannst du Gedanken lesen?«

Er hob eine Augenbraue. »Nein, aber deine schon.«

Sie hatte ihn verletzt mit ihrem Misstrauen. Was lachhaft war. Es war ja schließlich nicht so, als ob er ihr blind vertraute. Allerdings versuchte er ihr zu helfen. Zumindest nahm sie das an. Diese Nummer mit dem gegenseitigen Vertrauen machte sie mürbe. »Wohin fahren wir?«

»Ans Meer.«

Die Tatsache, dass er ihr ohne zu zögern antwortete, beruhigte sie ein wenig. Ebenso wie Henrys Gegenwart sie beruhigte. Er vertraute Banan offensichtlich sehr.

Es sei denn, dass Henry mit von der Partie war.

Denae verbot es sich, diese Gedanken weiter zu verfolgen. Wenn sie sich nicht zusammenriss, könnte sie sich Hunderte verschiedener Szenarien vorstellen, wie Leute sie verrieten.

Was Matt und ihre Abteilung getan hatten, hatte sie mental derart verletzt, dass sie nicht sicher wusste, ob sie es jemals würde verwinden können. Es würde schon schlimm genug sein, ihr Leben lang auf der Flucht zu sein. Doch wie sollte sie je wieder irgendjemandem vertrauen?

Jede Mahlzeit, die sie zu sich nahm und die sie nicht selbst zubereitet hatte, könnte vergiftet sein. Jede Person ein potenzieller Mörder. Jeder Ort eine mögliche Todesfalle.

Es gäbe nur schlaflose Nächte. Sie müsste alle paar Tage umziehen, sich immer, bevor sie sich zur Ruhe legte, vergewissern, dass es sicher war. Sie müsste stets irgendeine Art von Alarmvorrichtung installieren, die ihr verriet, ob jemand versuchte einzudringen.

Das war nicht das Leben, das sie wollte. So konnte sie nicht leben.

»Halt an«, sagte sie zu Banan. »Halt einfach an, und lass mich aussteigen. Es ist möglicherweise besser, wenn der MI5 mich umbringt.«

»Sie werden dich nicht einfach umbringen«, sagte Henry und drehte sich zu ihr um. »Sie werden dich foltern, bis sie alle Informationen aus dir herausgeholt haben. Erst dann bringen sie dich um und lassen es so aussehen, als hätte es jemand von Dreagan Industries getan.«

Denae schloss die Augen und stieß heftig die Luft aus. Sie wusste, dass der MI5 genau das tun würde, aber sie war nie auf der Opferseite derartiger Angriffe gewesen. »Ich möchte nicht für immer auf der Flucht sein. Das ist kein Leben. Das ist nur Überleben. Ich könnte nie eine Familie haben, könnte niemals jemandem trauen.«

»Es würde mit der Zeit leichter werden.«

Sie öffnete die Augen und funkelte Henry an. »Nein, würde es nicht. Ich würde nie ein Zuhause oder auch nur Freunde haben können. Ich würde mich bei jedem, dem ich begegne, fragen, ob er mit dem MI5 zu tun hat und ein potenzieller Feind ist.«

»Das würde dich auf Trab halten«, sagte Banan.

»Es würde die Hölle sein.«

Kellan fragte: »Würdest du lieber sterben?«

Sie wandte sich ihm zu. »Ist das, was ich vorhabe, nicht so ziemlich das, was du getan hast? Nur dass du an einem Ort geblieben bist. Was würdest du denn an meiner Stelle tun?«

»Du hast die Wahl zwischen Leben und Tod, Denae«, sagte er. »Zu sterben ist leicht. Zu leben ist schwer. Aber du bist stark genug, um selbst zu bestimmen, wie du leben willst.«

Der Range Rover verlangsamte seine Fahrt und fuhr um eine Kurve. Denae blickte aus dem Fenster und sah das Meer.

»Wir sind da«, sagte Banan.

Sie schwieg, während sie durch die Hafenanlage navigierten, bis Banan den SUV stoppte und den Motor abstellte. Für einen Moment rührte sich keiner.

Dann löste Banan seinen Sicherheitsgurt und drehte sich um. »Henry und ich werden uns jetzt ein wenig umsehen. Viel Glück, Denae.«

Sie konnte sein Lächeln nicht erwidern, aber sie nickte ihm zu. »Danke.«

Henry streckte seine Hand aus, und sie sah den Dolch, der

in einer schwarzen Lederscheide steckte. »Nimm ihn«, bat er sie. »Es ist immer gut, eine versteckte Waffe zu haben.«

Denae akzeptierte das Geschenk. »Ich danke dir.«

»Kellan hat recht. Du hast jetzt eine Wahl. Ich wünsche dir sichere Wege.«

Mit verkrampftem Magen saß sie plötzlich mit Kellan allein im Wagen. Sie drehte den Dolch wieder und wieder in ihrer Hand. »Wann werdet ihr mein Gedächtnis löschen?«

»Bevor du auf das Schiff gehst.«

»Und wenn wir nicht allein sind? Es sind nur wir vier gegen alle, die uns hier vielleicht auflauern.«

»Ja«, sagte Kellan. »Aber das muss dich nicht beunruhigen. Ich wäre überrascht, wenn der MI5 uns hierher gefolgt wäre. Du wirst in Kürze auf dem Schiff sein, mit einer neuen Identität, und all das hinter dir gelassen haben.«

»So wie du das sagst, klingt es leicht.«

»Ist es. Bist du bereit?«

Denae antwortete ihm, indem sie ihre Tür öffnete und ausstieg. Der Geruch von Salz streifte ihre Nase, da der Wind vom Meer herüberwehte. Möwen kreischten laut, während die an den Anlegern vertäuten Schiffe im Wellengang knarrten.

Kellan wartete auf sie vor dem Range Rover. Sie ging zu ihm, aber sie konnte das Gefühl nicht abschütteln, dass irgendetwas nicht in Ordnung war.

»Was ist los?«, fragte er, als sie fortfuhr, sich umzublicken.

»Wir sind zu leicht entkommen. Viel zu leicht.«

Kellan zog die Stirn kraus. »Wir haben es so geplant.«

»Du verstehst nicht. Sie werden uns beobachtet haben.«

»Es sind sechzigtausend Morgen. Sie können nicht alles im Blick gehabt haben.«

Sie wollte ihm glauben, aber dieses nagende Gefühl von Unsicherheit hatte ihr schon öfter das Leben gerettet. Sie würde es jetzt nicht einfach ignorieren. »Wann fahre ich?«

»Wir müssen uns noch mit Con und Rhys treffen wegen deiner neuen Ausweispapiere. Dein Schiff legt in einer halben Stunde ab.«

Sie musterte die Schiffe, die sie sehen konnte, überlegte, welches von ihnen sie nehmen würde, das sie weit weg brächte von Kellan und seinen hypnotisierenden grünen Augen. »Wohin wird es mich bringen?«

»Es gibt mehrere Häfen, in denen es anlegen wird. Du musst wählen, wann du aussteigen willst. Komm«, sagte er und führte sie zu einem hölzernen Gebäude, das ehemals cremefarben gestrichen war, aber inzwischen war so viel Farbe abgeblättert, dass es eher grau wirkte.

Drinnen wurde es nicht besser. Denae erwartete, dass es jeden Moment über ihr zusammenkrachen würde. Sie setzte sich auf eine Holzkiste und sah Kellan an. Der Wind hatte seine langen Haare durcheinandergewirbelt, und die Art und Weise, wie er mit seinen Fingern hindurchfuhr, war das Erotischste, was sie je gesehen hatte.

Sie hatte nie lange Haare bei Männern gemocht. Bis sie Kellan begegnet war. Jetzt hätte sie nur zu gern ihre Finger in seinem Haar vergraben und ihn angefleht, es niemals abzuschneiden.

»Wie lange hast du mich beobachtet in der Höhle?«

Sein Kopf fuhr zu ihr herum, und die Überraschung in seinem Blick war unübersehbar. »Ich sah, wie du aus dem Wasser kamst.«

»Mit anderen Worten, du hast alles gesehen.«

»Ja.«

»Gibt es überhaupt keine Menschen, die du magst?«

Er zuckte die Achseln. »Es gab einige Sterbliche, denen ich begegnet bin, die es wert waren zu leben.«

»Es wäre möglicherweise besser gewesen, wenn du mich hättest sterben lassen in deiner Höhle. Du hättest dort bleiben können, und ich wäre nicht an diesem Ort.«

»Du bist nicht wütend auf mich?«

Seltsamerweise war sie es nicht. »Du musstest eine Entscheidung treffen mit dem Ziel, dich selbst und die anderen Drachen zu schützen. Warum sollte ich wütend auf dich sein? Es entspricht genau dem, was ich jeden Tag getan habe die letzten sieben Jahre.«

»Du bist gewiss etwas Besonderes, Denae Lacroix.«

Sie musste lächeln. »Das hat mein Vater auch immer gesagt.«

»Möchtest du vielleicht, dass wir deine Familie benachrichtigen?«

Denae blickte auf ihre Füße. »Das wird nicht nötig sein. Meine unmittelbare Familie ist tot. Es gibt nur noch weitläufigere Verwandtschaft, und ich stehe seit Jahren nicht mehr mit ihnen in Verbindung. Gibt es hier eine Toilette?«, fragte sie, bevor er etwas sagen konnte.

Kellan zeigte auf eine Tür hinter ihr. »Da hindurch und ins nächste Haus.«

Denae eilte davon. Sie hasste es, wie Erinnerungen an ihre Familie sie umhauten in Momenten, in denen sie es am wenigsten erwartete. Sie hatte nicht vorgehabt, ihren Vater zu erwähnen, aber Kellan die Lieblingsworte ihres Vaters sagen zu hören brachte einen Schwall von Erinnerungen hoch, die sie nicht zurückhalten konnte.

Sie folgte Kellans Anweisung und betrat das nächste Gebäude. Das Haus war voller Fischernetze und Holzkisten und anderer Dinge, die ihr absolut nichts sagten.

Sie bemerkte weiter hinten eine Tür, ging um einen hohen Stapel Kisten herum und blieb abrupt stehen, als sie vier Männer mit auf sie gerichteten Sturmgewehren erblickte. Doch so erschreckend das auch war – es war nichts im Vergleich zu den vier Männern, die sie flankierten.

Sie hatten lange, schwarze, silbern gesträhnte Haare und rote Augen.

14

Kellan starrte die Tür an, durch die Denae verschwunden war, und ging mehrmals im Büro auf und ab, bevor er stehen blieb und erneut die Tür anstarrte.

Er stieß die Luft aus. Wie lange brauchte ein weibliches Wesen für einen Gang zur Toilette? Sie war bereits seit mehreren Minuten weg.

»Kellan«, hörte er hinter sich jemanden sagen.

Er fuhr herum und sah Rhi mit weit aufgerissenen Augen und sorgenvoll verzogenem Gesicht. Er war auf der Stelle alarmiert. »Was ist los?«

»Die Dunklen sind hier. Und sie haben Denae.«

Schockiert registrierte er die Wut, die ihn unmittelbar packte. Wegen einer Menschenfrau. Andererseits war er derjenige, der für ihre Sicherheit sorgen sollte. Er hatte versagt, und dieses Gefühl gefiel ihm absolut nicht.

»Wo ist sie?«, verlangte er zu wissen.

Rhis Stiefelabsätze hallten laut im Gebäude wider, als sie zu den hinteren Fenstern lief. »Dort.«

Kellan folgte ihr und stieß einen Seufzer der Erleichterung aus, als er Denae erblickte, die allein an einem der Anleger stand. Doch dann war er verwirrt. »Sie haben sie nicht mitgenommen?«

Rhi wandte ihren Blick vom Fenster ab. »Die Dunklen sind nicht allein, Kell. Sie haben sich mit dem MI5 verbündet.«

Jetzt war er, sofern das überhaupt möglich war, noch schockierter. »Die Feen und die Menschen? Das kann doch nicht wahr sein.«

»Es ist nicht der gesamte MI5, es sind nur einige wenige. Ich hatte ein Auge auf die Umgebung, als ich Denae das andere Gebäude betreten sah. Ich folgte ihr, blieb aber unsichtbar und beobachtete, wie sie auf die kleine Gruppe von Dunklen und Agenten traf. Sie dient erneut als Köder, Kell.«

»Für mich.« Natürlich. Wieso war ihm das nicht früher klargeworden? Das war der einzige Grund, warum Denae sich noch immer auf dieser Welt befand und lebte. Aber die wirklich wichtige Frage war, ob Denae mit den Dunklen paktierte, damit sie ihn schnappten, oder ob sie ein Opfer war.

»Die Dunklen wollen einen Drachenkönig. Der MI5 will Denae.«

»Kellan!«, rief Denae halbherzig. »Kannst du herauskommen?«

Kellan schaute wieder zu Denae und bemerkte, dass ihr Blick überall hinhuschte, nur nicht zu dem Gebäude, in dem er sich aufhielt. Sie war allein, aber die Dunklen Feen und die MI5-Agenten hielten sich mit Sicherheit ganz in der Nähe versteckt, um sofort herbeizustürmen, sollte sie versuchen zu fliehen oder er auftauchen.

In Drachengestalt könnte er hinfliegen und sie packen, aber es wäre ein großes Risiko. Auch wenn nur wenige Könige es zugaben, die Zauberkraft der Dunklen Feen konnte sie durchaus daran hindern, ihre Drachengestalt beizubehalten, also den Zustand, in dem sie am stärksten waren.

Die Dunklen konnten es nicht einfach unterbinden. Aber es gab Momente, in denen ihre Magie einen König so beeinträchtigen konnte, dass er kaum stärker war als ein menschliches Wesen. Deshalb kämpften die Könige selten allein gegen die Dunklen.

Aber Kellan hatte Denae sein Wort gegeben. Er konnte sich nicht zurückerinnern, wann er das letzte Mal das Leben eines Menschen gerettet hatte, doch das schien keine Rolle zu spielen, als er sie anstarrte, wie sie stoisch dort stand.

»Nein«, sagte Rhi entsetzt. »Du denkst doch nicht ernsthaft daran, dorthin zu gehen. Das kannst du nicht tun. Ich habe gehört, was die Dunklen gesagt haben. Sie wollen dich.«

Kellan musterte die gesamte Umgebung, versuchte herauszufinden, wo seine Feinde sich versteckt hielten. »Ich gehe.«

»Kümmert es dich nicht, dass sie es speziell auf dich abgesehen haben?«

Er zuckte die Achseln und hielt weiter Ausschau nach potenziellen Verstecken der Sterblichen. »Natürlich kümmert es mich. Sie wollen etwas, und ich möchte herausfinden, worum es sich dabei handelt. Ich werde es nicht erfahren, indem ich hier herumstehe.«

»Es sind die Dunklen, Kellan«, sagte sie ausdruckslos.

»Ich weiß.« Er wandte sich zu ihr um. Nach dem, was passiert war zwischen Rhi und ihrem Geliebten, hätte sie den Drachenkönigen den Rücken zukehren können, aber sie hatte es nicht getan. Das bewies, wie tief ihre Liebe zu dem König gewesen war. Wenn sie nur die Wahrheit wüsste …

»Kellan!«, rief Denae erneut.

Rhi atmete heftig aus. »Du bist ein Drachenkönig. Weißt du, was die Dunklen dir antun werden?«

Rhis Stimme überschlug sich beinahe. Die Dunklen mochten vielleicht nicht in der Lage sein, einen König zu töten, aber die Schäden, die ihre Folter verursachte, konnten entsetzlich sein.

Sie hatten zwei Könige während der Feenkriege gefangen genommen. Kellan erinnerte sich nur zu gut, dass einer der Könige getötet werden musste, nachdem die Dunklen ihn freigelassen hatten und er sich angeschickt hatte, Dreagan zu zerstören.

Den anderen … hatten die Dunklen während eines Kampfes zu benutzen versucht. Einen König zu sehen, den die Dunklen gefangen genommen hatten, war grauenhaft gewesen, aber nichts im Vergleich zu einem König, der seine Brüder anflehte, sein Leben zu beenden. Es war Con, der als Erster bei ihm war und ihn tötete.

»Sie hat recht«, sagte Con von der Tür aus, während er und Rhys eintraten. »Den Dunklen darf kein weiterer König in die Hände fallen.«

Rhi wich zurück, als Kellan ihr in die Augen sah. »Ich kann es mit deiner Hilfe schaffen«, sagte er zu ihr. »Die Dunklen wissen nicht, dass du hier bist.«

Kellan blickte von Con zu Rhys und wieder zurück zu Rhi. Er konnte sein zunehmendes Bedürfnis, Denae zu retten, nicht erklären, nur dass er es tun musste. Es war ein seltsames Gefühl, nachdem er sich so lange Zeit den Untergang aller Sterblichen gewünscht hatte. »Ich habe Verantwortung für sie übernommen. Ich habe Denae mein Wort gegeben, dass sie nicht sterben würde heute. Ich muss das für sie tun.«

Plötzlich zwinkerte Rhi ihm zu. »Das ist genau das, was ich hören wollte.«

»Das kann nicht dein Ernst sein«, sagte Con und trat ärgerlich auf Kellan zu. »Du wirst den Dunklen niemals entkommen können.«

»Danke für das Vertrauen«, meinte Kellan sarkastisch.

Con schloss die Augen und ballte seine Fäuste, als ob er versuchte, Geduld zu bewahren. Als er seine schwarzen Augen wieder öffnete, nagelte er Kellan mit seinem Blick fest. »Ich möchte nicht noch einen König töten müssen, der den Dunklen in die Hände gefallen ist. Ich kann es nicht. Nicht noch einmal.«

»Kellan! Sieh dir das mal an!«, rief Denae, die jetzt einen Stapel Holzkisten anstarrte.

Kellan brannte darauf, Denae zu antworten. Er wusste genau, wie sich Con fühlte. Es war seltsam, Con sagen zu hören, dass ihm das Leben eines Königs wichtiger war als das einer Sterblichen. Das hatte es noch nie gegeben. Allerdings passierte es auch nicht jeden Tag, dass die Dunklen versuchten, einen König zu fangen.

Nur, was genau hatten die Dunklen vor? Er musste wissen, ob Denae beteiligt war an dieser Verschwörung. Er musste wissen, ob er schon wieder betrogen wurde.

In all den Abertausenden von Jahren hatte es nur eine Handvoll Sterblicher gegeben, denen er geholfen hatte. Denae hatte irgendetwas an sich – und es war nicht nur ihre Schönheit –, was bei ihm ein Gefühl der Verbundenheit erzeugte. Es wäre ihm lieber gewesen, wenn das nicht der Fall gewesen wäre, aber da diese Verbindung nun einmal da war, war sie halt da.

Er würde Denae nun nicht verlassen. Noch nicht.

»Ich werde es tun«, teilte Kellan den anderen mit. »Ich habe nicht vor, mich von den Dunklen einkassieren zu lassen, aber ich kann es nicht allein schaffen. Entweder ihr helft mir, oder ihr haut ab.«

Rhys grunzte. »Als ob wir abhauen würden. Was sollen wir tun?«

»Schnappt euch die vier Kerle vom MI5«, sagte Rhi.

Rhys lächelte, seine Augen leuchteten erwartungsvoll. »Mit denen werde ich allein fertig.«

Kellan sah, dass Denae nervös zu dem Stapel Kisten zu ihrer Linken blickte. Einer von den Dunklen musste dort sein. Sie fürchtete sich nicht vor Menschen, aber sie war klug genug, um zu kapieren, dass die Dunklen etwas völlig anderes waren.

»Einige der Dunklen haben Denae so merkwürdig beäugt«, sagte Rhi vorsichtig, während sie Kellan einen kurzen Blick zuwarf. »Ich glaube nicht, dass sie vorhaben, sie den Menschen zu überlassen, wovon wir ursprünglich ausgingen.«

»Sie können jede Frau haben, die sie wollen«, wandte Con ein. »Warum ausgerechnet Denae?«

»Weil sie bei uns war«, sagte Kellan.

Rhi nickte zustimmend. »Wenn sie einen König wollen, ist es typisch für diese Blödmänner, auch die Frau zu wollen, die mit ihm zusammen war.«

»Aber das trifft nicht zu auf Kellan und Denae«, gab Rhys zu bedenken.

»Spielt keine Rolle.« Rhi rümpfte die Nase. »Ihr Hass auf die Könige sitzt beinahe so tief wie ihr Hass auf die Hellen.«

Kellan kam allmählich in Kampfstimmung. Denae hatte eine Chance zu überleben, wenn die Menschen sie gefangen nahmen, aber wenn das die Dunklen taten, war sie so gut wie tot. »Es wird Zeit, Denae zu helfen, statt weiter zu diskutieren. Und dann sorgen wir dafür, dass die Dunklen sie nicht verschleppen.«

»Wir brauchen einen Plan«, meinte Rhys. »Einen, der Banan und Henry mit einbezieht.«

Con steckte die Hände in die Taschen seiner Anzughose. »Auch der MI5 darf Denae nicht in die Finger kriegen. Wir hatten noch keine Gelegenheit, ihr Gedächtnis zu löschen.«

Kellan straffte sich. »Egal, was passiert, sie bleibt am Leben. Das waren genau deine Worte, als ich sie aus meinem Berg getragen habe.«

»Dann schlage ich vor, dass du dich nicht von den Dunklen einfangen lässt«, sagte Con.

Denae versuchte, ihren Herzschlag zu beruhigen, aber sie konnte sich nicht erinnern, jemals eine solche Angst gehabt zu haben. Es lag nicht an den Agenten, die der Geheimdienst geschickt hatte, sondern an den anderen. Diese vier waren weder menschlich noch sterblich.

Ihre Haare waren farblich genau wie Rhis, bis auf einzelne silberne Haarsträhnen, aber nicht das ließ sie vor Entsetzen erstarren, sondern ihre roten Augen und die Art und Weise, wie sie sie musterten, so als wäre sie ein Leckerbissen, den sie nach Belieben verspeisen konnten.

Alle acht – sowohl die Menschen als auch die anderen – hatten völlig offen vor ihr gesprochen. Sie wusste, dass sie einen Drachenkönig wollten, und zwar ausdrücklich Kellan. Und offenbar war sie für die Menschen vorgesehen, sobald die anderen sich Kellan geschnappt hatten.

Die Art, wie die rotäugigen Männer lächelten, wenn sie

über die Drachenkönige redeten, machte Denae nervös. Laut Kellan konnte ein Drachenkönig nur von einem anderen Drachenkönig getötet werden, aber von Folter hatte er nichts erwähnt.

Sie sah unauffällig zum Wasser hinüber. Die Ebbe setzte ein, und mit ein paar kräftigen Schwimmzügen hätte sie eventuell eine Chance zu fliehen. Aber es war auch sehr gut möglich, dass sie erschossen wurde während dieses Versuchs.

Denae hob den Blick und stellte fest, dass einer der rotäugigen Kerle sie mit einem ironischen Lächeln beobachtete. Sie versuchte, ihr Zittern zu unterdrücken angesichts der unverhohlenen sexuellen Gier in seinem Blick.

»Ich warne dich«, sagte er und schaute auf das Wasser.

Er wusste, was sie dachte. Wie war das möglich? Sie hatte das Wasser kaum angesehen. Denae wandte den Blick von dem Mann ab und betete im Stillen, dass Kellan verschwinden würde, ganz egal, wie oft sie gezwungenermaßen nach ihm gerufen hatte.

Aber sie wusste, dass er das nicht tun würde. Sie kannte das Geheimnis der Drachenkönige, und die wollten nicht, dass es in die Hände des MI5 geriet. Das Wasser war möglicherweise ihre einzige Option. Wenn sie ins Wasser sprang, würde das Kellan von seinem Schwur entbinden.

Sie müsste schnell sein und den Zeitpunkt genauestens abpassen. Zwei der vier Agenten waren ganz in ihrer Nähe positioniert, hielten ihre Waffen auf sie gerichtet und warteten nur darauf, dass sie einen falschen Schritt tat. Die anderen beiden befanden sich auf einem der Dächer und hatten sie mit ihren Zielfernrohren im Visier, falls sie einen Fluchtversuch unternahm.

Von den Rotaugen stand nur einer dicht bei ihr. Sie hatte

keine Ahnung, wo die anderen waren, und das beunruhigte sie. Sie konnten überall sein.

Sie machte sich innerlich bereit, ins Wasser zu springen, als das Geräusch einer sich öffnenden Tür sie erreichte. Dann erspähte Denae die große, muskulöse Gestalt Kellans, der auf sie zuschlenderte und dabei vollkommen unbekümmert und sorglos wirkte. Sein langes, welliges karamellfarbenes Haar bewegte sich in der Brise, und sein Blick fixierte sie. Was sie aber nahezu umhaute, war das leichte Lächeln auf seinen Lippen, so als freute er sich auf das, was gleich kommen würde.

Das verwandelte sein markantes, gut aussehendes Gesicht in eines, das sie vor Verlangen atemlos machte. Mit seinem olivfarbenen T-Shirt, das seine breiten Schultern umspannte, und seiner tief sitzenden Jeans um die schmalen Hüften bot er einen atemberaubenden Anblick.

Während er näher kam, hoben sich seine Augenbrauen eine Spur, als ob er sie aufforderte, etwas zu sagen. Ihre Lippen öffneten sich schon, um ihn zu warnen, ja nicht näher zu kommen, aber da stand er auch schon vor ihr und zog sie in seine stahlharten Arme.

Und verschloss ihren Mund mit seinen Lippen.

Denae war so verblüfft, dass sie ihm ihre Arme um den Nacken schlang und seinen Kuss erwiderte, bevor es ihr überhaupt bewusst wurde.

Er küsste sie geradezu sündhaft gekonnt. Es war erotisch und sinnlich, mitreißend und wollüstig zugleich.

Und sie wollte nicht, dass es jemals endete.

Ihre Brüste schwollen an, als er sie an sich presste. Begierde packte sie, selbst spürbar zwischen ihren Beinen, während ihre Leidenschaft sich steigerte. Genauso schnell, wie er den Kuss begonnen hatte, beendete Kellan ihn, ehe er mit seinen Lippen an ihrem Kinn entlangwanderte bis zu ihrem Ohr.

»Vertrau mir«, flüsterte er.

Ihre Augen weiteten sich, um ihm zu bedeuten, wer sie beobachtete, als er sie erneut küsste. Dieses Mal war der Kuss wild, als würde er mit außerordentlichem Geschick über sie herfallen.

Sie geriet erneut in seinen Bann, trotz der Gefahr, die um sie herum lauerte. Sie war hilflos, konnte sich auf nichts anderes konzentrieren. Kellan hatte eine Macht über sie, die ihr unbegreiflich war.

Sie öffnete die Augen, da seine Hände sich um ihr Gesicht legten und er ihr Kinn anhob. Die Realität ergoss sich wie ein Kübel Eiswasser über sie, als sie keinerlei Begehren in seinen grünen Augen sah. Sein Blick war so kalt und starr wie immer.

Auch das kleine Lächeln war verschwunden. Die Lippen, die sie gerade so hingebungsvoll und zärtlich geküsst hatten, waren eine harte schmale Linie. Es gab einen lauten Knall, und etwas traf schmerzhaft ihren Oberschenkel. Im nächsten Augenblick stieß er sie zu Boden.

Im selben Moment waren weitere Schüsse um sie herum zu hören, direkt auf Kellan gezielt. Denae duckte sich, obgleich Kellan sie mit seinem Körper schützte.

»Bleib unten!«, rief er ihr über den Lärm der Schießerei zu.

Ohne Waffe blieb Denae keine andere Wahl. Das heißt, bis sie sah, wie einer der Agenten zu Boden ging und ihm seine Waffe aus den leblosen Fingern fiel. Sie rollte hinüber und biss die Zähne zusammen, da ihr Bein schmerzhaft pochte wegen der Kugel, die darin steckte, aber als sie wieder hochkam, hatte sie die Waffe in der Hand und schickte mehrere Runden hinauf zu einem der Agenten auf dem Dach.

Als sie diesen Agenten ausgeschaltet hatte, wandte sich Denae dem nächsten zu, wurde aber von Kellan gepackt und hinter einen Stapel Holzkisten gezogen.

»Bist du verrückt?«, fragte er wütend.

Jetzt zeigte er Gefühle? Jetzt, da sie in ihrem Element war und in der Lage, sich selbst zu verteidigen? Sie hätte am liebsten die Augen verdreht. »Ich bin für so etwas ausgebildet worden, falls du dich erinnerst.«

»Das sind die Dunklen Feen, da drüben bei deinen Leuten.«

»Meinen Leuten?«, wiederholte sie und schnaubte, als sie sein T-Shirt betrachtete, das durchlöchert war von Kugeln und blutverschmiert. »Als hätte ich sie dazu aufgefordert, dich mit Kugeln zu durchsieben.«

»Du könntest mit ihnen zusammenarbeiten. Woher soll ich das wissen? Alles, was in meiner Höhle passiert ist, hätte geplant sein können.«

»Genau. Du hast mich durchschaut. Ich habe diesen Kampf gegen Matt inszeniert, weil ich wusste, dass du in der Höhle warst und mich nach Dreagan Manor bringen würdest, woraufhin Con mich mit seiner Magie, über die ich im Bilde war, heilen würde, nur damit ich erneut angeschossen werde.« Denae verdrehte die Augen. »Wach endlich auf!«

Er seufzte vernehmlich und spähte um eine Ecke des Kistenstapels, während die Kugeln langsam aus seinem Körper traten und die Wunden direkt vor ihren Augen heilten.

»Wie schlimm ist deine Verletzung?«

»Sie wird mich nicht umbringen.« Denae hob den Kopf und sah ihn an. Er glaubte, dass sie an dieser Falle beteiligt war. Schön wär's. Aber das regte sie nicht annähernd so auf wie der Kuss. Der Kuss, der sie bis ins Mark erschüttert hatte, bedeutete ihm nichts. Es war nur eine Ablenkung gewesen, sowohl für sie als auch für die Feinde.

Sie fühlte sich benutzt und manipuliert. Und das tat höllisch weh.

Sie ging zur anderen Seite des Stapels und nahm einen zweiten Agenten durch ihr Zielfernrohr aufs Korn. Ein einziger Schuss, und er war tot.

»Ich versuche, dein Leben zu schützen«, verkündete Kellan, als er sie aus der Schusslinie zog.

»Die Dunklen Feen wollen dich«, teilte sie ihm mit.

»Ich weiß. Rhi hat alles belauscht, als sie dir folgte, um dich zu beschützen.«

»Du bist also offenen Auges in einen Hinterhalt gelaufen, obgleich du glaubtest, dass ich daran beteiligt bin?« Denae schüttelte den Kopf. »Und ich hielt dich für klug.«

»Bin ich«, knurrte er.

Sie verschluckte ihre Erwiderung, als einer der Dunklen, der sie vorhin beäugt hatte, hinter Kellan auftauchte.

15

Als Kellan sah, wie Denaes Augen sich weiteten, wusste er, dass jemand hinter ihm stand, und angesichts der starken Furcht in ihrer Miene wusste er auch, wer es war – einer der Dunklen.

Wenn Denae nicht gewesen wäre, hätte er sich umgedreht und den Dunklen angegriffen, aber er musste Rücksicht auf die Menschenfrau nehmen. Statt zu kämpfen, packte er ihre Arme und zog sie mit sich, als er sich auf die Seite warf, während ein Schwall dunkler Magie auf sie beide zuschoss.

Kellan rollte weiter, bis er über ihr lag. Sein Körper, bereits erhitzt von den Küssen, meldete sich jäh, als er an ihre weichen Kurven gepresst wurde.

Es blieb jedoch keine Zeit, darüber nachzudenken, angesichts des Kampfes, der jetzt um sie herum tobte. Kellan hob den Blick und sah, wie etwas von hinten in den Dunklen krachte. Rhi tauchte für einen kurzen Moment schimmernd auf, während sie ihre Magie sammelte, sich auf den Feind konzentrierte und ihn erledigte, sodass nur noch drei der anderen niederzuringen blieben.

Rhi spähte kurz zu ihm hinüber, bevor sie wieder unsichtbar wurde. Kellan sprang auf und zog Denae mit sich. »Alles in Ordnung mit dir?«

Sie nickte gerade zustimmend, als sie zusammenzuckte und nach von stürzte. Kellan riss sie an sich und ließ seine Hand über ihren Rücken wandern, wo sie auf etwas Klebriges und Feuchtes stieß.

Er brachte Denae in Sicherheit, ehe er einen kurzen Blick auf seine Hand warf, die mit hellrotem Blut bedeckt war. Dann ging er mit Denae in seinen Armen in die Hocke und drehte sie langsam und vorsichtig auf den Rücken, wobei er darauf achtete, mit seiner Hand ihre Wunde abzudrücken, um den Blutfluss zu stoppen.

Ihr Gesicht war blass, ihre Lippen blutleer.

»Alles wird gut«, sagte er. »Ich habe dir versprochen, dass du nicht sterben würdest heute.«

Sie lächelte schwach. »Nicht einmal du kannst ein Versprechen halten.«

»Wann wirst du endlich aufhören, an mir zu zweifeln?«, flüsterte er.

Ihre Lider schlossen sich über ihren whiskyfarbenen Augen. Obgleich er immer noch einen Hauch von Zweifel hatte, ob sie nicht doch beteiligt war an diesem Hinterhalt, sammelte Kellan seine Drachenkräfte und fand die Metallkugeln in ihr. Er konzentrierte sich mit aller Macht auf das Metall und sog es aus ihrem Rücken und ihrem Bein.

Die Kugel in ihrem Bein fiel als erste heraus, gefolgt von der aus ihrem Rücken. Aber das stoppte die Blutung nicht. Noch ehe er Con rufen konnte, stand der König der Könige schon vor ihm.

Aufblickend sah Kellan auch Rhys, Banan und sogar Henry, die sie, um die Dunklen Feen im Kampf abzuwehren, umringten. Con kniete sich neben Denae, und wortlos heilte er sie.

Die eisige Angst, die ihn gepackt hatte, kam überraschend für Kellan. Es war sehr lange her, dass er dieses spezielle Gefühl verspürt hatte, und er wäre glücklich gewesen, wenn er so etwas nie wieder empfunden hätte.

Denaes Augenlider flatterten, sie öffnete die Augen und runzelte die Stirn. »Die Schmerzen sind weg.«

»Weil die Verletzung nicht mehr existiert.«

»Wie das?«

Kellan erspähte einen der Dunklen, der auf sie zukam, sodass er Denae auf die Füße zog und mit ihr floh. Er blieb neben einem weiteren Holzkistenstapel stehen und spähte um die Ecke. »Con ist der Einzige, der eine Wunde heilen kann, und das hat er gerade getan.«

»Du hast etwas gemacht, das weiß ich. Was war das?«, fragte sie, während er sie hinter sich herzerrte und zu einem anderen Standort rannte.

»Meine Gabe ist es, Metall aufzuspüren.«

Einen Moment herrschte Schweigen, bevor sie sagte: »Die Kugeln. Danke.«

Kellan warf ihr einen Blick zu, überrascht von ihren Worten. Andererseits versetzte sie ihn fortwährend in Erstaunen. Da verbarg sich Stahl hinter ihrer zarten Statur, eine unglaubliche Intelligenz hinter ihren sexy Augen und Liebenswürdigkeit in ihr.

Ganz zu schweigen von der Leidenschaft, die seine wildesten Träume übertraf.

Ihre Küsse hatten sein bereits erhitztes Blut zum Kochen gebracht. Wenn sie das bei ihm mit einem einzigen Kuss erreichte, wie würde es erst sein, wenn er in sie eindrang?

Kellan schluckte und wich ihrem verführerischen Blick aus. Die Agenten vom MI5 waren getötet worden, sodass nur noch die drei Dunklen übrig waren. Rhi kümmerte sich um einen weiteren, und dann verschwanden die beiden Letzten einfach so.

»Sind sie weg?«, fragte Henry, der hinter einigen Holzkisten auftauchte.

Banan sah sich die Verwüstung rundherum an. »Garantiert nicht lange.«

»Und das waren …«, hakte Henry nach.

Con blickte angewidert sein mit Blut und Schmutz verdrecktes Hemd an. »Das waren Dunkle Feen.«

»Du hast vorhin eine andere Fee kennengelernt«, sagte Kellan, als er mit Denae auf die anderen zutrat. »Rhi.«

Henrys Blick wurde träumerisch bei der Erwähnung der Fee. »Sie ist eine wunderschöne Frau.«

»Und tabu. Du möchtest dich bestimmt nicht mit ihr einlassen«, warnte Con.

»Ich glaube nicht, dass ich etwas dagegen hätte«, meinte Henry schmunzelnd.

Rhys trat hinzu und sagte: »Wir müssen von hier verschwinden, bevor die Polizei sich blicken lässt.«

»Denae kann nicht wieder zurück nach Dreagan«, wandte Kellan ein.

Banan nickte grimmig. »Stimmt. Wir wurden verfolgt.«

»Da wir schon davon reden – wo ist Rhi?«, fragte Con.

Rhys hob verwirrt die Hände. »Irgendwo hier in der Nähe.«

»Wissen wir mit Sicherheit, dass die Dunklen Feen tatsächlich weg sind?«, wollte Denae wissen.

Kellan warf ihr einen Blick zu, und erst da wurde ihm

bewusst, dass er immer noch ihren Arm gepackt hielt. Er ließ sie los und ballte die Hand zur Faust, um ihre Wärme zu speichern.

»Gute Frage«, meinte Banan. »Eine, der wir nachgehen können.«

Rhi tauchte neben Rhys auf. »Nicht nötig. Sie sind weg, aber ich würde nicht empfehlen, hier herumzutrödeln. Sie sind stinksauer. Und sie sind entschlossen, sich einen Drachenkönig zu holen.«

»Einen … was?«, fragte Henry.

Kellan ignorierte ihn und sah Rhi an. »Warum?«

»Sie sind hinter etwas her«, erwiderte sie.

Con atmete heftig aus. »Haben sie gesagt, hinter was?«

Rhi verzog ihren Mund und zuckte mit den Achseln. »Ich werde mich nach allen Seiten umhören. Meine Königin ruft mich, und ich bin sicher, dass sie es kaum noch erwarten kann, sich diese Geschichte anzuhören.«

Und damit war sie verschwunden.

»Das würde Reisen sehr vereinfachen«, sagte Denae schmunzelnd. »Irgendwie wünsche ich mir, dass ich auch nach Belieben hier und da auftauchen und wieder verschwinden könnte.«

Kellan konnte sich an keinen Sterblichen erinnern, der so bald schon wieder zum Scherzen aufgelegt war, nachdem er beinahe sein Leben verloren hatte. Denae überraschte ihn immer wieder, brachte ihn dazu, seine Ansichten über Sterbliche zu überdenken – und das störte ihn.

Aber nicht mehr, als seine Begierde nach ihr es tat.

Er hatte nicht vorgehabt, sie zu küssen. Sein Plan war gewesen, sie vor Beginn des Kampfes in Sicherheit zu bringen, aber als er sich ihr näherte, waren ihre schönen Augen so voller Sehnsucht und Begehren, dass er die Kontrolle verloren hatte.

Der erste Kuss war ein Fehler gewesen. Der zweite eine Katastrophe.

Jetzt konnte er nur noch an sie denken. Er spürte ihren Geschmack noch auf der Zunge, sie quälte ihn mit ihrem Duft und ihrer Sinnlichkeit. Es juckte ihn in den Fingern, ihren Zopf zu lösen und die seidigen Haarsträhnen durch seine Finger gleiten zu lassen.

»Würdest du mich eigentlich weniger verabscheuen, wenn ich eine Fee wäre, statt ein Mensch zu sein, da du beide hasst?«, fragte sie Kellan.

»Ich hasse Rhi nicht.«

Ein trauriges Lächeln umspielte Denaes Lippen. »Natürlich nicht.«

Ohne ein weiteres Wort machte sie kehrt und ging zurück zum Range Rover.

Kellan sah ihr hinterher, wie sie sich in den Hüften wiegte. Es war faszinierend und sinnlich, und es war ihr nicht einmal bewusst. Alles, was sie tat, war aufreizend und einladend, verlockend und herausfordernd.

Umso mehr, als sie keine Ahnung von ihrer Wirkung hatte. Und sollte sie die jemals haben, gäbe es keinen Mann, sterblich oder unsterblich, der unempfänglich für sie wäre.

Kellan fiel es bereits schwer, die Finger von ihr zu lassen, und jetzt, da er wusste, wie es sich anfühlte, sie zu küssen, hatte er nur noch ein Ziel: ihren Körper zu besitzen.

Henry trat neben ihn und kratzte sich am Kinn. »Es gab kaum einen Mann im MI5, der sie nicht im Bett haben wollte.«

»Warst du auch scharf auf sie?«, fragte Kellan mit einem harten Unterton.

Henry hielt seinem Blick stand. »Ja. Obgleich sie eine Spionin ist, hat sie etwas Reines und Ehrliches an sich, das Menschen anzieht. Es gibt nicht viele, die sich als Spitzel ihre Tugenden erhalten. Denae ist anders.«

Kellan dachte über Henrys Worte nach. Denae war anders. »Sie hat Blut auf ihrem Shirt. Sehr viel. Ist sie verletzt?«

Banan trat neben Henry. »Nicht mehr. Kellan und Con haben sich um sie gekümmert.«

Kellan folgte Denae schweigend. Er wollte allein sein mit seinen Gedanken, aber er hätte wissen müssen, dass Con das nicht zulassen würde.

»Was hast du vor?«, verlangte Con zu wissen, sobald er ihn eingeholt hatte und neben ihm herging.

Kellan behielt Denae im Blick, während er mit den Achseln zuckte. »Ich muss sie irgendwo hinbringen, wo sie sowohl vor dem MI5 als auch vor den Dunklen in Sicherheit ist.«

»Ich kenne dich, alter Freund. Du vermutest, dass sie beteiligt ist an dieser Sache.«

»Tat ich. Tue ich.«

»Was denn nun?«, fasste Con nach.

Kellan zuckte die Achseln. »Ich weiß es nicht. Mein Hass auf die Menschen wegen dem, was sie uns und meinen Bronzenen angetan haben, trübt möglicherweise mein Urteilsvermögen. Sie ist angeschossen worden. Es war eine Verletzung, die sie das Leben hätte kosten können.«

Con nickte. »Dieser Schuss war für dich bestimmt, aber ich verstehe schon. Es ist schwierig, die Vergangenheit zu ignorieren. Die Dunklen sind hinter dir her. Was könnten sie wollen?«

Kellan warf dem König der Könige einen Blick zu und hob

die Schultern. »Wer weiß das schon bei den Dunklen? Ich würde mich allerdings besser fühlen, wenn wir es wüssten.«

»Ich mich auch. Vielleicht sollte ich Ulrik in ihr Visier rücken.«

»Und wenn er derjenige ist, der hinter allem steckt, was dann?«

»Was aus ihm wird, ist mir, ehrlich gesagt, vollkommen egal.«

»Ich verstehe deinen Hass, aber du warst derjenige, der ihn hintergangen hat.«

Con hielt inne und funkelte ihn zornig an. »Er hat uns alle hintergangen. Vergiss das niemals. Ich tat, was notwendig war für das Überleben der Drachen.«

»Ihr beide standet euch so nahe wie Brüder. Er war dein Rivale als König der Könige, und dennoch hat er dir diese Ehre nicht streitig gemacht.«

»Ich will nicht darüber reden«, verkündete Con abschließend. »Es gibt einen Ort auf der Insel Raasay. Ich würde dir sagen, wie du dorthin gelangst, aber du bist noch nie Auto gefahren.«

Kellan sah zu, dass er wegkam, bevor er sich mit Con anlegte. Er war einer Meinung gewesen mit Con, wie man die Frau behandeln musste, die Ulrik betrogen hatte, aber er hatte Cons Hass auf Ulrik nie verstanden. Und wie es schien, würde er das auch nie.

Als Kellan den Range Rover erreichte, saß Denae bereits auf dem Rücksitz und hatte sich angeschnallt. Er öffnete seine Tür und setzte sich neben sie.

»Ich schätze, dass ich das Land unter falschem Namen verlasse, steht jetzt nicht mehr zur Diskussion«, sagte sie.

Kellan schloss die Wagentür. »Genau.«

»Wenn alle Drachenkönige sich in Dreagan aufhalten, wäre das dann nicht der sicherste Ort für mich?«

»Nicht, solange deine Leute noch nach dir suchen. Wir müssen sie ablenken.« Sie drehte den Kopf und fixierte ihn, was seinen Schwanz wieder zum Leben erweckte. »So mächtig wir sein mögen, die Magie der Dunklen Feen kann … uns behindern.«

»Wie?«, drängte sie ihn.

»Wir sind stark in menschlicher Gestalt. In Drachengestalt sind wir noch stärker. Die Dunklen Feen können uns daran hindern, uns in Drachen zu verwandeln.«

Sie rümpfte die Nase. »Das klingt unfair. Was könnt ihr den Dunklen Feen antun?«

»Das, was wir mit den Feen eben getan haben, das heißt, sie bekämpfen. Alle Feen können getötet werden. Sie sind nicht unsterblich. Sie leben nur außergewöhnlich lange.«

»Wie lange ungefähr?«

»Tausende von Jahren.«

Sie hob verblüfft die Augenbrauen. »Oh, länger nicht? Ich dachte, es handelte sich um eine kleine Ewigkeit oder etwas dergleichen.«

Bei ihrem trockenen Humor hätte er beinahe lächeln müssen. »Wenn die Dunklen Feen es wagen, nach Dreagan zu kommen, gibt es wieder Krieg. Das würde der Welt zeigen, wer wir sind, und auch die Feen entlarven.«

»Können Rhi und ihre Leute helfen?«

»Die Hellen hassen die Dunklen. Sie bekämpfen sich ständig, und das ist der Hauptgrund, weswegen Menschen wenig von beiden zu sehen bekommen.«

»Und wenn wir ihnen begegnen?«

»Den Hellen, solchen wie Rhi, bist du wahrscheinlich,

ohne es zu bemerken, bereits begegnet. Es ist ihnen verboten, Menschen zu lieben, aber es passiert andauernd. Die Dunklen jedoch lieben es, sowohl Männer als auch Frauen zu entführen.«

»Um … was mit ihnen anzustellen?«

»Junge Mädchen sind ihnen am liebsten. Sie terrorisieren und foltern sie, laben sich an ihrer Unschuld, bis nichts mehr übrig ist als eine leere Hülle. Dann werden sie zu Sex missbraucht.«

»Und die Männer?«, fragte sie leise.

Kellan blickte aus dem Fenster und sah Banan und Henry näher kommen. »Die Männer werden sexuell missbraucht, bis sie seelisch ausgezehrt sind. Danach können sie einzig und allein überleben, indem sie weiterhin Sex mit den Dunklen haben.«

»Können sie nicht gerettet werden?«

»Nein. Ist jemand erst einmal ein Sklave der Dunklen, ist er verloren.«

Denae blickte aus dem Fenster, während Banan und Henry einstiegen. Sobald der SUV gestartet war, verließen sie die Hafengegend.

»Warum sind die Dunklen Feen hinter dir her?«, fragte sie.

Kellan wünschte, er wüsste es.

»Sie hassen uns dafür, dass wir sie in eine Lage gebracht haben, in der sie ein Abkommen unterzeichnen mussten«, erklärte Banan.

»Dann ergibt es aber keinen Sinn, dass sie nur hinter Kellan her sind«, sagte Denae und blickte nach vorn.

Kellan musste ihr zustimmen. »Es gibt nur einen Grund, warum sie mich wollen könnten. Da ich der Hüter der Geschichte bin, wollen sie etwas aus unserer Vergangenheit.«

Kellan hatte so eine Ahnung, worum es sich dabei handeln könnte. Wenn die Dunklen es in die Finger bekämen, war er sich nicht mehr sicher, ob die Könige die Menschen noch retten konnten, geschweige denn sich selbst.

»Rhys wird später zu uns stoßen, damit er dich und Denae übernehmen kann«, brach Banan das eingetretene Schweigen.

Henry legte seinen Ellbogen auf die Armlehne zwischen den Sitzen. »Ich möchte wirklich nicht wissen, wo, also sagt es mir gar nicht erst. In der Zwischenzeit werde ich meine Vorgesetzten kontaktieren und eruieren, ob ich verhindern kann, dass die Agenten Denae weiter verfolgen.«

Das klang nach einem guten Plan, aber Kellan wusste, wie schnell gute Pläne sich erübrigen konnten. Sie hatten es gerade erst vor knapp einer Stunde erlebt.

Er ertappte sich dabei, dass er Denae schon wieder ansah. Es war sein Job, sie vor den Dunklen Feen und dem MI5 zu bewahren. Warum freute er sich nun darauf, noch mehr Zeit mit ihr zu verbringen?

16

Denae musste unaufhörlich an das denken, was Kellan ihr über die Dunklen Feen erzählt hatte. Die Erinnerung an die sexuelle Begierde in den Augen des Dunklen, als er sie beobachtete, ließ sie am ganzen Körper erschaudern.

Sie war dem Bösen sehr nahe gewesen. Etwas Bösem, das sie zwar als solches erkannt, aber nicht so richtig hatte einordnen können. Bis jetzt.

Ihr Leben lang hatte sie geglaubt, sich nur wegen der Übeltäter, gegen die sie beruflich vorging, Sorgen machen zu müssen. Jetzt wusste sie, dass es Drachenkönige, Helle Feen und Dunkle Feen gab.

Wenigstens war sie nicht die Einzige, die völlig fassungslos wirkte.

Henry war nicht viel besser dran, und er wusste nichts von den Drachenkönigen. Aber er vermutete, dass die Männer von Dreagan mehr waren als nur Menschen. Man sah es an seinem Blick, der Art, wie er jeden einzelnen prüfend musterte.

Die fünfundvierzigminütige Fahrt zum Treffpunkt mit Rhys legten sie schweigend zurück. Denaes Gedanken hätten eigentlich um den Angriff und die Dunklen kreisen müssen, aber sie konnte nur an ihre Schwester denken.

Warum hatte sie Kellan von Renee erzählt? Keiner vom MI5 wusste mehr, als dass ihre Schwester ertrunken war und ihre Eltern kurz danach gestorben waren. Was hatte Kellan bloß an sich, dass sie sich ihm derart öffnete? Lag es an seiner männlichen Anziehungskraft, seinen unwiderstehlichen Augen, seinem wunderbar muskulösen Körper?

Seinen umwerfenden Küssen?

Sie wollte ihm nicht trauen, aber er war direkt in eine Falle gelaufen ihretwegen. Er hatte die Kugeln aus ihren Wunden gezogen. Er hatte sie sogar mit seinem eigenen Leib abgeschirmt. Wieso sollte sie ihm nicht trauen?

Sie hatte ihr Leben der Suche nach Männern gewidmet, die Frauen belästigten, bedrohten, vergewaltigten und töteten. Die Dunklen und der MI5 verfolgten sie jetzt. Sie gehörte nicht länger zum MI5, was bedeutete, dass sie nun auf sich allein gestellt war.

Aber sie war nicht allein, jedenfalls im Moment nicht. Es mochte der Augenblick kommen, in dem die Drachenkönige die Verbindung zu ihr kappten, und sie musste sich wappnen für diesen Tag. Bis dahin würde sie an ihrer Seite bleiben und gegen den MI5 kämpfen.

Aber gegen die Dunklen zu kämpfen war eine vollkommen andere Sache. Nichts hatte ihr jemals so viel Angst eingejagt wie die Dunklen. Oder jedenfalls schon sehr lange nicht mehr.

»Werden die Dunklen mich weiterhin verfolgen?«, fragte sie.

Kellan wandte sich ihr zu. »Das hängt davon ab, ob die Dunklen und der MI5 weiterhin zusammenarbeiten.«

»Sie ängstigen mich«, flüsterte sie, als ihre Blicke sich begegneten. Sie fühlte sich wieder wie das Mädchen, das die Mutter begraben hatte gleich nach dem Tod der Schwester, und das dann zusehen musste, wie der Vater langsam starb. Dieses verlorene Mädchen streckte beide Hände nach Kellan aus, damit er die aus den Fugen geratene Welt wieder in Ordnung brachte. »Die Dunklen vermitteln mir das Gefühl, allein und hilflos zu sein. So habe ich mich nicht mehr gefühlt, seit ich meine Familie verloren habe.«

Er wollte schon antworten, als Banan an die Seite fuhr und hinter einem weißen Mercedes der G-Klasse anhielt. Statt einer Antwort legte er seine Hand auf ihre und drückte sie, bevor sie ausstiegen.

Henry nickte Kellan lediglich kurz zu, nachdem sie alle vier aus dem Range Rover gestiegen waren. Dann sah er Denae an. »Ich werde deinen Namen reinwaschen in dieser Sache.«

»Wir wissen beide, dass meine Karriere beim MI5 vorbei ist. Und das ist in Ordnung für mich.« Was sie selbst total überraschte. Sie hatte dem Geheimdienst ihr Leben gewidmet. »Ich möchte nur, dass sie mich ohne viel Aufhebens gehen lassen.«

»Dann sorge ich dafür, dass das passiert«, sagte Henry lächelnd.

Denae bemerkte, dass Kellan und Banan Blicke tauschten, aber nichts weiter. Kellan hatte ihr seine Hand auf den Rücken gelegt, als er sie zu dem Mercedes SUV führte, und Banan und Henry fuhren weg.

Rhys hatte sich mit der Schulter an den Wagen gelehnt, die Arme vor der Brust verschränkt. Er warf ihr ein gewinnendes Lächeln zu, als sie auf ihn zukamen. »Bereit für dein nächstes Abenteuer?«

»Immer«, erwiderte sie. Doch das stimmte nicht ganz. Normalerweise scheute sie vor nichts zurück, aber jetzt hätte sie es sich am liebsten mit einem Glas Wein im Sessel gemütlich gemacht und so getan, als hätte es diesen Tag nie gegeben.

Was war geschehen mit der Frau, die sich vor nichts fürchtete? Sie spähte hinüber zu Kellan. Er hätte sie verbluten lassen können in seiner Höhle, und trotz ihrer gegenwärtigen Situation war sie froh, dass er das nicht getan hatte. Sie hatte einen Drachen zu sehen bekommen.

Und Kellan geküsst.

Denae berührte ihre Lippen, erinnerte sich an die Hitze und Leidenschaft, das Begehren und die Lust, die sie erfasst hatten bei diesem wilden Kuss.

Sie setzte sich auf den Rücksitz, während Kellan sich nach vorn zu Rhys setzte. Nur dass Rhys, als er hinter dem Steuer Platz nahm, den Wagen nicht startete.

Kellan sah ihn an. »Was ist los?«

»Du weißt, dass sie uns aufspüren können.«

Denae nahm an, dass mit »sie« der MI5 gemeint war.

Kellan strich sich mit der Hand das Haar aus dem Gesicht. »So weit kann sie nicht schwimmen.«

»Ich habe nicht von Schwimmen gesprochen«, sagte Rhys und sah Kellan vielsagend an.

Kellan blinzelte und warf ihr über seine Schulter einen Blick zu. »Wir müssen warten bis zum Anbruch der Nacht.«

»Nicht nötig. Schau.« Rhys wies auf die dunklen Wolken, die sich am Himmel näherten.

Denae blickte von einem zum anderen, bis es ihr dämmerte. »Ihr habt vor, dorthin zu fliegen, wohin wir wollen?«

»Es würde schneller gehen. Und wäre sicherer«, gab Rhys zu bedenken.

Denae schnaubte. »Sicherer für wen? Ich kann bereits Blitze sehen in diesen Sturmwolken. Ihr mögt vielleicht einen Blitzschlag überleben können, aber ich kann das nicht.«

»Da hat sie recht«, sagte Kellan. Seine Enttäuschung war spürbar.

Sie rieb sich ihren Nasenrücken mit Daumen und Zeigefinger. »Hört mal. Warum fliegt nicht einer von euch, und der andere fährt?«

»Weil ich dich nicht allein lasse«, sagte Kellan. Er schwieg eine halbe Sekunde, und ihr Herzschlag setzte kurz aus. Dann sagte er gepresst: »Und ich kann nicht fahren.«

»Aber ich«, verkündete sie.

Rhys nickte beifällig. »Das gefällt mir. Ich kann hinfliegen und mich ein wenig umsehen, bevor ihr beiden eintrefft. Und gleichzeitig kann ich feststellen, ob sie uns irgendwie aus der Luft beobachten.«

»Dann ist ja alles geregelt«, meinte Denae.

»Nein, ist es nicht.« Kellans grüne Augen verengten sich nachdenklich.

Rhys grinste breit, als er sagte: »Du weißt, dass es das einzig Richtige ist.«

Kellan blickte schweigend geradeaus. Rhys schmunzelte, stieg aus dem Wagen, öffnete Denae die Tür und wartete, bis sie ausgestiegen war, bevor er sie wieder schloss.

»Wohin sollen wir fahren?«

»Auf die Insel Raasay. Halte dich immer westlich in Richtung Skye. Die Fähre wird euch auf die Insel bringen. Ich werde hoch über euch sein.«

Denae betrachtete den Himmel. »Außer Sicht, nehme ich an.«

»Selbstverständlich.«

Dann zog sich Rhys sein Hemd und die Schuhe aus und warf beides hinten in den Mercedes. Als er den Gürtel seiner Jeans löste, kletterte Denae hastig hinters Lenkrad und stellte alles auf ihre Körpergröße ein.

Sobald die Kofferraumklappe geschlossen war, sagte Kellan: »Wir können jetzt fahren.«

Denae betätigte den Starter, und der Motor schaltete sich dröhnend ein. Sie lenkte den Wagen auf die Straße, und los ging es. Seit sie Kellan begegnet war, waren sie sehr wenig allein gewesen. Jetzt hatte sie mehrere Stunden mit ihm vor sich.

Sie warf ihm einen Blick zu und registrierte, dass seine Hand zur Faust geballt auf seinem Oberschenkel ruhte und seine Augen auf den Himmel gerichtet waren. »Du würdest lieber dort oben sein und fliegen, nicht wahr?«

»Ja.«

Denae war ein wenig verwundert, dass er so ehrlich antwortete. »Rhys hätte mich fahren können, weißt du.«

»Ich habe mein Wort gegeben, für deine Sicherheit zu sorgen.«

»Das würdest du ja auch, nur von einem anderen Punkt aus.« Aus ihrem Augenwinkel sah sie, wie er sie anstarrte.

»Ich werde bald genug wieder fliegen.«

»Wann bist du das letzte Mal geflogen?«

Er seufzte tief. »Vor nahezu dreizehn Jahrhunderten.«

Denae war so schockiert, dass sie kurz das Lenkrad verriss, als sie ihn ansah. Sie stabilisierte es wieder und blinzelte. »Machst du Witze?«

»Nein.«

Sie fuhren zwei Meilen, während sie wartete, dass er das genauer ausführte. Als nichts von ihm kam, fragte sie: »Erzählst du mir, warum es so lange her ist?«

»Ich habe geschlafen.«

Sie musste wirklich aufhören, jedes Mal von allem, was er sagte, derart überrascht zu sein. Es gab übernatürliche Wesen auf der Erde, die ihre Welt mit den Menschen teilten. Wer wusste schon, nach welchem Kodex sie lebten, oder auch nur, wie sie überhaupt lebten?

»Du musst wirklich sehr müde gewesen sein.« Bildete sie es sich nur ein, oder war da so etwas wie ein Lächeln über seine Lippen gehuscht?

Kellan veränderte seine Sitzhaltung. »Wenn du unsterblich bist, erstreckt sich unendlich viel Zeit vor dir. Manchmal sind wir dessen total überdrüssig, aber wir haben Verantwortung als Drachenkönige. Wir bleiben entweder wach und bringen Tag für Tag hinter uns, oder wir schlafen.«

»In Drachengestalt, nehme ich an?«

»Natürlich. Das ist unsere natürliche Gestalt.«

Sie lächelte ihn freundlich an. »Du hast also fast eintausenddreihundert Jahre geschlafen. Wer oder was hat dich in den Berg getrieben?«

»Der, den ich getötet habe. Weil wir trotz allem, was er tat, die Menschen zu beschützen haben.«

Er warf ihr einen Blick zu, aber sie fuhr unbeirrt weiter. Sie wusste zwar, dass er ihre Gattung verabscheute, doch seine Stimme troff förmlich vor Verachtung.

»Es war nicht nur dieser eine Sterbliche. Ich hatte genug von ihnen und ihrer Art zu leben. Ich hatte sie immer gehasst, für das, was sie meinen Drachen angetan hatten. Ich war dazu ausersehen, die Sterblichen zu verteidigen, und dennoch wollte ich sie vom Angesicht der Erde tilgen, sie auslöschen.«

Sie schwieg, versuchte, das alles zu verdauen.

»Con hatte das Recht, mir das Leben zu nehmen, nachdem ich diesen Menschen getötet hatte. Er beschloss, es nicht zu tun, und ich beschloss zu schlafen, statt auch nur noch einen einzigen weiteren Menschen sehen zu müssen.«

»Und dann tauchten Matt und ich auf«, sagte sie und warf ihm einen Seitenblick zu. »Ich habe keine Ahnung, wie es ist, Drachen zu verlieren, aber ich weiß, was Verlust bedeutet. Ich glaube, ich hätte es dir nicht verdenken können, wenn du mich hättest sterben lassen in deiner Höhle.«

»Ich weiß ehrlich nicht, warum ich es nicht getan habe. Vielleicht lag es an der Art und Weise, wie du mit Matt gekämpft hast.«

Die Frontscheibenwischer setzten sich in Gang, als es anfing zu nieseln. Denae wusste, sie sollte nicht in Kellans Vergangenheit herumstochern, aber sie wollte mehr wissen über ihn.

Sie befeuchtete sich die Lippen, war plötzlich unsicher wegen ihrer Neugierde. »Du hast gesagt, dass du der Hüter der Geschichte bist. Was bedeutet das?«

»Ich war verantwortlich für die Geschichte der Drachen«, erklärte er und klopfte gegen das Fenster neben ihm, an dem Regentropfen herunterliefen. »Ich habe jede Geburt, jeden Tod, jede Meinungsverschiedenheit, jedes Gefecht schriftlich festgehalten. Es spielt sich alles in meinem Kopf ab, ich kann alles aufschreiben, ohne Zeuge des Geschehens gewesen zu sein. Ich habe jeden Drachenclan zahlenmäßig erfasst. An einigen Geschehnissen war ich aber auch persönlich beteiligt. Zum Beispiel, als wir herausfanden, dass Ulrik von seiner Frau betrogen worden war, und wir sie verfolgt haben.«

Denae packte das Steuerrad fester. Er hatte diesen Teil zuvor kurz gestreift und überspielt, würde sie jetzt vielleicht mehr darüber erfahren? »Du warst wichtig?«

»Das sind wir alle, jeder auf seine Weise. Ulrik war nicht weniger wichtig als ich. Es hätte auch mir passieren können, dass eine Menschenfrau mich betrügt.«

»Was genau ist passiert?«, fragte sie.

»Keiner hat jemals mit ihr geredet, sodass der Einzige, der die ganze Geschichte kennt, Ulrik selbst ist.«

Denae betätigte den Blinker und folgte den Hinweisschildern in Richtung Skye. »Ich dachte, du verfolgst die Geschichte und hältst sie fest.«

»Nicht das alltägliche Leben. Nur die wichtigen Ereignisse dringen in mein Bewusstsein.«

»Hat jemals irgendjemand von euch Ulrik über seine Frau ausgefragt?«

»Das wäre schwierig gewesen. Als wir von dem Betrug erfuhren, hat Con uns zusammengerufen, um sie aufzuspüren und zu töten.«

»Wie bitte?« Denaes Stimme klang schrill. »Ihr habt sie getötet, ohne euch vorher ihre Sicht der Dinge anzuhören?«

Kellan legte den Kopf zurück und schloss die Augen. »Wir wurden Zeuge, wie sie sich mit einer Gruppe von Drachenjägern traf und den Standort eines Clans kleiner rosa Drachen verriet, die in der Nähe in den Klippen lebten. Diese Drachen waren nicht größer als Adler. Sie wären alle abgeschlachtet worden.«

»Ich bin froh, dass ihr sie aufgehalten habt, aber warum musstet ihr die Frau töten? Und war Ulrik bei euch?«

Ein Muskel zuckte an Kellans Kinn. »Con hat Ulrik weggeschickt.«

»Das war nicht sehr edel.«

»Con und Ulrik standen sich so nahe wie Brüder«, sagte Kellan und öffnete die Augen. »Er hat versucht, Ulrik zu schützen.«

»Und wie ging es aus?«

»Als Ulrik zurückkam und seine Frau fand, geriet er … außer sich vor Zorn. Nichts, was irgendjemand von uns sagte, konnte ihn besänftigen. Schließlich erzählte Con ihm, was passiert war. Ich werde nie den Ausdruck in Ulriks Augen vergessen, als er von diesem Vertrauensbruch erfuhr.«

Denaes Herz klopfte heftig, während sie darauf wartete, den Rest der Geschichte zu hören. »Was geschah dann?«

»Ich weiß nicht, auf wen Ulrik zorniger war – auf uns, weil wir seine Frau getötet hatten, oder auf die Menschen, weil sie sich gegen ihn gewendet hatten. Am Ende spielte es keine Rolle, glaube ich. Er verfolgte die Menschen, löschte ganze Siedlungen aus mit seinen Silberdrachen.«

»Hat das zu dem Krieg geführt?«

»Es war die entscheidende Wende«, sagte Kellan. Er rieb sich den Nacken und blickte aus dem Fenster. »Manchmal fühlt es sich so an, als wäre es gerade erst passiert, als wäre ich immer noch mitten in diesem Krieg.«

Denae verlangsamte das Tempo, da sie sich einer Kreuzung näherten. Nachdem sie abgebogen waren, sah sie Kellan an. »Wie lange dauerte der Krieg?«

»Zu lange. Die Menschen begannen, Drachen zu töten, und Drachen begannen, Menschen zu töten. Als Könige hatten wir für Frieden zu sorgen. Das gelang nicht immer.«

»Zum Beispiel, als deine Drachen getötet wurden?«

Seine Stimme war rau vor Emotionen, als er antwortete. »Ja.«

»Es tut mir leid. Was wurde aus Ulrik?«

Kellan räusperte sich. »Er wollte auf keinen hören, verschloss sich allen vernünftigen Argumenten, sogar Cons. Con hatte keine andere Wahl, als Ulrik seine Magie zu nehmen.«

»Con ist in der Lage, das einem von euch anzutun?«

»Nur den anderen Königen, die ihre Magie gebrauchen. Ulrik bleibt unsterblich, aber die Verbindung zu seinen Silbernen bestand fortan nicht mehr. Er konnte nicht mehr mit ihnen kommunizieren – und übrigens auch nicht mit anderen Drachen.«

Sie runzelte verwirrt die Stirn. »Er war einer von euch. Er war gewissermaßen von zwei Seiten verraten worden, und ihr alle dachtet nur daran, ihm seine Zauberkraft zu nehmen und ihn von seinen Silbernen fernzuhalten? Das war nicht besonders klug.«

»Als Könige waren wir in verschiedene Lager gespalten. Ich war auf Cons Seite, weil ich keinen anderen Weg sah. Andere versuchten, es Con auszureden, und liefen sogar zu Ulrik über. Jetzt, nachdem ich sehe, wohin der Krieg uns geführt hat, glaube ich auch, dass Con anders hätte handeln müssen.«

»Wo ist Ulrik jetzt?«

»In Perth. Er hat einen Antiquitätenladen und zieht alle zehn, zwanzig Jahre um, damit niemand mitbekommt, dass er nicht älter wird.«

»Hast du mit ihm gesprochen, seit er keine magischen Kräfte mehr besitzt?«

Kellan schwieg mehrere Minuten. »Nein, aber ich habe ihn besucht. Er war ein gebrochener Mann. Ohne seine Führung griffen die Silbernen wahllos Menschen an. Wir mussten sie zusammentreiben und verbannen, ebenso wie die anderen Drachen. Wobei wir einige der größten der Silbernen gefangen und im Gebirge eingeschlossen haben. Unsere Magie sorgt dafür, dass sie schlafen.«

»Ulrik tut mir leid. Er hat seine Frau und seine Freunde verloren und seine Drachen.«

»Con kann ein hartherziger Mistkerl sein.«

Denae beschloss, es sich gut zu merken. Wenn sie eines aus Kellans Geschichte gelernt hatte, dann, dass Con für den Erhalt des Friedens alles tun würde – egal, wer darunter zu leiden hatte.

17

Irgendwo in Schottland …

Er schäumte vor Wut. Der Plan war perfekt gewesen. Wie hatte der Drachenkönig von der Falle Wind bekommen können? Kellan zu ergreifen mit der Frau als zusätzlichem Bonus hätte problemlos über die Bühne gehen müssen.

Obgleich er eigentlich nicht davon überzeugt war, dass die Dunklen die Frau dem MI5 übergeben hätten. Sie war ein hübsches Ding. Er fühlte beinahe so etwas wie Bedauern, sie dazu verurteilt zu haben, im Verlauf des Einsatzes zu sterben, aber Schönheit war vergänglich, und es gab überall Dutzende anderer hübscher weiblicher Wesen.

Sein Plan war vor Abertausend Jahren in Gang gesetzt worden. Er war wie ein Schachspiel angelegt mit ihm als demjenigen, der die Fäden in der Hand hielt.

Zu seiner bitteren Enttäuschung hatte sein Plan penibelster Vereinbarungen und jahrtausendelanger Vorbereitungen bedurft. Hinzu kam noch, dass er der ununterbrochenen Erfindungen der Sterblichen und ihres ständigen technologischen Fortschritts Rechnung tragen musste.

Wenn es nach ihm gegangen wäre, hätte er seine Rache gehabt, bevor die Drachen aus diesem Reich verbannt worden waren. Stattdessen war er … lahmgelegt worden.

Aber das war vorbei.

Er bog von der A9 ab in Richtung Perth. Die Dunklen wollten Vergeltung für die von den Königen angezettelten Feenkriege. Da traf es sich gut, dass auch er Rache wollte. Selten misslang einer seiner Pläne, außer wenn es um die Könige ging. In London vor einem Jahr hatte er sehen wollen, wie weit sie gehen würden. Zu seiner großen Überraschung hatte einer der Könige eine Gefährtin gefunden. Es war … Äonen her, dass etwas derart Bemerkenswertes stattgefunden hatte innerhalb ihrer Gruppe.

Das hatte ihm zu denken gegeben, wenn auch nur für kurze Zeit. Schon bald wurde offensichtlich, wie weit die Könige gehen würden für ihre Gefährtinnen. Und das würde letztendlich ihr Untergang sein.

Er fuhr in die Innenstadt von Perth und hielt in einer Parklücke auf der King's Street. Tausende und Abertausende von Jahren waren vergangen, in denen er seine Rache geplant hatte.

Sein Netzwerk aufzubauen hatte viele Generationen gedauert. Jetzt war er derart verankert in einigen Familien, dass sie jederzeit alles tun würden, worum er sie bat.

Den MI5 zu infiltrieren war ein Kinderspiel gewesen.

Doch war sein Netz nicht nur auf Großbritannien beschränkt. Es umspannte die ganze Welt.

Er hatte viele Namen, viele Gesichter. Niemand wusste, dass er derjenige war, der alles kontrollierte. Und keiner, der es wagte, ihm den Gehorsam zu verweigern oder ihn zu verärgern, blieb danach noch lange am Leben.

Er hatte minutiös geplant, wie er die Drachenkönige vernichten würde, den Zeitpunkt, an dem er eine Allianz mit den Dunklen eingehen würde, präzise festgelegt.

Die Könige würden sein Kommen nie bemerken.

Er lachte und griff nach seinem Handy, um eine Nummer zu wählen. Es klingelte nur einmal, bis ein Mann sich meldete.

»Also?«, fragte er.

»Es ist genau, wie Sie sagten, Sir«, antwortete der Mann mit britischem Akzent. »Sie haben Denae schnell aus dem Hafen weggeschafft und dann später das Fahrzeug gewechselt an einem vorher verabredeten Punkt.«

Aha, also waren die Könige immer noch berechenbar, sogar nach all diesen Jahren. Sie sollten die Menschen beschützen, und genau das taten sie.

»Wohin bringen sie sie?«

Es gab eine kurze Pause, bevor der Mann sagte: »Der Mercedes fährt Richtung Westen, Sir.«

»Westen? Habt ihr sie im Auge?«

»Haben wir, sowohl am Boden als auch aus der Luft.«

Er lächelte. »Gut, gut.«

»Wann greifen wir an? Der MI5 will Denae unbedingt zurückhaben und erfahren, wie sie gefoltert wurde und was die da bei Dreagan mit Matt angestellt haben.«

»Sie werden nichts unternehmen«, herrschte er ihn an. »Haben Sie mich verstanden? Sie werden sich zurückhalten.«

»Ja, Sir.«

»Rufen Sie mich an, sobald Sie ihr Ziel erreicht haben. Ist das klar?«

»Selbstverständlich, Sir.«

Er beendete das Gespräch. Es würden keine Leute vom MI5 sein, die der Frau und dem Drachenkönig einen Besuch abstatteten.

Kellan hätte nicht gedacht, dass sie jemals Raasay erreichen würden. Sie mussten über eine Stunde auf die Fähre warten, und dann war da auch noch die Überfahrt.

Sobald sie auf Raasay waren, wies Kellan Denae den Weg in Richtung Norden zu dem Grundstück, das die Könige vor zweitausend Jahren erworben hatten. Kellan hatte es entdeckt. Ihm war klar gewesen, dass sie möglicherweise einige Zufluchtsorte außerhalb von Dreagan benötigen würden.

Con hatte ihn unterstützt, und umgehend hatten die Könige für Unterkünfte in der ganzen Welt gesorgt und sie hergerichtet.

Als Kellan das letzte Mal das Haus auf Raasay gesehen hatte, war es nicht mehr als ein kleines Cottage gewesen. Das führte ihm mal wieder vor Augen, wie lange er geschlafen und was er alles versäumt hatte.

Und das alles wegen seines Hasses.

Er sah Denae an, während sie die Schotterstraße bergauf fuhr, die auf beiden Seiten von Bäumen gesäumt war.

Kellan liebte die Küste von Raasay, aber es war immer wichtig, einen guten Überblick zu haben. Deswegen hatte er dieses Grundstück hoch oben in den Bergen gewählt.

»Wie weit noch?«, fragte sie.

»Ich weiß es nicht genau. Es ist lange her, dass ich hier war.«

»Was hat dich auf die Insel geführt?«

»Ich habe häufig hier übernachtet, wenn ich Skye und die anderen Inseln erkundet habe.«

Der SUV wurde mächtig durchgeschüttelt, als er über einen

größeren Felsbrocken fuhr, der aus der Straße aufragte. Denae zuckte zusammen. »Sorry. Den habe ich nicht gesehen. Ich war viel zu sehr damit beschäftigt, dich anzustaunen.«

»Du sagst wohl immer das, was dir gerade in den Sinn kommt.«

»Gewöhnlich nicht, aber ich habe gelernt, dass die einzige Chance, etwas über dich zu erfahren, darin besteht, kein Blatt vor den Mund zu nehmen.«

»Das war eben eine Behauptung, keine Frage.«

Sie zuckte die Achseln und warf ihm einen schnellen Blick zu mit ihren whiskyfarbenen Augen. »Stört es dich?«

Seltsamerweise nicht. Er war an Sterbliche gewöhnt, die sich vor ihm fürchteten, auch wenn sie nicht wussten, was er war, aber auch in dieser Hinsicht unterschied sich Denae von ihnen. Er stellte fest, dass es … ihm gefiel. »Du fürchtest dich nicht vor mir, oder?«

»Ich habe gesunden Respekt vor dir«, sagte sie. »Furcht? Die reserviere ich mir für die Dunklen Feen. Also, die sind echt Stoff für Albträume. Aber bleiben wir beim Thema. Zurück zu deinen Besuchen auf Skye. Warum dort?«

Kellan wies auf ein Schild, auf dem »Privatbesitz« stand, mit einem verblassten Drachen in der rechten unteren Ecke. »Biege hier ab.«

»Bist du sicher?«

»Da ist ein Drache auf dem Schild, selbstverständlich bin ich mir sicher.«

Sie bog ab und hielt bald vor dem geschlossenen und verriegelten Tor. Kellan stieg aus und ging zum Tor. Das Schloss war nicht von Menschenhand gefertigt. Es gab kein Schlüsselloch oder irgendwelche Zahlen, die man eingeben konnte. Es war ein Schloss, das nicht gesprengt, zersägt oder zerschnitten werden konnte. Die einzige Möglichkeit, es zu öffnen, war, ein Drachenkönig zu sein.

Kellan legte seine Hand auf das Schloss. Sobald es seine Drachenmagie spürte, öffnete es sich mit einem Klicken, und das Tor öffnete sich.

Als er wieder in den Mercedes stieg, starrte Denae ihn an. Er bedeutete ihr weiterzufahren. Sie folgte der Aufforderung nach einem kurzen Zögern.

»Hast du jemals vom *Book of Kells* gehört?«, fragte er, als sie über die gewundene Auffahrt fuhren.

»Natürlich. Ich glaube nicht, dass es viele gibt, die nicht davon gehört haben. Warum?« Ihre Augen weiteten sich, und sie sah ihn mit offenem Mund an. »Kell? Wie in Kellan?«

Ihr schockierter Gesichtsausdruck entlockte ihm ein Lächeln, das er aber schnell wieder unterdrückte. Er war noch nicht bereit, sie merken zu lassen, welch unglaubliche Wirkung sie auf ihn ausübte – nicht, solange er die Sache selbst noch nicht einordnen konnte. Wenn nur das Begehren die Angelegenheit nicht so verkomplizieren würde! »Das war ich.«

Sie lachte, und das Geräusch war Musik in seinen Ohren. »Du klingst so bescheiden. Das *Book of Kells* ist eine wichtige Bilderhandschrift. Das ist wirklich erstaunlich. Wolltest du, dass es nach dir benannt wird?«

»Nein«, sagte er, beleidigt, dass sie ihm so etwas überhaupt unterstellte. »Das haben sie von sich aus getan. Also gibt es das Buch immer noch?«

»Na klar. Man streitet sich darüber, wo es seinen Ursprung hat. Viele sagen, in Irland «

Kellan schnaubte empört. »Das ist der Einfluss der Feen. Ihre Hochburg war immer schon Irland, so wie unsere Schottland ist.«

»Ich muss dich das einfach fragen: Das Buch enthält die Evangelien aus der Bibel. Wieso ausgerechnet die? Warum nicht etwas anderes?«

»Sie waren den Menschen wichtig.« Es hatte ihn nicht gekümmert, was in dem Buch stand, aber er war beeindruckt gewesen von der Arbeit, die die Sterblichen leisten wollten. Das war der Grund, dass er ihnen anfangs geholfen hatte. Dass das Buch die vielen Jahrhunderte überdauert hatte, hätte er wirklich niemals erwartet.

»Und du bist nicht gläubig?«

Er dachte zurück an die turbulenten Zeiten, in denen die Menschen mehr und mehr über sich selbst lernten. »Es spielt keine Rolle, woran ich glaube oder nicht glaube. Die Menschen haben daran geglaubt.«

»Hast du das Buch begonnen?«

Kellan hätte das Gespräch gern beendet, bevor sie mitbekam, wie sehr er das geschriebene Wort und alles, was es beinhaltete, liebte, aber das ging schlecht, da er schließlich das Thema angeschnitten hatte. Idiotisch von ihm, unbedingt wissen zu wollen, ob irgendetwas von ihm überdauert hatte, während er die Zeit einfach verschlafen hatte.

»Ist schon gut«, sagte sie plötzlich. »Du musst es mir nicht sagen.«

Er schloss kurz die Augen und fragte sich, wieso er es so angenehm fand, sich mit Denae zu unterhalten. Hatte sein langer Schlaf geholfen, seinen Hass zu lindern? Nein. Er war sich sicher, dass das nicht der Fall war. Denae hatte einfach nur etwas Einzigartiges und Außergewöhnliches an sich.

»Ich habe sie dazu gedrängt«, sagte er. »Und die meisten Zeichnungen sind von mir.«

Ihr Lächeln war aufrichtig, als sie ihn ansah. »Wow. Einfach … wow. Warum wurde es nie ganz beendet?«

Kellan sah, wie das Haus in Sicht kam. Es war größer als das Cottage, das er gebaut hatte, aber die hellen Steine und das graue Dach passten wunderbar in die Umgebung.

Denae parkte den Wagen hinter dem Haus und schaltete den Motor ab. Wieder auf Raasay zu sein weckte unendlich viele Erinnerungen in ihm, inklusive der an das *Book of Kells* und seine Reisen nach Iona, wo er die Mönche besuchte.

Er war sich nicht sicher, ob die Erinnerungen gut oder schlecht waren. Genauso wenig wusste er, ob es ihm gefiel, wieder in der Nähe des Ortes zu sein, an dem alles für ihn in die Brüche gegangen war. Hatte Con ihn deswegen hierhergeschickt? Um zu sehen, ob er das Gleiche noch einmal tun, ob die Geschichte sich wiederholen würde?

Kellan blickte Denae an. Er wollte bei ihr sein, in diesem Auto auf Raasay. Die Erkenntnis traf ihn hammerhart. Niemals hätte er geglaubt, dass er sich wünschen würde, einer Sterblichen so nahe zu sein.

Aber er wollte ihr nicht nur nahe sein. Er hungerte nach ihr – nach allem von ihr.

»Ich wurde dessen überdrüssig«, antwortete er schließlich. »Ich nahm an, dass die Mönche das Buch und die Illustrationen fertigstellen würden.«

»War es so schrecklich, unter Menschen zu sein? Es waren Mönche. Wie schlecht konnten die schon sein?«

In ihren Augen lag eine Traurigkeit, die sich wie ein Schlag in die Magengrube anfühlte. Es schmerzte sie, wie sehr er ihre Gattung verabscheute, weil sie dachte, dass es sie mit einschloss.

Er könnte ihr sagen, dass sie ausgenommen war von seiner Einschätzung, aber ihr das zu sagen wäre gleichbedeutend damit, ihr Einblick in seine Gedanken zu geben. In der Vergangenheit hätte er sich das niemals getraut.

Jetzt lagen die Dinge anders. Wegen einer schönen Spionin, die aus dem Wasser aufgetaucht war in seiner Höhle.

Wusste sie überhaupt, dass sie ihn verwirrte? Wusste sie, wie sehr er sich wünschte, sie in seine Arme zu ziehen und sie stundenlang zu küssen, bevor er ihren Körper erforschte?

Er schaute weg, konnte ihren sorgenvollen Blick nicht länger ertragen und wünschte sich, er wüsste etwas zu sagen, was sie wieder zum Lächeln brachte. Stattdessen öffnete er die Tür und stieg aus, und Denae tat das Gleiche. Seite an Seite gingen sie um das Haus herum. Sobald er die Aussicht auf das Meer und den Sonnenuntergang sah, wusste er wieder, warum er diesen Ort ausgewählt hatte.

»Das ist das Schönste, was ich jemals gesehen habe«, sagte Denae bewundernd.

Er drehte sich um und blickte sie an, wollte ihr die Wahrheit sagen. »Es waren nicht die Mönche, die mich vertrieben haben. Ich habe meine Drachen vermisst, ich habe es vermisst, fliegen zu können, wann immer ich wollte. Ich vermisste es, sie brüllen zu hören. Und ihnen zu antworten. Jedes Mal wenn ich einen Menschen ansah, sah ich meine toten Bronzenen vor mir. Jeder Tag war eine lästige Pflicht, jeden Tag wollte ich um mich schlagen, wollte schreien … wollte töten. Und dann vergewaltigte und tötete der Mann das junge Mädchen. Ich habe nicht eine Sekunde nachgedacht. Ich habe nur reagiert.«

»Ich glaube, ich hätte dasselbe getan. Der Mann gab dir sein Wort. Er log und tötete.«

Kellan blickte hinauf zum Himmel. »Die Drachen sind

weg. Für immer. Du kannst unmöglich wissen, was es heißt, jemanden zu verlieren, den du liebst.«

»Genau, weil ihr Könige ein Monopol auf Trauer, Kummer und Zorn habt.« Ihre Worte waren scharf und voller Ärger.

Er machte einen Schritt auf sie zu. »Wie würdest du dich fühlen, wenn deine Familie fortgeschickt worden wäre und du allein zurückgeblieben wärst?«

Sie lächelte ironisch, und ihre eisige Stimme traf ihn wie ein Kinnhaken. »Hörst du mir eigentlich jemals zu? Oder ist es nur ein Hintergrundgeräusch, wenn ich dir etwas erzähle?«

»Ich weiß nicht, warum du so aggressiv bist.«

Er wollte sie besänftigen, aber seine Worte schienen sie noch mehr aufzubringen. Sie reckte das Kinn und straffte sich, genau wie sie es getan hatte, als sie mit Matt gekämpft hatte in seiner Höhle.

»Du weißt nicht …« Sie hielt inne und presste die Lippen zusammen. »Meine Familie gibt es nicht mehr, sie ist tot, du Arschloch. Ich bin alles, was noch davon übrig ist.«

Es war Kellan unbegreiflich, dass er diese Tatsache vergessen hatte, aber es war trotzdem nicht mit dem Verlust seiner Drachen zu vergleichen. Es mochte in etwa so sein, als wenn die gesamte menschliche Rasse verschwunden und nur sie übrig geblieben wäre, aber er hielt es für besser, das nicht zu erwähnen. Es wäre sicher nicht zu seinem Vorteil.

»Denae …«, unternahm er einen neuen Versuch.

Sie schüttelte den Kopf und machte abrupt kehrt, ging zurück zum Wagen. »Versuch es gar nicht erst.«

Er warf noch einen kurzen Blick auf den Sonnenuntergang und wusste, dass das friedliche Gefühl, das er gern genossen hätte mit Denae, noch auf sich warten lassen würde. Kellan beeilte sich, ihr zu folgen.

Sie änderte die Richtung und ging zur Hintertür, aber die hatte ein ebensolches Schloss wie das Tor. Er griff um sie herum und entriegelte es.

»Denae …«

Ohne ihn eines Blickes zu würdigen, stieß sie ihn beiseite und betrat das Haus. Wut stieg in ihm auf. Er hatte versprochen, sie zu beschützen, hatte sogar seine Drachenmagie eingesetzt, um die Kugeln aus ihr zu ziehen. Und wie vergalt sie es ihm? Indem sie wütend wurde, während er versuchte, seine Liebe zu den Drachen zu erklären und wie sehr er sie vermisste. Er hatte etwas mit ihr geteilt, was er noch keinem anvertraut hatte. Nur ihr.

Kellan wusste, er sollte sich in einen anderen Teil des Hauses zurückziehen. Stattdessen folgte er ihr die Treppe hinauf in eins der Schlafzimmer.

Sie streckte schon die Hand aus, um die Tür hinter sich zu schließen, da hielt er sie mit einem Arm auf.

»Was …«, begann sie, als sie sich umdrehte und ihn dort stehen sah.

Kellan packte sie bei den Schultern und schob sie gegen die Wand. Begierde flammte in ihm auf, erfasste ihn wie eine Flutwelle. Sie hüllte ihn ein, verschlang ihn.

All die verwirrenden Gefühle, die er nicht einzuordnen wusste, konzentrierten sich zu einer blendenden, grellen Flamme des Begehrens. Und waren ausschließlich auf diese eine Frau gerichtet.

Sobald sie den Mund öffnete, um etwas zu sagen, wusste er, dass er verloren war. Er fiel geradezu über ihre Lippen her und küsste sie leidenschaftlich, ungezügelt, voller Verlangen und verführerischer Wildheit.

18

Denae wollte ihn wegstoßen. Sie wollte ihren Kopf abwenden. Aber sie schaffte es nicht. Weil sie endlich bekam, was sie sich wünschte, seit sie Kellan zum ersten Mal erblickt hatte – und er ihr einfach nicht mehr aus dem Kopf ging.

Ihr Körper schmolz dahin, schmiegte sich an ihn, ihre Lippen teilten sich begierig für seinen Kuss. Mit seinem festen Körper presste er sie gegen die Wand, während er seinen Kuss vertiefte. Fiebrig. Rasend.

Es nahm ihr den Atem. Seine Küsse erregten und faszinierten sie. Denae klammerte sich mit beiden Händen an seine Schultern, um nicht das Gleichgewicht zu verlieren.

Ihre Welt geriet ins Wanken, doch da war Kellan – verlässlich und stabil.

Niemals war ein Kuss derart süß und verführerisch gewesen, derart verlockend … derart aufreizend. Kellans volle männliche Potenz war entfesselt und überrumpelte sie. Denae war seiner überwältigenden Kraft, seiner gebieterischen, besitzergreifenden Art in keiner Hinsicht gewachsen.

Ihre Brust wölbte sich ihm entgegen, als er seinen Kopf hob und ihre Blicke sich trafen. Seine blassgrünen Augen wirkten nicht länger kalt und gefühllos. Sie brannten vor Begierde, versengten sie mit ihrer Intensität und der Gier, die er nicht länger vor ihr verbarg.

Schauer jagten ihr über die Haut, aber sie erschreckten sie nicht. Sie steigerten nur ihre Leidenschaft.

Er verwirrte und erstaunte sie. Er brachte sie dazu, sich nach seinen Berührungen zu verzehren, nach seinen Küssen zu verlangen. Er schaffte es, dass sie sich schmerzlich nach etwas sehnte, was sie nicht auszusprechen wagte, etwas, was sie niemals für möglich gehalten hatte.

Denae konnte ihre Hände nicht von ihm lassen. Sie verfolgte die markante Linie seines Kiefers bis zu seinem Kinn. Und schließlich gab sie ihrem Verlangen nach und ließ ihre Finger in die wundervollen Strähnen seiner langen, karamellfarbenen Haare gleiten.

Sie tauschten keine Worte aus.

Es war nicht nötig.

Alles konnten sie fühlen, spüren … und teilen.

Sie wusste instinktiv, dass die lodernde Anziehungskraft, das nicht zu leugnende Verlangen zwischen ihnen etwas Seltenes und Besonderes war. Was auch immer sie gepackt und im Griff hatte, war wunderbar und beängstigend zugleich.

Sie erschauerte erwartungsvoll, als sein Blick auf ihren Mund fiel. Aber er küsste sie nicht erneut. Stattdessen ließ er seine Finger über ihre nackte Schulter gleiten, die ihr weit ausgeschnittenes Shirt freigegeben hatte.

Seine Liebkosung war zärtlich und besitzergreifend, sanft und sinnlich. Sie schloss die Augen, als seine Hand über ihre Brust wanderte und dann weiter nach unten, über ihre Brüste zu ihrer Taille.

Ein Stöhnen entfuhr ihr, als seine Lippen ihren Hals fanden. Denae drehte ihren Kopf so, dass er ungehindert Zugang hatte. Während seine Lippen Wunder wirkten, hatte er ihre Handgelenke gepackt und sie über ihrem Kopf an die Wand gedrückt.

Sie hob die Augenlider und atmete seinen Duft ein – eine berauschende Mischung aus Gewürzen, Regen und Gefahr. Er hielt ihre Handgelenke fest, als er seinen Kopf hob und sie leicht drückte.

Dann, sehr langsam, ließ er seine Hände über ihre Arme gleiten und zum Saum ihres übergroßen T-Shirts wandern. Denaes Körper war bereit für ihn. Sie war kurz davor, sich das Shirt selbst vom Leib zu reißen, aber sie hielt ihre Arme weiter über ihrem Kopf, wartete voller Ungeduld.

Er riss ihr das Shirt nicht herunter. Das war nicht sein Stil. Er ließ seine Hände unter den Saum gleiten und auf ihrer Taille ruhen. Ihr weites Shirt schob sich über seinen Handgelenken zusammen, während er sich alle Zeit der Welt nahm, um seine Hände nach oben wandern zu lassen.

Denae atmete scharf ein, als er innehielt, um mit seinen Daumen unter dem Bustier über ihre Brüste zu fahren. Ein kleines Lächeln umspielte seine Lippen, aber es waren seine sich verdunkelnden Augen, die ihre Knie weich werden ließen.

Er machte weiter, ließ seine Hände frustrierend langsam über ihre Brüste gleiten. Denae biss sich auf die Lippen und stöhnte, als er ihre Brustwarzen fand.

Sie richteten sich umgehend auf und wurden hart, ihre Brüste schwollen an und verlangten geradezu schmerzhaft nach mehr Berührung. Er fuhr fort, sie in aller Ruhe von ihrer äußeren Hülle, ihrem weiten Shirt, zu befreien, bis seine Hände ihre Schultern erreichten, dann weiter glitten über ihre erhobenen Arme bis zu ihren Händen.

Ihr Shirt wurde nachlässig auf einen in der Nähe stehenden Sessel geschleudert. Und sein Blick fiel auf ihr Bustier und die Umrisse ihrer aufgerichteten Brustwarzen.

Sie ließ die Arme sinken und presste die Hände gegen die Wand, als er mit einem Finger um ihre Knospen fuhr, sie aber kaum berührte, sie nur unerbittlich reizte.

Sie atmete schwer, was sogar in ihren Ohren rau klang. Quasi im Handumdrehen war sie ein reines Lustbündel, und dabei hatte sie ihn noch nicht einmal ihrerseits berührt, obwohl sie es kaum noch erwarten konnte.

Ungeduldig fasste Denae nach dem Saum seines T-Shirts. Kellan lächelte leicht, so als ob er sie herausfordern wollte. Sie legte beide Hände flach auf die warme Haut seiner Körpermitte. Sie spürte Stahl unter ihren Fingerspitzen, was sie unbedingt gründlicher erforschen wollte.

Denae zog ihm das T-Shirt alles anderes als gemächlich vom Leib. So schnell sie konnte, riss sie es hoch bis zu seinen Schultern und über seinen Kopf. Sie hielt es fest, während sie ihren Blick über seine Brust und das beeindruckende, einzigartige Drachen-Tattoo darauf wandern ließ.

Gedankenverloren warf sie sein Shirt beiseite, während sie ihn betrachtete. Er beobachtete sie aufmerksam, wartete ab, was sie als Nächstes tun würde.

Es gab wirklich nur eine Sache zu tun. Sie streckte ihre rechte Hand aus und legte sie auf sein Herz, auf den großen Kopf des Drachen, dessen Maul offen stand, so als würde er gleich losbrüllen.

Während ihre andere Handfläche auf seinen festen Brustmuskeln ruhte, verfolgte ihre rechte Hand die ungewöhnliche Mischung aus schwarzer und roter Tinte der Tätowierung.

Sie runzelte die Stirn und hätte schwören können, dass die Zeichnung sich bewegte unter ihrer Berührung.

Denae besah sich das Tattoo. Nur die Hälfte des Drachenkörpers war auf Kellans Bauch zu sehen. Die andere Hälfte erstreckte sich weiter über seine linke Seite.

Aber am erstaunlichsten waren die Drachenflügel. Sie waren weit gespreizt, wobei der eine seine gesamte rechte Brust bedeckte, der andere sich bis über seinen linken Arm erstreckte, sodass es, wenn seine Arme seitlich herabhingen, wie eine bruchlose Zeichnung wirkte.

Sie hatte noch nie etwas derart Umwerfendes, etwas so Erstaunliches gesehen. Denae war hin und her gerissen zwischen dem Wunsch, das Tattoo oder *ihn* genauer zu studieren. Sie brauchte nicht sehr lange für die Entscheidung.

Während ihre Hände ihn streichelten, spürte sie jedes Erbeben, jedes Zucken seiner Muskeln. Sie wollte gerade seine Jeans öffnen, als er sie wieder und wieder küsste, bis sie sich kaum noch aufrecht halten konnte.

Erst dann kniete er sich vor sie und zog ihr die Schuhe und Strümpfe aus. Sie konnte ihren Blick nicht abwenden von ihm. Kein Mann – sterblich oder unsterblich – hatte ihr jemals so viel Zärtlichkeit, so viel Aufmerksamkeit geschenkt wie Kellan.

Sie strich ihm eine Locke seines welligen Haares aus den Augen, die ihm ins Gesicht gefallen war. Sie musste lächeln, als sie sah, dass er ihre Schuhe und Strümpfe ordentlich beiseitestellte, bevor er sie wieder anschaute. Das Feuer in seinen Augen leuchtete unvermindert. Unter seinem Blick fühlte sie sich schön und ... begehrt.

Erst in diesem Moment wusste sie, dass sie nach einem solchen Ausdruck in den Augen eines Mannes gesucht hatte.

Zuvor war sie stets ein bisschen enttäuscht gewesen. Aber jetzt nicht, nicht mit Kellan.

Ihr stockte der Atem, als seine Finger in ihre Yoga-Hose glitten. Während sie sich gegenseitig keine Sekunde aus den Augen ließen und ihr brennendes Verlangen sich mit jedem Herzschlag steigerte, schob er ihr langsam die Hose über Hüften und Beine, bis sie ihr um die Füße fiel. Er hob ihre Beine eins nach dem anderen aus der Hose, die sich zu ihren beiden Shirts auf dem Sessel gesellte.

Als er sich aufrichtete, stellte sie sich auf die Zehenspitzen und küsste ihn. Seine Arme waren wie Stahlbänder, die sich fest um sie schlossen.

Er presste seinen Unterleib so gegen ihren Bauch, dass sie seine Erregung spürte und die pure Lust zwischen ihren Beinen. Gier packte sie; sie wollte ihn in sich spüren, auf der Stelle.

Aber Kellan hielt sie zurück.

Sie riss sich los von seinem Mund, schnappte keuchend nach Luft, lehnte sich an die Wand zurück. Als sie ihre Augen öffnete, hatte er es irgendwie geschafft, sich die Stiefel auszuziehen, ohne dass sie es bemerkt hatte.

Denae zitterten die Hände, als sie erneut nach seiner Jeans griff. Dieses Mal hielt er sie nicht davon ab, sie aufzuknöpfen. Sie öffnete sie weit und erhaschte einen flüchtigen Blick auf seinen Schwanz. Irgendwie war sie nicht überrascht, dass er unter seiner Jeans nichts trug. Sie fand es sexy, es machte sie noch mehr an, und sie zog ihm hastig die Hose herunter.

Im Nu war er vollständig nackt, und sie stand in ihrer Unterhose und ihrem Bustier vor ihm. Er streckte die Hand aus und entfernte das Haargummi aus ihrem Zopf. Er ging dabei genauso bedächtig vor wie beim Auskleiden, löste ihren Zopf, bis die Haare ihr offen über die Schultern fielen.

Ihr Herz klopfte wie verrückt in ihrer Brust, als er ihren Nacken umfasste und sie an sich zog für einen weiteren heißen Kuss.

Inzwischen verhielt er sich nicht länger geduldig und abwartend, als er sie weiter auszog. Ihr Bustier war schnell abgestreift, wobei er seinen Kuss nur kurz unterbrach, um es ihr über den Kopf zu ziehen.

Je länger sie sich küssten, desto größer wurde ihre Leidenschaft. Er beugte sich hinunter und zog sie fest in seine Arme, ehe er sie hochhob und zum Bett trug.

Sie erwartete, dass er sie aufs Bett werfen würde. Sie hätte es besser wissen müssen. Sanft ließ er sie aufs Bett sinken, ohne seine Lippen von ihren zu lösen.

Kellan konnte sich nicht erinnern, jemals so von einer Frau erfüllt gewesen zu sein. Er konnte nicht genug kriegen von Denaes wunderbarem Mund, ihrem süßen Geschmack und erst recht nicht von ihrer leidenschaftlichen Reaktion.

Sie war nur noch Feuer und Weichheit in seinen Armen. Ihre weiblichen Kurven die reine Freude, genau wie die straffen Muskeln, die er unter ihrer seidenweichen Haut ertasten konnte.

Er rieb seine Hüften an ihr und stöhnte auf, genoss dieses exquisite Gefühl. Sein Körper schrie geradezu nach umgehender Erleichterung, aber mit Denae wollte er sich Zeit lassen, sie langsam auskosten. Er wusste nicht so recht, warum, wollte aber auch nicht tiefer in sich hineinhorchen und es herausfinden.

Ihre kurzen Nägel bohrten sich in seinen Rücken, als sie ihre Beine spreizte, sodass er sich an ihrem Schoß rieb. Kellan konnte durch den dünnen Slip ihre Hitze und Feuchtigkeit spüren.

Lust und Verlangen … heftige Gier durchzuckte ihn. Es setzte ihm unglaublich zu, drängte ihn, ihr das Höschen herunterzureißen und sie auszufüllen, wieder und wieder, bis sie schreien würde vor Lust.

Er krallte seine Hand in die Decke und rang um Selbstbeherrschung angesichts dieses überwältigenden Bedürfnisses. Aber es war sehr lange her, dass er die Scheide einer Frau um sich gespürt, ihre feuchte Hitze genossen hatte.

Kellan beendete den Kuss und stützte sich auf beide Hände, streckte die Arme, bis er über ihr aufragte. Sie blinzelte ihn an mit halb geschlossenen Augen und von seinen Küssen geschwollenen Lippen.

Er blickte hinunter auf ihren Körper und sah ihre festen Brüste, eine perfekte Handvoll, die dunklen Höfe um die rosa Knospen. Das war zu viel, um zu widerstehen.

Er beugte sich hinunter, fuhr ihr mit der Zunge über eine der harten Spitzen und hörte Denae aufstöhnen. Er senkte sich herab, bis er zwischen ihren Beinen lag, und umschloss mit seinen Lippen eine der Brustwarzen, während er die andere mit seinen Fingern reizte.

Ihre Hüften rieben sich an ihm im Rhythmus seines Saugens, was dazu führte, dass sich ein Schweißfilm auf seiner Haut bildete, während er dagegen ankämpfte, seiner Lust nachzugeben.

Er wechselte von einer Brust zur anderen, aufreizend, liebkosend, und saugte an jeder Knospe so lange, bis Denae kleine Schreie ausstieß.

Kellan küsste sie zwischen ihren Brüsten und wanderte mit seinen Lippen über ihren Bauch zu ihren Hüften. Er blickte auf und hielt ihren Blick fest, als er mit beiden Händen ihr Höschen packte.

Er kniete sich vor ihr auf den Boden und zog ihr langsam den dünnen Stoff über ihre Hüften, bis ein Büschel dunkler Locken zu sehen war. Er hob die Brauen, als er bemerkte, dass die Locken nicht nur gekappt, sondern bis auf einen schmalen Streifen abrasiert waren.

So etwas hatte es noch nicht gegeben, als er das letzte Mal eine Frau genommen hatte und er fand den Anblick … angenehm erregend.

Als er ihr den Slip über die Schenkel zog, nahm er auch ihre Erregung wahr, und sein bereits schmerzhaft geschwollener Schwanz wurde noch härter.

Kellan zog ihr das Höschen herunter, ließ seine Hände über ihre wohlgeformten Beine gleiten und spreizte sie weit. Dann zog er sie sanft zur Bettkante vor, sodass sich ihr Schoß, glitzernd und feucht vor Lust, direkt vor seinem Mund befand.

Er beugte sich vor und leckte sie, und ihr leises Stöhnen durchdrang den Raum. Diese eine Kostprobe würde ihm nicht annähernd reichen. Er kannte den Geschmack ihrer Küsse. Jetzt wollte Kellan ihre Essenz kosten.

Mit seinem Daumen fuhr er sanft über die Innenseite ihres Schenkels und weiter, fand ihre Klitoris und begann, sie langsam mit seiner Zunge zu stimulieren.

Denae hob ihm ihre Hüften entgegen, und ihre leisen Lustgeräusche steigerten sich zu lauten Schreien, während er ihre geschwollene Klitoris leckte und massierte. Als sie sich auf dem Bett wandte, ihren Kopf von einer Seite zur anderen warf, ließ er einen Finger in sie gleiten.

Sie schrie vor Ekstase.

19

Denae segelte, schwebte, flog dahin auf einer Wolke unvergleichlicher Wonne. Getragen von rauschhafter Verzückung. Ergriffen von einem strahlenden, gleißenden Hochgefühl. Gebannt von weißglühender, hell leuchtender Ekstase.

Während ihr Körper noch in den Nachbeben ihres Höhepunkts schwelgte, spürte sie, wie Kellan sich über ihr auf seine Arme stützte.

Sie griff nach ihm, brauchte das Gefühl seines Gewichts auf ihr.

Sobald ihre Hände seine Haut berührten, öffnete sie die Augen. Sein Gesicht, nur einen Atemzug von ihrem entfernt, zeigte unverhüllte Gier. Sie drängte ihn, sich an sie zu pressen, und keuchte, als sein Schwanz sich an ihrem geschwollenen, empfindsamen Fleisch rieb.

Er biss die Zähne zusammen, als die Spitze seiner Erektion ihren Eingang fand.

Denaes Rücken wölbte sich, da er langsam in sie eindrang, sie ausfüllte, sie dehnte. Sie biss sich auf die Lippen, als er sich zurückzog, nur um gleich wieder in sie einzudringen – härter, tiefer.

Es dauerte nicht lange, bis sie seinen Rhythmus aufnahm und ihre Körper sich in einem Gleichklang bewegten, der so alt war wie die Zeit. Schweiß bildete sich auf ihrer Haut, als sie ihre Bewegungen beschleunigten.

Denae hielt ihn die ganze Zeit umklammert. Sie versank in einem Abgrund von Lust, von dem sie wusste, dass er sie für immer verändern würde. Doch Kellan war bei ihr.

Nur er konnte ihr Halt bieten, nur er konnte sie festhalten.

Und sie wollte niemals wieder loslassen, so unsicher und instabil dieser Halt auch war.

Der vertraute Schmerz baute sich tief in ihrem Bauch auf, ihre Muskeln zogen sich zusammen, spannten sich an, während die Leidenschaft sich steigerte mit jedem Stoß seiner Hüften, jedem Eindringen seines Schwanzes.

Sie schlang ihre Beine um ihn. Mit einer Hand glitt er unter ihren Po und veränderte den Winkel ihrer Hüften, hob sie höher an. Erst dann drang er wieder in sie ein, füllte sie noch tiefer aus als zuvor.

Denae schrie auf vor Lust, genoss das exquisite Gefühl, ihn in sich zu haben, so als ob sie endlich vervollständigt, endlich ein Ganzes wäre. Ihre Blicke trafen sich, hielten einander fest, während seine Hüften wie wild zustießen, schonungslos.

Und dann küsste er sie.

Sie umschlang seinen Nacken mit ihren Armen, während sein unnachgiebiger Schwanz wieder und wieder in sie eindrang, jeder Stoß sie einem weiteren Höhepunkt näher und näher brachte.

Als wüsste er, dass sie kurz davor war, beendete Kellan seinen Kuss und sah sie an. Denae war nicht in der Lage, wegzublicken, nicht einmal, als ihr Körper sich anspannte und der Orgasmus einsetzte.

Sie rief seinen Namen, und ihre Nägel gruben sich in sein Fleisch, während sie wieder und wieder zuckte, noch heftiger als zuvor.

Gebannt beobachtete Kellan, wie die Lust sich in ihren Augen und ihrer Miene widerspiegelte. Er spürte, wie sich ihr Schoß um seinen Schwanz zusammenzog. Und nichts hielt ihn jetzt noch von seinem eigenen Höhepunkt ab. Nicht, nachdem er gesehen – und gefühlt – hatte, dass sie bereits zum zweiten Mal gekommen war.

Er konnte seinen Blick nicht abwenden von ihren whiskyfarbenen Augen. Er war gefangen, gefesselt von ihrem betörenden Blick. Und er mochte es.

Mit raschen Hüftstößen gab er seinem Orgasmus nach, fiel gewissermaßen in Denaes Orgasmus mit ein, sodass sein Samen sich in sie ergoss. Die Anziehungskraft, die er zu leugnen versucht hatte, das Begehren, das er nicht ignorieren konnte, vertieften sich, verstärkten sich zu einem festen Band, das sie umschloss.

Sie atmeten beide heftig, ihre Körper pulsierten von dem gemeinsamen Höhepunkt. Ohne die Umarmung zu lösen, zog Kellan sich aus ihr zurück und rollte auf die Seite. Er war überrascht, dass es ihm gefiel – und er es sogar wollte –, dass sie neben ihm lag und sich an ihn schmiegte.

Denae wusste nicht, wie lange sie an seiner Brust geruht hatte in diesem seltsamen Zustand zwischen Schlafen und Wachen, als sie spürte, wie sich sein Schwanz an ihrem Bein, das sie über ihn gelegt hatte, aufrichtete.

Sie lächelte, als sie sich auf einen Ellbogen stützte und

feststellte, dass seine Augen offen waren. Denae setzte sich rittlings auf ihn, kniete sich so über ihn, dass sich ihr Schoß über seinem aufgerichteten Schwanz befand.

Zustimmung blitzte in seinen seladongrünen Augen auf. Denae griff nach seinem großen Schaft. Sie liebte die samtige Haut, die harten Stahl umgab. Sie ließ ihre Hände mehrmals über die gesamte Länge seines Schwanzes gleiten, bis sich sein Blick verdunkelte und Begierde in ihm aufflammte.

Sie hielt ihn fest und senkte sich langsam auf sein Glied, über seine gesamte, beeindruckende Länge. Dann begann sie, ihre Hüften zu bewegen.

Ein leises, tiefes Knurren entrang sich seiner Brust. Noch nie zuvor hatte sie ein derart dekadentes, hedonistisches Gefühl gekannt. Sie war begierig, brannte für ihn. Ausschließlich für Kellan.

Seine großen Hände massierten ihre Brüste, kniffen in ihre Spitzen, bis sie hart und aufgerichtet waren. Sie ließ ihre Hüften kreisen, und ihre Bewegungen wurden schneller und schneller, je stärker die Lust wurde.

Plötzlich setzte er sich aufrecht hin und schloss sie in seine Arme. Sie streichelte seine muskulöse Brust und Schultern, bewunderte seinen prachtvollen Körperbau und die Kraft, die sie unter ihren Handflächen spürte.

Er lehnte sich zurück, stützte sich auf seinen Arm, hielt mit einer Hand ihre Hüfte fest, um sie weiter anzuspornen. Dann schloss er seine Lippen um eine ihrer Brustwarzen und sog sie tief in seinen Mund.

Denae schrie auf, und ihr Blut erhitzte sich erneut, durchfuhr sie wie Feuer. Er ließ seine Zunge unermüdlich über ihre kleine Knospe gleiten und erregte sie weiter, forderte sie auf, ihm zu folgen.

Sie war ihm völlig wehrlos ausgeliefert. Ihr Körper war ein Instrument, das er perfekt beherrschte.

Er wandte sich der anderen Brustwarze zu und biss leicht in die geschwollene Spitze, bevor er seine Zunge um sie herumwirbeln ließ. Ein weiterer Höhepunkt kündigte sich an, und egal, was Denae tat, er ließ ihren Versuch, ihn zurückzuhalten, nicht zu.

Und dann war es ihr schließlich egal.

Sie rief seinen Namen, während ein neuer Höhepunkt sie davontrug.

Sobald das Zucken nachließ, fand sie sich auf dem Bauch liegend wieder, und Kellan war hinter ihr. Er hob ihre Hüften an und drang mit einer einzigen fließenden Bewegung in sie ein.

Denae stöhnte, ihre Finger gruben sich in das Laken. Sein erigierter Schwanz stieß zu. Das Laken scheuerte an ihrer Wange, während sie sich an ihn drängte, mehr wollte – mehr brauchte.

Kellan streichelte ihren perfekt geformten Po. Bei jedem Stoß dachte er, dass es der letzte wäre. Aber jedes Mal wenn er in sie eindrang, wollte er noch mehr.

Sie sah unglaublich köstlich aus mit ihrem hochgereckten Po, der sich an ihn drängte bei jedem Stoß. Ihr empfänglicher Körper heizte seine bereits unbändige Begierde noch mehr an.

Diese Begierde, diese verheerende Sehnsucht, sie zu besitzen, beherrschte ihn. Es gab kein Zurückhalten mehr, keine Sanftheit, sondern erbarmungslos drang er wieder und wieder in ihre enge Muschi ein.

Ihre Lustschreie trieben ihn immer weiter an, bis er den Höhepunkt erreichte.

Er warf seinen Kopf zurück und schrie, während seine Finger sich in ihre Hüften gruben.

Sie fielen gemeinsam auf die Seite, und er zog ihren Körper eng an sich, verwundert über das leichte Gefühl von Befriedigung, von dem er allerdings wusste, dass es nicht lange vorhalten würde – nicht mit jemandem wie Denae in seinen Armen.

Noch während Kellan überlegte, ob er aufstehen und das Gelände überprüfen, sich vielleicht in die Lüfte schwingen sollte, wurde er davon eingelullt, dass Denae seine Hand an ihre Brust zog und er ihren Herzschlag spürte.

Denae wachte davon auf, dass Kellan, der hinter ihr lag, ihren Rücken küsste, seine Zunge und Lippen ihre Haut liebkosten, er sie mit seinem geschickten Mund erregte. Sie spürte seine Erektion.

Nichts konnte die heiße Feuchtigkeit stoppen, die ihren Schoß angesichts ihrer freudigen Erwartung flutete. Er wollte mehr.

Er wollte sie.

Denae rieb sich an seinem geschwollenen Schwanz und stöhnte, als eine seiner großen Hände ihre Brust umfasste, um ihre Brustwarze zu reizen. Sie erkannte ihren Körper nicht wieder, weil er nicht länger ihr gehörte.

Er gehörte Kellan.

Sie wollte seine Berührung, brauchte das Gefühl, ihn in sich zu haben. Nur dann fühlte sie sich vollständig, nur dann ergab die Welt einen Sinn.

Denae murmelte seinen Namen, als er ihr Bein anhob und mit seiner Erektion in sie eindrang. Gleichzeitig fuhr seine Hand über ihren Bauch, bis seine Finger tief in ihre kurzen Locken eintauchten. Dann spielte sein Finger mit ihrer Klitoris.

»Komm«, flüsterte er ihr ins Ohr.

Als ob ihr Körper nur auf seinen Befehl gewartet hätte, schrie sie auf, da sie sich dem Höhepunkt näherte. Seine Hüften hielten inne, aber nicht seine Finger.

Er zögerte den Orgasmus hinaus, bis sie ihn um Erlösung anflehte.

Kellan hörte nicht auf sie. Stattdessen zog er sich aus ihr zurück und rollte sie zurück auf den Rücken, um sie wild und brutal zu küssen.

Er hatte ihre Lust auf Weisen gesteigert, von denen sie nicht einmal wusste, dass sie existierten, und sie wollte ihn befriedigen. Denae ließ ihre Hand zwischen ihnen nach unten gleiten und packte seinen Schwanz.

Er fuhr hoch bei ihrer Berührung, und sie musste innerlich schmunzeln. Sie drückte mit ihrer freien Hand gegen seine Schulter, bis er sich wieder auf den Rücken rollte.

Denae folgte ihm und kniete sich zwischen seine Beine, während sie beide Hände über seinen imponierenden Schwanz auf und ab gleiten ließ. Sein Stöhnen, leise und lange, war alles, was sie hören musste, um noch mehr angespornt zu werden.

Er setzte sich auf und küsste sie, bevor er ihren Kopf sanft nach unten drückte. Es war ihr immer unangenehm gewesen, das Glied eines Mannes in den Mund zu nehmen, aber sie konnte es kaum erwarten, Kellan zu schmecken.

Er schloss die Augen und vergrub seine Finger in ihrer seidigen Mähne bei dem ersten Kontakt ihrer Lippen mit seinem Schwanz.

Sie küsste ihn bis zu seiner Spitze, die sie leicht mit ihrer

Zunge reizte, und dann nahm sie sein Glied in ihren Mund. Sein lautes Stöhnen drang durch den Raum.

Sie glitt herunter vom Bett und kniete sich neben ihn, ihre Hände und ihr Mund widmeten sich ihm mit Geschick. Ihr wunderbarer Mund schloss sich fest um ihn, während er ihren Kopf bei jeder Bewegung weiter nach unten drückte. Und sie nahm ihn noch tiefer in sich auf.

Er erwartete, dass sie sich versteifen, abwenden würde, aber sie befriedigte ihn bereitwillig, sogar, als er fast zu tief zustieß.

Ihr Mund war einfach zu viel für ihn. Ein neuer Orgasmus kündigte sich an, und er wollte sich in sie ergießen und noch mehr von ihr in Besitz nehmen, wollte seinen Samen auf ihren Lippen sehen. Aber es gab noch vieles mehr, was er diese Nacht mit ihr anstellen wollte.

Kellan versuchte, sich aus ihrem Mund zurückzuziehen, da er spürte, wie er sich dem Höhepunkt näherte, aber ihre Lippen waren gnadenlos, saugten noch heftiger.

Er schrie auf, als er sich in einem kraftvollen Orgasmus entlud, der ihn bis ins Mark erschütterte.

Denae fuhr fort zu saugen und ihn zu lecken, bis er trocken war. Als sie ihren Kopf hob und ihn ansah, warf es Kellan schier um, wie sehr er sie schon wieder wollte.

Er zog sie zurück aufs Bett, blieb aber auf Abstand dieses Mal. Die Heftigkeit seiner Gefühle für sie war alarmierend. Er brauchte unbedingt etwas Distanz.

Doch nachdem er ein bisschen gedöst hatte, berührte ihre Hand seinen Arm, und umgehend war er wieder hart und bereit.

Und ohne darüber nachzudenken, griff er nach ihr und ließ sich von seiner Lust überwältigen.

Während Stunde um Stunde der Nacht verging, kamen sie wieder und wieder. Manchmal fing er an, manchmal sie. Aber immer gaben sie dem überwältigenden, unkontrollierbaren Verlangen nach.

Was die zunehmende Verbindung zwischen ihnen noch stärker werden ließ.

20

Rhys ließ sich von den Luftströmungen tragen, schwelgte in der Freude, wieder zu fliegen, was ihn aber keineswegs davon abhielt, über Kellan und Denae zu wachen.

Er hatte es sich geschenkt, ins Haus zu gehen und nach ihnen zu schauen, nachdem sie eingetroffen waren. Die Anziehungskraft zwischen den beiden war einfach zu spürbar, greifbar … unverhohlen.

Die Frage war nur, ob Kellan ihr nachgeben würde. Rhys war sich nicht sicher, ob sein Freund es tun würde, solange sich jemand als eine Art Puffer zwischen ihm und Denae befand. Weshalb Rhys in Drachengestalt verharrte.

Er kreiste über dem Gelände, suchte mit seinen scharfen Augen den Boden dort unten nach kleinsten Bewegungen ab. Bisher trieb sich da nichts herum, bis auf die üblichen nachtaktiven Tiere.

Es bestand die Möglichkeit, dass Agenten vom MI5 sie verfolgten. Ein leichtes Unbehagen blieb, ließ sich nicht abschütteln.

Die Menschen und die Dunklen hatten zusammengearbeitet. Wenn sie es einmal taten, konnten sie es wieder tun.

Allein das war ein ausreichender Grund zur Beunruhigung. Die Feen – Helle wie Dunkle – schlossen sich Menschen nicht an.

Rhys hätte nur zu gern brüllend seiner Wut Luft gemacht. Es gab nur einen Grund für einen Zusammenschluss zwischen Feen und Menschen, nämlich, dass jemand anders den Vermittler spielte. Und er würde tausend Flugjahre wetten, dass dieser Jemand derselbe war, den er und Banan beinahe erwischt hätten in London, nachdem Jane entführt worden war.

Er warf einen Blick in den Himmel. Die Morgendämmerung setzte bald ein. Kellan und Denae hatten lange genug Zeit für sich gehabt. Jetzt wurde es Zeit, dass sie sich in Bewegung setzten, weil Rhys das Gefühl nicht loswurde, dass sie entdeckt worden waren.

Kellan wusste nicht, was ihn geweckt hatte. Er wachte auf und war auf der Stelle alarmiert, horchte angestrengt mit geschlossenen Augen in der Dunkelheit.

Da.

Das war es.

Totale Stille draußen. Keine Tiere, kein Wind, nur … Stille.

Seine Ohren fingen absolut kein Geräusch innerhalb des Hauses auf, was aber nicht bedeutete, dass die Bedrohung nicht bereits drinnen war. Er öffnete die Augen und drehte den Kopf zu Denae, sah, dass sie ihn anblickte.

»Was ist los?«, fragte sie leise.

Er wies auf den Sessel, auf dem ihre Kleider lagen. »Beeil dich«, flüsterte er.

Sie rollte sich geräuschlos vom Bett und zog sich hastig an. Kellan stand auf und schlich zum Fenster, wobei er darauf achtete, dem schwächer werdenden Mondlicht auszuweichen. Er spähte kurz hinaus konnte aber nichts entdecken.

Er wandte sich wieder um zu Denae, als er ein leises Geräusch hörte, und sie warf ihm seine Sachen zu. Kellan zögerte, sie anzuziehen.

Wenn er Denae beschützen musste, konnte er das am besten in Drachengestalt tun. Ein König war am stärksten als Drache, und er könnte mit ihr wegfliegen, falls das nötig sein würde.

Kellan zog seine Jeans an und blickte in den Himmel, hielt Ausschau nach Rhys. Die Tatsache, dass er seinen Freund nicht entdecken konnte am wolkenlosen Himmel, war ein Grund zur Sorge.

Denaes Kopf fuhr herum zur Tür. Kellan folgte ihrem Blick und sah, wie Rauch unter der Tür hereinströmte. Nur dass es kein Rauch war. Es waren die Dunklen Feen.

»Denae!«, schrie er, aber es war bereits zu spät.

Hinter ihr tauchten vier Dunkle auf und packten sie; ihr Schrei brach mit ihrem Verschwinden ab. Kellan sprang über das Bett, um drei weitere Dunkle anzugreifen, die plötzlich auftauchten, aber just in dem Moment, in dem er Drachengestalt annehmen wollte, wurde er von dunkler Magie getroffen.

Und alles wurde schwarz.

21

Perth

Sobald sein Handy klingelte, legte er das Buch beiseite, das er gerade las, und meldete sich. »Ja?«

»Es ist erledigt, Sir. Die beiden Zielobjekte wurden von den Dunklen ergriffen, wie Sie es befahlen.«

Er atmete tief aus. »Aha, endlich. Sonst noch jemand in der Nähe?«

»Wir haben nichts gesehen, Sir.«

Er beugte sich vor auf seinem Lehnsessel. »Ihr Dummköpfe. Sie würden Kellan und die Frau niemals allein lassen!« Er war so wütend, dass er nicht darauf achtete, dass sein aufgesetzter gepflegter englischer Akzent zum Teufel ging.

»Wir haben die Gegend ausgekundschaftet. Da ist ni…«

Der Bericht wurde unterbrochen durch das Geräusch eines männlichen Schreis. Er umklammerte sein Handy, hörte, wie es knackte. Es war unnötig, seinen Leutnant aufzufordern, weiter zu berichten. Sie waren nachlässig, und diese Nachlässigkeit würde ihr Tod sein.

Gedämpft hörte er seinen Leutnant jemanden fragen:

»Was ist los?« Weitere Schreie ertönten durch das Handy, kamen näher und näher, bis nichts mehr zu hören war.

Er hielt sein Handy weiter ans Ohr, schaltete es nicht ab, fragte sich, ob der Drachenkönig das Gerät am anderen Ende wohl aufnehmen würde. Und wie erwartet, tat es der König. Nur dass er nichts sagte, sondern die Verbindung wortlos unterbrach.

Er ließ sein Buch liegen, stand auf und beeilte sich, eine andere Nummer zu wählen, unter der sich umgehend jemand meldete. »Besorgen Sie mir eine neue Telefonnummer, und sorgen Sie dafür, dass alle meine Generäle sie erhalten.«

»Jawohl, Sir. Sofort«, antwortete die weibliche Stimme mit schwerem französischem Akzent.

Er verließ das Gebäude und ging zu seinem auf der Straße parkenden Wagen. Das Haus, das er in Perth gekauft hatte, war eines seiner liebsten, aber es war gefährlich, sich jetzt noch dort aufzuhalten. Außerdem hatte er Hunderte von anderen, zwischen denen er wählen konnte.

Und mit Kellans Gefangennahme war ein wichtiger Bestandteil seines Plans erreicht. Die Aufmerksamkeit der Könige würde den Dunklen Feen gelten, sodass er nun nach Belieben schalten und walten konnte.

Er lächelte, als Perth in seinem Rückspiegel nach und nach verschwand, und sah dem endgültigen Untergang der Drachenkönige mit Freude entgegen.

Nichts würde die Silbernen jetzt daran hindern zu erwachen und alle menschlichen Wesen auf dem Planeten zu vernichten – ein Unrecht wiedergutzumachen, das vor langer, langer Zeit geschehen war.

22

Rhys stand bluttriefend und nackt mitten im Wald, umgeben von toten MI5-Agenten, die um ihn herum am Boden lagen. Er konnte es sich sparen, das Haus zu durchsuchen.

Kellan und Denae waren nicht mehr da.

Rhys hatte die Agenten entdeckt und schnell menschliche Gestalt angenommen, um sie auszuschalten, aber als ihm dämmerte, dass die Dunklen Feen unterdessen ins Haus eingedrungen sein mussten, war es bereits zu spät.

Er musste unbedingt die in Dreagan Zurückgebliebenen alarmieren, aber er konnte sich einfach nicht dazu aufraffen.

Kellan war ein Gefangener der Dunklen. Rhys wusste, was das bedeutete, wusste, dass sie Kellan wahrscheinlich niemals wiedersehen würden.

»Noch ist nicht alles verloren«, meldete sich eine weibliche Stimme hinter ihm.

Rhys ballte seine Fäuste. »Ich bin nicht in Stimmung für Besuche, Rhi.«

»Du hast Haus und Grundstück aus der Luft beobachtet. Ich habe von hier aus alles im Auge behalten. Ich hatte Kellan und Denae rechtzeitig geweckt, damit sie das Haus verlassen konnten, aber die Dunklen waren zu schnell.«

Rhys drehte sich um und sah Rhi, die an einem Baum lehnte. Sie hatte die Arme um sich geschlungen, wirkte verletzlich und als ob ihr ein bisschen übel wäre. »Danke für den Versuch.«

»Nein, danke mir nicht.« Sie stieß sich von dem Baum ab, und ihr Gesicht nahm einen harten Ausdruck an, sodass ihre silbernen Augen beinahe glitzerten vor Wut. »Sie hätten verschwinden müssen. Warum haben sie es nicht getan? Ich hatte ihnen genug Zeit gelassen.«

»Kellan wäre nicht hinausgegangen«, sagte Rhys, »solange das Risiko bestand, dass jemand ihnen auflauerte.«

»Er hätte die Menschen erledigen können!« Sie schloss die Augen und holte tief Luft. Als sie die Augen wieder öffnete, hatte sie sich wieder ein wenig gefangen, war konzentrierter. »Ich muss Usaeil Bericht erstatten. Meine Königin wird hierüber Bescheid wissen wollen.«

»Du darfst ihr nicht sagen, dass du uns geholfen hast. Du weißt, was sie dir antun werden«, warnte er sie.

Sie zuckte die Achseln und ließ ihren Blick über seine nackte Gestalt wandern. »Sie weiß bereits, dass ich den Königen geholfen habe, mein Schöner. Ich bin bisher noch nicht getadelt worden.« Sie zwinkerte ihm zu, ihr Lächeln leicht unsicher, und schon war sie verschwunden.

Rhys stellte die mentale Verbindung zu den anderen Königen her. *»Kellan und Denae sind in der Gewalt der Dunklen Feen. Ich habe die Gruppe von MI5-Agenten hier getötet, aber das reichte nicht.«*

»Wir sind unterwegs«, antwortete Con.

In Drachengestalt konnten Con und die anderen in einer

halben Stunde vor Ort sein. Das dauerte eine halbe Stunde zu lange, soweit es Rhys betraf.

»Rhi!« Er rief nach der Fee. »Rhi! Rhiiiii!«

»Was«, fuhr sie ihn an, als sie vor ihm erschien. »Ich wollte gerade vor meine Königin treten, als deine Rufe mich beinahe taub werden ließen.«

Er grinste, war überglücklich, dass sie zurückgekehrt war. »Also kannst du uns immer noch hören, wenn wir dich rufen.«

Sie schwieg und funkelte ihn mit glitzernden silbernen Augen an. »Treib es nicht zu weit, mein Schöner.«

»Diese Verbindung zwischen uns sollte durchtrennt sein seit den Feenkriegen.«

Rhi zuckte die Achseln und verschränkte die Arme vor der Brust. »Wenn dies nur ein Test war, haue ich jetzt ab.«

»Warte«, beeilte er sich zu sagen, bevor sie verschwinden konnte. »Bringe mich zu den Dunklen.«

»Bist du verrückt?«, fragte sie erschrocken. Dann schüttelte sie den Kopf. »Vergiss es. Ich weiß, du bist verrückt. Sei nicht dumm, Rhys. Ich kann dich nicht dorthin bringen. Schlimme Dinge geschehen mit euch Drachenkönigen, wenn ihr einen Zugang zum Reich der Feen durchschreitet. Deswegen tut es auch keiner von euch.«

»Du weißt also nicht, wo sie sich aufhalten?«

»Natürlich weiß ich es. Alle Feen wissen, wo die Dunklen sind.«

»Und das ist … wo?«, drängte er sie.

Sie seufzte und ließ die Arme sinken, ihre Frustration war unübersehbar. »Du weißt wo.«

»Ich weiß, dass alle Feen eine Vorliebe für Irland haben, aber *wo*, Rhi? Ich überlasse Kellan und Denae nicht diesen Monstern.«

»Du wirst niemals hineingelangen«, sagte sie zitternd. »Sie bekommen mit, dass du da bist, bevor du Kellan findest.«

Rhys machte drohend einen Schritt auf sie zu, ließ seinem heftigen Zorn, den er bisher einigermaßen bezähmt hatte, freien Lauf. »Ich verfüge schließlich auch über Magie. Oder hast du das vergessen?«

»Wie könnte ich?«, fragte sie gepresst. Dann seufzte sie, ließ die Schultern hängen. »Du kannst vielleicht gegen die Dunklen kämpfen, aber du allein gegen eine Armee von Dunklen? Im Handumdrehen wärest du angekettet neben Kellan.«

»Wenigstens wäre er dann nicht allein.«

»Das wird er auch anders nicht sein. Ich habe bereits beschlossen, ihnen zu folgen.«

Rhys blinzelte, war total von den Socken. »Warum? Es handelt sich um einen Drachenkönig und eine Menschenfrau.«

»Ich schulde ihm noch einen Gefallen.«

Seine Augen weiteten sich, als ihm bewusst wurde, wovon sie sprach, aber bevor er es aussprechen konnte, war sie wieder verschwunden. Ließ Rhys allein dort stehen und das leere Haus anstarren, das ihn daran erinnerte, wie sehr er dabei versagt hatte, seinen Freund und die Sterbliche zu beschützen.

23

Denae hatte einen schweren Kopf und fühlte sich benommen, so als würde sie noch einmal jene Silvesternacht durchleben während ihres ersten Jahrs auf dem College, in der sie sich heillos betrunken hatte. Nach diesem Erlebnis hatte sie nie wieder zu viel getrunken.

Was war passiert?

Sie presste ihre Hände gegen ihre Schläfen, um das Pochen zu unterdrücken. Erst als sie sich auf den Rücken rollte und ihr Shirt nass wurde, öffnete sie ruckartig die Augen.

Es war dunkel, nur ein kleines Licht wurde von den feuchten Backsteinen reflektiert, sodass ihre gesamte Umgebung gespenstisch und finster wirkte.

Der Raum sagte ihr nichts, und Denae bekam es mehr und mehr mit der Angst zu tun, je länger es dauerte, dass sie sich einfach nicht erinnern konnte, was passiert war. Das Letzte, woran sie sich erinnern konnte, war Kellan, der sie an die Wand presste und küsste.

Kellan.

Allein schon an ihn zu denken brachte ihre gemeinsame Nacht in strahlenden Farben zurück. Ihr Körper glühte, ihr

Atem ging schneller, während sie wieder jede Berührung, jeden Kuss, jede Liebkosung nacherlebte.

Sie schob die Erinnerung an ihr Liebesspiel beiseite, um sich ins Gedächtnis zu rufen, was als Nächstes kam. Denae ließ die Hände sinken, als ihr alles wieder einfiel – wie sie aufwachte in der Stille, wie sie sich hastig anzog … und schließlich die Dunklen Feen.

Denae setzte sich aufrecht hin und kniff die Augen zusammen, um das Dunkel zu durchdringen. Sie nahm einen Umriss wahr auf dem Fußboden auf der gegenüberliegenden Seite. Er bewegte sich nicht, war nur ein dunkler Schemen, den sie nicht identifizieren konnte.

Aber sie hörte jemanden atmen.

Sie kniff die Augen noch weiter zusammen, legte die Hände auf den Boden und spürte den kalten, nassen Stein unter sich. Als sie auf den Umriss zukroch, zerriss ein Heulen die Luft um sie herum.

Denae zuckte zusammen, hielt abrupt inne und hob den Kopf in dem Versuch, etwas zu erkennen. Sie konnte nicht einmal ausmachen, woher dieses kleine Licht, das sich in der Wand widerspiegelte, kam, und noch viel weniger, was das für ein Heulen war.

Das Geräusch ertönte erneut, schwächer. Es ließ sie erzittern. Sie liebte Gruselfilme, aber nach dieser kleinen Kostprobe würde sie ihre Filmauswahl überdenken müssen, wenn sie jemals wieder einschlafen wollte.

Denae nahm einen erneuten Anlauf und kroch weiter. Sie ignorierte die Feuchtigkeit, die ihre Kleidung durchnässte und ihr in alle Poren drang. Das Bedürfnis, Kellan zu finden, war zu stark. Außerdem war sie von einem doppelten Wunsch getrieben: Sie wollte unbedingt wissen, ob alles in

Ordnung war mit ihm, und sie wollte nicht allein sein mit diesen Wesen, über die sie nichts wusste.

Sie musste nur ein kleines Stück weiterkriechen, um zu erkennen, dass es sich bei dem Umriss um einen Menschen handelte. Denae bewegte sich schneller, betete, dass es Kellan war oder wenigstens jemand, der ihr helfen konnte.

Wo bist du, Kellan?

Sollte er nicht dazu da sein, sie zu beschützen? War er zusammen mit ihr ergriffen worden? Oder hatten sich die Dunklen Feen nur sie geschnappt? Würde Kellan ihr zu Hilfe kommen? Oder war sie nur irgendein Mensch für ihn?

Die Fragen prasselten unerbittlich auf sie ein und untergruben ihre Zuversicht. Mit jeder Frage wuchs die schreckliche Befürchtung, dass sie niemals mehr hier herauskommen würde.

Denae erreichte die Gestalt, die, das Gesicht von ihr abgewandt, auf der Seite lag. Die Dunkelheit verhinderte, dass sie mehr erkennen konnte. Sie knuffte die Gestalt in den Arm, aber sie rührte sich nicht. Eine Gewissheit allerdings brachte Denae diese Berührung: Es handelte sich um einen Mann.

Hoffnung erfüllte sie, gab ihr den Mut, über den Arm auf das Gesicht zu schauen. Vorsichtig strich sie dem Mann das lange Haar aus dem Gesicht und konnte genug im schwachen Licht erkennen, um zu wissen, dass es Kellan war.

Sie legte ihre Hand auf seine Schulter und biss sich auf die Lippen, um nicht loszuheulen. Denae war bis zu diesem Moment nicht bewusst gewesen, wie groß ihre Angst war. Sie hatte sie verdrängt, damit sie unter dieser Belastung ruhig bleiben und einen klaren Kopf bewahren konnte.

Hätte sie nicht das Training vom MI5 gehabt, hätte sie sich sicher in eine Ecke verkrochen und geweint.

Dieses Gefühl der Hilflosigkeit, Verletzlichkeit und Ohnmacht, das sie jetzt befiel, erinnerte sie viel zu sehr daran, wie sie vergeblich versucht hatte, ihre Schwester zu erreichen, bevor Renee unterging und nie wieder auftauchte aus dem Wasser.

Sie konnte so etwas kein zweites Mal ertragen. Ein Mensch ertrug nur ein gewisses Maß an Unglück, bevor er zusammenbrach. Und sie näherte sich diesem Abgrund bedenklich.

»Kellan«, wisperte sie. Sie wollte mit ihm reden, bevor irgendjemand kam, weil sie wusste, dass das bestimmt der Fall sein würde.

Die Dunklen hatten sie nicht quer durch Schottland verfolgt, nur um sie in Ruhe zu lassen.

»Kellan, bitte«, flehte sie und schüttelte ihn.

Denae blickte sich um, fragte sich, wo die Tür war. Sie wusste nicht, ob sie oberirdisch oder unterirdisch oder sonst wo waren. Sie wusste nur, dass sie kaum etwas erkennen konnte, dass sie fror und durchnässt war und wahnsinnige Angst hatte.

Ungeachtet ihres harten Trainings hatte sie nichts darauf vorbereitet, eine Gefangene der Dunklen Feen zu sein.

Das Geräusch rostiger Scharniere, die bewegt wurden, drang durch die zermürbende Stille. Sie konnte zwar niemanden erkennen, aber Denae wusste instinktiv, dass jemand bei ihnen im Raum war.

Sie musste nicht groß rätseln, wer es war – ein Dunkler. Ihre Finger packten Kellans Arm fester, signalisierten ihm stumm aufzuwachen und ihr beizustehen bei dem, was da auf sie zukam.

Plötzlich ging ein Zucken durch Kellans Körper, und im

Nu war er aufgesprungen. Denae hörte etwas rasseln und sah flüchtig ein Kettenglied aufblitzen.

Also hatten sie Kellan angekettet. Warum ihn und nicht sie? Eine überflüssige Frage. Er war ein Drachenkönig. Sie war nichts weiter als eine schwache Sterbliche.

Sie musste seine Aufmerksamkeit gewinnen und ihn wissen lassen, dass sie nicht allein waren.

Kellan konnte sich kaum beherrschen vor Wut. Die Dunklen hatten es erneut gewagt, ihm nachzustellen. Und sie hatten Denae gefangen genommen – jemanden, der unter seinem Schutz stand, jemanden, den er … gern … hatte.

Er spürte etwas an seinem Bein, und ohne hinzuschauen, stieß er es instinktiv weg.

Aus seinem Augenwinkel sah er, wie ein Körper durch die Luft flog. Erst als er ein leises Stöhnen hörte, das wie Denae klang, sah er hin.

Die Dunkelheit konnte den Augen eines Drachenkönigs nichts anhaben, egal, in welcher Gestalt er sich befand. Kellans Ingrimm wuchs – dieses Mal gegen sich selbst –, als er Denae erkannte.

Sie berührte ihr Kinn, wo er sie getroffen hatte, und blickte ihn an. Er hätte ihr gern versichert, dass alles gut würde, aber er durfte es nicht riskieren. Nicht wenn die Dunklen sie beobachteten.

Kellan hatte sie nicht treffen wollen, aber am Ende war es möglicherweise von Vorteil für sie. Wenn die Dunklen davon überzeugt wären, dass sie keine Bedeutung für ihn hatte, würden sie sie nicht gegen ihn benutzen.

Das hieß allerdings nicht, dass sie sicher war vor der Niedertracht der Dunklen. Die einzige Möglichkeit, sie beide zu befreien, war, dass Kellan Drachengestalt annahm und sie beide nach Dreagan flogen.

Es kostete ihn nur einen Gedanken, die Verwandlung zu bewirken, aber nichts passierte. Kellan bewegte sich und hörte die Kette. Er erstarrte, weigerte sich mit jeder Faser seines Seins, die Wahrheit zu akzeptieren.

Erneut überprüfte er seinen linken Arm, aber die Handschelle um sein Handgelenk, das Gewicht und Geräusch der Kette waren nicht zu leugnen. Die Dunklen benutzten ihre Magie, um ihn daran zu hindern, seine Gestalt zu wechseln.

Keine Dunkle Fee, egal, wie mächtig ihr Zauber auch war, konnte einen Drachenkönig töten. Wofür wollten sie ihn also? Um ihn als Sexspielzeug zu benutzen? Die weiblichen Dunklen Feen würden bald begreifen, dass er ihrem unersättlichen sexuellen Appetit nicht verfallen würde.

Das wäre auch vorher nicht passiert, aber erst recht nicht nach einer Nacht in Denaes Armen. Kellan widerstand mit aller Macht dem Bedürfnis, sie anzuschauen. Er wusste, dass er sie verletzt hatte mit seinem Tritt, und er hasste sich dafür.

Unablässig tropfte hier Wasser von alten Mauersteinen und Gestein, was außerordentlich an den Nerven zerrte. Er musste sich nicht fragen, wo sie waren; er wusste, dass die Dunklen sie nach Irland verfrachtet hatten.

Es war nur einen Steinwurf über die Irische See von Schottland aus, aber sie hätten genauso gut in einem anderen Universum sein können, so wenig nützte es ihnen. Jeder König wusste, dass die Feen über zahlreiche Zugänge zu ihrem Reich in Irland verfügten, aber keiner der Könige hatte jemals einen gefunden.

Was nicht ganz stimmte. Es hatte einen König gegeben,

einen, der es gewagt hatte, sowohl den Zorn der Feen als auch den seiner eigenen Brüder auf sich zu ziehen, indem er Rhi gefolgt war.

Aber dies war nicht der richtige Zeitpunkt, um darüber nachzudenken. Kellan musste dafür sorgen, dass die Dunklen ihr Hauptaugenmerk auf ihn richteten und nicht auf Denae. Denn sobald sie sich ihr zuwandten, konnte er absolut nichts tun, solange er angekettet war.

Er bemerkte den schmalen Spalt, durch den von irgendwoher Licht drang und an die Wand fiel, die vor Nässe triefte. Da war ein Ausgang. Die Feen hatten immer einen Ausgang. Kellan musste nur herausfinden, wo genau, sich von der verdammten magischen Kette befreien und Denae von hier fortschaffen, bevor sie sich ihrer bemächtigten.

Nur zu deutlich erinnerte er sich an die Feenkriege, als die Feen und die Könige Krieg auf Erden geführt hatten, um zu klären, wem von ihnen sie zustand. Tausende von Menschen waren als leere Hüllen zurückgeblieben – zwar am Leben, aber ohne Seele –, als die Dunklen schließlich gezwungen wurden, aufzugeben und zu verschwinden.

Der Gedanke daran, dass Denae zu einer solchen Hülle werden könnte, dass das Licht aus ihren whiskyfarbenen Augen gewichen, ihr Witz, ihr Lächeln … ihre Leidenschaft erloschen wären, machte ihn blindwütig vor Zorn.

Doch dank jahrtausendelanger Übung beherrschte Kellan seinen Zorn und drehte sich um zu der Stelle, wo die Dunklen Feen standen und sie beobachteten. Er starrte die drei Männer finster an.

Alle seine Vorsätze lösten sich in Luft auf, da einer von ihnen sich auf Denae konzentrierte. Kellan mochte zwar angekettet sein, aber er verfügte immer noch über Magie. Das wussten die Mistkerle natürlich nicht. Er konnte sie jetzt einsetzen oder auf eine bessere Gelegenheit warten. Klüger wäre es, noch abzuwarten. Allerdings gefiel ihm ganz und gar nicht, wie der große Mann Denae anglotzte.

»Kellan?«

Es war Denaes Stimme – und der Ansatz von Furcht, den er in ihr hörte –, die ihn davon abhielt, etwas Übereiltes zu tun. Er wandte seinen Kopf ein wenig in ihre Richtung, ließ die Kerle jedoch nicht aus den Augen.

»Wo sind wir?«, fragte sie.

»In Irland.«

Sie seufzte. »Irland? Wie sind wir dorthin gelangt?«

»Sie haben Magie benutzt.«

»Na logisch.«

Er unterdrückte ein Lächeln angesichts ihres Sarkasmus. Denae würde nicht den Kopf verlieren, sondern Ruhe bewahren. Sie gehörte nicht zu denen, die gleich in Ohnmacht fielen. Und er war ihr unendlich dankbar dafür.

»Warum haben sie uns zusammen hier eingesperrt?«

Er hatte sich selbst schon dieselbe Frage gestellt, und die Antwort behagte ihm gar nicht. Es würde auch ihr nicht gefallen, wenn sie erführe, dass die Dreckskerle vorhatten, sie zu benutzen, um ihn zu zwingen, alle Fragen der Dunklen zu beantworten, weswegen er beschloss, das fürs Erste für sich zu behalten. »Sie könnten viele Gründe haben.«

»Ich verstehe.« Sie bewegte sich leicht. »Warum bist du angekettet?«

»Sie haben ihre Magie benutzt, um mich daran zu hindern, die Gestalt zu wechseln.«

Es herrschte längeres Schweigen, und dann fragte sie: »Was soll ich tun?«

»Misstraue ab sofort allem, was du siehst und hörst.« Kellan wusste, dass die Dunklen ihre größte Furcht erkennen und sie auf jede erdenkliche Art und Weise gegen sie einsetzen würden.

»Also soll ich nicht glauben, dass ich gerade mit dir rede?«

»Richtig. Ich bin nur ein Fantasiegebilde, ein Hirngespinst, das die hässlichen Wichser geschaffen haben, die uns gefangen haben.«

Bei seinen Worten fletschte einer der Dunklen die Zähne und machte drohend einen Schritt auf ihn zu. Kellan hatte eine Reaktion provoziert, genau wie er es beabsichtigt hatte.

Wenn sie nur ihn geschnappt hätten, wäre es Kellan mit der Zeit möglich gewesen, ihre Schwäche herauszufinden und sich zu befreien, aber er hatte nicht endlos Zeit, nicht solange Denae bei ihm war. Er hatte ihr etwas geschworen, und er war fest entschlossen, diesen Schwur zu halten.

»Sie sind ziemlich hässlich. Und du behauptest, dass Männer und Frauen diesen Kreaturen verfallen?«, fragte Denae im Plauderton, so als würden sie beim Tee sitzen. »Diese Menschen hatten echt geringe Ansprüche.«

Kellan konnte nur mit Mühe ein Lachen unterdrücken. Er konnte sich nicht erinnern, dass es je einen Menschen gegeben hätte, der eine Fee – egal, ob eine Helle oder eine Dunkle – zurückgewiesen hatte.

Sie versuchte, ihm zu helfen, aber alles, was ihr Kommentar bewirkte, war, dass sich jetzt alle drei Männer auf sie konzentrierten.

Wenn sie so weitermachte, würde Denaes Seele nicht mal die nächsten paar Stunden überdauern.

»Genug!«, brüllte Kellan. »Zeigt euch. Jetzt.«

Umgehend füllte ein bläulicher Schimmer die Kammer,

sodass er wahrnehmen konnte, in welche Richtung die Schatten fielen, und Denae einen Blick auf ihr Verlies werfen konnte.

»Das wird der letzte Befehl sein, den du gegeben hast, Drachenkönig«, sagte einer der Dunklen, während er eine Hand hob und Kellan mit seiner Magie einen Stoß in den Bauch versetzte. »Ab jetzt bist du unser Spielzeug.«

24

Denae sah mit Entsetzen, wie Kellan sich unter der brutalen magischen Attacke krümmte. Die Haare fielen ihm ins Gesicht, aber sie bekam noch flüchtig mit, welch ungezähmte Wut in seinen Zügen lag.

Sie zitterte, weil es nur eine Frage der Zeit sein konnte, bis Kellan sich befreite. Und wenn es so weit war … würde er den Dunklen in Stücke reißen.

Und sie konnte es kaum erwarten, das mit anzusehen.

Zu wissen, dass sie nicht allein war, half ihr ein wenig, ihre Ängste im Zaum zu halten, aber nicht annähernd so gut, wie sie sich gewünscht hätte. Schrecklich gern hätte sie selbst über magische Kräfte verfügt, um Kellan zu helfen, aber sie war nur eine Sterbliche. Das Einzige, was sie nutzen konnte, waren ihr Training und ihr Verstand. Sie würde beides nötig haben, um hier lebend herauszukommen.

Da ihr Kinn immer noch schmerzhaft pochte von seinem Tritt, verhielt sich Denae nun ruhig und hoffte, dass die Dunklen sie vorerst vergessen würden. Zwei von ihnen hatten sich auf Kellan fokussiert. Aber der dritte, ein großer Mann mit langen, schwarzen, silbern gesträhnten Haaren und weißen Malen auf der Brust, die wie Tattoos aussahen, hatte seine roten Augen auf sie gerichtet.

Denae behielt sowohl Kellan als auch den Dunklen im Blick. Kellan straffte sich und reckte das Kinn, forderte sie dazu heraus, wieder Magie einzusetzen.

Die drei Dunklen waren attraktiv, und sie konnte verstehen, warum so viele Menschen ihnen zum Opfer fielen. Sie waren groß, geschmeidig und wohlgeformt, obgleich sie sich nicht mit Kellans muskulöser Gestalt vergleichen konnten.

Die Haare der Dunklen waren schwarz, genau wie Rhis, aber im Unterschied zu ihren waren sie mit silbernen Strähnen durchsetzt. Einer der Dunklen, derjenige, der Kellan verhöhnt hatte, hatte kurz geschnittene Haare, was diese silbernen Akzente und seine roten Augen noch betonte.

Dem zweiten Dunklen fielen die Haare bis zum Kinn, und auf jeder Seite waren zwei dicke silberne Strähnen.

Denae wollte den dritten Dunklen nicht wieder ansehen. Sie erkannte ihn wieder; es war derselbe, der sie schon im Hafen beäugt hatte, genau wie jetzt. Seine schwarzen Haare reichten ihm beinahe bis zur Taille, und auch sie waren durchmischt mit Silber.

»Ihr könnt mich nicht töten.« Kellans Stimme ertönte im Raum, hart und gebieterisch.

Der vordere Dunkle lächelte lediglich. »Das verlängert nur unser Vergnügen, macht es grenzenlos, Drache.«

»Solange ihr mich festhaltet. Wenn ich frei bin …«

»Wenn?«, unterbrach er Kellan. Er schnaubte und sah seine Gefährten an, bevor sein Blick wieder auf Kellan fiel. »Das wird nie passieren. Oder hast du vergessen, was mit den zwei Königen passiert ist, die unsere Gefangenen waren?«

Unbeirrt sagte Kellan: »*Wenn* ich frei bin, werde ich mit

größtem Vergnügen jedem von euch jedes Glied einzeln ausreißen.«

»Das wird nicht passieren«, sagte der zweite Dunkle mit einem hinterhältigen Grinsen. »Wir haben Pläne im Hinblick auf dich, Drache.«

Denae nahm wahr, dass der dritte Dunkle auf sie zukam. Sie stand hastig auf und wandte sich ab. Ihr Instinkt sagte ihr, dass sie dieser Kreatur ins Gesicht sehen und ihr auf keinen Fall den Rücken zukehren sollte, aber sie wollte sie ignorieren, ihr zeigen, dass ihre Schliche bei ihr nicht funktionierten. Um das zu tun, musste sie egal, wohin, nur nicht dem Dunklen ins Gesicht sehen.

»Glaubst du, du kannst mich ignorieren?«, flüsterte er ihr ins Ohr und strich ihre Haare beiseite, sodass seine Finger ihr Ohr berührten. »Das ist unmöglich.«

»Ich tue es doch, oder nicht?«, gab sie zurück.

Bedeutungsvolles Schweigen setzte ein, und dann gluckste er leise. Er presste sich an ihren Rücken, sodass sie seine Erektion spüren konnte. »Unsere Frauen benutzen eure Männer für Sex, und wir nehmen auch gern eine sterbliche Frau. Aber weißt du, warum wir hübsche junge Dinger wie dich ködern?«

»Das ist mir schnuppe.«

»Hoffnung. Optimismus. Erwartungen. Das sind die Gefühle, die ich in euch spüre. Wir nehmen sie euch Sterblichen, weil sie einfach unwiderstehlich köstlich sind. Aber weißt du, welches Gefühl das delikateste ist?«

Denae unterdrückte einen Schauder, aber sie dachte nicht daran, klein beizugeben. Vielleicht würde sie später zusammenbrechen, aber nicht jetzt, nicht wenn das erst der Anfang war.

»Liebe«, sagte er. »Sie ist wie ein Leuchtfeuer.« Er wirbelte sie herum, bis sie ihn gezwungenermaßen ansah, und dann ließ er seine Fingerrücken sanft über ihre Wange gleiten. »Du bist ein hübsches Ding, Denae Lacroix.«

»Verschwinde.«

Seine schockierte Miene wich sehr schnell einem Ausdruck von Ärger. »Du wagst es, mir zu sagen, dass ich verschwinden soll? Du bist eine Sterbliche. Dein schwacher Verstand und Körper werden vor mir kapitulieren.«

Denae reckte trotzig das Kinn. »Niemals.«

Es war höchstwahrscheinlich ein dummer Schritt, aber sie war es leid, gesagt zu bekommen, dass sie minderwertig war. Die Menschen hatten ihre Sache bisher ganz gut gemacht, und sie verfügte vielleicht nicht über Zauberkräfte oder Unsterblichkeit, aber sie dachte nicht daran, kampflos aufzugeben.

Der Dunkle spähte hinüber zu Kellan, bevor er sich vorneigte und ihr mit der Zunge übers Ohr fuhr. »Ich werde dafür sorgen, dass du mich auf Knien anflehst, dich zu nehmen«, flüsterte er ihr mit dunkler, verführerischer Stimme zu.

Das machte sie nur noch wütender. Wieso bildete er sich ein, dass er sie dazu bringen konnte, alles zu tun, was er wollte? Es machte sie unglaublich wütend zu hören, dass Menschen nichts weiter als Spielzeuge für die Feen waren. Und für die Drachenkönige waren sie Eindringlinge, die von den Königen beschützt werden mussten.

Zur Hölle mit ihnen allen.

Sie würde sich selbst retten.

Denae trat einen Schritt zurück von dem Dunklen. Sie verzichtete auf weitere Äußerungen, weil diese ihn nur noch mehr reizen würden, aber ihr lag die Bemerkung auf der Zunge, dass er sich selbst ficken sollte.

Es war offensichtlich die richtige Strategie, denn der Mann lächelte, griff ihr an die Brust und drückte sie. Sie fühlte nichts. Nicht ansatzweise so etwas wie Lust oder Begierde.

Der Mann verzog knurrend den Mund, als sie nicht auf seine Berührung reagierte. »Was für eine Art von Magie ist das?«

»Ich verfüge über keine Magie«, verkündete sie so zuckersüß und naiv, wie sie nur konnte – während sie die ganze Zeit innerlich vor Wut kochte. »Ich bin nur eine schwache Sterbliche, vergessen?«

Kellan blieb nichts weiter übrig, als mit anzusehen, wie der Dunkle sich an Denae vergriff. Er war mehr als verwundert, dass sie ihm nicht gleich bei der ersten Berührung die Kleidung vom Leib riss.

Je länger er Denae beobachtete, desto deutlicher wurde Kellan bewusst, dass sie den Dunklen wirklich nicht begehrte. Wie war das möglich? Es gab keinen einzigen Menschen auf der Welt, der je einer Fee widerstanden hätte – egal, ob es sich um eine Helle oder eine Dunkle handelte.

Was machte Denae so besonders?

Was auch immer es war – es könnte sie am Ende das Leben kosten. Abgelehnt zu werden würde den Feen ganz und gar nicht gefallen.

»Lass sie jetzt in Ruhe, Emil«, sagte der erste Dunkle. »Du hast noch jede Menge Zeit, dich mit ihr zu vergnügen.«

Kellan wusste nicht, was sie vorhatten, aber er war überrascht, dass die Dunklen Feen sie in Ruhe lassen wollten. Etwas stimmte hier absolut nicht. Es lag ihm wie Blei im Magen.

Emil warf Denae einen letzten Blick zu, bevor er auf den

Hacken kehrtmachte und zu den anderen beiden ging. Dann waren alle drei einfach verschwunden.

Das einzige Geräusch, das die Stille unterbrach, war das stetige Tropfen von Wasser. Kellan war sich nicht sicher, ob sie wirklich allein waren. Es sähe den Dunklen nur zu ähnlich, heimlich in der Nähe zu bleiben und ihre Unterhaltung zu belauschen.

Er konnte es nicht riskieren, egal, wie gern er zu Denae gegangen wäre, um sich zu vergewissern, dass es ihr gut ging. Sie durften keine Pläne schmieden, über nichts Wichtiges reden.

Kellan riss an seiner Kette, hasste, dass sie ihn daran hinderte, seine wahre Gestalt anzunehmen. Das rostige Eisen schnitt ihm ins Fleisch, verletzte ihn. Blut rann über seine Hände zu seinen Fingerspitzen, ehe es zu Boden tropfte.

»Nicht.«

Er erstarrte und drehte seinen Kopf langsam um zu Denae. »Was?«

»Verletze dich nicht selbst, nur weil du unsterblich bist.«

»Stört dich der Anblick von Blut?«

Sie verdrehte die Augen »Du weißt, dass das nicht der Fall ist.«

Jetzt, da er sie ansah, konnte er den Blick nicht von ihr lassen. Ihre Haare waren zerzaust, ihr Shirt verrutscht, ihre Wange schmutzverschmiert, und dennoch hielt er sie für wunderschön.

»Mach sie nicht wütend«, warnte er sie.

Sie hob eine dunkle Augenbraue. »Ich soll also zulassen, dass er mich betatscht? Da bin ich anderer Meinung.«

»Sie werden in deinen Kopf eindringen.«

»Ich bin sicher, das haben sie bereits getan.«

Kellan gefiel die Andeutung von Unsicherheit nicht, die er in ihrer Stimme wahrnahm. »Wie meinst du das?«

»Nichts«, wich sie aus. »Was jetzt? Sind sie noch hier? Hören sie noch zu?«

»Wahrscheinlich.«

»Sie werden mich gegen dich benutzen.«

Kellan schluckte, starrte in ihre wunderschönen Augen und hasste die Entfernung, die sie trennte, und die Tatsache, dass sie manchmal klüger war, als ihr guttat. Er hatte immer noch ihren Geschmack auf der Zunge, spürte immer noch ihre Haut unter seinen Handflächen, hatte immer noch ihre Lustschreie in den Ohren.

»Sie werden schnell begreifen, wie wenig ich dir bedeute.«

Er sah ihr gezwungenes Lächeln und dass ihre Lippen leicht bebten. Genau wie er es befürchtet hatte, hatte sie die Sachlage richtig eingeschätzt. Ihre Intelligenz war überraschend und willkommen.

»Ich meine, ich bin ein Mensch«, fuhr sie fort. »Jeder weiß, wie sehr Drachenkönige Menschen hassen. Wir sind nur zum Sex zu gebrauchen, denn schließlich habt ihr niemanden sonst, zu dem ihr gehen könnt.«

»Sie können mich nicht töten, dich aber schon.«

»Und ich bin sicher, dass sie das auch tun werden.«

Sie sagte das mit so ruhiger Gewissheit, dass ihm beinahe ein lautes Nein über die Lippen gekommen wäre. Der Gedanke an ihren leblosen Körper war geradezu unerträglich für ihn. Er wollte nicht, dass sie starb.

Nicht jetzt.

Niemals.

Kellan wusste nicht, was mit ihm los war. Er hasste Menschen. Oder hatte sie gehasst.

Wieso empfand er Denae gegenüber so anders nach einer Nacht in ihren Armen? Er hatte viele Nächte mit Frauen verbracht, aber nicht eine hatte ihn derart berührt, so total wie Denae.

»Zerbrich dir nicht den Kopf meinetwegen«, sagte sie, ging auf ihn zu und untersuchte die Stelle, wo die Kette an der Wand befestigt war. »Es gibt viel wichtigere Dinge als ein Menschenleben. Zum Beispiel die Frage, was die Dunklen mit einem Drachenkönig wollen.«

Kellan wollte wieder seine Finger durch ihr Haar gleiten lassen. Sie an sich ziehen und einfach nur festhalten. Er wollte sie küssen und ihr versprechen, dass sie beide hier lebend herauskommen würden.

Stattdessen starrte er sie nur an.

Sie blickte ihm in die Augen und lächelte. »Hast du im Feenkrieg gegen die Dunklen gekämpft?«

»Ja.«

»Haben sie welche von euch in die Hände gekriegt?«

»Zwei.«

»Das ging nicht gut aus, oder?«, fragte sie mit einem leichten Stirnrunzeln.

Er zuckte die Achseln, versetzte sich Äonen zurück. »Beide Könige mussten getötet werden. Ich habe einen übernommen, Con den anderen.«

»Was haben die Dunklen mit ihnen angestellt?«

»Ich fürchte, das werde ich schnell genug herausfinden.«

Sie räusperte sich. »Ihre Magie verhindert, dass du dich verwandeln kannst. Haben sie die auch während des Krieges eingesetzt?«

»Natürlich.«

»Und wie habt ihr sie dann geschlagen?«

»Es waren zu viele von uns Königen da, und dann gab es auch noch die Drachen.«

Sie nickte, einen nachdenklichen Ausdruck im Gesicht. »Ist es nicht seltsam, dass sie bis jetzt gewartet haben, um einen von euch in ihre Gewalt zu bringen?«

»In gewisser Weise.«

Sie blickte ihn scharf an. »Du bist nicht überrascht von ihrem Schritt. Was bedeutet, dass dies alles mit dem zu tun hat, was der MI5 über Dreagan herausgefunden hat, und meinem Eindringen auf euer Territorium.«

»Genau.«

»Jemand will euch bloßstellen. Jemand, der sich verbunden hat mit den Dunklen, dem MI5 und Gott weiß wem noch.«

»Stimmt.«

»Und das beunruhigt dich nicht?«, fragte sie fassungslos.

Kellan atmete tief durch und sagte: »Nein.«

»Ich würde dich für einen Trottel halten, hätte ich nicht mit eigenen Augen gesehen, wozu du fähig bist. Sag mir bitte, wie du es anstellen willst, dich zu befreien.«

Es entging ihm nicht, dass sie sich selbst nicht mit einbezogen hatte in diese Frage. Kellan ließ es durchgehen. Fürs Erste.

»Mit Vergnügen.«

25

Auf der Insel Raasay

Nach einer schnellen Durchsuchung des Hauses ging Rhys nach draußen und blickte in den Himmel, und in den schnell ziehenden Wolken bot sich ihm ein Anblick, den er seit Abertausenden von Jahren nicht gesehen hatte: Eine Gruppe von Drachen.

Die Könige hatten vor langer Zeit gelernt, sich geschickt innerhalb der Wolkenschicht zu bewegen und getarnt zu bleiben, aber ein Drache konnte natürlich andere erspähen.

Rhys sah kurz goldene Schuppen aufblitzen. Constantine. Der König der Könige missachtete seine eigenen Befehle und flog bei Tageslicht. Wäre die Situation nicht so fatal, hätte Rhys ihn liebend gern damit aufgezogen.

Es war leicht für einen Drachen, ungesehen zu bleiben in den Wolken, aber er riskierte es, bei seiner Landung entdeckt zu werden. Der mächtige Leib eines Drachenkönigs war nicht leicht zu übersehen.

Da kein Regen in Sicht war, gingen sie ein sehr großes

Risiko ein, bemerkt zu werden – allerdings war es das Risiko Rhys' Meinung nach wert, nachdem die Dunklen Kellan ergriffen hatten. Con war der Erste, der zur Landung ansetzte. Er legte seine schweren goldenen Flügel an und schoss wie eine Rakete auf die Erde zu. Kurz bevor er auftraf, verwandelte er sich, rollte sich dann geschickt ab und kam auf die Füße, das Gesicht zum Himmel erhoben.

Von seinem Aussichtspunkt vor dem Haus blickte Rhys auf die See und sah Gott sei Dank keine Schiffe auf dem Wasser. Als er sich wieder umdrehte, waren schon Guy und Kiril neben Con gelandet.

Verschwommen schoss etwas Bernsteinfarbenes durch den Himmel, und Rhys erkannte das neueste Mitglied der Könige: Tristan. Er war erst vor ein paar Jahren zu ihnen gestoßen, obgleich sie immer noch nicht herausgefunden hatten, wie das möglich war. Es wurden keine neuen Drachenkönige geboren, seit die Drachen in ein anderes Reich verbannt worden waren.

Tristan nahm Menschengestalt an und landete genauso elegant und sicher wie Con. Dann drehten sich alle vier gleichzeitig um zu Rhys und marschierten auf ihn zu.

Rhys ging ihnen mit langen Schritten entgegen und warf ihnen die Ersatzjeans zu, die in allen Häusern, die den Königen gehörten, für genau solche Gelegenheiten aufbewahrt wurden. »Ihr seid ein großes Risiko eingegangen. Ein Foto von jedem Einzelnen von euch hätte leicht auf den Titelseiten aller Morgenzeitungen prangen können.«

»Erzähl mir, was passiert ist«, befahl Con und zog sich die Jeans über.

Die Tatsache, dass Con Rhys' Bemerkung nicht einmal kommentierte, verriet Rhys, wie bestürzt Con war. Rhys schüttelte leicht den Kopf. »Stundenlang war absolut nichts zu sehen. Ich blieb am Himmel und behielt alles im Auge.«

»Offensichtlich hat Kellan nichts gespürt.« Kiril zog sich seine Hose über die Hüften und warf einen kurzen Blick auf die toten MI5-Agenten.

Rhys funkelte Con wütend an. »Kellan hat genau das getan, was Con von ihm wollte – nämlich Denaes Nähe gesucht.«

»Mit ›Nähe gesucht‹ meinst du wohl, dass sie Sex hatten«, sagte Tristan, während er seine Hose schloss.

Guy hatte seine Jeans bereits übergezogen und nur den Gürtel noch nicht geschlossen, als er zu den Leichen ging. »Selbstverständlich hatten sie Sex. Die Anziehung war für jeden mehr als deutlich.« Er drehte sich wieder um zu Rhys und musterte ihn mit seinen hellbraunen Augen. »Kellan war zwar beschäftigt, aber trotzdem hätte er jederzeit bemerkt, wenn etwas nicht in Ordnung gewesen wäre.«

»Weil alles in Ordnung war«, sagte Rhys. »Erst in der Morgendämmerung entdeckte ich eine erste Bewegung zwischen den Bäumen. Ich blieb am Himmel und behielt das Haus im Auge, wollte sehen, ob sie sich trauen würden, näher zu kommen, aber sie blieben auf Distanz. Ich wusste, dass Kellan alles im Griff haben würde, also griff ich die Menschen an. Erst dann konnte ich durch die Fenster ihre Magie sehen.«

»Verdammt!«, rief Con und wandte sich ab.

Sie waren alle überrascht, dass Con so emotional reagierte. Er war derjenige, der immer gelassen blieb, derjenige, der, ohne mit der Wimper zu zucken, jemandes Tod befahl.

Rhys spürte, wie die sanfte Brise über seine erhitzte Haut fuhr. Er wünschte, er hätte bereits alles berichtet, aber er musste ihnen noch eine andere Neuigkeit mitteilen. »Da gibt es noch etwas. Rhi war hier.«

Ruckartig drehte Constantine sich um, seine blonden Haare wehten im Wind, und seine schwarzen Augen, hart wie Eis, fixierten Rhys zornig. »Was?«

»Ich bin nicht irgendein Lakai, den du einschüchtern kannst mit diesem zuckersüßen Tonfall, der ablenken soll von deiner Wut«, fauchte Rhys, während er drohend einen Schritt auf Con zutrat.

Guy trat dazwischen mit erhobenen Händen, blickte erst Rhys und dann Con an. »Er hat recht, Con. Reiß dich zusammen, sonst wird Rhys nicht der Einzige sein, der dich nach Strich und Faden vermöbelt.«

Con stieß Guys Hand weg, seine Nasenflügel bebten. »Was wollte sie?«

»Rhi?«, fragte Tristan. »Ist das die weibliche Fee, die in Dreagan war, von der ich ständig höre?«

Kiril nickte.

»Dann muss es ihr darum gehen zu helfen.«

Con wirbelte zu dem jüngsten König herum. »Helfen? Diese Fee hat nichts anderes getan, als Drachenkönige zu entzweien. Sie kennt nicht einmal die Bedeutung des Wortes ›helfen‹.«

»Warum hat sie dann Kellan und Denae geweckt, bevor die Dunklen Feen eintrafen?«, rief Rhys.

Con lachte sarkastisch. »Du glaubst auch immer alles, was sie sagt.«

»Du kannst mich auch mal, Con«, gab Rhys zurück.

Guy überging Con und sah Rhys an. »Und wo ist Rhi jetzt?«

Rhys wandte sich ab und fuhr sich mit der Hand durchs

Haar. Seine Frustration war nicht zu übersehen. »Ich bat sie, mir zu sagen, wo einer ihrer Zugänge ist, damit ich Kellan folgen kann.«

»Du Idiot«, sagte Kiril, aber er klang nicht wütend. »Ich hoffe, du hast nicht vor, allein zu gehen.«

Rhys verdrehte die Augen. »Verpiss dich.«

Guy warf Kiril einen schnellen Blick zu und sah dann wieder Rhys an. »Und?«

»Rhi hat es abgelehnt.«

Con lachte dröhnend. »Natürlich hat sie das. Wie dumm von mir, dass ich je an ihr gezweifelt habe.«

Rhys fiel es zunehmend schwerer, Con keinen Kinnhaken zu verpassen. »Sie sagte, sie würde Kellan und Denae finden und ihnen helfen zu fliehen.«

»Sie setzt ihr eigenes Leben aufs Spiel«, sagte Kiril leise.

Con verschränkte seine Arme vor der Brust. »Wenn ihr das glaubt, dann habt ihr vergessen, wie die Feen sind.«

»Ich erinnere mich ganz genau an sie«, sagte Kiril barsch. »Vielleicht bist du es ja, dessen Sicht getrübt ist.«

Guy strich sich das lange Haar aus den Augen und fluchte leise vor sich hin. »Wir können von Glück sagen, dass Rhi hier war und immer noch bereit ist, uns zu helfen. Euch ist ja bewusst, dass, sobald wir das Feenreich betreten, der Krieg von vorn beginnen wird. Die Feen – und zwar sowohl Helle als auch Dunkle – werden es als Machtdemonstration begreifen. Und das Letzte, was wir wollen, ist, dass sie sich wieder verbünden.«

Rhys zog ein Mobiltelefon aus seiner Hosentasche. »Und noch etwas: Einer der Agenten hat mit diesem Handy telefoniert und beschrieb jemandem die Szene. Wir müssen die Nummer zurückverfolgen, um herauszufinden, wem sie gehört. Es könnte das Arschloch sein, das versucht, uns zu vertreiben.«

»So viel Glück haben wir bestimmt nicht«, sagte Tristan.

Kiril streckte die Hand nach dem Handy aus. »Vielleicht ja doch. Lass mal sehen.«

Rhys reichte es ihm, und Kiril machte sich auf den Weg zum Haus und dem dortigen Computer. Rhys sah wieder Con an. »Wir müssen nach Irland.«

»Verdammt«, sagte Guy.

»Wie viel Zeit bleibt uns?«, fragte Tristan.

Rhys tauschte einen Blick mit Guy. »Für Kellan besteht kein Zeitlimit, jedenfalls nicht wirklich. Sie werden ihn wiederholt foltern, aber sie können ihn nicht töten. Er weiß, was mit Königen passiert, die in der Gewalt der Dunklen sind. Er wird so lange durchhalten, wie er kann.«

»Es geht also um Denae.« Tristan nickte.

Rhys blickt zum Haus und fragte sich, was er hätte anders machen können. »Er hat Denae geschworen, ihr Leben zu schützen.«

»Schwüre werden ständig gebrochen.«

Guy rieb sich den Nacken. »Kellan schlief noch, als du zu uns gekommen bist, Tristan, also kennst du ihn nicht. Kellan gibt sehr selten jemandem sein Wort, und wenn er es tut, bricht er es nicht.«

»Dann schlage ich vor, dass wir unsere Ärsche nach Irland bewegen«, sagte Tristan unverblümt und begegnete Rhys' Blick mit seinen dunkelbraunen Augen.

Rhys war absolut seiner Meinung. Er würde entweder mit oder ohne Cons Einverständnis gehen.

»Wenn ich gehe, werden die Feen es als Affront auffassen«, gab Con zu bedenken.

Rhys' Stimme triefte vor Sarkasmus, als er sagte: »Das verstehe ich nicht. Wo du doch so ein reizender Typ bist im Krieg.«

»Versuch du mal, verantwortlich für eine ganze Rasse zu sein, dann werden wir ja sehen, wie du dich entscheidest«, entgegnete Con scharf und trat drohend auf ihn zu.

Rhys machte keinen Rückzieher, sondern beugte sich vor, außer sich vor Zorn. »Ich war verantwortlich für meine Gelben. Aber du hast uns überredet, sie wegzuschicken.«

»Um ihr Leben zu retten!«

»Ja! Und sieh dir an, wohin uns das geführt hat!«

Sie standen sich Nase an Nase gegenüber, die Luft knisterte vor Spannung. Rhys wollte nicht klein beigeben. Er war keineswegs immer mit Cons Entscheidungen einverstanden gewesen, hatte ihn aber immer unterstützt.

»Das reicht«, sagte Guy beschwichtigend. »Wir müssen zusammenhalten, dürfen uns nicht zerstreiten. Kellan und Denae brauchen uns, und ich für meinen Teil werde sie nicht im Stich lassen.«

»Ich gehe nach Irland«, verkündete Rhys, bevor Con auch nur ein Wort sagen konnte.

»Wir brauchen einen Plan«, gab Con zu bedenken.

Rhys schnaubte, drehte sich um und setzte sich in Richtung Haus in Bewegung. »Entwirf du nur einen Plan. Ich gehe nach Irland.«

Guy wartete, bis Rhys im Haus war, bevor er sich an Con wandte. »Ich gehe nicht mit ihm nach Irland, und zwar wegen Elena. Aber du musst wissen, Con, dass sie der einzige Grund ist, dass ich ihn nicht begleite. Jedenfalls für den Moment.«

»Seid ihr denn der Ansicht, dass wir alle zusammen gehen sollten?«, fragte Con ironisch.

Guy schluckte und versuchte, seinen Zorn über die Gefangennahme Kellans zu bezähmen. »Ich denke, dass es besser ist, wenn nur einige von uns gehen, aber wenn das nicht funktioniert, wenden wir uns an die Königin.«

»Usaeil?«, fragte Con ungläubig. »Hast du den Verstand verloren?«

Guy verlor die Beherrschung. Er wirbelte herum zu Con und wies auf das Haus. »Einer von uns wurde entführt. Eine Menschenfrau unter seinem Schutz ebenfalls. Von den Dunklen. Muss ich noch mehr sagen?«

Plötzlich grinste Con. »Gib bitte Acht, dass Kiril in Rhys' Nähe bleibt und dafür sorgt, dass er nicht ausrastet. Und dann sieh zu, dass du so schnell wie möglich zu Elena zurückkehrst.«

Guy blinzelte, leicht vor den Kopf gestoßen.

»Ich begleite Rhys ebenfalls«, verkündete Tristan.

Con seufzte. »Ja, aber nicht sofort. Lass Rhys und Kiril einen Vorsprung und erstatte uns Bericht. Ich möchte, dass alle anderen informiert werden und sich bereithalten, sollte es zum Kampf kommen.«

Banan trat heftig auf die Bremse, was Henry nach Luft schnappen ließ, da er nach vorn geschleudert wurde und der Sicherheitsgurt in sein Brustbein schnitt. »Verdammt noch mal, Banan. Das ist das zweite Mal, dass du das getan hast innerhalb weniger Stunden«, beschwerte sich Henry, als der SUV quietschend anhielt.

Banans Knöchel waren weiß, so fest hielt er das Steuerrad gepackt. Genau wie beim ersten Mal starrte er ins Leere, heftig atmend und mit zusammengebissenen Zähnen.

Plötzlich drehte sich Banan zur Seite und blickte Henry an. »Kellan und Denae wurden gefangen genommen.«

»Vom MI5?«

»Nein. Von den Dunklen. Aber der MI5 war auch da.«

Henry rieb sich die Augen. »Wie haben sie sie aufgespürt? Und woher zum Teufel weißt du das?«

»Telepathische Verbindung.«

Henry fasste es nicht, dass Banan ihm tatsächlich die Wahrheit gesagt hatte. Schon lange hatte er den Verdacht, dass Banan nicht ausschließlich menschlicher Natur war, und nach dem gestrigen Tag mit ihm wusste er es mit Sicherheit. »Wirst du mir erzählen, was du bist?«

»Bald«, wich Banan aus. »Ihr vom MI5 seid gut, Henry, aber nicht so gut.«

»Könnten die Feen sie gefunden und die Agenten informiert haben?«

Banan schüttelte den Kopf. »Nein. Die Feen können jemanden aus den Augen verlieren, genau wie jeder andere. Sie sind nicht allwissend. Die Tatsache, dass die Dunklen und der MI5 zusammenarbeiten, ist der Grund für unsere Besorgnis. Ich hatte gehofft, dass es eine einmalige Angelegenheit war, aber es sieht mehr und mehr danach aus, dass das nicht der Fall war.«

»Wenn wir mit anderen Geheimdiensten zusammenarbeiten, dann immer nur für die Dauer eines Einsatzes. Es muss einen guten Grund für diese Allianz geben.«

»Wir müssen es herausfinden.«

Henry zog sein Handy heraus und wählte die Nummer seines Chefs, bevor er es auf Lautsprecher stellte. »Ich habe bereits alle Gefallen, die man mir schuldete, eingefordert, aber es gibt möglicherweise noch eine Chance.«

Das Handy klingelte sechsmal, bevor Stuart sich meldete und sagte: »Du hast besser einen verdammt guten Grund, dass du mich anrufst.«

»Wann habe ich dich je im Stich gelassen?«, fragte Henry.

Stuart seufzte schwer: »Nie.«

»Habe ich dich, abgesehen von gestern, jemals um einen Gefallen gebeten?«

»Nie.«

»Bin ich gefeuert?«

»Auf keinen Fall«, sagte Stuart. »Du bist zu wertvoll für uns, als dass wir dich entlassen würden. Wenn wir das täten, würde dich möglicherweise die CIA oder sonst jemand an Land ziehen.«

Henry schloss kurz die Augen und atmete aus. »Stuart, ich glaube, dass jemand den MI5 benutzt, um gewisse Individuen anzugreifen.«

»Nach deinem letzten Anruf habe ich ein bisschen nachgeforscht. Die gesamte Abteilung, in der die Lacroix arbeitete, scheint korrupt zu sein. Wir müssen da ganz schön aufräumen.«

»Freut mich, das zu hören. Und weißt du, mit wem sie zusammenarbeiten?«

»Sie haben keine Genehmigung, mit anderen Diensten zusammenzuarbeiten.«

Henry hörte, wie Papiere hin und her geschoben wurden, und dann, wie Stuart etwas auf seiner Tastatur tippte. »Wir glauben, dass der Leiter der Abteilung, Frank, die Hauptschwachstelle ist.«

»Die Sache geht weit über McCall hinaus. Sei vorsichtig, Stuart. Wer auch immer die Fäden zieht, hat einen langen Arm, und er ist gefährlich.«

»Und er ist ein Narr, wenn er glaubt, er kann sich den MI5 nach Belieben zunutze machen.«

Henry wünschte, er wäre im Büro. Stuart war ein guter

Mann, aber er war schon älter und sehr lange im Dienst. Er handelte nach einem Kodex, den nur noch wenige verstanden.

»Mach auf gar keinen Fall einen Alleingang. Vergewissere dich, dass dich die ganze Zeit jemand deckt, Stuart.«

»Ich habe schon Einsätze geleitet, als du noch in den Windeln lagst, mein Sohn. Erzähl mir nicht, was ich zu tun habe.«

Henry fuhr sich übers Gesicht und sah hinüber zu Banan, als dessen Handy piepte. Banan reichte es ihm. Henry überflog die SMS. »Eins noch, Stuart. Ich habe eine Nummer, die zurückverfolgt werden muss.«

»Her damit.«

Henry las ihm die Nummer vor und hörte, wie Stuart sie eingab. Ein paar Minuten später sagte er: »Es ist niemand registriert. Bist du sicher, dass es die richtige Nummer ist?«

»Ja. Danke, Stuart. Ruf mich an, sobald du etwas herausgefunden hast.«

Henry beendete das Gespräch und schüttelte den Kopf, als er Banan dessen Handy zurückgab. »Sackgasse bei der Nummer. Was war da?«

»Ein MI5-Agent hat sie gewählt und mit jemandem geredet, während Kellan und Denae angegriffen wurden. Rhys hörte, wie der Agent Einzelheiten durchgab.«

»Derjenige, der da angerufen wurde, hat seine Nummer blitzschnell geändert. Wer auch immer dieser Bastard ist, er ist gut.«

»Nicht gut genug, nicht gegen uns.«

Henry sah zu, wie ein Wagen an ihnen vorbeifuhr. »Die Sache reicht zurück bis in die Zeit, als ich dir in London geholfen habe, nicht wahr?«

»Stimmt.«

»Wenn du meine Hilfe willst, muss ich alle Fakten kennen. Ich kann nicht ständig versuchen, den Rest zu erraten.«

»Fein. Wir sind Drachen.«

Henry gab einen Stoßseufzer von sich. »Du musst ehrlich zu mir sein, Banan. Ich möchte helfen.«

»Ich bin ehrlich.«

Henry blickte Banan an und sah, dass sein Freund nicht scherzte. »Du bist ein Drache?«

»Genau. Ich beweise es dir später. Jetzt müssen wir erst einmal nach Dreagan. Einige von uns werden sich nach Irland aufmachen und versuchen, Kellan zu finden.«

»Woher wissen sie, dass Kellan und Denae in Irland sind?«

Banan fuhr wieder auf die Straße. »Weil dort die Feen leben.«

»Natürlich. Wieso bin ich nicht gleich darauf gekommen?« Henry lehnte sich zurück und fragte sich, ob er jemals wieder die Welt mit denselben Augen betrachten würde.

26

Denae knurrte der Magen, aber sie dachte nicht daran, um etwas zu essen zu bitten. Man konnte nie wissen, was die Dunklen Feen einem geben würden.

»Trink von dem Wasser«, forderte Kellan sie auf.

Sie beäugte misstrauisch das Wasser, das die Wände herunterlief, wusste aber, dass es wichtig war, ausreichend zu trinken, um nicht auszutrocknen. Ohne Wasser war sie so gut wie tot. Sie formte mit beiden Händen eine Schale, fing Wasser auf und führte die Hände an ihren Mund.

Als sie sich satt getrunken hatte, wischte sie sich den Mund mit dem Handrücken ab und fragte: »Sind sie immer noch da?«

»Wahrscheinlich. Vielleicht. Ich weiß es nicht.«

»Du kannst sie nicht fühlen oder sonst irgendwie wahrnehmen?«

Kellan schüttelte den Kopf und zerrte an der Kette, versuchte, sie aus der Wand zu reißen. »Nein.«

Sie konnte nicht einschätzen, wie viel Zeit verstrichen war, seit die Feen bei ihnen waren. Es schien unendlich lange her zu sein, aber wenigstens hatten sie das Licht angelassen –

oder was immer es war –, das den Raum schwach erleuchtete.

Denae setzte sich Kellan gegenüber auf den Boden und lehnte sich an die Wand. »Wir kommen hier nie wieder raus, stimmt's?«

Als Kellan nicht antwortete, sah sie zu ihm hinüber und bemerkte, dass er immer noch an der Kette zog.

»Keine Antwort ist auch eine Antwort, wie man so schön sagt.«

»Ich werde dich nicht anlügen«, sagte er und riss erneut heftig an der Kette.

Sie lehnte ihren Kopf zurück. »Schweigen ist das Beste, was du anzubieten hast? Mir wäre die Wahrheit lieber.«

»Hör auf, darüber nachzudenken. Konzentrier dich darauf, am Leben zu bleiben.«

»Wozu?«, fragte sie. »Wohin kann ich schon gehen? Ich bin heimatlos, und ich habe keinen Job mehr, seit der MI5 mich hintergangen hat. Ich habe keine Familie. Ich habe nicht einmal eine Wohnung.«

Plötzlich überwältigt von Schwermut, versank sie in einem Strudel totaler Verzweiflung, so dunkel und zäh wie Teer. Ihr Leben hatte keinen Sinn mehr. Mehr als das, was sie erreicht hatte – was nicht sehr viel war –, würde sie nicht erreichen.

Sie war allein. Verzweiflung drückte ihr das Herz ab. Es gab keine Freunde, die sie betrauern würden. Auch keine Kollegen. Im Gegenteil, von denen war sie verraten worden. Und ihr erster Liebhaber seit vielen Jahren konnte es nicht ertragen, dass sie ein Mensch war.

»Ich habe niemanden. Ich bin ein Niemand.«

Ihr Elend war groß, ihre Hoffnungslosigkeit umfassend.

Die Qual abgrundtief.

Sie sollte einfach aufgeben. Was hatte sie sich nur dabei gedacht, den Dunklen zurückzuweisen? Er könnte ihr etwas Vergnügen verschaffen, vielleicht sogar ein wenig Glück.

Wenn sie ihn wiedersah, würde sie sich ihm in die Arme werfen und ihn um Verzeihung bitten.

»Denae.«

Sie wandte ihren Kopf von Kellan ab. »Lass mich in Frieden. Was geht es dich überhaupt an? Ich bin nur ein Mensch.«

»Denae, sie sind in deinem Kopf.«

»Was kümmert es dich? Nenn mir einen guten Grund.«

»Hör einfach auf m…«

Sie seufzte bei seinen Worten. »Genau wie ich dachte. Du kannst mir keinen Grund nennen, weil du keinen hast. Es ist dir vollkommen gleichgültig, ob ich hier sterbe oder nicht, und ich werde hier sterben. Das weißt du. Du hast nur einfach nicht den Mut, es mir zu sagen.«

»Denae, lass nicht zu, dass sie dich beherrschen.«

»Er hat recht«, flüsterte ihr jemand ins Ohr. *»Die Dunklen verwirren deine Gedanken. Und du musst verrückt sein, wenn du die Dunklen für erotischer hältst als deinen Drachenkönig. Hast du so schnell eure überwältigende Nacht zusammen vergessen?«*

Denae hob den Kopf und runzelte die Stirn. Sie konnte niemanden sehen, aber sie erkannte die Stimme. *Rhi.*

War Rhi wirklich hier? Oder bildete sie sich das Gehörte auch nur ein?

»Sieh Kellan an. Er versucht, dich nicht zu beobachten, aber er tut es. Er darf die Dunklen nicht merken lassen, wie sehr er sich um deine Sicherheit sorgt. Sie werden *dich gegen ihn benutzen, Denae. Bereite dich darauf vor, weil es alles andere als schön sein wird. Es wird hart sein und dich möglicherweise ernsthaft seelisch verletzen, aber Kellan wird dich nicht allein lassen.«*

Denae blickte hinüber zu Kellan und sah, dass er sie mit ausdrucksloser Miene beobachtete. Zumindest wirkte sie ausdruckslos, aber sie sah, wie seine Augen sie nicht losließen, wie sein Blick sie durchbohrte, als versuchte er, ihr ohne Worte etwas mitzuteilen.

Aber wieso wollte er das? Sie war ein Mensch. Sie bedeutete nichts.

Denae schüttelte den Kopf, versuchte wieder klar zu denken, aber die Depression ließ sie nicht aus den Klauen.

»Du bist stark«, sagte Kellan. »Du schaffst es, sie zu vertreiben.«

Konnte sie das? Wagte sie das? Denae presste die Augen zu und dachte an Kellan, aber jedes Mal, wenn in ihrem Kopf ein Bild von ihnen beiden auftauchen wollte, wurde es rasch unterdrückt.

»Ich kann nicht.«

»Du kannst.«

Seine Beharrlichkeit ließ sie die Augen aufschlagen, und sie sah seine nicht angekettete Hand, die er ihr entgegenstreckte. Er war, so weit es seine Kette zuließ, auf sie zugegangen, sodass sie nicht mehr als drei Meter voneinander trennten. Aber es fühlte sich wie Kilometer an.

»Du hast Matt besiegt. Weißt du noch?«

Matt? Dann erinnerte sie sich an ihren Kampf mit Matt in Kellans Höhle. Denae wollte nicht länger allein sein. Sie wollte tröstende Arme um sich spüren, und sie wusste genau, wessen Arme sie sich wünschte: Kellans.

Sie versuchte aufzustehen, aber es war, als würde jemand sie am Boden festhalten. Es wäre so leicht, einfach liegen zu bleiben und nicht zu kämpfen, so leicht, einfach … aufzugeben.

»Denae.«

Kellan würde erst aufhören, sie bei ihrem Namen zu rufen, wenn sie sich wieder bewegte. Sie schaffte es, auf Hände und Knie hochzukommen und in seine Richtung zu kriechen, aber nur zu bald fühlten sich ihre Hände an, als wären sie einbetoniert, und sie brach zusammen.

Es war einfach zu viel Sie konnte einfach nicht länger stark sein. Sie war nie die Starke gewesen. Das war Renee. Wie oft hatte ihre Mutter genau das zu ihr gesagt?

»Kämpfe, verdammt noch mal!«

Knappe Worte, wütend. Geflüstert. Denae hob den Kopf und sah, dass Kellan sie anstarrte, als wollte er sie mit seinem Blick zwingen, sich zu bewegen.

Der Funke sprang über, sodass sie ihre Arme benutzte und sich vorwärtszog, einen quälenden Zentimeter nach dem anderen auf ihn zu. Bis sie nicht mehr konnte und zusammenbrach, bereit, alles zu tun, damit alles ein Ende hatte.

Seine starken Finger umfassten ihr Handgelenk und zogen sie über den Boden, bis sie an seiner warmen Brust ruhte und seine kräftigen Arme sich um sie schlossen.

»Kämpfe, Denae«, flüsterte er ihr ins Ohr. »Ich kann es dir nicht abnehmen. Nur du kannst die Kontrolle über deine Gedanken erlangen.«

Kontrolle erlangen? Meinte er, dass sich jemand in ihren Gedanken eingenistet hatte? Doch wohl nicht, oder? Mit dieser Schwermut hatte sie bereits zu tun gehabt, als ihre Schwester ums Leben kam, und erneut, als ihre Mutter dahinwelkte, und wieder, als ihr Vater einen Herzschlag erlitt und sie allein zurückließ. Alles innerhalb von vier Jahren.

»An wen denkst du?«

»An Renee«, antwortete sie automatisch. »Sie war so schön.«

Etwas streichelte ihr Gesicht. »Die Albträume können dir nichts anhaben.«

Die Albträume. Ja, die kannte sie nur allzu gut. »Wir waren unzertrennlich.«

Er presste sie noch enger an sich. »Du bist stark. Sag es.«

»Nein.« Sie schüttelte den Kopf. Sie würde nichts sagen, was nicht wahr war.

»Sag es«, beharrte Kellan und fuhr ihr mit der Zunge leicht über das Ohr.

Umgehend geriet ihr Blut in Wallung, und ihr wurde ganz heiß. Bilder von ihrer gemeinsamen Nacht tauchten blitzartig vor ihrem inneren Auge auf, vertrieben den Nebel, der tief in ihre Gedanken eingedrungen war.

»Sag es, Denae. Sag mir, dass du stark bist.«

»Ich bin stark.« Sie musste sich zwingen, die Worte auszusprechen. Es war so schwierig. Aber einmal ausgesprochen, vertrieben sie den Rest des Nebels.

Und was auch immer ihre Gedanken besetzt hatte, war nicht mehr da.

»Denae?«

»Was ist gerade passiert?«, fragte sie, als sie anfing zu zittern aufgrund der Kälte im Raum und ihrer nassen Kleidung.

Kellan rieb ihr mit seinen Händen über die Arme, rauf und runter. »Sie haben sich deiner Gedanken bemächtigt. Sie werden es wieder tun.«

»Das war schrecklich. Alles, was ich fühlte, war, was ich durchgemacht habe, als Renee starb.«

»Deshalb hat es sich ja so real angefühlt.«

Denae schloss die Augen, dankbar, dass sie in seinen Armen lag. Wenn Kellan nicht gewesen wäre, hätten die Feen sie überwältigt. Dieser Gedanke ließ ihr das Blut in den Adern gefrieren.

»Kannst du dich jetzt dagegen wehren?«, fragte er leise.

Sie zuckte die Achseln. »Ich weiß es nicht.«

»Ich werde möglicherweise nicht ständig in deiner Nähe sein, doch du musst sie unbedingt immer abwehren. Es wird nicht leicht sein.«

»Emil, der Dunkle, der mich vorhin belästigt hat, hat gesagt, dass sie sich von der Hoffnung und ähnlichen Gefühlen nähren.«

Kellans Kinn ruhte auf ihrer Schulter. »Das tun sie. Also denk an nichts Schönes, damit sie keinen Zugriff auf dich haben. Sie wollen nicht nur die totale Kontrolle über deine Gedanken, sondern sie wollen dir die Seele aussaugen.«

»Wenn du mir Angst einjagen willst, dann hast du ganze Arbeit geleistet.«

Seine Finger fuhren ihr sanft über die Arme. »Wenn du keine Angst hättest, würde ich mir ernsthaft Sorgen machen.«

Sie öffnete die Augen und versuchte, die Tränen zurückzuhalten, als sie begriff, was es bedeutete, dass sie in seinen Armen lag. »Du hast ihnen gezeigt, dass sie mich gegen dich benutzen können.«

»Sie können es versuchen.«

Seine Worte klirrten vor Kälte.

27

Kellan ließ Denae wegdriften, ließ sie schlafen, hielt sie ganz ruhig in seinen Armen. Nur zu bald würde die Hölle um sie herum losbrechen.

Das Licht, das ihre Ängste gemildert und es ihr erlaubt hatte, die dunkelsten Ecken zu erkennen, würde verschwinden.

Die Illusion von Sicherheit, die sie spürte, während sie in seinen Armen lag, würde sich in Nichts auflösen.

Das Mitgefühl und die Zärtlichkeit, die er ihr gezeigt hatte, würde er unterdrücken müssen.

Die Dunklen würden sie endlos foltern, während er zusah.

Egal, was die Feen wollten, er würde es ihnen nicht geben, nicht sofern es Informationen über Dreagan oder alle dort Lebenden betraf.

Kellan war aus seinem über tausendjährigen Schlaf mit einem unvermindert brennenden Hass auf die Menschen erwacht. Aber eine mutige, schöne Frau hatte ihn verzaubert, ihn gefesselt.

Ihn unglaublich fasziniert.

Und dabei seine Meinung über sie und möglicherweise noch ein paar weitere Sterbliche verändert.

Er bedauerte ihre gemeinsame Nacht nicht. Ganz im Gegenteil. Er wünschte, er hätte mehr Zeit mit ihr, aber sogar wenn sie beide hier lebend herauskämen, wäre sie für immer verändert.

Die Unverdorbenheit, die sie sich irgendwie bewahrt hatte, trotz ihrer Arbeit als Spionin, wäre verschwunden, ausgelöscht, als hätte sie nie existiert.

Das Schutzversprechen, das er ihr gegeben hatte, war wertlos, solange sie in den Händen der Dunklen waren. Erst recht, da er angekettet war. Er war mächtig, unsterblich und tödlich, und dennoch war er hilflos und konnte nichts weiter tun, als die Frau in den Armen halten, von der er nicht genug bekommen konnte.

Kellan hob eine Strähne ihres kupferbraunen Haares an und ließ seine Finger durch die kühle, seidige Masse gleiten. Er hatte sie bewusst in dem Glauben gelassen, dass die Dunklen sie die ganze Zeit beobachteten, weil er wollte, dass Denae wachsam blieb.

Was momentan nicht der Fall war, da sie in seinen Armen schlief. Sie verließ sich darauf, dass er über sie wachte. Und sie lag damit nicht falsch. Sie brauchte die Ruhepause dringend, aber es war das letzte Mal, dass er ihr eine zugestehen würde.

Wegen ihrer beider Sicherheit durften sie nicht bei einer Umarmung ertappt werden.

Kellan hatte keine Ahnung, ob – und wann – seine Brüder ihn aufspüren würden. Er rechnete nicht mit ihnen. Er würde sich befreien. Irgendwie. Es zu schaffen, bevor sie Denaes Seele zerstörten, wäre das Knifflige daran.

Sich zu befreien, bevor sie ihn so beschädigen konnten wie die beiden anderen Könige, lastete ebenfalls schwer auf ihm. Könige waren von Natur aus die Stärksten der Starken, die Tödlichsten der Tödlichen.

Zu wissen, dass zwei seiner Brüder gebrochen werden konnten, war mehr als beunruhigend. Es war Besorgnis erregend. Er blickte hinunter auf Denae und wusste, dass die Dunklen das mit ihnen beiden ebenfalls versuchen würden, wenn sie zurückkamen.

Es war unvorstellbar für Kellan mit anzusehen, wie die Dunklen Denae berührten, und dennoch würde es ihm nicht erspart bleiben. Und er würde sich beherrschen müssen, damit sie auch nur die geringste Überlebenschance hätte.

Es war ein schönes Gefühl, sie in den Armen zu halten, ein schönes Gefühl, dass sie ihm genug vertraute, um einzuschlafen. Auch wenn er ihr nicht geschworen hätte, ihr Leben zu schützen, würde er sie nicht im Stich lassen.

Denae hatte etwas ganz Besonderes an sich, etwas, was er noch an keinem Sterblichen zuvor wahrgenommen hatte. Kellan konnte es zwar nicht genau benennen, aber es war der Grund dafür, dass er sich jetzt schon derart an sie gewöhnt hatte, dass ihm geradezu schwindlig wurde und er total verwirrt war.

Und nach ihr verlangte.

Er hielt sie bereits zu lange in seinen Armen. Die Vorstellung, sie wegschieben zu müssen, wurde immer unerträglicher, bis sein Körper nur noch danach verlangte, sie in Besitz zu nehmen – damit alle es sehen konnten. Um den Dunklen die Botschaft zu übermitteln, dass sie zwar versuchen konnten, ihr Gewalt anzutun, sie aber für immer die Seine war.

Der Impuls, sie als die Seine zu markieren, damit niemand es wagen würde, sie zu berühren oder auch nur anzublicken, war so stark, dass seine Hand unter ihr Shirt glitt, bevor es ihm bewusst wurde.

Kellan hielt inne und biss die Zähne zusammen. Wenn die Feen wüssten, wie sehr er sie begehrte, würde nichts sie daran hindern, sie zu zerstören.

Und das könnte auch ihn brechen, wie noch nichts zuvor ihn gebrochen hatte.

Weder der Anblick seiner toten Bronzenen noch der Anblick der Drachen, die aus dem Reich verbannt wurden.

Kellan schloss die Augen und genoss das Gefühl, sie in seinen Armen zu halten. Es war das letzte Mal, dass er sich und ihr das gönnen würde, weil er kalt und berechnend wirken musste, um sie zu retten. Er musste wieder seinen Hass aktivieren, der sein ständiger Begleiter gewesen war seit Jahrhunderten, obgleich er nichts, was Hass auch nur annähernd gleichkam, für die schöne, erstaunliche Frau in seinen Armen fühlte.

Er zog seine Hand weg und streifte mit seinen Lippen leicht die ihren. Dann schüttelte er sie sanft. »Denae. Zeit, aufzuwachen.«

Denae war auf der Stelle wach, obgleich sie regungslos verharrte. Sie sah Kellan an und hätte schwören können, dass er sie gerade geküsst hatte. Aber sie konnte in seinen hellgrünen Augen keine Leidenschaft erkennen. Nur dieselbe Kälte, an die sie sich noch von ihrer ersten Begegnung her erinnerte.

»Sind sie zurück?«, flüsterte sie.

»Noch nicht. Du solltest auf die andere Seite gehen. Sie müssen nicht vor dir stehen, um in deine Gedanken einzudringen, also sei bereit.«

Sie setzte sich auf, dankbar für die Erholungspause, die er ihr gegönnt hatte, vermisste aber jetzt schon seine Wärme und seine Umarmung. »Gibt es noch etwas, worauf ich vorbereitet sein sollte?«

»Sie können Illusionen erzeugen.«

»Na toll«, murmelte sie, als sie aufstand und hinüber zur anderen Seite ging. »Wenn das kein unfairer Vorteil ist gegenüber jemandem, der keine Zauberkräfte besitzt. Sag mir doch noch mal, warum alle Welt ihnen zu Füßen fällt. Es sind durchgeknallte Monster, nichts weiter.«

Wie erwartet, antwortete Kellan darauf nicht. Denae blieb stehen und vollführte Dehnübungen mit den Armen. Vielleicht würde sie sich nicht körperlich auseinandersetzen müssen mit den Dunklen, aber es würde mehr als nur ihren Verstand erfordern, den Arschlöchern immer einen Schritt voraus zu sein.

Außerdem war es ihr unmöglich, still zu verharren und Kellan nicht anzusehen.

»Nur wenige nennen sie Monster. Nur die Könige wagen das«, sagte Kellan. »Und einige wenige der Hellen Feen.«

Denae verdrehte die Augen. »Da wir gerade von den Hellen sprechen, wo sind sie? Sollten sie nicht hier sein und uns retten?«

Kellan schnaubte verächtlich. »Als ob die Hellen Feen sich dazu herablassen würden, einer Sterblichen zu helfen.«

»Oder einem Drachenkönig«, mutmaßte sie. »Ich habe recht, nicht wahr?«

»Ja.«

»Keiner weiß, dass wir hier sind.« Das Bewusstsein des vollen Ausmaßes ihrer unglücklichen Lage legte sich tonnenschwer auf sie. Das Gefühl, im Stich gelassen zu sein, fühlte sich an, als hätte sie ein Sattelschlepper überrollt. Dies war eine völlig andere Dimension von Schrecknissen, ohne die sie sehr gut hätte auskommen können. »Es wäre vielleicht besser gewesen, wenn der MI5 mich ergriffen hätte statt dieser Unmenschen.«

Das Geräusch eines Riegels, der angehoben wurde, durchbrach die Stille, und eine Stimme drang in den Raum: »Unmenschen?«

Die Tür schwang auf, und herein kamen zwei Dunkle Feen. Denae erkannte Emil auf der Stelle. Der Dreckskerl beäugte sie schon wieder wie ein hungriger Mann ein viergängiges Menü.

»Ich finde, ›Unmenschen‹ ist ein bisschen übertrieben«, fiel der andere Dunkle ein.

Denae blickte zu dem, der zuletzt gesprochen hatte.

Seine Haare waren so reichlich von silbernen Strähnen durchzogen, dass fast kein Schwarz mehr zu sehen war. Er trug die Haare aus dem Gesicht gekämmt und zu einem Zopf geflochten, der ihm über den Rücken hing, was ihr einen freien Blick auf die hässliche Narbe gab, die vertikal von der Stirn über seine linke Augenbraue bis zur Wange verlief.

Irgendwie hatte das, womit man ihm diesen Hieb versetzt hatte, sein Augenlid gestreift. Aber es war die Narbe selbst, die ihre Aufmerksamkeit fesselte.

»Ah«, sagte der Dunkle mit einem schmalen Grinsen, während er die Narbe betastete. »Du fragst dich, woher ich die hier habe.«

»Nicht wirklich. Ich frage mich nur, warum man sie sieht. Keiner der anderen trägt so eine Narbe.«

Sein Lächeln wurde starrer, seine roten Augen verengten

sich leicht. »Stimmt, aber schließlich habe ich mit einem Drachenkönig gekämpft.«

»Erzähl ihr alles, Taraeth«, forderte Kellan ihn auf.

Taraeth warf Kellan einen kurzen Blick zu. »Du siehst keinen der anderen mit solch einer Narbe, Kleine, weil die anderen, die die Könige herausgefordert haben, getötet wurden.«

»Und du bist geflohen«, mutmaßte Denae.

Er gluckste und ging um sie herum. »Ich bin der Anführer hier. Keiner traut sich, eine solche Behauptung aufzustellen.«

Es fiel Denae schwer, sich nicht vom Fleck zu rühren. Wenn sie geglaubt hatte, dass Emils offenkundige Verführungskünste schon zum Verzweifeln waren, so waren sie doch nichts im Vergleich zu Taraeths.

Lustwellen strömten von ihm aus, überfluteten sie. Sie spürte sie, und dennoch, seltsam genug, reagierte ihr Körper nicht darauf, wie man ihr ständig weismachen wollte. Sie fühlte … nichts, und zwar für keinen der Dunklen.

Der Anführer der Dunklen hielt inne und blickte sie wieder an. »Sag mir, Kleine. Was tust du mit einem Drachenkönig?«

»Ich habe seinen Grund und Boden unbefugt betreten, und sie haben mich gefangen genommen.«

Taraeth lachte schallend. »Oh, wie wundervoll. Hast du ihm deinen Körper angeboten«, fragte er und wies auf Kellan, »im Tausch gegen deine Freiheit?«

»Nein. Ich fühlte mich zu ihm hingezogen.«

Taraeths rote Augen musterten sie von Kopf bis Fuß und dann umgekehrt mit unverhohlener sexueller Gier. »Warte, bis du mich zwischen deinen Beinen spürst. Du wirst deinen Drachen sofort komplett vergessen.«

Denae konnte einfach nicht anders, als zu grinsen. »Läuft das normalerweise so bei uns?«

Taraeths Augen verengten sich gefährlich zu Schlitzen, sein Lächeln verschwand, und Ärger trat auf seine Züge. Sein Kopf fuhr zu Emil herum, der nur die Achseln zuckte.

»Ich sagte es dir, Herr.«

Taraeth wandte sich wieder zu ihr um. Er ragte vor ihr auf, sein Körper streifte ihren. So wie er sie anstarrte, schien er zu versuchen, ihr seinen Willen aufzuzwingen.

Weitere »Sexwellen« – wie sie das, was er ausströmte, inzwischen nannte – überrollten sie. Sie spürte sie, konnte einordnen, worum es sich handelte, aber bei ihr tat sich nach wie vor absolut nichts.

Denae wandte ihren Kopf ab und seufzte vernehmlich. »Sagt dir der Begriff ›Diskretionsabstand‹ etwas? Weil du ihn zu mir jedenfalls nicht einhältst.«

»Du müsstest dir eigentlich inzwischen die Kleider vom Leib reißen«, sagte Taraeth bestürzt und straffte sich.

Denae zuckte die Achseln. »Fehlanzeige. Danach ist mir gar nicht.«

»Das werde ich dir schon noch beibringen«, zischte er leise. »Ich werde dich so oft nehmen, wie ich will, während Kellan die ganze Zeit zuguckt.«

»Hast du Sex derart nötig, dass du mich zwingen willst, obwohl andere Frauen dir zu Füßen fallen würden?« Denae verdrehte die Augen. »Das ist mir zu hoch. Und was Kellan betrifft – wir sind kurz mal in die Federn gehüpft für einen Quickie. Einen One-Night-Stand, wenn du so willst. Ihr alle messt dem mehr Bedeutung bei, als es hat.«

Taraeth trat einen Schritt zurück und sah Kellan an. Denae warf ihm einen Seitenblick zu und sah, dass Kellan lässig an die Wand gelehnt dasaß, genauso wie zuvor. Seine Unterarme ruhten auf seinen angewinkelten Knien, und er sah sie nicht an.

»Du glaubst wirklich, dass du ihm nichts bedeutest?«, fragte Taraeth.

Denae schluckte, verletzter, als ihr lieb war, weil sie ihm nicht mal einen Blick wert war. Sie hatte gehofft, durch einen Blick in seine seladongrünen Augen Mut schöpfen zu können. »Ich weiß, dass dem so ist. Er hasst Menschen. Ich habe ihn aus einem jahrhundertelangen Schlaf geweckt, und er war einfach nur geil.«

Emil kam auf sie zu. »Du steigst mit einem Drachen ins Bett, aber nicht mit uns?«

Taraeth äußerte kein Wort, sondern hob nur seine Hand, um Emil Einhalt zu gebieten, der auf der Stelle gehorchte. Taraeth legte seinen Kopf erst auf die eine Seite, dann auf die andere, während er sie prüfend musterte.

»Du faszinierst mich, Kleine. Ich bin nicht davon überzeugt, dass du keine Gefühle für den Drachen hegst, aber ich werde dich zu meinem Vergnügen behalten.«

»Nein.«

Denae stieß das Wort hervor, und einmal ausgesprochen, hallte es von den Wänden zurück wie ein Schuss.

Taraeth hob eine seiner schwarzen Augenbrauen. »Nein?«

»Nein. Ich will dich nicht. Ich will keinen von euch. Sucht euch eine andere Frau, die euch will.«

Taraeths Lächeln war durchtrieben, als er erwiderte: »Genau das ist es, Kleine. Du bist eine Herausforderung. Eine, die ich nur zu begierig annehme.«

Denae hätte am liebsten gebrüllt vor Wut. Sie hatte gedacht, ihre coole Reaktion auf ihre Verführungskünste würde sie entlasten. Stattdessen hatte sie soeben ihr eigenes Schicksal besiegelt.

Immer noch lächelnd, drehte Taraeth sich zu Kellan um, feuerte drei magische Salven auf ihn ab und schlug auf seinen Kopf ein, bis Kellan zu Boden ging. Denae rührte sich nicht, widerstand dem dringenden Bedürfnis, hinzulaufen und Kellan Beistand zu leisten. Dann erinnerte sie sich, dass er unsterblich war, ein Drachenkönig, der seit Urzeiten auf der Welt war.

Nicht er war derjenige, um den sie sich Sorgen machen musste, sondern sie selbst.

Dennoch. Es war sehr schwer mit anzusehen, wie er gefoltert wurde. Und das war erst der Anfang für sie beide.

Kellan setzte sich aufrecht hin, seine hellgrünen Augen funkelten hasserfüllt. Er kam auf die Füße und riss an der Kette, die ihn festhielt.

»Wie ich sehe, fürchtest du dich immer noch davor, mit einem Drachenkönig zu kämpfen. Wieso folgen die anderen so einem Feigling?«, fragte Kellan kühl, seine Stimme im Widerspruch zu der rasenden Wut in seinen Augen.

Taraeth ging langsam auf ihn zu. »Weil ich die meiste Macht habe. Ist nicht auch deswegen Constantine der König der Könige, der über euch herrscht, jetzt, da eure kostbaren Drachen verschwunden sind?«

»Con herrscht nicht über mich.«

»Wohin wurden die Drachen geschickt?«, wollte Taraeth wissen.

»An einen Ort, an dem ihr sie niemals finden werdet.«

Zur Antwort darauf entzündeten sich Taraeths Hände wie Flammenwerfer, die er auf Kellans Schulter richtete. Denae biss sich auf die Innenseite ihrer Unterlippe, während Kellan durch zusammengebissene Zähne knurrte, als seine Haut versengt wurde.

Der Gestank war entsetzlich, und sie wusste, dass Kellan Schmerzen haben musste. Aber er zeigte es nicht.

Endlich löschte Taraeth die Flammen an seinen Händen, ließ aber Kellans Haut weiterschwelen. Als Nächstes hatte Taraeth plötzlich einen langen, gebogenen Säbel in der Hand. Er stieß ihn Kellan in den Bauch und drehte die Klinge.

Kellan krümmte sich, Blut strömte aus der Wunde und rann ihm aus dem Mundwinkel.

»Der erste König der Könige versteckte etwas, weil er es fürchtete. Du bist der Hüter der Geschichte. Du weißt, wonach ich suche. Sag mir, wo es versteckt ist«, verlangte Taraeth von ihm.

Kellan hob seinen Kopf und lächelte. »Fick dich.«

Taraeth stieß einen zweiten Säbel, den er aus dem Nichts herbeizauberte, in Kellans Leib. Wieder und wieder stach er mit seinen Säbeln auf Kellan ein, bis Denae nur noch Blut sah und Kellan auf die Knie gesunken war, dem Dunklen aber immer noch trotzte.

Die Fragen hörten nicht auf. Jedes Mal fragte Taraeth, wo der unbekannte Gegenstand – oder was auch immer es war – versteckt war, und jedes Mal fachte Kellans Antwort Taraeths Wut nur noch mehr an.

Aber wenn Denae glaubte, dass sie nur der Folter zusehen musste, irrte sie sich. Emil tauchte hinter ihr auf und umklammerte ihre Arme mit eisenhartem Griff.

»Taraeth wird nicht der Einzige sein, den du in dir spüren wirst.«

28

Rhys hielt Wache, während Kiril mühelos das Schloss der Hintertür eines Kaufhauses im Herzen von Cork knackte. Sie schlüpften geräuschlos hinein und eilten direkt in die Herrenabteilung. Sie konnten nicht wahllos irgendetwas nehmen.

Sie hatten vor, die Dunklen Feen in Cork zu infiltrieren, was bedeutete, dass sie einen guten Eindruck machen mussten.

»Wir werden Kellan und Denae finden«, flüsterte Kiril, während er seine schicke Designerjeans zuknöpfte.

Rhys verzichtete auf einen Kommentar. Er zog einer Schaufensterpuppe ein hellblaues Hemd aus und schnell sich selbst über. Als Nächstes wählte er eine schwarze Stoffhose.

Er spähte aus dem Ladenfenster und schüttelte den Kopf. »Dieser Ort ist verpestet von Dunklen.«

»Ich weiß«, sagte Kiril über seine Schulter, der gerade einen Ständer mit Hemden begutachtete. »Es macht mich krank. Wenn nichts unternommen wird, könnte das Reich leicht zu so etwas verkommen.«

Rhys musste ständig darüber nachdenken, warum die Dunklen einen Drachenkönig wollten. Es musste um die Drachen gehen. Das war die einzige Erklärung.

Er grübelte immer noch darüber nach, als er die Schuhabteilung fand und ein Paar Lederstiefel in seiner Größe auswählte. Nachdem er sie angezogen hatte, richtete er sich auf und stellte fest, dass Kiril bereits auf ihn wartete.

Prüfend sah Rhys Kirils burgunderrotes Hemd an, auf dessen Rücken ein Adler aus schwarzem Samt mit weit gespreizten Flügeln prangte.

Kiril lächelte. »Ich habe versucht, eins mit einem Drachen zu finden.«

»Du könntest genauso gut einfach ein Hinweisschild tragen.«

»Daran habe ich auch schon gedacht«, neckte er Rhys. Dann wurde er ernst. »Bereit?«

Rhys ließ seine Fingerknöchel knacken. »O ja. Lass uns ein paar der dunklen Drecksäcke umnieten.«

Rhi blieb, so lange sie konnte, bei Denae und Kellan. Nur eine Handvoll Feen schafften es, unsichtbar zu bleiben für längere Zeit, und wenn sie es taten, schwächte es sie unglaublich.

Wenn sie dann sichtbar wurden inmitten von Feinden, liefen sie Gefahr, einfach plattgemacht zu werden.

Rhi wollte nicht zurück nach Dreagan in dem Zustand, in dem sie sich befand, aber ihr blieb keine Wahl. Sie mussten erfahren, was vor sich ging. Immer wenn sie den Königen einen Besuch abstattete, war sie am liebsten in bester Verfassung. Im Moment allerdings war sie in der schlechtesten.

Dann dachte sie an Phelan und versuchte, seinen Aufenthaltsort zu ermitteln. Da der Krieger, ein unsterblicher Highlander mit einem urzeitlichen Gott in sich, zur Hälfte auch eine gebürtige Fee war, konnte sie ihn leicht aufspüren.

Erst kurz bevor sie sich materialisierte bemerkte sie ihre Umgebung und stellte fest, dass sie … in Dreagan war.

Sie war zu schwach, um noch länger körperlos zu bleiben. Sie hoffte einfach, dass sie allein in der Küche war, als sie ihre Tarnung fallen ließ.

Ihr knickten die Beine weg, sobald ihr Körper sichtbar wurde. Rhi griff nach einem Stuhl, um sich zu stützen, aber dabei warf sie ihn um und fiel kraftlos zu Boden.

Rhi blieb auf den kühlen Fliesen liegen und schloss die Augen. Sie hatte noch nie so viel auf einmal von ihrer Zauberkraft verbraucht, und jetzt zahlte sie den Preis dafür.

»Du musst die Fee sein, von der alle reden.«

Rhi erstarrte bei der tiefen Stimme, wandte den Kopf und blickte in dunkelbraune Augen, die sie musterten. Seine langen, goldgesträhnten braunen Haare waren zu einem Pferdeschwanz zurückgebunden, und er trug Jeans und ein eng anliegendes schwarzes Shirt.

»Und du bist Tristan.« Sie versuchte zu lächeln, war sich aber nicht sicher, ob ihr das gelungen war.

Er hockte sich neben sie, legte den Kopf schräg und musterte sie besorgt. »Du siehst ein bisschen grün aus. Muss ich mir Sorgen machen?«

»Ich brauche nur eine Minute.« Sie brauchte eigentlich ungefähr zehn Jahre Schlaf, aber die würde sie nicht kriegen.

Nicht einmal das Geräusch sich nähernder Schritte brachte sie auf die Beine. Sie blieb auf der Seite liegen, die Wange auf dem gefliesten Boden.

»Rhi?«

Sie zuckte zusammen, als sie die Besorgnis hörte in Aisleys Stimme. Sah sie wirklich so schlimm aus? Bevor sie antworten konnte, war Phelans Frau an ihrer Seite.

»Rhi? Was ist los?«, fragte Aisley, während sie Rhi die Haare aus dem Gesicht strich. »Phelan!«

Sofort näherten sich schwere Schritte. Sie stoppten, hielten in der Küchentür inne, und Rhi wusste, dass Phelan Tristan anschaute.

Nun ja, es hatte ja früher oder später so kommen müssen. Con konnte sich nicht ewig zwischen die Krieger und Tristan stellen. Wenn sie sich nur gut genug fühlen würde, um es Con unter die Nase zu reiben, aber sogar das erschien ihr eine viel zu große Anstrengung.

Rhi öffnete die Augen und wandte ihren Kopf erneut Tristan zu, der sie immer noch anstarrte. Sie hatte gewusst, dass dies einmal geschehen würde, und teils hatte sie sich gewünscht, nicht dabei zu sein, wenn es so weit war. Doch andererseits wurde es höchste Zeit. »Kennst du Phelan, Tristan?«

Tristan warf Phelan einen Blick zu, schüttelte aber den Kopf, als er sich wieder ihr zuwandte. »Nein. Brauchst du etwas zu trinken? Zu essen. Du bist leichenblass.«

»Vielleicht möchtest du selbst einen Drink«, sagte sie und versuchte, sich aufzusetzen. »Du wirst ihn nötiger brauchen als ich.«

Aisley fuhr Phelan an, und im nächsten Moment half er Rhi auf einen Stuhl. Sobald sie am Tisch saß, ließ Rhi ihren Kopf auf ihre Hände sinken und wünschte, sie wäre mit besseren Nachrichten zurückgekommen.

Die Stille in der Küche wurde unterbrochen durch das Geräusch des Stuhles, den Aisley heranzog, um sich neben Rhi zu setzen. Phelan hob den auf, den sie umgeworfen hatte, und sank zu Rhis anderer Seite darauf nieder; seine Besorgnis und gleichzeitige Verärgerung waren deutlich spürbar.

»Rhi?«, drängte Phelan sie mit gepresster Stimme.

Sie hob den Kopf, und obgleich er sie angesprochen hatte, ruhten Phelans blaugraue Augen auf Tristan, der mit zwei Gläsern und einer Flasche Whisky in die Küche zurückkam. Rhi griff nach Phelans Hand und drückte sie, bis er sie anblickte. »Er kennt dich nicht Er erinnert sich an nichts.«

»An nichts?«, fragte Phelan mit tief gerunzelter Stirn. »Weiß Ian das?«

»Nein. Du bist der erste Krieger, der ihn zu sehen bekommt.«

Tristan stellte ein Glas Whisky vor sie hin, behielt aber die Flasche in der Hand. »Und *er* ist übrigens anwesend.«

»Schon kapiert«, sagte Phelan und räusperte sich. »Wann bist du nach Dreagan gekommen?«

»Vor ungefähr zwei Jahren.«

Phelan warf Aisley einen Blick zu. »Bist du ein … Drachenkönig?«

»Ja«, bestätigte Tristan mit schiefem Lächeln. »Der neueste.«

»Deine Farbe?«

»Bernstein.«

Rhi sah, wie Phelan mit Daumen und Zeigefinger seinen Nasenrücken massierte. »Der bernsteinfarbene Drache. Ich habe dich gesehen im Kampf mit den Selmyr.«

»Ja, und ich habe dich gesehen. Na und?«, fragte Tristan.

»Weil du der Zw…«

»Das hat Zeit bis später«, wurde Phelan von Con unterbrochen, der zu ihnen in die Küche trat.

Rhi versteifte sich, als sie spürte, wie Cons Blick sie traf. Sie griff nach dem Whisky, trank das Glas aus und hoffte, dass der Alkohol sie stärken würde für das unausweichliche Wortgefecht. Der Mistkerl hatte es schon immer fertiggebracht, dass sich ihr die Nackenhaare sträubten.

»Hast du sie gefunden?«, fragte Con.

Sie nickte. »Sie sind in Irland, in einem verlassenen Herrenhaus in der Nähe von Cork.«

»Wer?«, wollte Phelan wissen.

Con seufzte und stützte sich mit beiden Händen auf einen der Stühle. »Kellan und eine Amerikanerin namens Denae Lacroix.«

Phelan hob die Augenbrauen. »Kellan? Der Kellan, über den ich so viel gehört habe? Wann ist er erwacht?«

»Denae hat ihn aufgeweckt«, erklärte Rhi. »Sie arbeitete für den MI5, der sie zu einem Einsatz in seine Höhle geschickt hat. Um eine lange Geschichte abzukürzen: Der MI5 hat sie verraten, sie hat ihren Partner im Kampf getötet, und Con hat sie gefangen genommen, um herauszufinden, was der MI5 weiß.«

Con zog den Stuhl über die Bodenfliesen, setzte sich und sah sie finster an. Rhi verdrehte die Augen und bemerkte, dass einer ihrer Nägel abgebrochen war. Verdammt. Zeit für eine neue Maniküre und Nagellack.

»Bevor wir Denae aus dem Land bringen, ihr eine neue Identität verschaffen und ihre Erinnerung an uns löschen konnten, wurden wir angegriffen«, beendete Con ihre Erzählung.

Phelan blickte von Rhi zu Con. »Von wem?«

»Dem MI5.« Rhi schluckte und sah Phelan in die Augen. »Und Dunklen Feen.«

Phelan lehnte sich zurück auf seinem Stuhl und fuhr sich mit der Hand übers Gesicht. »Scheiße.«

»Haben sie Kellan und Denae zu dem Zeitpunkt gefangen genommen?«, fragte Aisley stirnrunzelnd.

Con schüttelte den Kopf. »Wir konnten sie am Hafen vertreiben, aber irgendwie sind sie Kellan nach Raasay gefolgt und haben ihn sich da geschnappt.«

»Hal und Laith haben mir alles erzählt über die Feen«, sagte Tristan. »Ich finde immer noch, dass wir sie verfolgen und Kellan und Denae befreien sollten.«

Rhi nahm Tristan die Whiskyflasche aus der Hand und schenkte sich nach, versuchte zu übersehen, dass ihre Hand zitterte. »Wenn ihr das tut, verletzt ihr den Friedensvertrag.«

»Sie haben einen der unseren entführt«, widersprach Tristan.

Con gab Rhi einen Wink, und sie schob ihm die Flasche quer über den Tisch zu. Er stand auf und holte weitere Gläser, die er auf den Tisch stellte und füllte, ehe er jedem ein Glas reichte.

»Es waren die Dunklen, die sie ergriffen haben«, sagte Con, nachdem er einen Schluck von seinem Scotch genommen hatte. »Die Hellen schenken den Dunklen selten Beachtung.«

»Das ist nicht wahr«, widersprach Rhi verärgert. »Wir haben sie schon immer bekämpft, und wir werden sie bis in alle Ewigkeiten bekämpfen. Das entspricht unserer Art. Und so wie sie uns niemals vernichten werden, werden wir sie auch niemals vernichten.«

»Und wenn ihr irgendwann beschließt, euch zusammenzutun?«, fragte Aisley.

Rhi sah Phelans hübsche Frau an und zuckte die Achseln.

»Der Versuch wurde bereits einmal unternommen. Der Krieg mit den Königen. Das ging nicht gut aus.«

»Vergiss die Vergangenheit«, mischte sich Con ein. »Was tust du hier? Ich dachte, du wolltest versuchen, Denae und Kellan zu befreien.«

Sie wollte sich nicht streiten, schon gar nicht, wenn sie so schwach war. Sie war zu müde, um die Klingen mit Constantine zu kreuzen, aber sie wollte ihm auch keineswegs eine Schwäche zeigen. Er würde sich sofort darauf stürzen und es sie spüren lassen.

»Macht dein Hass dich blind?«, fragte Phelan Con. »Kannst du nicht sehen, dass sie erschöpft ist?«

Rhi setzte sich aufrechter hin und zwang sich zu einem strahlenden Lächeln. »Mir geht es gut. Ich bin hier, um über das, was ich herausgefunden habe, zu berichten.«

»Du hast uns gesagt, wo sie sind. Geh wieder dorthin, und halte Wache«, forderte Con.

Das war zu viel. Sie hatte ihre Hilfe angeboten, wegen ihrer Liebe zu einem Drachenkönig, aber sie war nicht Cons Lakai, dem er nach Belieben Befehle erteilen konnte. Rhi versuchte aufzustehen, aber ihre Beine versagten ihr immer noch den Dienst. Ersatzweise warf sie ihr Glas nach ihm.

Er wich in der letzten Sekunde seitlich aus, und das Glas landete auf dem Fußboden hinter ihm und zersprang klirrend in tausend Scherben. Sie konnte ihre unglaubliche Empörung einfach nicht im Zaum halten und wollte es auch gar nicht.

»Rhi«, sagte Con mit ruhiger, leiser Stimme. »Beruhige dich.«

»Mich beruhigen?«, wiederholte sie wütend. »Ich hätte euch nicht warnen müssen vor der sich nähernden Gefahr.

Ich hätte nicht vor Ort bleiben und Kellan und Denae warnen müssen, dass die Dunklen Feen im Anmarsch waren. Ich hätte ihnen nicht folgen müssen in diese widerliche Behausung. Ich hätte nicht hierherkommen und euch darüber informieren müssen. Und was tust du? Du verlangst jedes Mal mehr von mir und kommandierst mich herum!«

Phelan ergriff eine ihrer Hände. »Rhi.«

»Was ist?«, schrie sie und blickte ihn an.

Er betrachtete die Hand, die er hielt. »Du glühst.«

Rhi senkte den Blick und sah, dass ihre Haut in der Tat das helle weiße Licht ausstrahlte, das gewisse Helle Feen in sich trugen – ein Licht, das benutzt werden konnte, um Leben zu retten … oder Leben zu nehmen.

Sie schloss die Augen und konzentrierte sich darauf, ihre Wut zu bezähmen. Als Rhi sich wieder beruhigt hatte, öffnete sie die Augen und stellte fest, dass alle sie beobachteten.

»Was war das?«, wollte Phelan wissen.

Con beugte sich über den Tisch und schenkte Whisky in ein neues Glas ein, das er Rhi zuschob. »Das ist etwas, was nur wenige Feen besitzen. Einfach ausgedrückt: Rhi hätte dieses Herrenhaus dem Erdboden gleichmachen und alle, die sich darin befinden, problemlos vernichten können.«

»Oder ein sterbendes Reich wiederbeleben können«, fügte sie mit einem finsteren Blick in Richtung Con hinzu. Dann sah sie Phelan, Aisley und Tristan an. »Ich habe mich von meinem Zorn übermannen lassen. Dafür entschuldige ich mich.«

»Nicht nötig«, versicherte ihr Aisley mit einem Lächeln in ihren rehbraunen Augen. »Wolltest du uns etwas über Denae und Kellan sagen?«

Rhi lehnte sich zurück auf ihrem Stuhl und warf sich die

langen Haare über die Schulter. Sie hätte gern geduscht und sich umgezogen, nachdem sie so viel Zeit bei den Dunklen zugebracht hatte. »Die Dunklen halten sie zusammen in einem Verlies fest. Sie wissen, dass sie Kellan nicht töten können, also haben sie die Absicht, Denae so lange zu foltern, bis er redet.«

»Das wird er nicht tun«, sagte Con hart, den Blick voller Wut und Bedauern. »Er wird uns nicht verraten, egal, was er Denae geschworen hat. Und das … das wird ihn zerstören.«

Rhi nickte zustimmend. »Ja. Das wird es.«

»Wie konntest du an all den Dunklen Feen vorbeischlüpfen?«, wollte Tristan wissen.

Sie zupfte an ihrem abgebrochenen Nagel. »Ich musste unsichtbar bleiben.«

Con runzelte die Stirn. »Willst du mir erzählen, dass du ein und aus gegangen bist an diesem Ort in der Annahme, unentdeckt zu bleiben?«

Das wollte sie ihm nun nicht verraten. Es war ihr Geheimnis, eins, das niemand anders kannte. Wenn sie es jetzt Con offenbarte, wüsste er es für alle Zeiten.

Und er würde es *niemals* vergessen. Der Mistkerl hatte das Gedächtnis eines verdammten Elefanten.

»Nein«, sagte sie und hoffte, er würde dieses Thema fallen lassen.

Sie hätte es besser wissen müssen.

Con klappte die Kinnlade herunter. »Du bist für längere Zeit unsichtbar geblieben?«, fragte er ungläubig.

Rhi rutschte hin und her auf ihrem Stuhl. Der verdammte Con schaffte es, dass sie sich entscheiden musste zwischen Lüge und Wahrheit. Natürlich wusste er ganz genau, wie sehr sie Lügen hasste. Sie hatte das von ihrer Mutter geerbt, eine Eigenschaft, bei der jede Fee darum betete, sie nicht zu besitzen.

»Rhi«, drängte Con sie.

Die Lüge lag ihr schon auf der Zunge, aber als sie versuchte, sie auszusprechen, begann ihre Haut zu brennen. Sie verfluchte im Stillen diese Erblast und funkelte Con wütend an.

Er hob nur leicht eine seiner blonden Augenbrauen.

»Ja«, sagte sie endlich und schlug mit der Faust auf den Tisch. »Zur Hölle mit dir, Con. Warum musstest du mich drängen?«

Aisley blickte hinüber zu ihrem Ehemann. »Warum lügt sie nicht einfach?«

»Das kann Rhi nicht. Nicht ohne große Schmerzen«, erklärte Con.

Rhi leerte ihr Glas und füllte es neu. »Die Dunklen sind in Denaes Gedanken eingedrungen. Sie redete fortwährend von ihrer Schwester, Renee, die einst ertrunken ist, und davon, dass sie immer von jedem verlassen wurde. Sie war in tiefe Depressionen versunken. Ich habe versucht, ihr zu helfen, aber letztendlich war es Kellan, der sie da herausgezogen hat.«

»Hat er das?«, fragte Phelan und stieß einen Pfiff aus. »Das ist beeindruckend.«

»Das ist noch nicht alles.« Rhi blickte über den Tisch zu Con. »Sie ist immun gegen die Verführungsmagie der Dunklen Feen.«

Cons Miene war für einen Moment völlig leer, während er versuchte, diese überraschende Neuigkeit zu verdauen. »Wie das?«

»Nicht einmal die Dunklen haben dafür eine Erklärung.

Sie sind genauso verblüfft wie ich. Von so etwas habe ich noch nie gehört.«

Aisley sagte: »Also, das sind doch ganz gute Nachrichten, oder?«

»Nein«, sagten Con und Rhi wie aus einem Munde.

Rhi schluckte schwer und senkte ihren Blick auf den Tisch. »Ihre … Unlust … auf die Dunklen hat Taraeths Aufmerksamkeit erregt. Er betrachtet Denae als Herausforderung, und er wird nicht eher ruhen, bis sie ihm gehört.«

»Warum hast du sie dann verlassen?«, fragte Con scharf.

Rhi sah erst ihn an, dann wandte sie ihren Kopf und blickte Phelan an. »Ich bin deinetwegen gekommen.«

29

Cork, Irland

Rhys wusste in dem Moment, in dem er den Pub *an Doras* sah, dass es einer war, den die Dunklen Feen frequentierten. Er und Kiril tauschten einen Blick und überquerten die belebte Straße.

Die Straßenbeleuchtung schien hell in der stockfinsteren Nacht. Laute Musik war zu hören, und die Jungen und Schönen strömten in den Pub. Rhys erspähte den großen Dunklen, der die Tür bewachte.

Er stand mit dem Gesicht zur Straße, seine Hände vor dem Körper verschränkt, seine langen, silbern gesträhnten schwarzen Haare zu einem Zopf zurückgebunden.

»Ich werde ihn fragen, wo er diese roten Kontaktlinsen her hat«, hörte er eine junge Frau sagen, die zu dem Dunklen eilte.

»Glaubst du, dass er uns als Könige identifizieren wird?«, fragte Kiril, während beide Männer ihre Schritte verlangsamten, sobald sie den Bürgersteig erreichten.

Rhys zuckte die Achseln und beobachtete, wie der Dunkle

sich der flirtenden Frau zuwandte, die ihn über die mutmaßlichen Kontaktlinsen ausfragte. »Schon möglich. Ich habe aber eine Idee.«

Kiril sah ihn fragend an und lächelte nur, als Rhys auf vier Frauen in den Zwanzigern deutete, die unter einer Straßenlaterne standen. »Oh, mir gefällt dein Gedanke.«

Einhellig änderten die beiden ihre Richtung und gingen auf die Frauen zu. Die sahen sie näher kommen, und jede einzelne richtete sich auf, streckte ihre Brüste heraus.

Es war wirklich schade, dass sie geschäftlich unterwegs waren, weil Rhys nichts lieber getan hätte, als sich zwei der Frauen zu schnappen und sich die Nacht über zu vergnügen.

»Hallo«, sagte eine der Frauen mit roten Haaren und funkelnden grünen Augen. Sie hatte versucht, ihre Sommersprossen mit zentimeterdickem Make-up zu kaschieren.

Rhys blieb neben ihr stehen. »Ich hatte schon immer eine Schwäche für Rothaarige, grüne Augen und Sommersprossen.«

»Sommersprossen?«, fragte sie zurück und himmelte ihn an.

Rhys nickte. »Sommersprossen.«

»Was habt ihr Mädels vor heute Abend?«, fragte Kiril, stellte sich zwischen zwei der jungen Frauen und zwinkerte ihnen zu.

Eine von ihnen, eine große, langbeinige Blondine, musterte Kiril von oben bis unten. »Schotten, wie? Was sollten wir von euch wollen?«

Rhys lachte und zog die Rothaarige an sich. »Wenn du erst einmal einen Schotten gehabt hast, wirst du nie wieder einen anderen Mann wollen.«

Eine der beiden anderen, eine Brünette, lächelte verführerisch. »Ihr seid ja echte Angeber.«

»Und ich bin ein echter Mann«, sagte Rhys. »Warum lasst ihr Schätzchen euch nicht einen Drink spendieren, und wir diskutieren … das aus.«

»Ich bin dabei«, sagte die Sommersprossige.

Die anderen stimmten schnell zu. Doch sogar noch, als sie zu sechst auf die Eingangstür des *an Doras* zugingen, hielt Rhys es halbwegs für denkbar, dass er Magie würde einsetzen müssen gegen den Türsteher der Dunklen.

Aber genau wie jeder Mann, der von seinem Schwanz beherrscht wird, würdigte der Dunkle ihn und Kiril kaum eines Blickes, sondern hatte nur Augen für die vier Frauen in ihrer Begleitung.

Sobald sie drinnen waren, musste Rhys seine Fäuste ballen, als er sich umsah und all die Dunklen Feen bemerkte, die mit Männern und Frauen aus Cork hinter irgendwelchen Geheimtüren verschwanden.

Einige der Menschen kamen wieder zum Vorschein, ihre Seelen so gut wie ausgelöscht.

Von anderen hörte man nie wieder etwas.

Rhys blickte die Frauen um ihn herum an. Es war schlechterdings unmöglich, sie guten Gewissens allein zu lassen. Und nach Kirils grimmiger Miene zu urteilen war der zu demselben Schluss gekommen.

»Dieser Ort ist nichts für euch, Mädels«, sagte Kiril über die Musik hinweg.

Die Frauen nahmen es ihm auf der Stelle übel, redeten alle auf einmal. Bevor Rhys die Situation klären konnte, kam ein Dunkler mit kurzen Haaren und teurem Anzug auf sie zu.

»Gibt es hier Ärger?«, fragte er aalglatt und beäugte die Sommersprossige.

Rhys zog die Sommersprossige enger an sich. »Nein.« Je weniger er sagte, desto eher würde er möglicherweise nicht als Schotte identifiziert werden.

Die roten Augen des Dunklen blickten ihn an. »Ich habe die Damen gefragt.«

Die Sommersprossige, als ob sie spürte, dass etwas im Busch war, nahm die Hand der ihr am nächsten stehenden Frau. »Alles bestens. Wir wollten nur gerade gehen.«

»Gehen?«, fragte der Dunkle, dessen Blick sich auf sie verengte. »Warum solltet ihr gehen wollen?«

»Sie hatten eine lange Nacht«, erklärte Rhys, der zwischen die Sommersprossige und den Dunklen trat.

Die funkelnden roten Augen konzentrierten sich ausschließlich auf Rhys. Währenddessen geleitete Kiril die vier Sterblichen schnell und ohne viel Aufhebens aus dem Pub.

»Du bist Schotte«, sagte der Dunkle, dessen Lippen sich verächtlich zurückzogen, als ob allein das Wort bei ihm schon Ekel erzeugte.

»Und du bist Ire. Ich bin ja so froh, dass wir das geklärt haben«, sagte Rhys mit aufgesetztem Lächeln. »Also, sag, warum tragt ihr alle diese roten Kontaktlinsen?«

Es widersprach total Rhys' Instinkt, den Dunklen nicht auf der Stelle zu töten, aber er brauchte Informationen über die Dunklen Feen, ihre Pläne und, was noch wichtiger war, den Ort, an dem sie Kellan und Denae gefangen hielten.

Der Dunkle verdrehte die Augen, machte auf dem Absatz kehrt und verschwand in der Menge.

Kiril schlug Rhys auf den Rücken. »Das war geistesgegenwärtig.«

»Sind die Frauen in Sicherheit?«

»Ja. Und sie sind auch stark verängstigt. Ich glaube nicht, dass sie jemals wieder in die Nähe dieser Kneipe kommen.«

»Gut.« Rhys überflog die Bar mit einem Blick, bis er zwei Barhocker sah. »Zeit, an die Arbeit zu gehen.«

Kiril rieb sich die Hände. »Mit Vergnügen.«

Denae konnte sich nicht bewegen. Emil hatte seine Magie benutzt, um sie an die Wand zu pressen und dort festzuhalten, und die kühlen, feuchten Steine ließen sie erschauern.

In seinen roten Augen lag ein unnatürliches Glühen, eins, das ihr sagte, dass er jetzt seine Zeit für gekommen hielt, mit ihr zu spielen – und dass er das voll auskosten würde.

Sie wollte hinüber zu Kellan sehen, wollte wissen, wie er mit Taraeth klarkam, aber sie traute sich nicht. Die Sekunde, in der sie das tat, konnte die Sekunde sein, in der Emil in ihre Gedanken eindrang.

Kellan hatte ihr eingeschärft, wachsam zu bleiben, und sie hatte vor, das zu beherzigen. Auch wenn es sie fast umbrachte.

Kellan gab ein lautes Wutgebrüll von sich. Aus dem Augenwinkel sah sie, wie er auf die Füße sprang und sich auf Taraeth stürzte, aber kurz bevor er den Anführer der Dunklen packen konnte, zurückgehalten wurde von der Kette.

Ein lauter Knall war zu hören, und Denae zuckte zusammen, weil sie wusste, dass es Kellans Schulter war, die da ausgerenkt worden war. Nichtsdestotrotz griff er Taraeth an.

Sie konnte Taraeths Gesicht nicht erkennen, aber sie nahm an, dass es ungefähr so aussah wie Emils, dessen Miene unglaubliche Schadenfreude und Befriedigung ausstrahlte. Sie dachten, sie hätten gewonnen.

Vielleicht hatten sie das.

Für den Moment.

Aber Denae zweifelte nicht daran, dass Kellan sich eines Tages befreien würde. Und wenn er das tat, würde er nichts als Zerstörung und Tod hinterlassen.

Sie wusste nicht viel von dem Drachenkönig, doch sie erkannte die potenzielle Gefahr, die dunkle Bedrohung, die gleich unterhalb der warmen Haut und der kräftigen Muskeln lauerte.

Den Wagemut, den er fest im Zaum hielt.

Bis jemand ihn herausforderte.

Er war die absolute Kraft, die totale Dominanz.

Außerordentliche, atemberaubende Beherrschung.

Sogar rasend vor Wut und blutüberströmt, war er prachtvoll. In diesem Moment erkannte Denae in ihm in vollem Umfang den Drachenkönig. Er war Beschützer, Verteidiger und Bewacher des Reiches.

Er war zugleich Richter, Geschworener und Scharfrichter all jener, die es wagten, dem Reich Schaden zuzufügen.

»Du siehst mich an, aber du denkst an ihn«, sagte Emil mit lüsternem Blick. »Das kann ich nicht durchgehen lassen.«

Denae schluckte und konzentrierte sich wieder voll auf den Dunklen vor ihr. Er war eine Plage, eine Pest, konnte sie körperlich und seelisch unglaublich verletzen, wenn sie nicht aufpasste.

»Bist du sicher, dass es Kellan ist, an den ich denke?«, fragte sie listig.

Emil grinste breit, während er nach ihrem Shirt griff. Mit einem Ruck riss er ihr übergroßes Oberteil entzwei, das ihr daraufhin über die Arme rutschte.

Die einzigen Kleidungsstücke, die ihre nackte Haut nun von dem Dunklen trennten, waren ihr Bustier und ihre Yoga-Hose.

Innerhalb von Sekunden waren aber auch diese weg.

Denae wurde an die Wand gepresst, nackt und unfähig, sich selbst gegen ihren Angreifer zu verteidigen. Es war demütigend.

Und machte sie wütend.

Denae hatte noch nie eine derart rasende, geradezu wilde Wut gespürt. Sie schob ihre Furcht beiseite, sodass sie wieder kühl und überlegt handeln konnte. Sie musterte den Dunklen verächtlich.

»Wie armselig. Du schaffst es nicht einmal, dass eine unbedeutende Menschenfrau dich auch nur halbwegs begehrt. Deine beiden Freunde haben eben die gleiche Erfahrung gemacht. Ich wette, dass sie jetzt über dich herziehen. Wie schnell sich wohl Gerüchte innerhalb eurer Mannschaft verbreiten, das frage ich mich.«

Das Lachen und die Begierde verschwanden im Nu aus seinen Augen, unmittelbar abgelöst von Bösartigkeit. Er legte seine Hand um ihre Kehle und drückte zu.

Hinter ihnen erhaschte sie einen kurzen Blick auf Taraeth, der über seine Schulter zu ihnen sah. Seine Augen glühten dunkelrot, bevor er Emils Namen bellte.

»Sie gehört mir!«, brüllte Taraeth.

Emil ließ seine Hand sinken und trat einen Schritt zurück, aber in seinem Blick lag das Versprechen von Rache.

Sofern Denae geglaubt hatte, dass sie losgelassen wurde, um wieder die Kontrolle über ihren eigenen Körper zu erlangen, hatte sie sich schrecklich getäuscht. Taraeth, jetzt aufmerksam geworden auf sie, sah sie an und grinste boshaft.

»Ah, ich weiß, dass dein Körper mir sehr gefallen wird, Kleine.«

Denae mochte ja Angst haben vor Emil, aber Taraeth jagte ihr einen höllischen Schrecken ein. Dieser Anführer der Dunklen hatte etwas an sich, was in ihr den Wunsch weckte, sich in einer Ecke zu verkriechen und ihren Kopf mit beiden Armen zu schützen.

Er war der Schrecken in der Finsternis, die Heimtücke, die in den Schatten lauerte und darauf wartete, nichts ahnende Frauen zu überfallen. Er war der als Lustversprechen getarnte Tod, aber sie ließ sich von seiner Tarnung nichts vormachen, sah ihn als das, was er wirklich war.

Und es erschreckte sie.

Sie wünschte, sie wäre wenigstens noch bekleidet. Denae fühlte sich machtlos und unfähig, hilflos und schwach. Sofort dachte sie an ihre Schwester und wie deren Augen sie angefleht hatten, ihr das mit dem Stalker zu glauben.

Denae bekam unglaubliche Beklemmungen, da die Emotionen auf sie einstürzten wie eine Lawine. Rasch verdrängte sie die Erinnerungen und konzentrierte sich wieder auf sich selbst.

Es musste einen Weg geben, Taraeth von sich abzulenken. Ihm Schimpfworte an den Kopf zu werfen hatte nicht geholfen. Genauso wenig wie ihre sichtliche Aversion gegen die Dunklen. Ganz im Gegenteil schien sie das noch mehr anzuturnen. Das Einzige, was ihr noch übrig blieb, war, vorzugeben, dass sie sich fügte.

Taraeth kam drei Schritte auf sie zu, seine roten Augen musterten sie von oben bis unten.

»Bist du schon fertig mit mir?«, fragte Kellan

Taraeth blieb bei Kellans Worten stehen. Das verschaffte

Denae eine Atempause, aber sie war sich nicht sicher, ob sie lange anhalten würde angesichts der Begierde in den Augen des Anführers der Dunklen.

»Ruh dich aus, Drache. Ich will etwas Spaß haben«, verkündete Taraeth mit einem breiten Grinsen, das auf sie gerichtet war.

Denae verzog das Gesicht »Ich glaube, dass du möglicherweise enttäuscht sein wirst.«

So viel zu ihrer Idee, so zu tun, als würde sie klein beigeben. Die Vorstellung, dass er sie anfassen würde, ekelte sie an, und die Worte waren ihr nur so über die Lippen gesprudelt, bevor sie sie zurückhalten konnte.

»Nicht wenn ich in dir bin.« Taraeth ließ die Säbel in seinen Händen verschwinden und packte seinen erigierten Schwanz. »Ich glaube, wir werden ganz viel Spaß miteinander haben, Kleine.«

»Du hast mich falsch verstanden. Du wirst enttäuscht sein, weil ich dich nicht will.«

Taraeth ließ sich nicht beirren. »Vielleicht anfangs, aber darüber denkst du bestimmt anders, sobald ich dich befriedigt habe.«

Denae blieb keine Zeit für eine passende Antwort darauf, weil er schnell auf sie zutrat und sie küsste.

»Was meinst du damit, dass du meinetwegen gekommen bist?«, fragte Phelan Rhi.

Die Fee hatte dunkle Ringe unter den Augen, und sie war unglaublich blass. Die tiefen Falten um ihren Mund waren ein weiteres Zeichen dafür, dass sie total erschöpft und an ihre Grenzen gekommen war.

»Du bist zur Hälfte ein Angehöriger der Feen, Phelan«,

erklärte sie. »Du bist in der Lage, den Zugang zu finden, und kannst hinein.«

Er drehte sich um zu Aisley, die ihn gelassen ansah mit ihren rehbraunen Augen. Das war ihre stille Art, ihm zu verstehen zu geben, dass sie jede seiner Entscheidungen mittragen würde, egal, welche er traf.

»Ich habe noch nie zuvor einen Zugang gefunden. Wie kannst du dir so sicher sein?«, fragte er.

Rhi lächelte schach. »Die Zugänge waren geschlossen in Schottland. Es gibt einen oder zwei in England, aber wenn du wirklich einen finden willst, dann musst du nach Irland gehen.«

Phelan war Kellan oder Denae nie begegnet, aber die Drachenkönige waren ihm zu Hilfe gekommen, wie auch die anderen Krieger und Druiden von MacLeod Castle, und zwar bei mehreren Gelegenheiten. Wie könnte er ihnen jetzt seine Hilfe verweigern?

»Was muss ich tun?«

Rhi schloss kurz die Augen, von unglaublicher Erleichterung erfüllt. »Es wird alles andere als leicht werden, mein Hengst.«

»Wann war der Kampf gegen die Böse je einfach?« Er zwinkerte ihr zu und hielt seine Hand über den Tisch hinweg Aisley hin. Sobald sie sie ergriffen hatte, verschränkten sie ihre Finger. »Hast du nicht gesagt, dass die Dunklen Feen sich in einem verlassenen Herrenhaus aufhalten?«

Rhi befeuchtete sich die Lippen. »Das tun sie. Um hineinzugelangen, musst du den Zugang finden.«

»Er wird in ein Gemetzel geraten«, meinte Tristan.

Phelan sah wieder den neuesten Drachenkönig an. Er fasste es immer noch nicht, welches Gesicht ihm da entgegenblickte. So gern er mit Tristan darüber geredet hätte, es musste warten, bis die jüngste Krise abgewendet war.

Con trommelte mit den Fingern auf den Tisch. »Ja, das wird er. Gibt es einen anderen Weg, Rhi?«

»Ja«, sagte sie und verdrehte die Augen. »Als würde ich meinen Prinzen in eine tödliche Falle schicken. Du solltest mir schon ein bisschen mehr zutrauen.«

Phelan hüstelte, um sein Lachen zu überspielen, während Aisley sich mit einem breiten Schmunzeln abwandte.

»Nun?«, fragte Con mit eher gelangweilter Stimme.

Rhi blickte Phelan mit ihren silbernen Augen an. »Der Zugang, den du brauchst, wird dich in ein Labyrinth von unterirdischen Tunneln führen.«

»Benutzen ihn die Dunklen Feen?«, wollte Aisley wissen.

Rhi schüttelte den Kopf. »Die Tunnel ja, aber nicht den Zugang. Ich habe den Zugang geschaffen, bevor ich hierherkam.«

Tristan verschränkte die Arme vor der Brust und lehnte sich an die Wand. »Was ist mit diesen Tunneln? Du sagst, die Dunklen benutzen sie?«

»Ohne die Feen wären es nichts weiter als unterirdische Tunnel, geformt vom Wasser im Lauf der Jahrtausende. Doch haben die Dunklen das Trennende zwischen unserem Reich und eurem beinahe ...« Sie hielt inne und zuckte die Achseln. »Es existiert fast nicht mehr.«

Con fluchte heftig, während er aufstand und auf und ab marschierte. Phelan blickte vom König der Könige zu Rhi, die ihre Nägel inspizierte.

»Ich nehme an, dass es scheußliche Dinge gibt in diesen Tunneln?«, fragte Phelan.

Rhi nickte schweigend.

Con fuhr herum zu ihr. »Wie lange weißt du das schon? Weißt du, was passieren kann, wenn irgendwelche dieser Wesen ihren Weg an die Oberfläche finden? Und was ist mit Sterblichen, die beschließen, diese Tunnel zu erkunden?«

Sobald Con anfing, sie anzuschreien, musterte Rhi ihn mit schmalen Augen. Sie schob ihren Stuhl zurück und erhob sich, wobei sie sich mit beiden Händen auf den Tisch stützte. »Ich habe es gerade erst herausgefunden. Ich habe mir nicht einmal die Zeit genommen, meine Königin zu alarmieren über diese Entdeckung, du Arschloch. Ich bin zuerst zu euch gekommen, und ich weiß sehr wohl, was passieren könnte!«

Phelan blickte Aisley an, die ihm knapp zunickte. Er gab ihre Hand frei und stand auf. »Je schneller ich dort bin, desto besser, aber Rhi, zuerst musst du dich ausruhen.«

»Dafür ist keine Zeit«, protestierte sie und wandte ihren Kopf ab.

»Ich brauche dich in bester Verfassung.« Er starrte sie an, bis sie mit einem lauten Seufzer nachgab.

Tristan stieß sich von der Wand ab. »Ich begleite euch.«

»Ich auch«, sagte Aisley.

Phelan ging um den Tisch herum und zog seine Frau in die Arme. »Du weißt, dass ich dich bei mir haben möchte, aber nicht dieses Mal, meine Schöne. Wenn diese Dunklen Feen dich in die Hände kriegen, den Phönix, dann weiß ich nicht, was ich tun soll.«

»Phelan hat recht«, stimmte Con ihm zu. »Es ist sicherer für dich hier, Aisley.«

Aisley befreite sich aus Phelans Umarmung und seufzte. »Finde Kellan und Denae, töte so viele der Dunklen, die dich oder sie bedrohen, wie du kannst, und dann kehre so schnell wie möglich zu mir zurück.«

»Aber sicher«, versprach er und küsste sie zum Abschied.

Con durchbohrte Rhi mit seinem Blick. »Wie lange brauchst du, um dich zu erholen?«

»Ich bin erholt.«

»Das ist Quatsch«, sagte Con mit angewiderter Miene. »Ich sehe doch, wie elend du aussiehst. Du hättest nicht die geringste Chance gegen die Dunklen Feen.«

»Möchtest du deine Ansicht überprüfen? Wie wäre es, wenn ich deinem selbstherrlichen Arsch einen Tritt versetze und dich in einen Haufen von ihnen schubse? Dann werden wir ja sehen, wie lange es dauert, bis ich dich retten muss.«

»Was läuft da zwischen ihnen?«, fragte Aisley Phelan flüsternd. »War das einfach nur der Krieg?«

Phelan strich ihr die langen Haare hinter die Ohren und beugte sich dicht zu ihr vor. »Soweit ich es verstanden habe, hatte Rhi mal eine Beziehung mit einem der Könige.«

Aisley machte große Augen. »Etwa mit Con? Er hasst sie mit Sicherheit.«

»Keiner will mir einen Namen nennen.«

Con schob ruhig seinen Stuhl zurück an den Tisch, sein Gesicht eine Maske kühler Gelassenheit. »Du bist nicht unsterblich, Rhi. Daran wirst du dich hoffentlich erinnern, wenn du deinen Prinzen und einen Drachenkönig in diese Tunnel geschleust hast.«

»Sowohl Phelan als auch Tristan kommen mit allem klar, was ihnen begegnet«, gab sie zurück, äußerlich genauso ruhig wie er.

Tristan runzelte die Stirn. »Wenn wir in den Tunneln sind, wo wirst du dann sein?«

»Bei Denae und Kellan«, vermutete Phelan und blickte sie an. »Der Ort, an dem sie gefangen gehalten werden, hat keinen Zugang zu den Tunneln, stimmt's?«

Rhi schüttelte leicht den Kopf, wobei ihr die langen schwarzen Haare weich über den Rücken glitten. »Nein. Ich muss sie dorthin führen.«

»Und dabei unsichtbar bleiben«, fügte Con hinzu. Er holte tief Luft und stieß sie langsam wieder aus. »Kannst du das so bald schon wiederholen?«

»Ich werde es tun.«

»Kannst du?«, wiederholte er nachdrücklicher. »Ich möchte nicht, dass Usaeil mir die Schuld an deinem Tod gibt.«

Statt ihm zu antworten, drehte Rhi sich zu Phelan um. »Gib mir fünfzehn Minuten, und dann machen wir uns auf den Weg.«

Bevor er antworten konnte, war sie verschwunden.

Con drehte sich um und verließ die Küche, und Tristan folgte ihm. Phelan nutzte diese kostbaren Minuten mit Aisley.

»Bis du dir sicher?«, fragte sie.

»Ich war noch nie im Feenreich. Ich weiß nicht, was mich dort erwartet oder was uns dort möglicherweise widerfährt, aber ich muss gehen.«

»Ich weiß. Ich mache mir nur Sorgen. Wenn sie einen Drachenkönig gefangen halten können, was können sie dann dir antun?«

Er blickte ihr in die Augen und lächelte. »Ich bin zum Teil gebürtige Fee, vergiss das nicht. Sie werden bald erfahren, mit wem sie es zu tun haben.«

Sie wechselten keine weiteren Worte, sondern küssten

sich, und die Welt um sie herum versank und wich ihrer zunehmenden Leidenschaft. Er küsste sie wieder und wieder, vertiefte seine Küsse jedes Mal.

Dann, viel zu bald, kehrte Rhi zurück.

»Ich liebe dich«, sagte Aisley.

Phelan zwinkerte ihr zu. »Ich liebe dich auch, meine Schöne.«

Er verließ mit Rhi das Herrenhaus, und sie begaben sich ins nächste Tal, wo Con auf sie wartete. Sie waren kaum bei ihm angelangt, als sich ein Drache mit Schuppen von der Farbe polierten Bernsteins vom Himmel herabsenkte und weich vor ihnen landete.

»Er kann dich in seiner Tatze tragen, oder du kannst auf seinem Rücken reiten«, schlug Con vor. »Deine Entscheidung.«

»Ich reite«, sagte Phelan und ging auf den Drachen zu.

Tristan sah ihn mit seinen apfelgrünen Drachenaugen an und streckte ihm seine kräftigen Vordergliedmaße mit langen Klauen entgegen.

Phelan kletterte daran hinauf und machte es sich am Übergang zum Hals auf dem Rücken bequem. Er drehte sich um und betrachtete den Schwanz, dessen Ende mit einem Stachel bewehrt war.

»Wie du als Krieger begonnen hast und dann ein Drachenkönig geworden bist, bleibt ein totales Mysterium für mich. Jedenfalls für den Moment«, flüsterte er.

Tristan schwang seinen großen Kopf herum zu ihm und blickte Phelan an, bevor er die Flügel spreizte und wieder anlegte.

»Er ist bereit«, sagte Con. »Du auch?«

Phelan hatte kaum bestätigend genickt, da war Rhi schon

verschwunden. »Woher will Tristan wissen, wohin wir fliegen müssen?«

»Er weiß es nicht. Du weißt es«, erwiderte Con lächelnd.

Phelan hielt sich an dem Schuppenpanzer fest, als der Drache sich vom Boden abstieß und in die Wolken hinaufflog, während die Nacht sich herabsenkte.

30

Es kostete Kellan seine ganze Beherrschung und Zurückhaltung, nicht an seiner Kette zu reißen und zu versuchen, Denae zu Hilfe zu eilen. Diese maßlose Wut, die ihn überkam, diese schiere Besitzgier, die ihn packte, wenn es um Denae ging, überraschten ihn zutiefst. Es war für ihn eine unglaubliche Qual, sie dort nackt stehen zu sehen, während die Dunklen sie lüstern anglotzten, aber weitaus schlimmer war es, dass Taraeth sie küsste. Kellans Selbstdisziplin verringerte sich zusehends, je länger er Taraeth und Denae beobachtete.

Kellan war klar gewesen, dass es so kommen würde, aber er hatte nicht erwartet, dass es ihn derart … umhauen würde. Als Denae mit ihm im selben Raum eingesperrt wurde, war sonnenklar, dass sie annahmen, sie bedeutete ihm mehr, als sie es tatsächlich tat.

Zumindest hatte Kellan das gedacht.

Bis zu dem Moment, in dem Taraeth sie geküsst hatte.

Danach war er nur noch von einem einzigen Gedanken beherrscht, nämlich, Taraeth von ihr wegzureißen. Und den Anführer der Dunklen zu töten, und zwar langsam.

Kellan verbarg seinen Zorn, als Denae ein Auge öffnete

und ihn direkt anblickte. Nach der Nacht, die sie zusammen verbracht hatten, kannte er ihre Leidenschaft. Und davon war jetzt in ihren whiskyfarbenen Augen nichts zu sehen.

Obgleich sie Taraeths Kuss erwiderte.

Kellan spähte hinüber zu Emil und sah, wie der Dunkle ihn mit offener Häme anstarrte. Kellan hob eine Augenbraue, bevor er sich umdrehte und zu der Wand zurückging, an die er gekettet war, wobei das Geräusch von Metall auf Stein im Raum widerhallte.

Er setzte sich und lehnte sich zurück. Seine erhitzte Haut traf auf die kühlen Steine, was ihm half, seinen Zorn zu zügeln. Für den Moment.

Er schwärte.

Glomm.

Es war seine Aufgabe, Denae zu beschützen, sie zu verteidigen. Nur er durfte sie … berühren. Es war nicht Kellans Art, etwas zu teilen, besonders nicht mit einer Dunklen Fee. Er verstand ja das Interesse des Dunklen. Denae war einzigartig, mutig, wunderschön und rundherum verführerisch.

Es waren ihre Kühnheit und ihr Schneid, die von Anfang an Taraeths Aufmerksamkeit erregt hatten, aber jetzt, da der Dunkle die volle Pracht ihres Körpers vor sich sah, würde nichts ihn mehr aufhalten können.

Kellan konzentrierte sich darauf, ruhig weiterzuatmen, immer wieder seine Lungen mit Luft zu füllen. Ein und aus, ein und aus. Er fühlte, wie seine Lungen sich weiteten, als Denae Taraeths Kuss erwiderte. Wie sie sich zusammenzogen und die Luft aus seinem Körper entwich, während er mit ansehen musste, wie Taraeth Denaes Hintern packte.

»Ist es schwer zuzusehen?«, fragte Emil mit einem höhnischen Grinsen.

Kellan zwang sich, seinen Blick von Denae abzuwenden und Emil anzusehen. »Ich weiß nicht. Ist es das? Wie qualvoll ist es, mit ansehen zu müssen, wie die Menschenfrau, die du begehrst, von Taraeth genommen wird?«

»Er ist mein Anführer.«

Kellan dachte an Constantine. Er mochte ja der König der Könige sein, aber Kellan würde nicht tatenlos beiseitetreten und Con erlauben, eine Frau zu nehmen, die er selbst begehrte. Nein, er würde mit Con kämpfen.

»Nur ein weiterer Unterschied zwischen uns«, sagte Kellan und täuschte ein Gähnen vor. »Wir teilen unsere Frauen nicht, nicht einmal mit Con.«

Emil starrte Taraeth an. »Nicht einmal, wenn Con es befiehlt?«

»Nicht einmal dann.«

Während Emil Taraeth anstarrte, versuchte Kellan zu übersehen, dass Denae ihr Gesicht nicht weggedreht hatte von dem Dunklen. Hatte sich die legendäre Anziehungskraft der Feen letztendlich durchgesetzt? War, was auch immer sie davon abgehalten hatte, ihnen gleich zu Füßen zu sinken, wirkungslos geworden?

Kellan verstand nicht, warum Denae ihrer Verführungskraft widerstanden hatte. Das hatte bisher kein anderer Mensch fertiggebracht. Noch nie.

Taraeth beendete den Kuss und blickte hinunter auf Denae, während er ihre Brust anhob, so als wollte er ihr Gewicht prüfen. »Du küsst gut, Kleine. Die Zeit mit dir wird ein echter Genuss.«

Denae lächelte ihn strahlend an und blickte bewundernd zu ihm auf. »Lass meine Arme los. Lass mich dich berühren«, bat sie.

Taraeth gluckste und drückte ihre Brustwarze. »Nicht mehr als ein Kuss, und schon gehörst du mir.«

Nein!

Kellan hielt sein Brüllen zurück. Mit Mühe. Schon viele Male hatte er mit angesehen, wie weibliche Menschen hilflos dem Zauber der Feen verfielen, aber dieses Mal verwundete es ihn tiefer, als jede Klinge es vermocht hätte.

Nach dem Widerstand, den Denae geleistet hatte, war Kellan irgendwie davon ausgegangen, dass sie ihnen weiterhin widerstehen könnte. Hatte es wirklich nur eines Kusses bedurft? Gehörte Denae jetzt ihnen, damit sie sexuell und mental mit ihr spielen konnten, bis sie sie zerstört hatten?

»Ich habe sie zuerst gesehen«, meldete sich Emil. »Ich will sie, Taraeth.«

Taraeth beachtete ihn gar nicht. »Du kannst sie haben, wenn ich fertig bin mit ihr. Falls ich dieser Kleinen jemals müde werde. Ich glaube, ich behalte sie für immer.«

Kellan ballte die Fäuste hinter seinem Rücken und stellte sich vor, wie er einen der vielen Feinde der Dunklen ausfindig machen und ihm Taraeth ausliefern würde. Taraeth spüren lassen würde, wie es sich anfühlte, für immer gefangen gehalten und gefoltert zu werden.

»Taraeth …«, fing Emil wieder an, seine Stimme laut und scharf.

Taraeth wirbelte zu ihm herum, seine roten Augen glühten. »Wagst du es, meine Befehle in Frage zu stellen?«

»Ich will sie.« Emil ließ sich nicht einschüchtern, klang zunehmend wütend.

Taraeth blickte wieder zu Denae. »Aber sie will dich nicht. Schon vergessen? Sie hat dich zurückgewiesen.«

»Dich auch.«

Kellan lächelte. Es war kinderleicht, die Dunklen Feen gegeneinander aufzuhetzen. Wenn sich dieser Streit doch bloß zu einem Kampf ausweitete, dann wäre Denae vielleicht eine weitere Atempause vergönnt.

Als er zu ihr sah, ruhte Denaes Blick auf ihm. Sie stand da mit hoch erhobenem Kopf, während die beiden Dunklen Feen sich darüber stritten, wer ihren Körper benutzen durfte.

Ihre braunen Augen waren klar, während sie gelassen seinen Blick erwiderte. In dem Moment wurde ihm bewusst, dass sie Taraeth etwas vorgemacht hatte. Sie hatte so gute Arbeit geleistet, dass sie sogar ihn überzeugt hatte.

Dann zwinkerte sie ihm zu.

Kellan wollte schon zurückzwinkern, aber urplötzlich hörte der Streit auf, und die beiden Dunklen Feen sahen ihn an. Er streckte seine Beine von sich und schlug sie übereinander. »Das ist nicht gerade ein gutes Zeichen, wenn einer deiner Männer dich infrage stellt, Taraeth. Nicht für jemanden, der behauptet, die totale Kontrolle zu haben.«

»Du tust zwar so, als sei dir meine kleine Menschenfrau gleichgültig, aber das glaube ich nicht«, sagte Taraeth. »Ich glaube, du machst dir sehr viel aus ihr. Du gibst dir außerordentliche Mühe, unsere Aufmerksamkeit auf dich zu ziehen, wieder und wieder. Sag mir, Drache, wie fühlt sich das Wissen an, dass du sie zwar genommen hast, aber ich derjenige sein werde, den sie im Gedächtnis behält?«

»Du wirst ihr kein Gedächtnis lassen«, gab Kellan nur lapidar zurück.

Taraeth wandte sich wieder Denae zu und begann, mit ihren Haaren zu spielen. »Vielleicht doch, denke ich. Sie ist etwas Einzigartiges, Seltenes. Sie wird mich enorm befriedigen.« Seine roten Augen richteten sich erneut auf Kellan.

»Ich werde jede Erinnerung an dich in ihr auslöschen, bis sie sich für eine Dunkle Fee hält.«

Tiefe Besorgnis erfüllte Kellan. Einst, vor so langer Zeit, dass es nicht mehr als eine schwache Erinnerung war, hatte es mal eine Fee gegeben, die einen Menschen umwandeln wollte. Kellan erinnerte sich nicht, ob das erfolgreich war oder nicht, aber allein die Tatsache, dass Taraeth es erwähnte, verhieß nichts Gutes für Denae.

»Sie würde eine hervorragende Königin abgeben«, sagte Taraeth. »Aber das hängt allein von dir ab, Drache.«

»Wie das?«

»Gibst du mir die Antworten, die ich haben will, muss ich ihr nicht wehtun. Je mehr ich ihr wehtue, desto unwahrscheinlicher ist es, dass sie überlebt. Ich kann sie nicht zu meiner Königin machen, wenn ihr Geist erloschen ist.«

Denae himmelte Taraeth erneut an, so als hätte er den Mond nur für sie an den Himmel geheftet. Kellan wusste, dass Denae stark war, sowohl geistig als auch körperlich, aber unter dem Ansturm der Dunklen Magie? Letztendlich war sie schließlich doch nur eine Sterbliche und schwächer als der Dunkle. Konnte sie ihm standhalten?

»Ich werde dir nichts sagen«, verkündete Kellan.

Egal, wie stark sein Drang war, sie zu beschützen, er würde seine Brüder nicht verraten. Es stand zu viel auf dem Spiel. Allein die Tatsache, dass sich die Dunklen mit den Menschen zusammengetan hatten, um seiner habhaft zu werden, verriet Kellan, dass etwas Großes im Gange war, und es war abhängig von dem Wissen, das die Drachenkönige hüteten.

»Oh, aber du wirst es tun. Ich gebe dir noch eine Chance. Sag mir, wo es versteckt ist.«

Kellan wusste genau, was Taraeth von ihm wissen wollte.

Der allererste König der Könige hatte es entdeckt und gut versteckt. Nicht lange danach wurde er getötet, genau wie die nächsten drei, bis Constantine die Führung übernahm.

Es gab nur zwei Drachenkönige, die wussten, wonach die Dunklen suchten – ihn und Con. Aber Kellan hatte den Verdacht, dass die Dunklen – oder wer auch immer es war, der sich mit ihnen verbündet hatte – die Silbernen wollten, die eingesperrt waren und schliefen. Die Verwüstung, die diese Drachen anrichten konnten in der Welt, wäre verheerend.

Dass sie dafür sorgen mussten, dass die Silbernen weiterhin schliefen, war einer der vielen Gründe, warum keiner der Drachenkönige sich jemals längere Zeit von Dreagan entfernte.

»Nein«, antwortete Kellan.

Taraeth legte seine Hand auf Denaes Kopf, und sie wurde auf der Stelle totenblass, ihr ganzer Körper fing an zu zittern, während sie schrie und fortwährend zuckte, ausgelöst durch die Magie, die sie packte und festhielt.

»Ich kann sie verletzen. Schwer«, sagte Taraeth. Dann gähnte er und staubte sich die Stiefel ab.

Kellan biss die Zähne zusammen und schaffte es irgendwie, sich nicht von der Stelle zu rühren. Alles in ihm schrie förmlich danach, zu Denae zu laufen und sie von ihren Höllenqualen zu erlösen, die sie gerade durchlitt und die er nur schwer ermessen konnte.

In diesem Moment war es Kellan unbegreiflich, wie er jemals auf den Gedanken kommen konnte, Denae zu hassen. Es schien ihm Jahrhunderte her zu sein, dass sie in sein Leben getreten war. Er hatte sich in dieser kurzen Zeit unglaublich verändert, aber die Veränderung war so langsam und schrittweise vor sich gegangen, dass sie ihm erst jetzt bewusst wurde.

Sie so leiden zu sehen war schlimmer, als seine Bronzenen tot vorzufinden. Es war unfassbar, unerträglich.

Kellan versuchte zu schlucken, während er sie keine Sekunde aus den Augen ließ, in der Hoffnung, sie, so gut er es vermochte, zu bestärken. Sie musste irgendwie durchhalten und es ertragen, denn wenn sie es nicht tat, wusste Kellan nicht, was er tun würde.

Nach einigen weiteren Sekunden hob Taraeth seine Hand, und ihre Schreie verstummten. »Oder ich kann dies tun.«

Kellan hatte kaum Zeit zu registrieren, dass Denae nicht länger Schmerzen zugefügt wurden, als Taraeth auch schon ihre Brüste streichelte und seine Hand über ihren Bauch und hinunter zwischen ihre Beine gleiten ließ. Er hielt bei den schwarzen Locken inne, und ein leises Keuchen entfuhr Denae.

Ihr Kopf fiel gegen die Wand, und ihre Brüste wogten. Während ihre Hüften sich leicht vor- und zurückbewegten, wurde ihr Keuchen zunehmend lauter, bis sie aufschrie, als der Höhepunkt sie erschütterte.

Kalte, tödliche Wut erfüllte Kellan. Denae gehörte ihm. Und der Dunkle hatte es gewagt, sie nicht nur zu foltern, sondern sie auch noch gegen ihren Willen zu befriedigen.

Kellan würde ihn umbringen. Er würde es genießen zuzusehen, wie Taraeth krepierte. Vielleicht würde er sich dabei von Denae helfen lassen, damit sie Rache nehmen konnte an dem Dunklen, der eingedrungen war in ihren Geist und ihren Körper. Es würde möglicherweise den Heilungsprozess befördern.

Er gestattete sich nicht, daran zu denken, was passieren mochte, wenn sie nicht heil und als sie selbst aus allem hervorging. Sie war stark, eine Überlebenskünstlerin. Er wiederholte sich das im Stillen wieder und wieder. Es gab ihm

Hoffnung – Hoffnung, von der er nicht einmal gewusst hatte, dass er sie brauchte.

»Das war schön«, sagte Taraeth zu ihr und knabberte an ihrem Ohr. »Das ist der Erste von vielen, Kleine.«

Kellan wusste nicht, was schwerer mit anzusehen war – die Folter oder die Befriedigung. Beides traf ihn auf eine Weise, die er gern ignoriert hätte, aber er vermochte es nicht. Beides würde ihn noch lange, nachdem er diesem Raum entkommen war, verfolgen.

»Sind alle Drachen verschwunden aus diesem Reich?«, fragte Taraeth.

Kellan lächelte kühl. »Natürlich nicht, du Blödmann. Du siehst einen vor dir.«

»Keine Könige«, sagte Taraeth barsch. »Deine Drachen. Sind sie weg?«

»Ja.«

»Alle?«, setzte Taraeth nach.

Kellan nickte nur knapp.

»Wie viele Drachenkönige sind noch übrig?«

»Als würde ich dir das auf die Nase binden.«

»Du hast mir das mit den Drachen gesagt.«

Kellan begann zu lachen. »Weil das, du dämlicher Drecksack, allgemein bekannt ist. Das war kein Geheimnis. Wir haben unsere Drachen weggeschickt, um sie zu schützen.«

»Und was würdet ihr tun, wenn eure Drachen nicht länger geschützt sind?«

Kellan versuchte weiterzulächeln, aber er wusste, dass es ihm nicht gelang. Seine Wut war verraucht und hatte einer Kälte Platz gemacht, wie sie sich immer in ihm ausbreitete, kurz bevor ein Gefecht begann. Er war konzentriert, angespannt.

Und bereit zu töten.

»Ihr werdet sie nie finden. Trotzdem, wenn auch nur ein einziger Drache verletzt wird, wirst du erfahren, was es bedeutet, von allen Drachenkönigen verfolgt zu werden, du und deine Dunklen, Taraeth.«

Seine Worte schienen Taraeth nicht aus der Fassung zu bringen, der jetzt seine Magie einsetzte, um Denae erneut zum Stöhnen zu bringen. »Das erste Mal habe ich sie zum Höhepunkt geführt einzig und allein mit meiner Magie. Dieses Mal wirst du zusehen, wie ich sie mit meinem Zeichen markiere und Anspruch auf ihren Körper erhebe, Drache. Sag mir, wo das Objekt versteckt ist.«

»Bringe ihn dazu weiterzureden«, flüsterte ihm eine Stimme ins Ohr, eine Stimme, die er erkannte.

Rhi.

»Hilfe ist unterwegs, aber du musst ihn dazu bringen, von hier zu verschwinden, damit ich dir und Denae zur Flucht verhelfen kann«, fuhr sie fort.

Kellan blickte sich um. Er konnte Rhis Gegenwart fühlen, jetzt, da sie sich zu erkennen gegeben hatte, aber er verstand nicht, wie sie es schaffte, so lange Zeit unsichtbar zu bleiben.

Denae stöhnte wieder, aber sie wich jetzt seinem Blick aus, sah anderswo hin. Sie war beschämt und versuchte, etwas zu bekämpfen, was sie nicht bekämpfen konnte. Kellan hatte vor Kurzem noch geglaubt, dass er Menschen hasste. Jetzt wusste er, was wirklicher Abscheu war – und der konzentrierte sich einzig und allein auf die Dunklen.

»Du kennst den Ort«, sagte Taraeth, während seine Finger mit Denaes schwarzen Locken spielten. »Du kannst dies beenden, wenn du es mir einfach sagst.«

Aber so dumm war Kellan nicht. Taraeth würde Denae

trotzdem nehmen, egal, was er preisgab. Ein kurzer Blick zu Emil zeigte ihm dessen wachsende Wut, während er Taraeth beobachtete, der sich der Menschenfrau bemächtigte, die er begehrte.

»Ich bin nicht so sicher, dass es eine gute Idee ist, Denae vor Emils Augen zu nehmen.« Kellan lächelte selbstgefällig, da Taraeth ihn anschaute. Jeder, der einen Blick auf Emil warf, konnte sehen, wie wütend er war und dass er Taraeth am liebsten umbringen würde.

Taraeth wandte seine Aufmerksamkeit nun Emil zu, unterbrach dadurch seine gedankliche Vereinnahmung Denaes, und Emil stürzte sich laut knurrend auf ihn. Taraeth wehrte den ersten Angriff ab, aber schon Sekunden später schoss Magie kreuz und quer durch den Raum.

Kellan registrierte, dass Denae sich so klein wie möglich machte, während Taraeth schnell die Oberhand gewann und seine Finger um Emils Kehle schlang.

Taraeth atmete heftig, er bleckte seine Zähne und knurrte gefährlich. »Ich komme wieder, wenn ich hiermit fertig bin«, drohte er und war umgehend verschwunden.

Ungefähr vier Sekunden lang verharrte Kellan reglos. Dann materialisierte sich Rhi. »Wurde aber auch langsam Zeit«, grummelte er.

31

Denae wollte innerhalb des kleinen Raums bleiben, den sie sich im Geist erschaffen hatte, um zu vergessen, dass sie sich an einem Ort aufhielt, an dem kein Mensch jemals sein sollte, befingert von einer Dunklen Fee mit bösen Absichten.

Taraeth hatte sie kaum berührt, aber er war mit seiner Magie in ihren Körper eingedrungen, hatte ihr einen Orgasmus aufgezwungen, allein kraft seiner Magie. Sie war auf eine Weise geschändet worden, wie es nie geschehen dürfte. Sie wusste sich zu verteidigen, wusste, wie man Angreifer identifizierte und abwehrte. Aber niemand hatte ihr von den Dunklen Feen erzählt oder wie sie es schafften, sich ihres Körpers und Geistes zu bemächtigen, egal, wie sehr sie sich dagegen wehrte.

Sie kam sich ganz klein vor, unbedeutend. Benutzt. Es war das Schrecklichste, was sie je erlebt hatte. Es half auch nicht gerade, dass ihre Haut immer noch prickelte von dem heftigen Orgasmus, den Taraeth ihr aufgezwungen hatte. Sie hätte sich nur zu gern die Haut geschrubbt, um seine Berührung, seinen Geruch loszuwerden.

Der Gedanke, dass das vielleicht nie passieren würde,

führte dazu, dass sie sich noch tiefer in den kleinen Raum in ihrem Geist zurückzog.

»Denae«, hörte sie Rhis Stimme neben ihrem Ohr. »Taraeth ist weg. Du bist frei. Konzentrier dich auf Kellan, und denk an die besondere Nacht, die du in seinen Armen erlebt hast.«

Sie wandte den Kopf ab. Sie wollte Rhi nicht zuhören oder Kellan ins Gesicht blicken. Ein Schluchzer stieg in ihr auf, als ihr bewusst wurde, dass er mitangesehen hatte, wie sie überwältigt worden war. Sie war tatsächlich schwach geworden.

»Schau Kellan an«, flüsterte Rhi drängend. »Sieh nur, wie wütend er ist über das, was dir angetan wurde. Ihr beide seid in der Gewalt der Dunklen. Haltet zusammen.«

Denae war sich nicht sicher, ob sie Rhis Ratschlag befolgen konnte. Es war einfach zu viel. Alles war einfach viel zu viel.

Rhi seufzte tief. »Verdammt noch mal. Ich muss zu Kellan. Bitte, Denae. Das hier bringt ihn schier um. Er zeigt oder äußert es möglicherweise nicht, aber du könntest es in seinen Augen erkennen, wenn du nur hinsehen würdest.«

Denae wollte die Helle Fee ignorieren, aber sie konnte ihr Verlangen nach Kellan nicht unterdrücken. In seinen Armen zu liegen war das Schönste, was sie je erlebt hatte in ihrem Leben. Seine Berührung zu spüren, seine Küsse zu schmecken. Es war der Himmel auf Erden gewesen – etwas, was sie nicht für möglich gehalten hatte.

Sie öffnete die Augen und sah, dass Rhi neben Kellan stand. Er sprach leise mit ihr, und sie konnte nicht verstehen, worüber sie sich unterhielten.

Denae konzentrierte sich auf Kellans Lippen. Er hatte

volle Lippen, Lippen, die ein Mann wie er als Waffe benutzen konnte. Sie dachte an seine Küsse und wie sie sie im ganzen Körper gespürt hatte bis in ihr tiefstes Innerstes, bis in ihre Seele.

Entsprechendes galt nicht für Taraeth. Er war durchschnittlich, bestenfalls.

Denae schnaubte innerlich. So viel zu den Verführungskünsten der Feen. Aber die Dunklen schafften es am Ende immer zu gewinnen.

Denae wandte sich ab; der letzte Rest ihrer Selbstbeherrschung verließ sie, als sie spürte, dass die Feen-Magie immer noch Gewalt über sie hatte. Sie konnte sich nicht bedecken, konnte nicht im Erdboden versinken oder auch nur die Hände vors Gesicht schlagen, um die aufsteigenden Tränen zu verbergen.

»Du hast deine Sache gut gemacht«, sagte Rhi, die jetzt wieder an ihrer Seite war. »Konzentrier dich darauf. Nicht viele können Taraeth so wütend machen, wie du es getan hast. Bravo!«

Denae war dankbar dafür, dass die Fee nicht versuchte, ihr ins Gesicht zu blicken. Stattdessen blieb Rhi an ihrer Seite stehen und legte ihr irgendetwas über, während sie pausenlos auf sie einredete und sie anlächelte.

Die freundliche Geste war zu viel für Denae. Sie schloss die Lider und kämpfte gegen die Tränen an, die sich in ihren Augen sammelten. Das letzte Mal hatte sie geweint, als sie ihren Vater begraben hatte. Es hatte ihr das Herz zerrissen, als sie zusehen musste, wie innerhalb von nur vier Jahren das dritte Mitglied ihrer Familie beerdigt wurde. Damals hatte sie geschworen, nie wieder eine einzige Träne zu vergießen.

»Bist du verletzt?«, fragte Rhi sanft.

Denae schluckte zweimal, bevor sie endlich ihre Stimme wiederfand. »Nein.«

»Ich weiß nicht, wie viel Zeit uns bleibt«, sagte Rhi. »Tristan und Phelan sind unterwegs, aber ich muss euch beide hier herausschaffen.«

»Denae.«

Sie presste ihre Wange noch fester an die kalten Steine, als Kellan leise ihren Namen rief, in einem so liebevollen Tonfall, der eigentlich zu jemandem wie ihm gar nicht passte. War sie so ein Häufchen Elend? Wusste er, dass sie kurz davor stand, endgültig zusammenzubrechen?

»Schau mich an«, drängte er sie.

Sie war sich nicht sicher, ob sie das schaffte. Nicht nach dem, was Taraeth ihr angetan hatte. Es war schlimmer als die Schmerzen, die Taraeth ihr zugefügt hatte.

Mit Schmerzen konnte sie umgehen. Doch Taraeth hatte es, obgleich sie sich nun wahrlich nicht nach irgendeinem der Dunklen verzehrte, geschafft, ihren Körper so zu manipulieren, dass sie Lust empfand.

Es war krank und schmutzig und … falsch.

Wie oft würde Taraeth ihr das antun? Und, noch schlimmer, wann würde er sie nehmen, so wie er es angedroht hatte?

»Denae.«

Dieses Mal war Kellans Stimme scharf und befehlend, forderte sie auf, ihn anzusehen.

Also, das war der Mann, den sie kannte. Kalt, gerissen und raffiniert. Diesen Mann verstand sie. Er gehörte mit Leib und Seele zu den Königen, war Dreagan treu ergeben und verfolgte unbeirrbar diese beiden Aufgaben.

Sie öffnete die Augen und drehte langsam ihren Kopf zu

ihm, bis sie ihn ansah. Seine seladongrünen Augen durchbohrten sie mit ihrem Blick, spießten sie förmlich auf. Er stellte keine Fragen, starrte sie nur an. Dann senkte er leicht den Kopf, als würde er sie ohne Worte fragen, ob so weit wieder alles in Ordnung war.

Denae atmete tief durch und nickte. Wenn sie gedacht hatte, dass Kellan sie bemitleiden oder ihr auch nur eine Andeutung von Mitgefühl zeigen würde, hatte sie sich gründlich getäuscht. Und das war auch gut so, weil sie zusammengebrochen wäre, hätte er es getan.

»Rhi, befreie mich von dieser verdammten Kette«, sagte er mit zusammengebissenen Zähnen.

Die zierliche Fee lief zu ihm und schloss beide Hände um die Handschelle um sein Handgelenk. Denae hätte schwören können, dass unter ihren Händen rund um das Eisen helles Licht aufschimmerte. Doch nicht einmal Rhi schaffte es, die Kette zu lösen.

Statt ärgerlich zu werden, schob Kellan die Fee nur sanft beiseite. Als Nächstes sah Denae, dass Kellan seine Hand hob und seine Handfläche direkt auf sie richtete.

Sie zuckte zusammen, wappnete sich innerlich gegen einen Stoß. Stattdessen fielen ihre Arme herunter, und sie konnte sich von der Wand lösen.

Rhi starrte Kellan mit ihren vor Staunen geweiteten silbernen Augen an. »Du verfügst noch über Magie, während du angekettet bist?«

»Ja«, sagte er wütend. »Ich kann nur meine Gestalt nicht wechseln.«

Denae nahm das Männerhemd, mit dem Rhi ihre Blöße bedeckt hatte, und zog es an. Es reichte ihr nur bis auf die Oberschenkel, aber wenigstens war sie jetzt halbwegs bekleidet.

Sie war noch dabei, das Hemd zuzuknöpfen, als sie Kellans Duft wahrnahm. Dies war sein Hemd. Rhi hatte ihr sein Hemd gegeben. Sie hob den Blick und registrierte, dass er sie anstarrte.

Das Hemd erinnerte sie an verschränkte Glieder, lange Küsse, Lustschreie und eine Sinnlichkeit, die sie bis dahin nicht gekannt hatte. Sie atmete tief durch und vergrub sich noch tiefer in sein Hemd. Es war jetzt ihre Rüstung.

Wortlos und ohne sie auch nur zu berühren, hatte Kellan ihr Mut gemacht, wieder den Kopf zu heben. Denae trat einen Schritt auf ihn zu. Sein Blick hielt den ihren fest, und er übermittelte ihr die Kraft, auf ihn zuzugehen.

Er kam ihr entgegen, so weit seine Kette reichte, zog sie auf der Stelle an seine Brust und legte seine Arme fest um sie. Denae schloss die Augen und schmiegte ihren Kopf an seinen Hals, während sie sich an ihn klammerte.

Rhi hatte recht gehabt. Kellan war keiner, der Gefühle zeigte, aber wenn man wusste, worauf man achten musste, konnte man sie erkennen oder fühlen. Wie Denae in diesem Moment. Seine Arme zitterten, und seine Brust hob und senkte sich rasch. Mit seinen Händen hielt er sie so fest gepackt, als ob er befürchtete, dass er sie nie wieder in seinen Armen halten würde.

»Es ist beinahe geschafft«, flüsterte Kellan.

Zuvor hatten sein stählerner Blick und sein Kopfnicken dafür gesorgt, dass sie ihr Selbstbewusstsein wiederfand. Jetzt schafften es seine Berührung und liebevollen Worte, dass sie sich der trainierten Profi-Agentin erinnerte, die sie war.

Kellan ließ eine seiner Hände in ihr Haar gleiten und hielt ihren Kopf. Er hielt sie, als wäre sie etwas Kostbares, als ob er von dem, was passiert war, genauso betroffen war wie sie.

In diesem Moment löste sich alle Furcht, die sich in ihr aufgestaut hatte, in Luft auf, so als hätte es sie nie gegeben. Wegen Kellan, weil er stark und mächtig war, unverwüstlich und gefährlich.

Und weil er sie behütete.

»Folge Rhi. Sie wird dich hinausführen«, sagte er.

Denae lehnte sich zurück, um ihm in die Augen zu sehen. »Was? Du kommst mit uns. Benutze einfach deine Magie gegen diese Kette.«

»Ich habe es versucht. Diese Kette wurde geschmiedet, um einen Drachenkönig gefangen zu halten. Die Magie der Dunklen, die dazu eingesetzt wurde, erkennt meine Magie nicht an, nicht einmal die von Rhi. Nur ein Dunkler kann sie aufschließen.«

Denae konnte nicht glauben, was sie gerade hörte. Nach allem, was sie durchgemacht hatte, war es Kellan gewesen, der sie davor bewahrt hatte zusammenzubrechen. Sie würde nicht ohne ihn gehen.

»Führe sie«, befahl er Rhi. »Bringe sie so weit weg von hier, wie du kannst, und sorge dafür, dass sie ihnen nicht wieder in die Hände fällt.«

Rhi runzelte die Stirn. »Kellan …«

»Ich halte alles aus, was sie für mich parat haben«, sagte er. »Ohne Denae haben sie kein Druckmittel in der Hand.«

Denae wartete, dass Rhi widersprach, aber die Fee ergriff nur ihre Hand und führte sie zu der hinteren Wand, von der das Wasser tropfte.

»Nein«, sagte Denae und versuchte sich von ihr loszureißen, aber die Fee war stärker, als sie aussah.

Denae warf Kellan einen kurzen Blick zu. Er stand ernst da, und sie konnte gerade noch einen Schimmer von Traurigkeit in seinen blassgrünen Augen erspähen, bevor Rhi sie durch die Wand schob.

Als Nächstes standen sie am Ufer eines Flusses, der sich durch Tunnel, die im Halbdunkel lagen, schlängelte. Denae zitterte aufgrund der Kälte, rieb sich mit beiden Händen die Arme, um sie zu wärmen, und funkelte Rhi an. »Wir können ihn nicht zurücklassen.«

»Wir haben keine Wahl. Wenn einer der Dunklen zurückkommt und herausfindet, dass du geflohen bist, bevor wir diese Tunnel hinter uns gelassen haben, wirst du erst das volle Ausmaß dessen, was sie dir antun können, erleben. Ohne dich im Verlies hält Kellan alles aus. Du bist eine Belastung.«

»Weil er sich um mich sorgt?«, fragte sie leise. Sie war sich nicht sicher, ob sie die Bestätigung dafür hören wollte oder nicht.

Rhi seufzte und schüttelte den Kopf. »Er hat dir ein Versprechen gegeben. Kellan wird es halten, ohne Rücksicht darauf, was es ihn kostet. Aber er hat auch einen Schwur abgelegt gegenüber seinen Brüdern, Dreagan und alle Drachenkönige zu schützen, was auch immer geschieht. Diese beiden Eide könnten ihn zerreißen.«

Denae hätte wissen sollen, dass sie Kellan nichts bedeutet. Es war albern, so betroffen zu reagieren, erst recht, wenn er sich für seine Leute und sein Leben entschied. Ihre gemeinsame Nacht hatte ihr etwas bedeutet. Sie hatte sie verändert.

Und ungeachtet dessen, was sie jetzt empfand, bedauerte sie nicht eine einzige Minute.

»Sie werden ihn weiter foltern«, sagte sie. »Werden sie auch ihre Frauen dazu benutzen?«

Rhi warf prüfende Blicke in den Tunnel, zuerst in die eine

Richtung, dann in die andere. »Wahrscheinlich. Wir müssen in diese Richtung«, sagte sie und zeigte nach links.

»Nein.« Denae verschränkte ihre Arme vor der Brust. »Ich gehe nicht, es sei denn, Kellan kommt mit uns.«

Rhi schlug sich mit der Hand auf den Oberschenkel. »Verdammt, Denae. Sei nicht dumm. Hier draußen zu sein ist nicht gerade sicher. Diese Tunnel ermöglichen den Feen den Zugang zu eurer Welt, sind quasi Lebensadern hinein. Überall lauert Gefahr, auch hinter dieser Wand, hinter der Kellan sich befindet. Er versucht dich zu retten, damit er seine beiden Versprechen halten kann. Bitte, lass das nicht umsonst gewesen sein.«

Denae ließ die Arme sinken und blickte zu der Wand, durch die sie gerade hindurchgegangen waren. »Es muss eine Möglichkeit geben, diese Handschelle aufzuschließen. Alles hat eine Schwachstelle. Schlösser können aufgebrochen, Metall kann zersetzt werden.«

»Wenn du zurückgehst, dann weiß ich nicht, ob ich es noch einmal schaffe, dich dort herauszuholen.«

»Dann lass es.«

Rhi verdrehte die Augen. »Wirklich? Nach dieser Episode mit Taraeth willst du tatsächlich zurückgehen und noch mehr davon riskieren? Es ist sehr gut möglich, dass du nie wieder eine Chance zur Flucht haben wirst. Du kannst mir glauben, wenn ich dir sage, dass Taraeth dich nie wieder gehen lassen wird, wenn er dich erneut zu fassen kriegt.«

»Mit ›zu fassen kriegen‹ meinst du, dass er Sex mit mir hat.« Das reichte, um Denae zögern zu lassen. Die Nachwirkungen dieser Körperverletzung würde sie noch viele, viele Jahre spüren.

Sie wollte wirklich nie wieder in Taraeths Nähe sein.

Als ob sie ihre Unsicherheit spürte, sagte Rhi: »Ja. Bisher bist du stark geblieben, aber du hast erlebt, wie leicht er deinen Körper gegen dich benutzen kann. Denke daran und multipliziere das mit hundert. So würde es sein.«

»Wenn ich mich nicht zur Wehr setze.«

»Je mehr du dich zur Wehr setzt, desto stärker wird er dich bedrängen, bis du wahnsinnig wirst.«

»Er hat erwähnt, dass er mich zu einer Fee machen will, damit ich seine Königin sein kann.«

Rhi sah entgeistert aus. »Was? Bist du sicher, dass er das gesagt hat?«

»Ja, ich bin sicher. Steht das in seiner Macht?«

»Das ist auf jeden Fall ein weiterer Grund, dich von hier fortzubringen.«

»Er wird mich aber trotzdem weiter verfolgen, nicht wahr?«

Rhi rieb sich die Schläfen und stampfte mit dem rechten Fuß auf. »Ja, wird er, verdammt und zugenäht. Solange du irgendwo bist, wo er dich finden kann.«

»Und was heißt das?«

Die Fee sah Denae direkt in die Augen. »Das bedeutet, praktisch überall, wo sich keine Hellen Feen oder Drachenkönige aufhalten.«

Sekundenlang starrte Denae einfach zurück, während sie im Kopf alles Schritt für Schritt durchging. Sie betrachtete es wie einen potenziellen Einsatz des MI5. »Du willst mir sagen, dass ich mein früheres Leben total vergessen kann? Dass ich der Gnade deines Volkes oder der Drachenkönige ausgeliefert bin? Nach dem, was ich gehört habe, glaube ich nicht, dass deine Leute mich aufnehmen werden, und wenn ich Kellan zurücklasse, kann ich mir nicht vorstellen, dass die Könige glücklich sein werden, mich zu sehen.«

»Sie werden dich beschützen. Kellans wegen.«

»Wow. Das macht alles natürlich viel besser.« Ihre Stimme triefte vor Sarkasmus. »Ich möchte nicht wieder dorthin. Taraeth und jeder andere der Dunklen Feen erschrecken mich zu Tode. Aber ich kann Kellan nicht verlassen. Er würde mich auch nicht verlassen.«

»Er würde es tun, um die anderen Drachenkönige und Dreagan nicht allein und schutzlos zurückzulassen.«

Rhis Feststellung tat weh, umso mehr, als Denae wusste, dass sie richtig war. Aber Denae war eine der hervorragend ausgebildeten Agentinnen des MI5. Sie hatte beängstigende Szenarien schon mehrfach erlebt und durchgestanden. Diese Situation war entscheidender als alle Einsätze, an denen sie bisher teilgenommen hatte.

»Ich bin nur eine Sterbliche. Ich bin absolut unbedeutend im allgemeinen Weltgeschehen. Die Drachenkönige werden gebraucht. Kellan wird gebraucht. Ungeachtet dessen, was er tun würde, gehe ich zu ihm.«

»Du bist eine Närrin«, sagte Rhi, aber sie sagte es mit einem Lächeln im Gesicht. »Ich mochte dich vom ersten Moment an, als ich dich gesehen habe, Denae Lacroix, und dies ist genau der Grund dafür. Ich wünschte, jeder Sterbliche wäre wie du.«

Denae lachte, und es klangen Furcht und Beklommenheit mit durch. »Ich könnte in meinen Tod rennen.«

»Zumindest würdest du nicht unter Schmerzen sterben.«

Nach dem, was Matt und der MI5 für sie geplant hatten, war das durchaus ein Pluspunkt. »Ich weiß nicht, ob ich Taraeth noch einmal gegenübertreten kann.«

»Du kannst es. Du bist stark, genau wie Kellan gesagt hat. Eine Überlebenskünstlerin. Lass dich im Wesenskern nicht von ihm berühren. Du bist nicht du selbst, wenn du mit ihm zusammen bist. Du bist jetzt im Einsatz, und du ziehst einfach deine Rolle durch.«

Das könnte funktionieren. Es war eine Möglichkeit für Denae, auf Abstand zu gehen gegenüber ihrem Angreifer, aber noch lieber hätte sie ihn getötet. »Es wird mich meine ganze antrainierte Selbstbeherrschung kosten, so zu tun, als wäre mir Taraeths Berührung angenehm.«

»Es wäre auf jeden Fall besser für dich, sollte er dich wieder in die Finger bekommen, denn wenn er den Verdacht hegt, dass du immun bist gegen seinen Charme, wird er dich dem Rest der Dunklen ausliefern.«

Das reichte, um die Dinge in die richtige Perspektive zu rücken für Denae. Sie drehte sich zur Wand um und atmete tief durch. »Hast du noch irgendeinen Rat für mich?«

Rhi trat hinter Denae und legte ihr ihre Hände auf die Schultern. »Bete mit aller Kraft, Schätzelchen, und setze auf dein Glück. Du wirst es brauchen.«

Denae blieb keine Gelegenheit mehr zu einem Kommentar, da sie auch schon zurück durch die Wand geschoben wurde.

32

Kellan hatte Denae weggeschickt, weil er wusste, dass es das Richtige war, aber es ging ihm doch ziemlich an die Nieren, dass sie so umstandslos gegangen war. Sie war eine Kämpferin, eine, die nie jemanden zurücklassen würde.

Aber ihn hatte sie zurückgelassen.

Sicher, er und Rhi hatten ihr keine Wahl gelassen, aber er ging eh davon aus, dass Menschen zuerst an sich selbst dachten in dem Wissen, dass er unsterblich war und überleben würde. Ganz zu schweigen davon, was Denae durchgemacht hatte, als Taraeth sie in seiner Gewalt hatte. Es war nur natürlich, dass sie fliehen wollte.

Sie hatte gegen den MI5 gekämpft, gegen die Dunklen Feen und Taraeth überlistet, ohne dass er es überhaupt gemerkt hatte. Sie war etwas ganz Besonderes.

Zumindest würden Rhi, Phelan und Tristan sie aus Irland und aus der Reichweite der Dunklen schaffen, sodass Taraeth sie nie wieder in die Hände kriegen konnte.

Kellan fragte sich, ob Denae wohl immer noch am Leben sein würde, wenn er es schließlich geschafft haben würde zu entkommen. Con und die anderen würden dafür sorgen, dass über sie gewacht wurde und es ihr an nichts fehlte. Weder der MI5 noch die Dunklen Feen würden sie je wieder zu fassen kriegen. Zumindest dessen war er sich sicher.

Er lehnte sich gegen die Wand und überließ sich seinen Erinnerungen, in denen er jede mit Denae verbrachte Minute gespeichert hatte. Er dachte an ihren verführerischen Körper, ihren einladenden Mund und ihre hinreißenden Lustschreie. Seine Hände erinnerten sich an das seidige Gefühl ihrer Haare, ihre weiche, samtige Haut und jede einzelne ihrer Kurven.

Zu seinem Erstaunen wurde ihm bewusst, dass Traurigkeit ihn erfüllte, Traurigkeit, dass sie ihn verlassen hatte. Er wollte sich darüber freuen, dass er sie vor Taraeth gerettet hatte, aber er konnte nur daran denken, wie es wäre, sie wieder in den Armen zu halten.

Nachdem Taraeth verschwunden war, hatte er einen Moment lang befürchtet, dass Denae innerlich zerbrochen war, aber die starke Frau, die er kannte, hatte sich mutig und hoch erhobenen Hauptes der Welt gestellt.

Er hatte die Unsicherheit in ihren whiskyfarbenen Augen gesehen und sich unglaublich beherrschen müssen, an Ort und Stelle zu verharren. Es hatte ihn schier zerrissen, mit ansehen zu müssen, wie sie von der Magie der Dunklen festgenagelt wurde, nackt und die Augen fest zugepresst.

Es war Kellan gar nicht bewusst gewesen, dass er ihren Namen gerufen hatte, bis er sie zusammenzucken sah. Es war nicht mehr als ein Flüstern gewesen, ein gehauchtes Verlangen nach ihr, das ihm über die Lippen gekommen war.

Und das war der Moment, in dem er erkannt hatte, dass sie Bestärkung und Kraft brauchte. Er hatte seine Wut und seine Erschütterung verborgen und Denae gegeben, was sie brauchte. Und als sie erst in seinen Armen lag, hatte Kellan sie nie wieder loslassen wollen.

Sie hatte gezittert, sich an ihn geklammert, als wäre er ihre Rettungsleine. Wenn nur diese verdammte Kette ihn nicht davon abhalten würde, mit den anderen Königen zu kommunizieren über ihre telepathische Verbindung, dann würde er dafür sorgen, dass Guy aus ihrem Gedächtnis alles, was mit Taraeth zu tun hatte, löschte, damit Denae nicht den Rest ihres Lebens darunter leiden musste.

Kellan ließ das Kinn auf seine Brust sinken und schloss die Augen. Nicht einmal innerlich konnte er sich von Denae verabschieden; nicht wenn ihr Duft immer noch an ihm haftete.

Als hätten seine Gedanken sie heraufbeschworen, taumelte Denae durch die Wand; ihr ungestümer Blick fiel direkt auf ihn. Sie sagte kein Wort, während sie zu ihm eilte und an seiner Kette zerrte, was allerdings wirkungslos blieb.

»Was tust du hier?«, verlangte er barscher als beabsichtigt zu wissen. Kellan war zugleich verärgert und erfreut, sie zu sehen. Wieder einmal versetzte sie ihm einen Schock, indem sie genau das Gegenteil von dem tat, was er erwartete.

Sie blickte zu ihm auf und sah ihn ernst an. »Tu nicht so, als würdest du dich nicht freuen, mich zu sehen. Ich sah deine Augen aufleuchten.«

»Meine Augen leuchten nicht auf.«

»Natürlich nicht«, sagte sie mit angestrengter Stimme, während sie den Fuß gegen die Wand stemmte und zog. »Wie konnte ich nur auf so etwas kommen?«

Kellan packte sie bei den Schultern und zog sie vor sich. »Was tust du hier?«, fragte er ein zweites Mal.

»Jemand muss deinen Arsch retten.«

Er versuchte, sie wegzustoßen, aber stattdessen zog er sie enger an sich und senkte seinen Blick auf ihren Mund. Er wusste, dass sie so berauschend wie honiggesüßter Wein schmeckte, wusste, dass ihre Lippen so weich wie Daunen waren.

»Ja«, flüsterte sie atemlos, als ihre Finger sich in seine Haare gruben.

»Was?«

»Die Frage in deinem Blick.«

Sie so nah bei sich zu haben raubte ihm beinahe den Verstand. Ihr warmer Atem streifte seine Wange, bevor sie sein Kinn küsste. Es war so unglaublich sinnlich, dass er sich beherrschen musste, um sie nicht auf der Stelle zu nehmen, nicht in ihre feuchte Hitze einzudringen. Sein Hemd stand ihr gut, und es war alles, was ihn von ihrem wunderbaren Körper trennte.

»Wie lautet die Frage?«, fragte er schließlich.

Ihre Blicke trafen sich, Verlangen funkelte in ihren Augen. »Du fragst dich, ob wir es riskieren können, uns zu lieben. Meine Antwort ist Ja. Ich brauche dich. Ich muss dich in mir fühlen.«

Als könnte er ihr diese einfache Bitte abschlagen. Aber er wusste, dass es tiefer ging als das. Sie wollte Taraeths Geruch von sich getilgt haben, genau wie er ihn von ihr getilgt haben wollte.

Er presste sie mit gespreizten Händen an sich. Ihre Kurven, ihre Weichheit fachten sein Begehren an. Dann senkte er den Kopf und küsste sie leidenschaftlich, küsste sie heftig und zart, feurig und liebevoll zugleich.

Wild und ungezähmt.

Er wollte ihr das Hemd hochschieben, bis seine Hände

ihre Brüste fanden. Aber er hielt sich zurück. Sie hatte sich bei Taraeth nicht unter Kontrolle gehabt. Um ihr das zurückzugeben, was ihr genommen worden war, musste er sie die totale Kontrolle übernehmen lassen.

Er ließ seine Hände auf ihrer Taille ruhen, bis sie schnell das Hemd aufknöpfte und seine Hand auf ihre Brust legte. Sie stöhnte unter seinem Mund, ihre Brustwarze richtete sich unter seiner Handfläche auf. Während er die empfindliche Spitze reizte, knöpfte sie seine Jeans auf und riss sie ihm herunter.

Das Verlangen, das sie trieb, war zu groß, um sich Zeit zu lassen, zu überwältigend, um aufzuhören. Egal, wie groß die Gefahr war.

Er spürte, wie die Lust sie antrieb, beherrschte. Noch nie hatte Kellan einer Frau die Führung überlassen, aber mit jedem Kuss, jeder Berührung, zu der Denae sich entschloss, sah er, wie die Unsicherheit verschwand und die selbstsichere Frau zurückkehrte.

»Was möchtest du?«, fragte er sie.

»Dich. Ich möchte dich gleich hier, auf der Stelle«, sagte sie zwischen mehreren Küssen.

Er musste in ihr sein, musste ihren engen, feuchten Schoß um sich spüren.

Kellan lächelte, als sie seine Schulter herunterdrückte, bis er auf dem Boden saß. Sie setzte sich rittlings auf ihn, mit einem wilden, herausfordernden Ausdruck in den Augen. Seine Hände packten ihre Hüften, und dann hielt er die Luft an, als sie sich über seinem geschwollenen Schwanz erhob.

Er zuckte, wartete begierig darauf, dass ihre Feuchtigkeit ihn umschloss. Sie keuchte und stöhnte, ihr Kopf fiel zurück, als sie ihr Geschlecht an der Spitze seiner Erektion rieb.

Sie war wunderbar feucht, ihre Brüste wogten, und ihre Brustwarzen waren hart und aufgerichtet. Eine Frau, erfasst von Begierde, die die Kontrolle übernahm, das war einfach ein wundervoller Anblick.

»Ich will dich in mir spüren.«

Ganz tief in ihm rührte sich etwas. Was hatte Denae nur an sich, was ihn wieder und wieder wie magnetisch anzog? Was unterschied sie von den anderen Sterblichen? Jedes Mal wenn er glaubte, es herausgefunden zu haben, überraschte sie ihn aufs Neue.

Sie hob den Kopf, und sie sahen sich in die Augen. Er wartete, dass sie die Entscheidung traf, ob sie dies wirklich wollte. Als ein Lächeln auf ihren Lippen erschien, zogen sich seine Eier zusammen.

Dann senkte sie sich nach und nach auf seinen Schwanz herab, bis er ganz in sie eingedrungen war. Sie stöhnte verführerisch, und ihre Lippen waren angeschwollen von seinen Küssen, aber es waren ihre Augen, glasig vor Lust und auf ihn fokussiert, die ihm den Atem nahmen.

Sie begann, ihre Hüften auf und ab zu bewegen, getrieben von Begierde. Sie vergrub ihre Nägel tiefer und tiefer in seinen Schultern, je heftiger sie ihn ritt. Als sie ihm eine Brust entgegenstreckte, nahm er gierig ihre Brustwarze in den Mund und saugte heftig.

Die Gefahr war ein zusätzliches Element, das sie beide auf den Höhepunkt zurasen ließ. Seine Eier zogen sich zusammen, als Denae seinen Namen flüsterte, genau in dem Moment, als sich ihr Körper um seinen Schaft verkrampfte und er sich anspannte, so heftig war ihr Orgasmus.

Sobald ihre Scheidenwände ihn eng umschlossen, setzte sein eigener Orgasmus ein, und sie ergaben sich gemeinsam der Lust. Sie trug sie fort, beförderte sie in ein lichtdurchflutetes Paradies. Der Rausch und die Ekstase waren so heftig, dass sie Kellan bis ins Mark erschütterten.

Sie verharrten eine Weile so, schwer atmend, Denaes Kopf an seiner Schulter. Zögernd hob Kellan ihren Kopf an und küsste sie langsam und zärtlich.

Er war sich nicht sicher, was gerade mit ihm geschehen war, aber er vermutete, dass es etwas Tiefgreifendes war. Allerdings war dies nicht der richtige Zeitpunkt, darüber nachzudenken.

Als sie ihren Blick zu ihm hob, wusste Kellan, dass er ab sofort auf irgendeine Art unwiderruflich mit ihr verbunden war. Es hätte ihn erschrecken müssen, aber alles, was er spürte, war ein Gefühl … der Richtigkeit, das er nicht so recht einordnen konnte.

»Willst du wissen, warum der Dunkle keine Kontrolle über mich hatte?«, fragte Denae. »Du bist der Grund. Ich habe in deinen Armen gelegen. Ich hatte dich in mir. Du bist derjenige, der mich davor bewahrt hat, ihrem Zauber zu erliegen.«

Er ließ seine Finger in ihre kupferbraunen Haare gleiten und riss sie an sich. Es hatte ihm gefallen, dass sie die Führung übernahm, aber jetzt war er an der Reihe. »Ich werde dich wieder und wieder nehmen, bis der Bastard aus deinem Gedächtnis gelöscht ist.«

»Das ist er bereits. Du hast es mir ermöglicht«, sagte sie und lächelte leicht.

Kellan sah zu, wie sie sich auf ihre Knie erhob und dann aufstand. Er stand ebenfalls auf und half ihr, sein Hemd zuzuknöpfen, bis ihr schöner Körper wieder bedeckt war. Er hatte ihre Aussage nicht erwartet, und sie löste befremdliche, erstaunliche Dinge in ihm aus. Er räusperte sich, um seine Gedanken zu ordnen. »Du hättest nicht zurückkommen sollen.«

»Halt den Mund, und hilf mir herauszufinden, wie wir dich befreien können.«

Er lächelte gegen seinen Willen. »Es gibt dieses Schloss, du eigensinniges Frauenzimmer. Aber es erfordert Magie.«

Sie warf ihm einen schnellen Blick zu und streckte ihm dann die Zunge heraus. »Ich weigere mich, dich zu verlassen, also pass einfach auf, ob diese Saftsäcke zurückkommen, und lass mich arbeiten.«

Kellan zog seine Jeans an und war nicht sonderlich überrascht, dass er schon wieder bereit für sie war.

Verdammt, aber sie war einfach wunderschön.

Phelan staubte seine Klamotten ab und blickte sich um in der irischen Landschaft. Sie unterschied sich gar nicht so sehr von der schottischen, aber ihr fehlte diese ... Wildheit, die nur Schottland eigen war.

Ein Geräusch im Unterholz hinter ihm veranlasste Phelan, sich umzudrehen. Er erblickte Tristan, der durch das kleine Gehölz auf ihn zukam und nichts weiter trug als eine Jeans.

»Nächstes Mal warnst du mich, bevor du beschließt, zu landen und mich einfach abzuwerfen«, sagte Phelan.

Tristan zuckte nur kühl die Achseln. »Hör auf, dich zu beschweren. Ich habe noch nie zuvor jemanden auf meinem Rücken getragen. Nebenbei bemerkt – du bist unsterblich. Also, worüber regst du dich auf?«

»In deinem Leben gibt es offensichtlich keine Frau. Du wirst es Aisley erklären müssen, wenn wir zurückkommen.«

»Erklären? Was denn?«, fragte Tristan schnaubend. »Du wirst dich schon erholen, Idiot.«

Phelan fuhr sich mit der Hand durch seine Haare. »Darum geht es nicht, Drache.«

»Doch, genau darum geht es.« Tristan warf Phelan einen kurzen Blick zu. »Also, warum hörst du nicht auf, herumzumeckern, und suchst stattdessen den Zugang? Deswegen sind wir doch hier, oder etwa nicht?«

Phelan hatte Duncan nicht gekannt, bevor er geköpft wurde, aber er hatte genug Zeit mit Ian verbracht, um die Sturheit der Familie Kell zu kennen, die auch Tristan besaß. Doch Phelan hütete sich, das zu erwähnen, denn das Thema, von wem Tristan abstammte, schien außerordentlich heikel zu sein.

Phelan schob diese Gedanken für den Moment beiseite und konzentrierte sich auf die Umgebung. In der Dunkelheit kam ihm seine starke Sehkraft zustatten: als er seinen Blick über das Gelände schweifen ließ, war es für ihn, als herrschte Tageslicht. Er erspähte nichts auf Anhieb, also beschloss er, ein bisschen auf Erkundung zu gehen.

Gleich hinter dem nächsten Hügel lag ein verlassenes Herrenhaus. Schon hoch oben in den Wolken hatte Phelan die Tausende von Zugängen wahrgenommen, die über ganz Irland verteilt waren. Aber erst als sie Cork überflogen, hatte er denjenigen direkt unter ihnen gespürt, der sich von den anderen abhob und so hell leuchtete, als hätte Rhi ihn mit Blinklichtern geschmückt.

Er verkniff sich ein Lachen, weil er ahnte, dass es wahrscheinlich genau das war, was Rhi getan hatte. Es war nun einmal typisch für sie, etwas Ausgefallenes zu tun.

»Da«, sagte Phelan und wies nach rechts. »Genau da ist er.«

Tristan kratzte sich das Kinn, das eine Rasur nötig hatte. »Dann gehen wir.«

Sie gingen Seite an Seite zu dem Zugang. Phelan blieb direkt davor stehen und blickte Tristan an. »Kannst du ihn sehen?«

»Nein.«

»Wie viele Könige haben jemals einen Feen-Zugang durchschritten?«

Ein Muskel zuckte an Tristans Kinn. »Drei. Zwei wurden von den Dunklen verschleppt und später getötet.«

»Und der andere?«

»Der ging freiwillig hinein.«

Phelan wusste, dass Tristan etwas vor ihm verheimlichte. »Wer war das?«

»Das weiß ich nicht.«

»Aber du weißt, wem er folgte.« Als Tristan seinem Blick auswich, schüttelte Phelan den Kopf, während ihm klar wurde, wie die Antwort lautete. »Es war Rhi.«

Tristan gab einen Stoßseufzer von sich. »Ja. Der König folgte Rhi.«

»Und was geschah mit ihm?«

»Diesen Teil der Geschichte kenne ich nicht. Ich habe erst kürzlich diese wenigen Informationen erhalten, die ich dir weitergegeben habe.«

Phelan dachte an Rhi und wie sehr sie es hasste, mit den Königen zu tun zu haben. Dennoch half sie ihnen jetzt. War genau das die Geschichte zwischen Rhi und ihrem geliebten Drachenkönig? Er musterte den Zugang und holte tief Luft. »Ich schätze, du wirst der vierte König sein, der einen durchschreitet. Bereit?«

»Ich bin bereit, die Dunklen zu töten.«

»Folge mir«, sagte Phelan und übernahm die Führung.

Er machte einen Schritt hinein in den Zugang und spürte die Magie, die um ihn herum schimmerte. Sobald er hindurch war, schlug ihm die feuchte Fäulnis der Tunnel entgegen.

Tristan war direkt hinter ihm. Er gab einen unterdrückten Fluch von sich. »Es stinkt.«

»Allerdings. Rhi sagte, dass hier die Bestien der Dunklen unterwegs sind, also halten wir besser die Augen offen.«

»Fein. Welchen Weg willst du einschlagen?«, fragte Tristan, wobei er erst in die eine, dann in die andere Richtung spähte.

Phelan hob die Hände. »Ich weiß es nicht.«

»Du bist doch zur Hälfte eine Fee, richtig? Kannst du sie nicht wittern?«

»Nein«, knurrte Phelan. Wenn er es doch nur könnte! Das würde die Dinge sehr viel einfacher machen. »Und wir dürfen uns auch nicht aufteilen.«

»Dies hier ist mehr dein Gebiet als meins, also überlasse ich dir die Führung, Krieger. Hauptsache, du wählst den richtigen Weg.«

»Vom Charakter her bist du ganz gewiss ein Drachenkönig.«

Tristans Mundwinkel zuckten leicht. »Geh voran.«

Phelan entschloss sich, nach rechts zu gehen. Sie waren ungefähr zweihundert Meter weit gekommen, als sie zu einer Gabelung gelangten. Phelan entschied sich wieder für rechts, und sobald sie das getan hatten, trafen sie auf ein Gewässer mitten im Tunnel.

Es gab einen schmalen Pfad am Rand des Wassers, den sie entlanggingen. Phelan glitt auf einem Felsstein aus, und sein Fuß rutschte ins Wasser.

Er spähte hinunter und stellte fest, dass sein Bein knietief im Wasser steckte. Er und Tristan tauschten einen Blick. Gerade, als Phelan aus dem Fluss steigen wollte, zog etwas Tristans Aufmerksamkeit auf sich.

»Da ist etwas im Wasser«, flüsterte er.

Das Wasser kräuselte sich so, als ob das, was sich darin befand, auf sie zuraste. Phelan rief seinen Gott an. Seine Haut wurde golden, und Klauen schossen aus seinen Fingern. Er hob seinen Arm, bereit, was auch immer aus dem Wasser aufstieg, zu zerreißen.

Plötzlich tauchte ein großes, schlangenartiges Wesen mit einem Kopf von der Größe eines kleinen Hundes auf und richtete sein aufgerissenes Maul und seine beeindruckenden Fänge gegen Phelan.

Der riss seinen Arm herunter, und seine Klauen trennten dem Ungeheuer mit einem Schlag den Kopf ab. Als er aufblickte, war Tristan schon ins Wasser gesprungen und hatte ein zweites Untier entdeckt, dem er mit bloßen Händen den Kopf abriss.

Tristan ließ den abgetrennten Kopf und den schlaffen Körper fahren und kehrte zu Phelan zurück. »Gehen wir weiter.«

»Kein Wunder, dass Con so besorgt war. Wenn irgendeins dieser Scheusale an die Oberfläche gelangt, haben die Sterblichen keine Chance«, sagte Phelan, während sie ihren Weg fortsetzten.

»Ich bin erst seit Kurzem ein Drachenkönig, habe aber vieles gelernt nach Rhis Besuch. Die Dunklen Feen sollten nicht so viel Freiheit genießen auf dieser Welt, wie sie es tun. Es scheint so, als gingen die Könige davon aus, dass die Hellen die Dunklen in Schach halten.«

»Aber das scheint nicht der Fall zu sein.«

»Nein. Und das ist besorgniserregend.«

»Und wie. Genau wie der Gedanke, dass die Dunklen sich mit Sterblichen zusammentun, besonders mit dem MI5. Wem haben sie sich noch angeschlossen?«

Tristan zuckte die Achseln. »Die Antwort auf diese Frage wüsste ich auch gern.«

Sie schwiegen eine Weile, während sie durch die Tunnel wanderten und nach irgendeinem Zeichen von Rhi, Kellan oder Denae Ausschau hielten. »Also, du erinnerst dich an nichts, bevor du Drachenkönig wurdest?«

»Nein. Lass mich raten. Du möchtest die Lücken füllen?«

»Ist es nicht seltsam, dass du in eine Gruppe von Männern geraten bist, die zufällig uns Krieger kennt? Von denen einer dein Zwillingsbruder ist?«

»Ich habe keinen Zwillingsbruder.« Tristan ging an ihm vorbei und blieb dann stehen. »Ich kann keine und will auch keine deiner Fragen beantworten, Krieger.«

»Wovor fürchtest du dich, Drache? Hast du Angst davor zu erfahren, was mit dir geschehen ist? Dass du in Wirklichkeit Duncan Kerr bist?«

Tristan blieb stehen und fuhr herum zu Phelan. »Mein Name ist Tristan.«

»Was weißt du noch von deiner Vergangenheit, bevor du ein König wurdest?«, bedrängte Phelan ihn.

Tristan presste seine Lippen zusammen. »Nichts. Du sagst, ich habe einen Zwillingsbruder. Ich kann mich an keinen erinnern. Für mich begann mein Leben damit, dass ich auf einem Berg gelandet bin, nackt im Schnee. Ich mag ja wie dieser Duncan aussehen, von dem du sprichst, aber ich bin nicht er.«

»Ian wird es früher oder später herausfinden. Was wirst du

ihm sagen, wenn er vor dir steht und du dein Spiegelbild zu erblicken glaubst?« Phelan wusste nicht, was er von Tristan halten sollte. Er war Duncan, dessen war er sich sicher. Aber keinerlei Erinnerung an seine Vergangenheit zu haben? Das würde Ian sehr hart treffen.

»Ich weiß es nicht.«

»Ich kannte Duncan nicht. Allerdings kenne ich Ian gut. Er ist ein guter Mann, der unter dem Verlust seines Zwillingsbruders gelitten hat. Du magst dich nicht an ihn erinnern, aber er wird sich deiner erinnern. Tu allen einen Gefallen und behandle ihn nicht herzlos. Er ist ein guter Mann.«

Tristans dunkle Augen verfinsterten sich. »Du glaubst, ich würde herzlos sein?«

»Vielleicht.« Phelan fing langsam an zu glauben, dass er falsch lag. Zu sehr glich Tristan Ian in Wesen und Erscheinung – bis hin zu den langen Haaren. »Aber wenn auch nur ein Tropfen Kerr-Blut in dir ist, wirst du dich anständig verhalten.«

»Ich mache keine Versprechungen, Krieger.«

Phelan schlug ihm auf den Rücken und grinste. »Mehr kann ich nicht verlangen. Komm, Drache. Lass uns unsere Freunde finden. Vielleicht haben wir Glück und finden noch mehr Scheusale, die wir töten können.«

»Also, das klingt mal nach Spaß«, sagte Tristan, während sie gemeinsam weitergingen.

33

Rhi hielt sich immer noch in Kellans und Denaes Nähe auf. Sie wusste, dass es selbstmörderisch war, aber aus irgendeinem Grund konnte sie den Drachen nicht zurücklassen.

»Dämlicher Drache«, murmelte sie, während sie sich, immer noch getarnt, durch die Gänge bewegte vor dem Raum, in dem die beiden festgehalten wurden.

Obgleich sie vorhatte, in der Nähe des Paares zu bleiben, wurde ihre Aufmerksamkeit plötzlich von Gejohle, das irgendwo aus dem zerstörten Herrenhaus drang, geweckt.

Feen waren von Natur aus sexuelle Wesen, die zwar wohlmeinend sein konnten, es aber normalerweise nicht waren. Sie dachten in allererster Linie an sich selbst, was bedeutete, dass die Menschen ihnen meist zum Opfer fielen.

Das war einer von vielen Gründen, warum die Drachenkönige so heftig dafür gekämpft hatten, die Feen von ihrem Reich fernzuhalten. Rhi verstand ihre Argumente, aber sie würde ihre Leute verteidigen bis zum letzten Atemzug. Niemand war perfekt, am allerwenigsten die Drachenkönige.

So streitsüchtig die Hellen Feen auch waren – das war nichts im Vergleich zu den Dunklen Feen. Die Dunklen waren aggressiv, angriffslustig und kriegerisch. Sie suchten sich ihre Beute und entsprechende Foltermethoden aus, ohne dass die armen Sterblichen je erfuhren, von wem der Schlag gekommen war, der sie getroffen hatte.

Und wenn die Dunklen sich untereinander bekämpften, konnte es geradezu barbarisch werden. Dem Gebrüll nach zu urteilen, das sie gerade hörte, fand da definitiv ein Kampf statt.

Rhi wollte unbedingt wissen, ob es Emil und Taraeth waren. Seit vielen Jahrhunderten wartete sie schon darauf, dass Taraeth umgebracht wurde, aber bisher hatte das keiner seiner eigenen Leute vermocht. Einige hatten es versucht, aber Taraeth hatte sie schnell erledigt.

Sie brauchte nicht lange, um auf die Gruppe zu stoßen in dem, was von einem der großen Räume noch geblieben war. Taraeth und Emil standen in der Mitte, umringt und angefeuert von mehreren Dutzend Dunkler Feen, die darauf warteten, dass der Kampf begann.

Taraeth war der Stärkste von allen. Er hochhielt seine Machtposition allein dadurch, dass er jeden Gegner besiegte, der es wagte, ihn herauszufordern. Und viele hatten es versucht. Die Tatsache, dass er während des Kampfes mit den Drachenkönigen geflohen war und von einem gezeichnet wurde, war der Fluch seines Lebens. Trotzdem hatte er es seitdem geschafft, die Dunklen anzuführen.

Rhi blieb reglos stehen, als sie einen Dunklen hinter sich spürte. Sie drehte sich nicht um, wagte nicht zu atmen. Sie war getarnt, aber das hieß nicht, dass sie für ihn unsichtbar war. Wenn sich ein Dunkler richtig konzentrierte, war es ihm durchaus möglich, eine getarnte Fee zu entdecken.

»Ich weiß, dass du da bist«, sagte er.

Rhi fluchte innerlich, dass er so nah hinter ihr stand. Wenn sie nicht so begierig darauf gewesen wäre mit anzusehen, wie Taraeth getötet wurde, hätte sie sich nicht so einfach überrumpeln lassen.

Das Letzte, was sie wollte, war, von einem Dunklen erwischt zu werden. Sie mochten ja grausam sein gegenüber Sterblichen, aber sie waren tödlich, wenn es um die Hellen ging. Ihre Folter würde bis in alle Ewigkeit andauern, und sie wäre entsetzlich.

»Warum kommst du nicht heraus zum Spielen?«, lockte er sie mit einem starken irischen Akzent.

Rhi bewegte sich langsam nach rechts, bis sie ein wenig mehr Abstand zu ihm hatte. Dann drehte sie sich um zu ihm und hatte plötzlich das Gefühl, einen bleischweren Magen zu haben, als sie ihn erkannte.

Balladyn.

»Ich kenne nur eine, die so lange unsichtbar bleiben kann. Was tust du hier, Rhi?«, fragte er leise, während seine roten Augen hin und her zuckten, um sie zu lokalisieren. »Dies sind gefährliche Zeiten.«

Sie schluckte und kämpfte gegen den Drang zu antworten. Balladyn war einer ihrer engsten Freunde gewesen. Er war der Einzige, der ihr und ihrem geliebten Drachenkönig geholfen hatte. Sie hatte geglaubt, dass er in einem Kampf mit den Dunklen getötet worden war.

Jetzt kannte sie die Wahrheit.

Und sie hätte am liebsten geweint.

Balladyn, der Treue, der Loyale. Nie hätte sie sich vorstellen können, dass er zu einem der Dunklen werden könnte.

»Was passiert, Kindchen, wenn du zu schwach wirst, um noch länger unsichtbar zu bleiben?«, fragte er lapidar. Er schwieg ein paar Sekunden und holte dann mit seinem Arm aus.

Er verfehlte sie nur um wenige Zentimeter. Und dennoch schaffte sie es nicht, sich zu bewegen. Zu wissen, dass Balladyn noch lebte, schockierte sie bis ins Mark. Sie hatte ihn betrauert. Wie sehr sie sich wünschte, ihn erst in den Arm zu nehmen und dann zu verprügeln, weil er sie nicht hatte wissen lassen, dass er noch lebte.

Plötzlich fuhr sein Kopf herum zu ihr, und seine roten Augen funkelten, als sie sie direkt anschauten. Rhi hätte beinahe ihre Tarnung fallen lassen, aber wenn sie das getan hätte, hätten Hunderte anderer Dunkler sie gesehen.

Mit einem letzten Blick auf ihren Freund verschwand sie wieder zurück in den Tunnel. Erst dann gestattete sie es sich, die Tarnung fallen zu lassen. Und während sie ihre Hände gegen die steinerne Wand stützte, ließ sie ihren Kopf hängen.

»O Balladyn.«

Denae betrachtete prüfend das Schloss und seufzte. Natürlich war es kein gewöhnliches Schloss, das sie knacken konnte. Nein, es musste solch ein magisches sein wie die auf Raasay.

»Wie ich schon sagte, nur ein Dunkler kann es öffnen«, sagte Kellan.

Sie hob einen Finger an die Lippen, um ihn zum Schweigen aufzufordern, während sie das Schloss anstarrte. »Nein. Es muss noch eine andere Methode geben, und ich werde sie finden.«

»Es gibt keine andere Methode als Magie. So ist es nun mal.«

»Das glaube ich nicht.« Sie durfte es nicht glauben, denn wenn sie das tat, würde sie hier umkommen. Und sie hatte nicht vor, das zu tun.

Die Kette rasselte, als Kellan nach ihr griff. Seine Hände packten ihren Arm, und er drehte sie zu sich um, damit sie ihn ansah. »Ich habe nicht erwartet, dass du zurückkommst. Ich danke dir dafür.«

»Du hast erwartet, dass ich dich zurücklasse?«

»Ja. Ich bin unsterblich.«

Sie schüttelte den Kopf, während Ärger in ihr hochstieg. »Ach ja? Soll das heißen, dass es das für mich leichter macht, dich zurückzulassen?«

»Ja.«

Ein Wort. Ein einfaches Wort schaffte es, dass sie rotsah. »Du dämlicher, begriffsstutziger Esel. Du hast mich in einen Topf geworfen mit allen Menschen, denen du je begegnet bist, und hast das Schlechteste angenommen. Allein deswegen sollte ich dich hier verrotten lassen, aber ich lasse keine Freunde im Stich.«

»Ist es das, was ich bin?«, erkundigte er sich, als würde der Gedanke ihn amüsieren.

»Ich verbringe keine wunderbare Nacht in den Armen eines Mannes, ohne irgendeine Art von Verbindung zu empfinden. Ich fühlte etwas, und obgleich ich weiß, dass das auf dich nicht zutrifft, könnte ich nicht damit weiterleben, dich einfach deinem Schicksal zu überlassen und zu verschwinden. Egal, ob du unsterblich bist oder nicht. Es wäre einfach nicht richtig.«

Als er daraufhin schwieg, trat Denae einen Schritt zurück, sodass er sie nicht mehr anfassen konnte. Sie packte die Kette mit beiden Händen. Sie war schwer, die Glieder jeweils gut einen Zentimeter dick. Es würde schwierig sein, sogar wenn sie einen Bolzenschneider zur Verfügung hätte.

Was war sie nur für eine Idiotin anzunehmen, dass da etwas sein könnte zwischen ihr und Kellan. Er hasste Menschen, und obgleich sie eine erstaunliche Nacht miteinander verbracht hatten und sie geglaubt hatte, dass vielleicht so etwas wie eine Verbindung zwischen ihnen möglich sein könnte, fühlte er nichts.

Es war typisch für sie, endlich jemanden zu finden, der sie so ansprach, wie Kellan es tat, und dass der sie dann nicht wollte. Die Ungerechtigkeit all dessen führte dazu, dass sie mit aller Kraft die Kette drückte, um etwas von ihrer Wut loszuwerden.

»Mich hat noch nie ein Mensch Freund genannt.«

Denae wollte ihn nicht anschauen, aber sie konnte einfach nicht anders. Als sie sah, wie er sie anstarrte mit seinen seladongrünen Augen, warm und voller Gefühle, wollte sie ihn nur noch in ihre Arme schließen und nie wieder loslassen.

»Schau mich nicht so an«, warnte sie ihn.

Er runzelte die Stirn. »Wie was?«

»So als hätte ich dich überrascht, so als würdest du mich tatsächlich ein klein wenig mögen. Das sorgt nur dafür, dass meine Wut verraucht, und ich wäre gern noch ein bisschen länger wütend.«

Kellan lächelte plötzlich. »Du verblüffst mich immer wieder. Ich weiß nie, was du als Nächstes sagen oder tun wirst.«

»Gut. Ich hasse es, für einen Langweiler gehalten zu werden. Und jetzt sei still, damit ich das hier austüfteln kann.«

Seine Hände bedeckten die ihren. »Je länger du hierbleibst, desto größer wird die Gefahr, erwischt zu werden. Rhi hat ihr Leben riskiert, um dir zu helfen.«

Denae wollte nicht aufgeben in puncto Kette. Sie drückte sie erneut, so fest sie konnte. Seine Hand verstärkte den Druck, und Denae hörte ein Knacken.

Ihr Blick fuhr herum zu ihm. »Hast du das gehört?«

Er nickte steif, Überraschung zeigte sich in seiner Miene. »Lass mich mal versuchen.«

Denae ließ die Kette los und trat zurück. aber egal, wie sehr er sich bemühte, seine Magie einzusetzen, es passierte nichts weiter. »Ich bin an der Reihe«, sagte sie und schob seine Hände beiseite.

Sie nahm die Kette an derselben Stelle hoch wie zuvor und drückte, aber es war, als würde ein Floh versuchen, die Chinesische Mauer zu bewegen.

»Wir müssen es beide zugleich versuchen«, sagten sie wie mit einer Stimme.

Kellan trat auf die andere Seite der Kette, sodass sie sich gegenüberstanden, und legte wieder seine Hände über ihre. Sie nickte ihm zu, während sie so fest wie möglich drückte und er seine Magie einsetzte.

Ein weiteres lautes Knacken war zu hören und dann mehrere leisere, und dann brach die Kette auseinander.

Denae schlug sich die Hand vor den Mund, um ihr Lachen zu ersticken. »Wir haben es geschafft.«

Er blickte auf die zerbrochene Kette und ergriff schnell ihre Hand. »Wir können später feiern. Wir müssen hier verschwinden.«

»Verwandle dich in einen Drachen.«

Er hielt sein Handgelenk hoch, um das immer noch die eiserne Schandschelle lag. »Geht nicht.«

Denae verdrehte die Augen und legte ihre Hand auf die Handschelle. »Sei nicht albern. Leg deine Hand auf meine.

Wenn wir hier herauskommen wollen, musst du in der Lage sein, dich in einen Drachen zu verwandeln.«

Er hielt einen Moment inne, bevor er ihre Hand bedeckte. Für die Handschelle brauchten sie länger als für die Kette. Denaes Finger waren kurz davor, Krämpfe zu bekommen, aber sie dachte nicht daran aufzugeben.

Es fühlte sich wie eine Ewigkeit an, bis sich die Handschelle öffnete und zu Boden fiel. Denae wischte sich den Schweiß von der Stirn und zog Kellan in Richtung Wand.

Er ergriff die hinuntergefallene Handschelle, und sie rannten durch die Wand, blieben aber stehen, sobald sie in dem dunklen Tunnel waren.

»Warum hast du die mitgenommen?«, fragte sie und wies auf die Handschelle.

Kellan hielt die eiserne Fessel hoch. »Ich möchte, dass sie denken, dass ich immer noch machtlos bin.«

»Mir gefällt deine Art, die Sache anzugehen. Also, welcher Weg?«

»Nach links.«

Sie lief hinter ihm her, nahm seinen Rhythmus auf. Ihre Füße ließen das Wasser am Rande des Flusses aufspritzen. Eine Dringlichkeit, die ihr ein Gefühl vermittelte, als wären alle Höllenhunde ihr auf den Fersen, trieb sie voran.

Denae prallte gegen Kellans Rücken, als er abrupt stehen blieb. Sie blickte ihm über die Schulter und entdeckte etwas, was wie ein massiver weißer Nachfalter von der Größe eines Fiats und mit einer Art Leuchten um sich herum aussah, der an der Tunnelwand saß und ihnen den Weg versperrte.

Es war verblüffend, eine genaue Nachbildung der Nachtfalter, die sie im Sommer gejagt hatte, als sie noch ein kleines

Mädchen war. Nur dass diese Falter in die Handfläche eines Kindes gepasst hatten.

Der Riesenfalter bewegte seine Flügel, und dieses Flattern sorgte für einen so scharfen Windstoß, dass er sie umgeworfen hätte, wenn Kellan nicht vor ihr gestanden hätte.

Denae trat einen Schritt zurück, und ihr Fuß rutschte ins Wasser, erzeugte ein lautes Platschen. Der Nachtfalter hob den Kopf und blickte sie direkt an. Er hatte ein riesiges Maul, ließ seine rasiermesserscharfen Zähne sehen.

Er gab ein lautes Brüllen von sich, wobei sein Speichel durch die Luft spritzte. Denae wurde von Kellan zu Boden gedrückt, ehe er sich auf den Falter stürzte, gerade als der sich von der Wand abstieß.

Denae konnte ihre Augen nicht abwenden von Kellan, der sich flink vorwärtsbewegte, mit fließenden Bewegungen gewandt den Krallen des Falters auswich, die ihn zu zerkratzen trachteten.

Die Dunkelheit des Tunnels verhinderte, dass sie alles deutlich sehen konnte, aber ihr Sehvermögen reichte aus, um Zeuge von Kellans beeindruckendem Angriff zu werden.

Er hetzte den Falter, dann ließ er sich von ihm verfolgen und lief direkt auf eine Wand zu. Kurz bevor er sie erreicht hatte, drehte er sich um, duckte sich, vollführte eine Rolle vorwärts und kam hinter der gigantischen Kreatur wieder auf die Füße.

Da der Falter eingeschränkt war in seiner Bewegungsfreiheit aufgrund seiner Größe, blieb Kellan klugerweise außerhalb seiner Reichweite. Er sprang auf den Rücken des Falters und packte seinen Kopf, riss ihn mit einem Ruck zur Seite.

Die Kreatur fiel tot in den Fluss.

Kellan sprang noch rechtzeitig vorher ab und landete auf

seinen Füßen in Denaes Nähe. Er streckte ihr seine Hand entgegen. Einer seiner Mundwinkel war zu einem leisen Lächeln verzogen.

»Wollen wir weiter?«

Denae nahm seine Hand und starrte den riesigen Nachtfalter an, als sie an ihm vorbeigingen. »Das war beeindruckend.«

»Ich weiß.«

Sie gab ein abschätziges Geräusch von sich. »Hat dir schon mal jemand gesagt, dass du eingebildet bist?«

»Oft.«

Denae hätte wirklich niemand anderen an ihrer Seite haben wollen in diesen Tunneln. Kellan mochte ja eingebildet sein, aber angesichts dieses Bravourstücks, das er gerade abgeliefert hatte, hatte er jedes Recht der Welt dazu.

34

Kellan war total angespannt, seine Verärgerung viel zu groß.

Seine Wut grenzenlos.

Er wollte Drachengestalt annehmen, aber es war nicht der richtige Zeitpunkt.

Um Vergeltung an den Dunklen Feen üben zu können dafür, dass sie Denae entführt hatten, wollte er so viele wie möglich von ihnen zusammentreiben und auslöschen, bevor er die Gestalt wechselte.

Denae stolperte, und er konnte sie mit einer Hand festhalten und vor einem Sturz bewahren. Sie fluchte vor sich hin, und er musste grinsen.

»Du lachst, nicht wahr?«, knurrte sie, als sie stehen blieb und vorsichtig ihren nackten Fuß betastete. »Lachst die Menschen aus, weil sie nicht im Dunkeln sehen können.«

Er runzelte die Stirn und dachte über das Gesagte nach. »Ich könnte den Weg erleuchten.«

»Nein«, sagte sie und schüttelte den Kopf, wobei ihr die kupferfarbenen Haare über ihre Schultern glitten, was sehr sinnlich aussah. »Das würde sie nur auf uns aufmerksam machen.«

»Wenn sie konzentriert lauschen, hören sie uns sowieso kommen.«

»Es ist nicht klug, sie auf unseren genauen Standort aufmerksam zu machen, nur weil ich nicht gut sehen kann.«

Normalerweise hätte Kellan ihr zugestimmt. Wie er sie so anstarrte, stellte er fest, dass seine Denkweise sich veränderte, was Menschen anging, und zwar schnell. Und alles wegen Denae.

»Die Dunklen werden dich nie wieder berühren. Niemals.«

Kellan war geradezu schockiert über die Vehemenz seiner Worte. Und über ihren Wahrheitsgehalt.

Denae sah besänftigt aus und legte ihm eine Hand auf die Wange. Was immer ihr auf der Zunge gelegen hatte, blieb ungesagt. Sie ließ ihren Arm sinken und blickte in den Tunnel, durch den sie gerade gingen.

»Ist Rhi in der Nähe?«

»Das weiß ich nicht«, sagte Kellan, der sich zwang, sie nicht zu bitten, ihm zu sagen, was sie zurückhielt vor ihm. »Warum?«

»Sie könnte bei mir bleiben, sodass du schon vorgehen kannst. Du würdest viel schneller sein ohne mich. Ich behindere dich nur.«

»Nein.«

Sie verdrehte die Augen. »Oh, nun werde nicht gleich sauer. Ich versuche nur, praktisch zu denken. Ich habe etwas Übung in so etwas, weißt du.«

»Aber keine Übung im Umgang mit Dunklen Feen.«

»Stimmt«, musste sie widerwillig zugeben.

Er griff erneut nach ihrer Hand und ging weiter. »Wir haben lange genug getrödelt. Wir müssen weiter.«

Sie widersprach ihm nicht, sondern machte lange Schritte, um mit ihm mithalten zu können. Nicht ein Mal beschwerte sie sich über das mörderische Tempo, den schrecklichen Gestank rundherum oder die Tatsache, dass er keine Pausen einlegte. Sie hielt mit bei seinem Tempo, während er sein Bestes tat, keine Geräusche zu machen und ihr zu helfen, nicht zu stolpern oder in irgendetwas hineinzulaufen.

Sie gingen eine weitere halbe Stunde, bevor er anhielt, da etwas Bösartiges und Erbostes vor ihnen durch die Tunnel hetzte, das sogar sie spürte.

»Was war das?«, fragte Denae zitternd.

Kellan musterte sie und fragte sich, wie es möglich war, dass sie die Magie der Dunklen Feen spürte. »Sie wissen, dass wir geflohen sind. Taraeth wird die Tunnel durchkämmen lassen nach uns.«

»Jetzt wäre es an der Zeit, dich in einen Drachen zu verwandeln. Du kannst uns beide hier herausschaffen.«

Er blickte sich um. Der Tunnel war hoch, aber er wusste nicht, wo sie waren. »Es ist gut möglich, dass wir unterhalb einer Stadt sind. Ich könnte Dutzende Menschen töten, wenn ich aus dem Boden hervorbreche. Und wenn es während des Tages ist, werden sie mich sehen.«

»Und wenn es nun ein Feld ist, unter dem wir uns befinden?«

»Ich kann es aber nicht mit Sicherheit sagen. Wir konnten uns über diese vielen Jahrtausende hinweg versteckt halten, weil wir solche Risiken vermieden haben.« Auch wenn er sich gern verwandelt hätte, um Denae vor dem Zugriff der Dunklen zu bewahren.

Verdammt, es war wirklich hart, nicht seinem Bedürfnis nachzugeben und die Gestalt zu wechseln.

»Dann sollten wir besser sehen, dass wir weiterkommen«, sagte Denae und setzte sich in Marsch.

Kellan schloss zu ihr auf und riss sie zurück von einer Felszunge im Tunnel, gegen die sie beinahe gerannt wäre. Sie behielten das Tempo bei, während sie von einem Tunnel zum nächsten liefen.

»Woher weißt du, welchen Weg wir einschlagen müssen?«, fragte sie atemlos.

Er konnte ihr einfach nicht sagen, dass alles auf Verdacht geschah. Stattdessen sagte er: »Meine Magie.«

Sie lachte leise. »Lügner. Du rätst einfach.«

In einiger Entfernung vor ihnen hörten sie ein Geräusch, das ihn veranlasste stehen zu bleiben. Er zog sie in seine Arme und flüsterte: »Stimmt. Hast du jetzt Angst?«

»Ich habe eine Höllenangst, seit ich zum ersten Mal im Hafen eine Dunkle Fee gesehen habe.«

Sie hatte es gut verborgen, was sie in seinen Augen nur noch mehr aufwertete. Es würde nahezu unmöglich sein, sie hier herauszubringen, wenn sie hysterisch wäre.

»Was ist das?«, wisperte sie.

Er beugte sich vor zu ihrem Ohr. »Ich höre etwas vor uns an der Biegung.«

Sie nickte, um ihm zu verstehen zu geben, dass sie begriffen hatte, welche Gefahr vor ihnen lag, während er sich vor sie stellte. Es verblüffte Kellan, wie mühelos sie zusammenarbeiteten als Team. Sie schien genau zu wissen, was er wollte oder was er tun würde, ohne dass sie sich darüber groß verständigen mussten.

Er ließ ihre Hand los und entspannte sich, als er spürte, wie sie sich an einer seiner Gürtelschlaufen festhielt. Sie zog und zerrte nicht, während sie hinter ihm blieb. So hatte er seine Hände frei und konnte sie gleichzeitig sicher weiterführen. Der einzige Nachteil war, dass sie nur langsam vorankamen.

Je näher Kellan dem Geräusch kam, desto stärker spannten sich seine Muskeln an, machte er sich bereit für einen Angriff. Sie gingen Schritt für Schritt, geräuschlos, unbemerkt.

Kurz bevor sie den Ort erreichten, berührte Kellan ihre Hand. Sofort ließ sie ihn los und blieb hinter ihm zurück, während er weiterschlich durch den leicht gekrümmten Tunnel.

Kellan versuchte mit aller Macht, das Bedürfnis, sich zu verwandeln, zu unterdrücken. Er hoffte, dass es Dunkle Feen waren. Er wollte sie alle töten, weil sie Denae gefoltert und befummelt hatten.

Er ballte seine rechte Hand und stürzte um die Biegung, als zwei Männer auf ihn losgingen. Ein Mann packte seine Kehle. Der andere hatte goldene Haut.

»Kellan?«, sagte der Mann, der ihm die Kehle zudrückte.

Er verengte seine Augen, erkannte Tristan und nickte.

Tristan gab ihn frei und trat zurück. »Wir haben sie gefunden, Phelan.«

Kellan blickte an Tristan vorbei zu dem Krieger, der sie anstarrte. »Phelan. Bist du derjenige, der zur Hälfte Fee ist?«

Phelan nickte knapp. »Habt ihr Rhi gesehen?«

»Schon eine ganze Weile nicht mehr. Die Dunklen wissen, dass Denae und ich in den Tunneln sind. Wir dürfen uns hier nicht länger aufhalten.«

Phelan drehte sich um und bedeutete ihnen, ihm zu folgen. »Wir können euch hinausführen.«

»Wartet«, sagte Kellan, während er Denae an seine Seite zog. »Ich habe nicht vor, einfach zu verschwinden.«

Tristan grinste breit und durchtrieben. »Ich hatte auch nicht angenommen, dass du das tun würdest. Ich war zwar bei dem ersten Krieg gegen die Feen nicht dabei, aber ich werde auf jeden Fall an diesem beteiligt sein.«

»Meinetwegen«, sagte Phelan. »Gehen wir weiter.«

»Was ist mit Rhi?«, fragte Denae. »Könnte sie in der Gewalt der Dunklen sein?«

Phelan schüttelte den Kopf. »Dafür ist Rhi viel zu gewitzt. Sie steckt zweifelsohne in großer Gefahr, aber sie wird sich zu retten wissen, sobald sie weiß, dass wir alle den Tunneln entkommen sind.«

»Wie weit ist es noch bis zum Ausgang?«, erkundigte sich Kellan.

Tristan zuckte die Achseln. »Je nachdem, wie schnell wir sind, könnten wir es in einer Dreiviertelstunde geschafft haben.«

»Liegt der Zugang weit genug weg von irgendwelchen Ortschaften?«

»Ja.« Tristan grinste. »Er liegt mitten in einem offenen Feld.«

Denae klemmte sich ihre Haare hinter die Ohren. »Und jetzt? Befinden wir uns unter einem Feld?«

Es war Phelan, der den Kopf schüttelte. »Wir müssten uns unter einer Stadt befinden.«

»Verdammt«, murmelte Denae.

Kellan griff nach ihrer Hand, wusste genau, wie frustriert sie war. »Phelan, du übernimmst die Führung. Ich folge dir mit Denae hinter mir.«

»Und ich übernehme die Nachhut«, sagte Tristan.

Kellan nickte. »Ich möchte, dass Denae beschützt wird, egal, was passiert.«

Phelan rieb sich die Hände, seine langen, goldenen Klauen klackerten. »Verstanden. Also, lasst uns verdammt noch mal abhauen von diesem grässlichen Ort.«

Rhi kehrte zurück in Kellans und Denaes Verlies und musste feststellen, dass sie geflohen waren. Sie starrte schockiert auf die zerbrochene Kette.

Es spielte keine Rolle, wie stark ein Drachenkönig war – sie konnten keine Kette zerbrechen, die von den Dunklen Feen verzaubert war. Aber etwas – oder jemand – hatte es trotzdem geschafft.

Rhi kniete sich neben die Kette und streckte die Hand aus, um sie zu berühren, als das Geräusch einer Tür, die geöffnet wurde, zu ihr drang. Sie hatte nur noch Sekunden, um sich zu tarnen, bevor sie entdeckt wurde.

Ihre Kräfte ließen nach. Sie würde keinesfalls lange unsichtbar bleiben können, aber sie musste so viel wie möglich erfahren. Sie erhob sich und trat beiseite, als Taraeth mit zerrissener, blutbefleckter Kleidung hereinkam und den leeren Raum mit offenem Mund anstarrte.

»Wo sind sie?«, bellte er.

Die Männer hinter ihm drehten sich auf der Stelle um und eilten hinaus, brüllten Befehle, um Suchtrupps zusammenzustellen für die Festung und die Tunnel.

Taraeth ging an der zerbrochenen Kette vorbei zur hinteren Wand. Er betrachtete sie sekundenlang, bevor er murmelte: »Wie hast du dich befreit, Kellan? Und, was noch viel wichtiger ist, woher wusstest du, dass dies ein Zugang ist?«

Rhi ballte die Fäuste. Taraeth hatte schon wieder einen Rivalen abgewehrt. Würde ihn denn nie jemand besiegen?

Plötzlich fuhr Taraeths Kopf zu ihr herum. »Wer hat dir geholfen, Kellan?«, fragte er.

Rhis Magie nahm zusehends ab. Sie mochte Taraeth zwar hassen, aber wenn ihre Tarnung aufflog, hätte sie nicht mehr viel Magie übrig, um sich mit ihm zu messen. Ihr blieb keine andere Wahl, als zu verschwinden.

Sie tauchte in den Tunneln auf und ließ ihre Tarnung fallen. Ihr knickten die Beine weg, und sie stürzte zu Boden. Rhi zuckte zusammen, als sie schmerzhaft mit dem linken Knie gegen einen Stein stieß.

Balladyn lebte. Taraeth hatte einen weiteren Gegner getötet, nachdem er einen Drachenkönig und dessen Geliebte gekidnappt hatte. Ganz zu schweigen davon, dass der MI5 mit den Dunklen eine Allianz gebildet hatte.

Alles das musste Rhi unbedingt Usaeil mitteilen. Dennoch konnte Rhi noch nicht vor ihre Königin treten. Kellan und Denae waren irgendwo in diesen Tunneln, und sie konnte sich nicht sicher sein, ob Phelan und Tristan sie gefunden hatten oder nicht.

»Da bist du ja in einen feinen Schlamassel geraten«, sagte Rhi zu sich selbst.

Erschöpft richtete sie sich mühsam auf. Wie sie es hasste, sich so ausgelaugt zu fühlen, wenn ihre Magie beinahe aufgebraucht war.

»Kein guter Ort, um schwach zu sein, Kindchen.«

Der weiche irische Akzent, der Kosename. Rhi musste sich nicht umdrehen, um zu wissen, dass Balladyn sie aufgespürt hatte.

»Wir leben in schweren Zeiten«, sagte er. »Zu gefährlich für jemanden wie dich.«

»Viel hat sich geändert.« Rhi drehte sich langsam um und

begegnete Balladyns Blick. Sie unterdrückte ein Zusammenzucken. Verschwunden waren die freundlichen silbernen Augen, an die sie sich erinnerte; ersetzt durch rote. »Für beide von uns, wie es scheint. Ich hielt dich für tot. Ich habe dich betrauert.«

»Du warst besser dran zu denken, dass ich tot bin.« Sein Blick veränderte sich und wurde hart. »Ich weiß, was mit Hellen Feen passiert, die hier unten schwach werden.«

»Also. Du bist gekommen, um mich zu Taraeth zu bringen.« Sie war überrascht, schockiert vom Kopf bis hinunter zu ihren inzwischen ruinierten Stiefeln. Balladyn war ihr engster Freund gewesen. Was war mit ihm geschehen?

Balladyn holte tief Luft. Das einst lange schwarze Haar ging ihm nur noch bis zum Kinn und war jetzt mit silbernen Strähnen durchzogen. »Später. Jetzt habe ich etwas anderes mit dir vor.«

Sein drohender Tonfall ließ sie erstarren. »Warum? Bin ich etwas Ungewöhnliches?«

»Als wüsstest du das nicht, Kindchen.«

Rhi befeuchtete sich die Lippen und hoffte, dass ihre Magie noch ausreichte gegen jemanden, der so mächtig war wie Balladyn. »Oh, und inwiefern?«

»Du hättest nicht hierherkommen sollen. Ich hatte Lust, dich zu verfolgen, dich zu jagen und zu ängstigen. Du weißt, wie sehr ich den Kitzel der Jagd immer geliebt habe.«

Sie glaubte ihm jedes Wort. In all den Jahren, in denen sie Balladyn gekannt hatte, hatte er nie etwas geäußert, was er nicht gemeint hatte. Die Tatsache, dass er ihr nach dem Leben trachtete, sagte ihr, dass er jetzt wirklich und wahrhaftig ein Dunkler war.

»Krieg ist im Anmarsch, Balladyn. Krieg mit den Hellen

und Krieg mit den Drachenkönigen. So oder so werde ich die Dunklen bekämpfen. Überleg dir gut, auf welche Seite du dich schlägst. Bring mich nicht dazu, dich zu töten.«

Er lächelte, aber nicht mit seinen roten Augen. »Genug des Redens, Rhi, weil die Welt, die du kennst, gleich nicht mehr existiert.«

Sie duckte sich in dem Augenblick, in dem er mehrere Stöße seiner Magie auf sie abfeuerte, um sie kampfunfähig zu machen. Mit den letzten Resten ihrer Kraft entkam sie.

35

Denae wusste nicht, ob ein Stein oder etwas dergleichen ihre Fußsohle aufgerissen hatte. Sie verschwieg es Kellan und den anderen gegenüber. Was würde das schon nützen? Sie mussten aus diesen Tunneln fliehen, und zwar schnell, und noch konnte sie laufen.

Direkt vor ihr hielten Phelan und Kellan plötzlich an und gingen in die Hocke.

Denae folgte ihrem Beispiel rasch, als Kellan ihr mit einem Handzeichen bedeutete zu bleiben, wo sie war, während er und Phelan sich weiter vorwärts in die Dunkelheit bewegten.

»Wie stark blutest du?«, flüsterte Tristan.

Denae seufzte. Konnte sie denn nichts vor diesen Männern geheim halten? »Es geht mir gut.«

»Du humpelst. Es wird nicht lange dauern, bis Kellan das bemerkt.«

»Ich werde euch nicht bremsen.«

»Habe nie behauptet, dass du das tun würdest.«

Sie warf einen Blick hinter sich, aber sie konnte Tristans Gesicht im Dunkeln nicht erkennen. Es fühlte sich seltsam an, in Gesellschaft solcher Männer zu sein. Drachenkönige und Krieger.

Sie verhielten sich auf eine Weise beschützend, wie sie es noch nie zuvor erlebt hatte. Anders als die sterblichen Männer, die entweder fanden, dass sie ihren Platz in der Gesellschaft als Frau kennen sollte, oder diejenigen, die sie als Gleichwertige betrachteten, die auf sich selbst aufpassen konnte. Kellan beschützte sie, vermittelte ihr aber gleichzeitig das Gefühl, kompetent zu sein.

Er hatte zwar archaische Ansichten über das schwächere Geschlecht, aber trotzdem hatte er sie nicht davon abgehalten, ihre Fähigkeiten nach eigenem Gutdünken einzusetzen.

Es war … erfrischend und insgesamt erstaunlich. Sie lehnte sich mit der Schulter an die Tunnelwand und dachte über Kellan nach. Ein Drachenkönig. Ein Drache und ein König.

Ein fantastischer Mann, der küsste, als gäbe es kein Morgen, und unglaublich gekonnt und erfahren lieben konnte. Er hätte sie sterben lassen können. Stattdessen hatte er sie auf eine Reise mitgenommen, die ihr eine vollkommen neue Welt eröffnete, die sowohl wunderschön als auch beängstigend war.

Wie sollte sie sich nicht wünschen, mehr über ihn zu erfahren?

Wie sollte sie sich nicht danach sehnen, in seinen Armen zu liegen?

Wie sollte sie sich nicht in einen solchen Mann verlieben?

Denae musste schmunzeln. Sich in Kellan verlieben. Das war lächerlich. Sie hatte sich nicht in ihn verliebt, sie hatte sich Hals über Kopf in das Abenteuer, das Kellan für sie war, gestürzt. Impulsiv, leichtsinnig.

Sie kannte den Typ Mann, der er war – aufrichtig, verlässlich und vorsichtig. Er hatte sich von Anfang an dagegen gewehrt, sie gern zu haben, und sie war sich nicht einmal sicher, ob er das jetzt tat.

Er fand Gefallen an ihrem Körper und befriedigte sie mehr, als sie jemals für möglich gehalten hatte. Aber er kam aus einer anderen Welt, in der kein Platz für sie war. Er beschützte sie nur, weil er sein Wort gegeben hatte.

Sobald sie in Sicherheit war – nun ja, sie wusste genau, woran sie dann mit ihm war.

Nicht einmal das Wissen, dass sie am Ende allein dastehen würde und nur ihre Erinnerungen hätte, konnte sie davon abhalten, überstürzt ihr Herz an ihn zu verlieren.

Eine warme, große Hand bedeckte ihre. Denae wusste sofort, dass es Kellan war.

»Bereit?«, flüsterte er.

Sie nickte, wusste, dass er sie sehen konnte.

»Was ist los?«

Denae rümpfte die Nase. »Ich will hier raus.«

Er schwieg eine Sekunde, bevor er sagte: »Gehen wir.«

Sie erhob sich und hielt sich wieder an seiner Gürtelschlaufe fest. Sie gingen weiter, und es kam ihr wie Stunden vor. Nur gelegentlich blieben sie stehen, um zu lauschen, und von Zeit zu Zeit legten sie auch einen kleinen Zwischenspurt ein.

Zweimal schob Kellan sie aus dem Weg, während er, Tristan und Phelan irgendwelche Scheusale, die ihren Weg kreuzten, erledigten. Der Tunnel war inzwischen so dunkel, dass sie kaum noch Umrisse erkennen konnte und erst recht nicht, was es genau war, was die Männer da bekämpften. Und ein Teil von ihr wollte es auch gar nicht wissen nach der Begegnung mit dem Riesenfalter.

Die ganze Zeit sorgte sie sich um Rhi. Und sie war nicht die Einzige. Phelan war auch nicht glücklich darüber, dass Rhi noch nicht wieder aufgetaucht war.

»Sie wird klarkommen«, sagte Kellan. »Glaubt mir.«

»Woher willst du das wissen?«, knurrte Phelan.

Denae spürte, wie Kellan die Achseln zuckte. »Ich kenne Rhi seit sehr langer Zeit, Krieger. Wenn es eine Fee gibt, die es schafft, eine Dunkle Fee auszutricksen, dann ist es Rhi. Sie ist schließlich nicht umsonst Mitglied der königlichen Wache.«

»Der königlichen Wache«, wiederholte Tristan. »Die Helle Königin braucht eine Wache?«

»Da die Königin selten ihren Palast verlässt, nein. Es handelt sich eher um eine Ehrenstellung für die stärksten und tödlichsten der Hellen Krieger, und Rhi hat sich das Recht erworben, sie einzunehmen«, erklärte Kellan.

»Du hast sie nicht gesehen, als sie jetzt in Dreagan war«, betonte Phelan. »Tristan hat sie zusammengebrochen auf dem Fußboden gefunden. Sie war blass und … schwach.«

Tristan murmelte: »Das war sie.«

Denae wartete darauf, dass Kellan etwas erwiderte, aber die Sekunden vergingen, ohne dass er eine Antwort gab, und sie glaubte schon, er würde keine geben.

»Es gibt vieles, was ihr nicht wisst über Rhi«, sagte er schließlich.

»Wer war der Drachenkönig, mit dem sie eine Affäre hatte?«, fragte Tristan.

Sie blieben abrupt stehen, sodass Denae mit Kellan zusammenstieß. Er geriet nicht einmal ansatzweise ins Schwanken durch diesen Zusammenprall.

»Hat der König sie verlassen?«, fragte Phelan.

Denae nahm wahr, dass seine Stimme näher gekommen war, was wahrscheinlich bedeutete, dass er sich direkt vor Kellan aufgebaut hatte.

»Es war vor sehr langer Zeit«, sagte Kellan.

»Was ist passiert?«

»Frag Rhi.«

»Ich frage dich.«

»Und ich erzähle es dir nicht.«

Denae verdrehte die Augen und ging um Kellan herum, schob sich zwischen ihn und Phelan. Sie musste sich regelrecht zwischen die beiden quetschen, weswegen sie Phelan einen kleinen Schubs gab, damit er einen Schritt zurücktrat. »Na komm schon. Es ist nicht Kellans Sache, diese Geschichte zu erzählen. Wenn du es wissen willst, frag Rhi.«

»Bist du es gewesen?«, fragte Phelan Kellan, so als hätte er Denae nicht gehört.

»Nein. Ich würde nicht behaupten, dass sie eine Freundin ist, aber für mich ist sie das, was einem Freund am nächsten kommt, ausgenommen die anderen Könige«, antwortete Kellan.

Nach einer Weile drehte Phelan sich um und ging weg. Denae wollte gerade wieder ihren Platz hinter Kellan einnehmen, als er seine Hände auf ihre Schultern legte und sie zu sich umdrehte.

»Du wolltest mich vor einem Krieger in Schutz nehmen?«

Hörte sie da die Andeutung eines Lachens in seiner Stimme? Sie hasste es, sein Gesicht nicht sehen zu können, während er jedes Gefühl, das sich in ihrer Miene spiegelte, identifizieren konnte. »In Schutz nehmen? Schön wär's. Du bist ein Drachenkönig. Ich wollte nur eine Situation bereinigen, die sehr schnell außer Kontrolle zu geraten schien. Falls du es noch nicht bemerkt hast: Phelan ist ziemlich parteiisch, was Rhi angeht. Für ihn ist sie wie eine Schwester.«

»Das habe ich bemerkt«, sagte er sanft.

Denae schluckte, wusste nicht so recht, was sie von seinem liebevollen Ton halten sollte. Seine Hände wanderten über ihre Schultern zu ihrem Hals, während seine Daumen ihre Mundwinkel streichelten.

War ihm nicht bewusst, dass er sie nur zu berühren brauchte, um sie aus dem Gleichgewicht zu bringen? Der Tunnel mit all seinen schrecklichen Überraschungen und seinem ekelhaften Gestank war plötzlich nebensächlich. Es gab nur noch Kellan.

»Du würdest dich zwischen einen König und einen Krieger stellen?«

Es fiel ihr schwer, klar zu denken, solange sein Daumen ihre Lippenkonturen verfolgte. Er zog sie eng an sich, und seine Hitze umgab sie. Unfähig, ihm zu widerstehen, legte sie ihm die Hände auf die Brust.

»Nein. Ja.« Sie machte fest die Augen zu für einen Moment. »Ich weiß nicht.«

»Warum?«

Warum? Was wollte er nun schon wieder wissen? Er war ihr so nahe, dass sie ihr Gesicht an seine Schulter schmiegen konnte. Aber sie wollte nur seine Lippen.

»Warum würdest du dich zwischen zwei Unsterbliche stellen?«, fragte er.

Denae zuckte die Achseln. »Es gefiel mir nicht, dass er so aggressiv war dir gegenüber.«

»Also dachtest du daran, mich in Schutz zu nehmen.«

Als er das so sagte, klang es geradezu lachhaft. Denae wollte schon den Mund öffnen, um ihm zu sagen, dass es ganz und gar nicht so war, als er seinen Mund auf ihren senkte und sie stürmisch küsste.

Er beschlagnahmte, er eroberte.

Er dominierte.

Und sie genoss jede einzelne Sekunde.

Der Kuss ließ sie benommen und nach mehr lechzend zurück, und er war viel zu früh zu Ende. Kellan umfasste ihr Gesicht mit beiden Händen, als würde er sie von sich schieben wollen. Erst dann hörte sie, wie er schwer atmete.

»Ich will dich«, flüsterte er.

Denae lächelte, weil sie wusste, dass das einer Gefühlsäußerung von Kellans Seite am nächsten kam und dass sie mehr nie bekommen würde.

Und seltsamerweise war es genug.

»Schaff mich aus diesem Tunnel raus, und du kannst mich haben.«

Er schnaubte und ließ seine Hände sinken. »Ist das ein Versprechen?«

»Und ob.«

»Ich nehme dich beim Wort«, sagte er und ergriff wieder ihre Hand. »Tristan.«

Denae hörte Schritte und registrierte, dass Tristan irgendwann während ihres Gesprächs weitergegangen war, aber sie war so beschäftigt gewesen mit Kellan, dass sie es nicht bemerkt hatte.

Kellan war eine gefährliche Ablenkung, so viel war sicher. Aber eine, über die sie sehr froh war. Er machte das Leben interessant und wieder lebenswert. Er vermittelte ihr das Gefühl, als könnte sie die ganze Welt umarmen und einfach abwarten, wohin sie das führte.

Und der Gedanke daran, dass sie den Rest ihres Lebens vor dem MI5 fliehen musste, war wie weggeblasen.

Sie vergaß ihren verletzten Fuß, als sie weitereilten durch die Tunnel. Sie gelangten wiederholt an Gabelungen im Tunnel, an denen Phelan jedes Mal leise »links« oder »rechts« rief.

Und ehe Denae sichs versah, zog Kellan sie durch den Zugang.

Sie blinzelte ins helle Sonnenlicht und hob schnell den Arm, um ihre Augen abzuschirmen. Aber Kellan zog sie schon weiter. Denae unterdrückte einen Fluch, als ihr Zeh gegen einen Stein stieß. Doch ein Gefühl von wachsender Bedrohung hielt sie auf den Beinen.

Sie liefen auf ein kleines Wäldchen zu, und er drückte sie gegen einen Baum. »Phelan?«

»Ich kann keinen von ihnen sehen«, antwortete der Krieger, dessen goldene Haut in der Sonne schimmerte.

Denae erhaschte einen flüchtigen Blick auf seine Fänge und fragte sich, was ein Krieger sonst noch alles konnte. Er war groß, seine langen, dunkelbraunen Haare wirr. Sein Blick – er hatte goldene Augen von Augenwinkel zu Augenwinkel – huschte beständig hin und her. Seine Krallen sahen scharf genug aus, um ihr den Kopf abzureißen, und sie war ziemlich sicher, dass er Derartiges auch schon getan hatte.

Tristan blickte zu Kellan von seinem Platz auf der anderen Seite aus und schüttelte den Kopf. »Noch nicht.«

»Das gibt uns Zeit, uns zu wappnen«, sagte Kellan.

Phelan drehte sich zu ihm um. »Zuerst brauchen wir einen Plan.«

»Einen Plan?« Kellan gluckste, aber es klang eisig. »Der Plan ist, so viele von ihnen wie möglich zu töten und dafür zu sorgen, dass sie Denae nicht wieder in die Hände kriegen.«

»Wir sind nicht die einzigen Könige in Irland«, sagte Tristan plötzlich. Er grinste breit. »Rhys und Kiril sind auch unterwegs, um euch zu suchen.«

»Ruf sie«, sagte Kellan und sah dann Denae an. »Alles wird gut.«

Sie hielt ihn zurück, als er sich schon umdrehen und gehen wollte. »Es wird erst dann gut, wenn wir das hier überstanden haben. Ich möchte nur, dass du mir eines versprichst.«

Er schien schockiert zu sein, dass sie so etwas von ihm verlangte. »Was soll ich dir versprechen?«

»Dass sie dich nicht wieder überwältigen und gefangen nehmen. Egal was geschieht.«

Er runzelte die Stirn und starrte sie mit seinen Seladon-Augen an. »Ich gebe nicht gern Versprechen.«

»Ich weiß.«

»Und wenn sie dich fangen?«

»Dann fangen sie mich. Dein erstes Versprechen hast du ja schon gehalten. Schließlich hast du mich hier herausgebracht.«

»Aber du bist noch nicht in Sicherheit.«

»Ich bin nie in Sicherheit gewesen, Kellan. Egal, ob vor irgendwelchen Feen, vor Krankheiten, Gefahren oder meinen Feinden. Versprich es mir. Bitte.«

»Warum?«, fragte er ausdruckslos.

Denae hätte ihn anlügen können, aber sie wollte, dass er erfuhr, was sie fühlte. Auch wenn es vergeblich war. »Die Vorstellung von dir an dieser Kette macht mich krank. Ich weiß nicht, was sie wollen, aber es kann nichts Gutes dabei herauskommen. Du bist nicht dazu geschaffen, ein Gefangener zu sein. Du bist unglaublich stark und beeindruckend.«

»Du hast mich noch nicht in Drachengestalt gesehen.«

»Das muss ich auch nicht. Ich sehe den Mann vor mir.«

36

Kellan konnte Denae das gewünschte Versprechen nicht geben, weil er alles tun würde, damit sie nicht wieder in die Gewalt der Dunklen Feen geriet.

Es lag an der Gewissheit, der unbestreitbaren Tatsache, dass Denae ihm gehörte. Dieses Gefühl hätte ihn überraschen müssen, aber das tat es nicht. Sie hatte sich wieder und wieder unter Beweis gestellt. Aber es war mehr als das.

Etwas in ihm hatte Denae schon als zu ihm gehörig erkannt in dem Moment, da er die Augen aufgeschlagen und sie in seiner Höhle erblickt hatte. Es war sein Hass auf die Menschen gewesen, der ihn so lange Zeit daran gehindert hatte, die Wahrheit zu erkennen.

»Versprich es mir«, drängte Denae ihn erneut.

Kellan schüttelte den Kopf und zupfte an ihren langen, kupferbraunen Haaren. »Ich kann nicht.«

»Ich bin nur eine Sterbliche, vergessen?«, sagte sie wütend und runzelte die Stirn, zum Teil aus Frustration, zum Teil aus Besorgnis. »Ich bin unbedeutend.«

Er legte ihr seinen Finger auf die Lippen, um sie zum Schweigen zu bringen. »Sage nie wieder so etwas. Ich kann es dir nicht versprechen, weil du immer noch nicht in Sicherheit bist. Wir mögen ja diese verdammten Tunnel hinter uns gelassen haben, aber die Dunklen sind kurz davor anzugreifen. Alles Mögliche kann passieren.«

Sie schob sanft seinen Finger von ihrem Mund. »Das ist richtig. Alles Mögliche kann passieren.«

Er suchte verzweifelt nach irgendetwas, um das Thema zu wechseln und sie von dem Versprechen, das er ihr geben sollte, abzulenken. Da entdeckte er das Blut im Gras neben ihren Füßen. »Bist du verletzt?«

»Es ist nichts weiter als ein kleiner Schnitt an meiner Fußsohle.«

Furcht, ein Gefühl, das er nicht mehr kannte, seit er seine toten Bronzenen gesehen hatte, überfiel ihn. Ein Schnitt konnte einen Menschen das Leben kosten. Bei all diesen faulen Gerüchen in den Tunneln konnte man nicht wissen, in was sie da getreten war.

Es gab nichts, was er tun konnte. Zum ersten Mal wünschte er sich, er würde über Cons Heilkräfte verfügen.

»Es ist nur ein Schnitt«, wiederholte sie. »Es geht mir bestens.«

Aber die Sorge umhüllte ihn bereits wie ein dicker Nebel. Er hatte sich gerade erst eingestanden, was sie ihm bedeutete. Die Vorstellung, dass er sie verlieren könnte … Er konnte den Gedanken nicht einmal zu Ende denken.

Als spürte sie seine Besorgnis, sagte Denae: »Ich hatte schon schlimmere Verletzungen, Kellan. Niete ein paar der Dunklen Arschlöcher um, danach kannst du mir helfen, meine wirklich lächerliche Wunde zu versorgen.«

Ihre flotte Redeweise entlockte ihm ein Lächeln. Zumindest hatte sie die Sache mit dem Versprechen vergessen. Er war sich zwar nicht sicher, wie unbedeutend die Wunde war, aber sie war eine Kämpferin. Mit einem Seufzer gab er nach. »Mit Vergnügen.«

»Und was soll ich tun?«

»Bleib hier. Phelan wird in der Nähe sein und hoffentlich auch Rhi. Tristan und ich werden die Dunklen beschäftigen, bis Rhys und Kiril eintreffen.«

Sie schluckte merklich und reichte ihm die Handschelle, die sie aus dem Verlies mitgenommen hatten. »Ich dachte, ich hätte schon viel Böses gesehen in meinem Leben, aber ich habe mich schwer getäuscht. Die Dunklen Feen verkörpern das Böse in einer Weise, die ich bisher nicht kannte.«

»Ich werde sie aus deinem Gedächtnis tilgen.« Kellan plante bereits, mehrere Monate mit Denae allein zu verbringen, sie zu lieben und alles von ihr zu erfahren.

Denae lächelte. »Nun geh schon, da du mir nun einmal nicht das Versprechen geben willst«, sagte sie und zwinkerte ihm zu. »Die anderen warten bereits auf dich.«

»Sie sollen abhauen«, sagte er und riss sie an sich, gab ihr einen schnellen, ungestümen Kuss.

Sobald sie sich an ihn schmiegte, war Kellan versucht, sich mit ihr zu verdrücken und die anderen allein kämpfen zu lassen. Dann dachte er wieder daran, wie Taraeth Denae berührt hatte.

Seine Frau. Bedroht, gefoltert, und das alles nur, weil die Dunklen nach der einen Sache suchten, die ihnen niemals in die Hände fallen durfte.

Kellan beendete den Kuss, während er sich gedanklich darauf konzentrierte, einen der Dunklen im Besonderen zu töten.

»Viel Glück«, sagte Denae, bevor er auf den Hacken kehrtmachte und ging.

Kellan trat neben Tristan, sie öffneten ihre mentale Verbindung und riefen alle Drachenkönige in ihrer Nähe zu Hilfe. Wenn die Dunklen Feen einen Krieg wollten, sollten sie ihn haben.

Tristan riss sich das Hemd herunter und schleuderte seine Stiefel von sich. Auf seinen Lippen lag ein erwartungsvolles Lächeln, das Kellan nur zu gut verstand.

»Du sehnst den Kampf herbei«, sagte er.

Tristan schmunzelte. »Und zwar auf eine Weise, die die wenigsten verstehen würden.«

»Du bist gerade erst zu uns gestoßen, also lass dich ja nicht einsacken von diesen Arschgeigen. Ich hätte es nicht so gern, wenn Con mir die Fresse poliert, weil du nicht zurückkehrst nach Dreagan.«

»Gleichfalls. Nur dass es bei mir Denae wäre. Ich meinerseits hätte es lieber mit Con zu tun als mit ihr.«

Kellan grinste, als er zu seiner Frau hinüberspähte. Sie war ein ernstzunehmender Gegner. Er atmete tief durch und merkte, wie sich der Drache in ihm rührte und langsam erwachte.

Er konnte es kaum erwarten, den Wind unter sich zu spüren, die Flügel auszubreiten und in die Wolken emporzusteigen. Es war schrecklich lange her. Er würde nicht allein wegen des Vergnügens fliegen, sondern verfolgte damit ein Ziel, das sich bereits seit geraumer Zeit ankündigte.

Die Dunklen Feen waren eine Geißel des Reichs gewesen, seit sie es gewagt hatten, sich auf der Erde niederzulassen. Darauf zu vertrauen, dass die Hellen Feen die Dunklen in Schach halten und von der Erde vertreiben konnten, war ein Fehler gewesen.

Da die Könige so bedacht darauf waren, im Verborgenen

zu bleiben, waren die Hellen nachlässig geworden und hatten aufgehört, die Dunklen zu bekämpfen.

Und die Dunklen … hatten sich zu einer mächtigen Gruppierung entwickelt.

Tristan warf ihm einen kurzen Blick zu, bevor er sich die Jeans herunterriss, in die Luft sprang und die Gestalt eines bernsteinfarbenen Drachen annahm.

Kellan beobachtete, wie Tristan seine Flügel spreizte und sich von einem Windstoß emportragen ließ. Es gab wenige Wolken, in denen man sich verstecken konnte. Allerdings war es heute auch nicht Kellans vorrangiges Interesse, sich zu verstecken.

Er ließ seinen Blick umherschweifen und sah, dass Phelan getarnt neben Denae stand und den Zugang nicht eine Sekunde aus den Augen ließ.

Denae blickte ihn mit ihren whiskyfarbenen Augen an, während er sich die Handschelle so anlegte, dass es aussah, als wäre sie immer noch geschlossen. Das Bedürfnis, das, was ihm gehörte, zu beschützen, zu verteidigen und abzusichern, überrollte ihn wie eine Flutwelle.

Er wehrte sich nicht dagegen. Er ließ sich einfach mitreißen, akzeptierte, dass ein Mensch ihm irgendwie die Augen geöffnet und sein Herz erobert hatte.

Sein Blick fuhr ruckartig zu dem Zugang, als Taraeth heraustrat mit wütend lodernden roten Augen.

»Dachte mir schon, dass du die Fliege machen würdest«, sagte Taraeth, als er Kellan auf dem Feld erblickte. »Vermisst du dein Gefängnis bereits? Wartest du vielleicht schon darauf, dass ich dich zurückbringe?«

»Ich bin hier, um dich zu töten«, erwiderte Kellan.

»Mich zu töten?« Taraeth lachte, während er in die Runde

seiner Kumpels blickte, die sich in einem stetigen Strom um ihn herum versammelten. »Du kannst es ja versuchen, aber wir alle wissen, dass unsere Handschellen einen Drachenkönig daran hindern, sich zu verwandeln. Du bist nichts weiter als ein Unsterblicher, der wieder und wieder sterben kann, ganz nach unserem Belieben. Genau wie die letzten beiden Könige, die sich in unserer Gewalt befanden.«

Die Dunklen Feen lachten bei Taraeths Worten.

Ein zufriedener, zuversichtlicher Ausdruck zeigte sich in Taraeths Miene. »Ich schaffe dich wieder in dein Gefängnis, und zwar mit noch mehr Fesseln. Dann werde ich die hübsche Frau, die dir gehört, finden und sie immer wieder vor deinen Augen nehmen, bis sie sich nicht mal mehr an deinen Namen erinnert.«

»Du kannst es versuchen, aber du wirst es ganz bestimmt nicht schaffen.«

»Und wieso nicht?«

Kellan lächelte und wechselte die Gestalt.

Er stand als Drache auf dem offenen Feld und brüllte seine Wut heraus. Er spreizte seine Flügel und ließ sie auf- und abschlagen, als sich ein Dutzend Dunkle auf ihn stürzten. Der Windstoß, den er erzeugte, war so heftig, dass sie zurücktaumelten.

Als sie sich gerade wieder aufgerappelt hatten, tauchte plötzlich Tristan aus dem Himmel auf und packte die Hälfte von ihnen mit seinem riesigen Maul. Die andere Hälfte versuchte, in panischer Hast zurückzurennen zu ihren Kameraden, die sich noch im Tunnel befanden, aber ein kräftiger Schwanzhieb Tristans teilte ihre Leiber in zwei Hälften.

»Tötet sie!«, brüllte Taraeth.

Gerade weil er sich Sorgen machte um Denae, behielt Kellan Taraeth im Auge. Die Dunklen waren ausschließlich auf ihn und Tristan konzentriert. Und Kellan würde dafür sorgen, dass das auch so blieb.

Kellan wartete, bis die Dunklen ganz nah herangekommen waren, ehe er in die Luft sprang, um sich anschließend sofort wieder herunterzustürzen, wobei seine Klauen durch die Dunklen fuhren wie ein heißes Messer durch Butter.

Er faltete seine Flügel und wirbelte herum, bevor er neuerlich in die Luft emporschoss, wobei ein Magiestoß ihn knapp verfehlte.

Was ihn nur noch wütender machte.

Rhi landete auf dem Feld und fand sich mitten in einem Gefecht wieder. Sie war froh, dass sie unsichtbar war, besonders wegen der vielen Dunklen um sie herum.

Sie schlängelte sich mühelos durch das dichte Gewühl von Dunklen, bis sie Phelan in einem kleinen Gehölz erspähte, der unglaublich sauer wirkte, weil er sich nicht beteiligen durfte am Kampf.

Da er nun einmal die letzte Verteidigungslinie bildete für Denae.

Rhi benutzte ihre Magie und erschien direkt neben Phelan, als sie ihre Tarnung fallen ließ.

Er blickte kurz zu ihr, sein Gesicht immer noch grimmig. »Wird aber auch höchste Zeit. Wo warst du?«

»Ich habe unterwegs mehr entdeckt, als mir lieb war.«

Sein Blick fuhr herum zu ihr, und er runzelte die Stirn. »Alles in Ordnung mit dir?«

»Klar.« Sie setzte ein strahlendes Lächeln auf. »Hast du es vergessen, mein Hengst? Ich bin eine Fee.«

»Ich bin einfach nur froh, dass du hier bist. Ich wollte schon zurück an diesen ekelhaften Ort und nach dir suchen.«

Sie holte tief Luft. »Tu ja nichts Unüberlegtes, mein Hengst. Aisley wird dir die Haut bei lebendigem Leib abziehen, wenn du dich in Gefahr bringst. Wie macht sich Denae?«, fragte sie, um das Thema zu wechseln.

»Ziemlich gut. Ich hörte, wie sie nach Luft schnappte, als Kellan sich verwandelte, aber seitdem hat sie keinen Mucks von sich gegeben.«

Rhi tätschelte seine Schulter, bevor sie sich umdrehte und zu Denae hinüberging, die an einem Baum lehnte, dessen Stamm ungefähr den Umfang eines Kleinwagens hatte.

»Wie kommst du klar?«, fragte Rhi mit ihrem besten Südstaatenakzent.

Denae lächelte, als sie sie erblickte. »Sehr nahe dran. Etwas zu viel Südstaaten und nicht genug Texas. Ich werde es dir schon noch beibringen.«

Rhi musste aufrichtig lachen. »Darauf würde ich jede Wette eingehen.« Sie blickte sich um und sah, wie ein Bronzedrachen immer wieder auf die Dunklen herabstieß und wieder aufstieg. »Ängstigt er dich?«

»Ja. Und berauscht mich. Er hat mich total umgekrempelt, lässt mich meinen Namen vergessen und sorgt dafür, dass mir die Knie weich werden Er ist einfach … wunderbar.«

»Bah«, sagte Rhi und verdrehte die Augen. »Sag ihm das bloß nicht. Kellan ist bereits eingebildet genug, auch ohne zu wissen, dass du ihn für einen Gott oder etwas in der Art hältst.«

»Ich bin doch nicht blöd. Ich weiß, dass ich nicht in seine Welt gehöre.«

Rhi vermied es, sie anzusehen, weil Denae recht hatte. Ein

paar der Könige mochten ja eine Gefährtin erwählt haben, aber das waren nicht mehr als eine Handvoll im Laufe von Jahrtausenden.

»Danke, dass du nicht versuchst mich zu belügen«, sagte Denae.

Rhi senkte den Blick und stellte fest, dass sie sich einen weiteren Nagel abgebrochen hatte. Sie dachte an Balladyn und ihre überwältigende Trauer, als sie geglaubt hatte, dass er getötet worden war.

Die Welt, die sie seit unendlich langer Zeit kannte, war dabei, sich zu verändern. Gerade fand ein Kampf statt zwischen Dunklen Feen und Drachenkönigen, was es seit über fünfzigtausend Jahren nicht mehr gegeben hatte.

»Du bist jetzt Teil dieser Welt«, sagte Rhi zu Denae. »Ob du es willst oder nicht, du bist es. Du hast Dinge gesehen, Dinge gehört, Dinge erlebt, die sich, egal, wie viel Zeit verstreicht, nicht ungeschehen machen lassen. Glaubst du, du kannst einfach verschwinden und alles vergessen?«

Denaes Augen folgten Kellan mehrere Sekunden lang, bevor sie wieder Rhi anblickte. »Nein. Niemals. Ich werde mich immer daran erinnern.«

»Ich weiß nicht, was die Dunklen vorhaben, aber was auch immer es ist, es ist nichts Gutes. Es hat immer eine Grenze gegeben zwischen unserer Welt und eurer. Diese Grenze löst sich mit zunehmender Geschwindigkeit auf.«

»Könnt ihr, du und die Hellen Feen, nicht etwas dagegen unternehmen?«

Rhi zuckte hilflos die Achseln. »Ich bin mir nicht mehr sicher. Es war immer problematisch für uns, die Dunklen abzuwehren, aber sie sind jetzt anders. Irgendwie mächtiger.«

»Ist das früher schon mal vorgekommen?«

»Nein. Ich glaube nicht an Zufälle, und es hat in letzter Zeit zu viele gegeben. Da ist zum einen die zunehmende Macht der Dunklen, dann die Verbindung des MI5 zu ihnen und noch jemand, der versucht, die Drachenkönige zu entlarven.«

»Ich stimme dir zu«, sagte Denae und holte tief Luft. »Ich befürchte, wenn wir intensiv genug nachforschen, entdecken wir eine Quelle, die alle drei Faktoren miteinander verbindet.«

»Das klingt ja so, als würdest du diesen Job gern übernehmen.«

»Ich habe eine Vergangenheit beim MI5. Wenn ich mit Henrys Hilfe ins Hauptquartier gelangen würde, könnte ich mir wer weiß was an Informationen verschaffen.«

»Und über den Rest?«, setzte Rhi nach.

»Du meinst, über die Dunklen Feen und die unbekannte Person?«

Rhi nickte, während sie mit den Augen die Dunklen verfolgte, die auf die Drachenkönige fokussiert waren. »Con befürchtet, dass die unbekannte Person, die sie zu entlarven versucht, Ulrik ist.«

»Kellan hat mir von ihm erzählt. Er hat ganz gewiss genügend Beweggründe, um Con Schaden zuzufügen, aber dem Rest?«, fragte Denae und verzog den Mund. »Ich weiß einfach noch zu wenig über ihn.«

»Ich glaube nicht, dass Ulrik so etwas tun würde. Er hat Con Rache geschworen, aber nur Con. Es sind seither allerdings Abertausende von Jahren vergangen. Ulriks Zorn hat ihn möglicherweise wahnsinnig werden lassen.«

»Dann überprüfe ich ihn ebenfalls«, meinte Denae. »Was

die Dunklen Feen betrifft, nehme ich an, dass ich eine Verbündete habe, die mir bei der Arbeit hilft.«

»Wen?«, fragte Rhi stirnrunzelnd.

»Dich.«

Rhi lächelte leise. »Oh, du bist echt gut. Kein Wunder, dass Kellan scharf auf dich ist.«

»Macht euch bereit«, sagte Phelan. Ein tiefes Knurren entwich seiner Kehle, als zwei Dunkle Feen sich dem Gehölz näherten.

Rhi ging an ihm vorbei. »Oh, überlass die nur mir!«

Sie sandte einen magischen Stoß aus, der einen der Dunklen köpfte, ehe sie zwischen den Bäumen hervorschoss, ein langes Schwert schwang, das Herz des zweiten Dunklen durchbohrte und damit sein Leben beendete.

»So eins hätte ich auch gern«, sagte Denae bewundernd.

37

Rhi wischte die Klinge ab und senkte sie. »Kellan wird es möglicherweise nicht gefallen, aber ich glaube, du brauchst eine Waffe.«

Denae konnte es kaum erwarten, eine solche Waffe in der Hand zu halten. Sie stand nicht gern als Beobachterin abseits des Geschehens. Sie hatte eine gründliche Ausbildung genossen, und sie mochte zwar nicht unsterblich sein und nicht zaubern können, aber einer Dunklen Fee den Kopf abschlagen oder das Herz durchbohren konnte sie allemal.

Je mehr sie daran dachte, diese neue Welt, in die es sie verschlagen hatte, wieder verlassen zu müssen, desto weniger wollte sie es. Sie könnte möglicherweise nicht mit Kellan zusammen sein, aber sie würde diesem Krieg, der offensichtlich bereits tobte, nicht den Rücken zukehren.

Sie hatte vor, ihren Teil dazu beizutragen, und herauszufinden, wer es auf die Drachenkönige abgesehen hatte und sie verfolgte. Sie würde herausfinden, warum der MI5 eine Allianz mit den Dunklen geschlossen hatte. Sie würde jeden aufstöbern, der eine Bedrohung darstellte für die Könige.

Und sie würde sie aufhalten.

Jetzt hatte sie eine Aufgabe, etwas, was ihrem Leben einen Sinn gab, und sie war begierig, damit zu beginnen.

»Kellan wird es ihr nie erlauben, solch eine Waffe zu tragen«, warnte Phelan Rhi.

Denae musterte den Krieger finster. »Ich treffe meine eigenen Entscheidungen, besten Dank auch.«

»Tja, viel Glück«, schnaubte er. Dann blickte er über sie hinweg, und seine Miene verdüsterte sich.

Denae sah, wie die Dunklen sich mehr und mehr den Bäumen näherten. Die beiden toten Feen hatten ihre Aufmerksamkeit erregt.

Phelan sagte kein Wort, als er Rhi wegschob und seine unglaubliche Geschwindigkeit einsetzte, um vier weiteren Feen den Garaus zu machen.

Rhi fluchte kräftig. Sie warf Denae ihr Schwert zu, bevor sie die beiden toten Feen bei den Haaren packte und mit ihnen verschwand.

Denae ließ das Schwert ein paarmal in der Hand kreisen, gewöhnte sich an sein Gewicht. Mit ihrem Training und dem Schwert konnte sie den Dunklen standhalten.

Einen Augenblick später tauchte Rhi wieder auf und lächelte, da sie Denae in Kampfposition sah. »Jawohl. Genau das, was du brauchtest«, sagte die Fee augenzwinkernd, als sie sich die nächsten beiden Dunklen schnappte und erneut verschwand.

Denae war überrascht, wie leicht das Schwert war. Die Klinge war schmal, der Knauf aus dunklem Holz mit Goldverzierungen. Auf der Klinge selbst befand sich … ein Drache.

Denae blieb kurz das Herz stehen. Ein Drache, der auf seinen Hinterbeinen stand, die Flügel spreizte und den Kopf zurücklegte und brüllte. War es ein Zufall, dass Rhi einen Drachenkönig zum Geliebten gehabt hatte und ein Drache in ihre Schwertklinge geätzt war? Es war eine wirkungsvolle Waffe, und eine, die sie gut handhaben konnte.

In null Komma nichts hatte Rhi die toten Feen weggeschafft, und Phelan war schon wieder zurück bei ihnen im Gehölz. Es war offensichtlich, dass er sich nur zu gern ins Kampfgetümmel gestürzt hätte. Denae hasste den Gedanken, dass er nur ihretwegen zurückbleiben musste.

»Geh«, drängte sie ihn. »Rhi ist hier, und ich habe das Schwert.«

Phelan knurrte. »Ich habe Kellan mein Wort gegeben, und ich werde es nicht brechen. Ich würde jeden umbringen, der geschworen hat, meine Frau zu beschützen, und sie dann wehrlos zurücklässt.«

»Ich bin nicht wehr…«, wollte sie sagen, aber Rhi unterbrach sie, indem sie ihr die Hand auf den Arm legte. Denae verdrehte die Augen. Sie war nicht hilflos. Nein, war sie nicht.

Nun ja, nicht ganz, jetzt, da sie Rhis Schwert hatte.

Phelan sah sie mit erhobenen Augenbrauen an. »Du weißt, dass er das alles nur für dich tut, nicht wahr?«

Denae blickte durch die dicken Äste in den Himmel auf der Suche nach Kellan, aber er war nicht zu sehen. »Da liegst du falsch. Er tut das, weil sie ihn gefangen genommen haben.«

»Ich sage es wirklich nicht gern«, seufzte Rhi, »aber Phelan hat recht. Kellan hätte mit dir wegfliegen können, sobald ihr den Zugang durchschritten hattet. Die Könige wären geschlossen zurückgekommen und hätten die Dunklen dezimiert.«

»Stattdessen blieb er hier. Ich nehme an, dass irgendetwas passiert ist, während ihr beide da unten eingesperrt wart?«, fragte Phelan, ohne den Blick vom Kampfgeschehen abzuwenden, während er sich breitbeinig vor sie stellte.

Denae befeuchtete sich die Lippen, trat von einem Fuß auf den anderen und versuchte, nicht an das zu denken, was Taraeth getan hatte. »Es hätte schlimmer sein können.«

»Es geht um die Tatsache, dass überhaupt irgendetwas passiert ist«, fuhr Phelan fort. »Niemand berührt meine Frau und kommt ungeschoren davon.«

Denae öffnete schon den Mund, um etwas zu erwidern, als ihr der lange bronzefarbene Körper Kellans ins Auge fiel, der sich im Flug auf die Dunklen Feen herabsenkte und so viele wie möglich jagte und tötete. Direkt hinter ihm kam Tristan, der weitere tötete. Und die ganze Zeit über wichen sie den Magiestößen der Dunklen aus.

Plötzlich ertönte ein zusätzliches Gebrüll. Es handelte sich eindeutig um zwei weitere Drachen. Denae reckte den Hals und sah einen gelben Drachen und einen grell orangefarbenen.

»Sie sind wunderschön, nicht wahr?«, meinte Rhi.

Denae musterte sie, da sie die Sehnsucht in Rhis Stimme wahrnahm. »Wer war es?«

Rhi warf ihr einen kurzen Blick zu und tat betont naiv. »Ich weiß nicht, von wem du redest.«

Denae beließ es bei dieser Lüge. Es war Rhis Recht, diesen Teil ihres Lebens geheim zu halten. Sie nickte der Hellen Fee zu. »Sie sind wunderschön und tödlich und atemberaubend.«

»Ja. Das sind sie mit Sicherheit.«

Denae blickte zu Phelan und stellte fest, dass er Rhi angespannt beobachtete, bevor sein Blick zu ihr wanderte. Es gab eine Verbindung zwischen dem Krieger und Rhi, eine wie zwischen Bruder und Schwester, die Denae ihre eigene Schwester umso mehr vermissen ließ.

Sie stützte die Hand gegen den Baum, und die Rinde schnitt in ihre Handfläche, während sie zusah, wie Taraeth eine magische Kugel auf Kellan schleuderte. Wendig wie ein Falke wich dieser dem ersten und dem zweiten Geschoss aus. Das dritte traf einen seiner Flügel.

Denae schlug das Herz bis zum Hals, als Kellan vom Himmel stürzte und auf dem Boden aufschlug. Die Erschütterung des Aufpralls spürte sie unter ihren Fußsohlen.

Der gelbe Drache landete vor Kellans regungsloser Gestalt und spie Feuer auf jeden Dunklen, der näher kam. Sein Feuer verschlang zugleich jeden auf sie abgefeuerten Magiestoß der Dunklen.

»Also …« Rhi pfiff leise durch die Zähne. »So etwas habe ich tatsächlich noch nie gesehen.«

Denae wollte schon auf Kellan zulaufen, wurde aber von Phelan zurückgehalten.

»Nein, Schätzchen«, sagte er ruhig. »Wenn du jetzt zu ihm gehst, wird alles, was die Könige heute getan haben, umsonst gewesen sein, weil sich die Dunklen dann auf dich konzentrieren.«

Denae wurde klar, dass Kellan, obwohl er möglicherweise auch deshalb den Kampf wollte, weil Taraeth sie berührt hatte, an diesem Kampf teilnahm, um die Aufmerksamkeit der Dunklen von ihr abzulenken.

Sie drehte sich zu Rhi um. »Kannst du mich von hier fortbringen?«

Rhi blickte sie mit ihren silbernen Augen an und schüttelte langsam den Kopf. »Ich habe heute leider schon zu viel von meiner Magie verbraucht, erstens, um unsichtbar zu bleiben, und zweitens, um die toten Dunklen wegzuschaffen, damit du nicht entdeckt wirst.«

Verdammt. Das war wirklich nicht die Antwort, die sie hören wollte.

»Er bewegt sich nicht«, sagte Denae zu Phelan, während sie zu Kellan starrte.

Aber der Krieger lockerte seinen Griff nicht. »Das Einzige, was ihn töten kann, ist ein anderer Drachenkönig. Es gibt keinen Grund zur Beunruhigung, Schätzchen.«

Als hätte er Phelan gehört, rührte sich Kellan und erhob sein Drachenhaupt, stand wieder auf und stellte sich neben den Gelben.

Der bernsteinfarbene Drache senkte sich herab und landete neben Kellan, und der Orangefarbene kam ebenfalls herunter und nahm die Position neben dem Gelben ein.

Der Anblick aller vier Drachen mit ihren gewaltigen Körpern und ihren in der Sonne funkelnden Schuppen war einfach unglaublich. Sie bekam Kellan jetzt das erste Mal richtig zu sehen und war mächtig beeindruckt.

Seine Bronzeschuppen schimmerten auf seinem Rücken genauso lebhaft wie an seinem Bauch. Sie glitzerten wie frisch poliert und spiegelten das auf sie fallende Sonnenlicht wider.

Seine hellen Augen leuchteten wie Scheinwerfer. Zwei große Hörner ragten aus seiner Stirn. Und etwas, das wie ein Stachelkamm aussah, verlief von seinem Schädel über seinen Rücken bis zur Spitze seines langen Schwanzes.

Er war umwerfend und erschreckend zugleich. Und sie konnte nicht genug von ihm bekommen.

»Es gibt Feindseligkeiten zwischen Menschen und Königen«, sagte Rhi an Denaes Seite.

Denae warf der Fee einen fragenden Blick zu.

»Kellans Hass sitzt tief. Aber vielleicht hat sich das inzwischen geändert«, sagte Rhi mit einem freundlichen Lächeln in Denaes Richtung. »Sag ihm, was du von ihm hältst in Drachengestalt. Es ist wichtig für sie.«

»Und woher weißt du das?«, wollte Phelan wissen.

Rhi strich sich eine Haarsträhne hinters Ohr. »Frage ruhig weiter, mein Hengst. Vielleicht erhältst du eines Tages Antworten.«

Denae trat einen Schritt zurück in das Gehölz, und dieses Mal ließ Phelan sie gehen. Sie lehnte sich gegen einen Baum, das Schwert in der rechten Hand, und beobachtete die vier Drachenkönige, die weiterhin von Taraeths schwindender Armee attackiert wurden.

Seltsamerweise konnte Denae Taraeth nirgends entdecken auf dem Schlachtfeld. Sie wollte sich gerade von dem Baum abstoßen, als ihr eine Hand den Mund zuhielt.

»Ein Ton von dir, und ich schlitze dir die Kehle auf«, flüsterte Taraeth ihr mit seinem irischen Akzent ins Ohr.

Denaes Herz machte einen Satz und hämmerte wie verrückt in ihrer Brust. Grauenhafte, schier überwältigende Angst packte sie, und sie erstarrte. Taraeth hatte sie erneut in seiner Gewalt. Sie hatte sich selbst geschworen, sich nie wieder von einer derartigen Angst überwältigen zu lassen, und nun stand sie hier, und genau das passierte gerade. Denae hatte fest daran geglaubt, dass sie nie wieder in die Fänge der Dunklen Feen geraten würde. Als hätte es nicht gereicht, durch die von Monstern verseuchten, nach Fäulnis stinkenden Tunnel zu entkommen.

»Du kommst mit mir«, befahl er.

Sie schüttelte den Kopf, so gut es ging, mit seiner Hand auf ihrem Mund und dem Baum hinter ihr.

»Wenn du willst, dass ich Kellan am Leben lasse, tust du es.«

Denae hätte beinahe laut gelacht. Taraeths Drohung gegen Kellan war aus zwei Gründen ein Fehler: Erstens war Kellan unsterblich und konnte nur von einem anderen Drachenkönig getötet werden … und zweitens hatte sie Rhis Schwert.

Was auch immer sie an Verzweiflung und Angst empfunden hatte, als der Anführer der Dunklen sie wieder überwältigte, löste sich in Wohlgefallen auf. Er war nichts weiter als ein Macho-Arschloch, das sich für mindestens gottgleich hielt. Und sie hatte die Mittel, ihm das Handwerk zu legen, wie sie es schon bei vielen anderen Drecksäcken getan hatte.

Sie nickte knapp zur Bestätigung.

»Ich wusste doch, dass du ein kluges Kind bist. Ich werde dich glücklich machen, Kleine. Warte ab, du wirst schon sehen. Ich nehme jetzt meine Hand weg. Nicht einen Laut, denk dran.«

Er wartete, bis sie erneut nickte.

Dann fuhr er fort: »Wir gehen jetzt zurück durch den Zugang. Deine ganzen Probleme mit dem MI5 werden ein Ende haben. Es wird nichts mehr geben, worüber du dir deinen hübschen Kopf zerbrechen musst. Ich werde alles beseitigen.«

Denae hielt ihre Augen auf Kellan gerichtet. Sie betete, dass er nicht in ihre Richtung blickte, als sie sich gegen den Baum sinken ließ, so als könnte sie sich vor Schwäche nicht auf den Beinen halten. Sie hatte einen spitzenmäßigen Plan.

»Genau«, flüsterte Taraeth zufrieden. »Wehr dich nicht

länger gegen das Unvermeidliche. Auch wenn du heute entkommen konntest, hätte ich dich jederzeit wiedergefunden. Du bist ein viel zu leckeres Häppchen, Kleine.«

Er nahm langsam seine Hand von ihrem Mund, und als sie keinen Mucks von sich gab, streckte Taraeth seine Hände nach ihr aus. Denae wirbelte herum und erhob das Schwert, umklammerte es mit beiden Händen.

Die Welt bewegte sich wie in Zeitlupe, während sie registrierte, dass Taraeths rote Augen sich weiteten beim Anblick des Schwertes. Denae schwang das Schwert in einem hohen Bogen in der Absicht, Taraeth den Kopf abzuschlagen, damit er sie nie wieder belästigen konnte.

Doch in ihrer Wut ließ sie seine Zauberkräfte außer Acht, sodass sie den Magiestoß nicht auf sich zukommen sah und voll in die Brust getroffen wurde. Der Schmerz war lähmend. Die Finger ihrer linken Hand verloren ihren Halt am Schwertgriff, und Denae musste alle Kraft zusammennehmen, um die Waffe mit ihrer Rechten festzuhalten, während sie sich in sich zusammenkrümmte.

Sie kniff die Augen zusammen, als die Sonnenstrahlen auf ein Amulett fielen, das Taraeth trug, und sie für einen kurzen Moment blendeten.

Taraeth machte eine Körperdrehung, hob seinen Arm. Die letzten Kräfte verließen Denae, als ihre Knie nachgaben. Aber sie schaffte es gerade noch, das Schwert heruntersausen zu lassen auf Taraeths Arm.

Sobald die Klinge durch seinen Arm fuhr, wurde die Welt um sie herum in atemberaubender Geschwindigkeit wieder normal. Sie hörte, wie hinter ihr jemand ihren Name rief, und alles, woran sie denken konnte, war Kellan und dass es ihr nicht gelungen war, Taraeth zu töten.

Denae beobachtete, wie ihr das Schwert aus der Hand rutschte und Taraeth vor ihren Augen verschwand. Sie fiel vornüber, aber nur, um sogleich aufgefangen zu werden von Armen, die sie nur zu gut kannte.

»Ich habe dich«, flüsterte Kellan.

Sie blinzelte ihn an, konnte aber kein Wort herausbringen.

»Die Schmerzen gehen vorüber. Immer schön weiteratmen«, sagte er und hielt sie noch fester in seinen Armen.

»Das war ein tödlicher Magiestoß«, sagte Rhi. »Sie müsste eigentlich tot sein. Das ist das zweite Mal, dass ich sehe, wie Denae etwas tut, wozu kein Mensch fähig sein sollte.«

Denae war es gleichgültig. Hauptsache, sie hatte überlebt. Mit jedem Herzschlag fühlte sie sich besser. Kellans große Hand strich ihr die Haare aus dem Gesicht.

Seine blassgrünen Augen musterten sie besorgt. »Ich weiß zwar nicht, wie du das angestellt hast, aber du hast Taraeth den Arm abgetrennt.«

»Nur seinen Arm?«, fragte Denae. »Ich habe versucht, ihm den Kopf abzuschlagen.«

38

Kellan konnte Denae einfach nicht loslassen. Selbst dann nicht, als sich die Yacht, mit der Guy und Laith sie aus Cork abgeholt hatten, ihren Weg durch die aufgewühlte Irische See zurück nach Schottland bahnte.

Donner übertönte das Heulen des Motors, und eine Sekunde später erhellten eindrucksvolle Blitze den Himmel. Solche Stürme eigneten sich hervorragend für die Könige, um unbemerkt zu fliegen, aber ausnahmsweise dachte Kellan nicht ans Fliegen.

Er dachte an die Frau in seinen Armen.

»Sie wird nicht einfach so verschwinden, das ist dir doch wohl klar, oder?«, sagte Phelan, der sich auf einem Stuhl zurücklehnte und seine Arme hinter seinem Rücken dehnte.

Kellan sah kurz hinüber zu dem Krieger ihm gegenüber und bemerkte, dass dieser unverändert gereizt aussah, seit Rhi sich geweigert hatte, mit ihnen zurückzukehren. »Denae hätte sterben können durch den Magiestoß, den Taraeth auf sie abgefeuert hat.«

»Aber sie ist nicht gestorben. Genauso wenig wie sie, aus welchem Grund auch immer, den Dunklen nachgegeben hat, während ihr eingesperrt wart. Und irgendwie hat sie es auch geschafft, dir zu helfen, dich von der magischen Kette zu befreien.«

Kellan drückte Denae noch fester an sich. Sie war noch nicht wieder aufgewacht aus ihrer Bewusstlosigkeit. Er hatte sie bereits nach möglichen Verletzungen abgesucht, aber da war nichts Erkennbares. Nur deswegen war er überhaupt in der Lage, einigermaßen die Ruhe zu bewahren.

»Sie ist etwas Besonderes«, sagte Kellan schließlich.

Phelan sah ihn mit seinen blaugrauen Augen an. »Jeder kann sehen, dass sie dir etwas bedeutet.«

»Ich wollte nicht, dass das passiert.«

»So läuft es normalerweise. Ich war auch nicht vorbereitet auf Aisley oder darauf, dass ich einfach nicht aufhören konnte, an sie zu denken. Ich war besessen von dem Gedanken, sie zu lieben, sie in den Armen zu halten. Ich habe nicht aufgegeben, bis sie die Meine geworden war.«

Kellan nickte, weil er nur zu gut verstand, wovon Phelan sprach. Das war nur einer der Gründe, warum er es einfach nicht schaffte, Denae auf die Couch neben sich zu legen, oder gar in eine der Kabinen der Yacht zu tragen.

Er musste sie in seinen Armen halten, spüren, wie ihr Atem ihn streifte.

»Was passiert, wenn ihr wieder in Dreagan seid?«

Kellan zuckte die Achseln. »So weit voraus kann ich nicht denken. Ich versuche immer noch, alles zu verarbeiten, was passiert ist. Und was ist mit dir? Was wirst du tun, jetzt, da du weißt, dass Tristan der Zwillingsbruder eines deiner Freunde ist?«

Phelans Blick fiel umgehend auf die schmale Tür, die hinaus aufs Bootsdeck führte, und auf Tristan, der mit dem

Rücken zu ihnen an der Reling stand. »Er sagt, er kann sich nicht daran erinnern, Duncan gewesen zu sein.«

»Ich glaube nicht, dass er lügt.«

»Ich auch nicht. Es ist nur … es ist hart. Ich habe Duncan nie kennengelernt, aber ich habe neben Ian gekämpft. Ich habe die Geschichten gehört von Duncan und Ian, die von Deirdre in Cairn Toul eingesperrt waren. Ich kenne Ian. Ich weiß, dass Tristan sein Zwillingsbruder ist.«

»Er hat nur nicht Duncans Erinnerungen.«

»Das wird Ian schier umbringen«, sagte Phelan stirnrunzelnd und drehte sich zu Kellan um. »Ian war am Boden zerstört, nachdem Duncan gestorben war. Er wird sich unglaublich freuen zu hören, dass Duncan noch lebt.«

»Aber tut er das?«, fragte Kellan. »Keiner von uns kann sich erinnern, wann das letzte Mal ein neuer Drachenkönig auftauchte. Ich weiß nicht, wie Tristan zu einem König wurde, aber ich weiß, dass er jetzt zu uns gehört. Es gibt möglicherweise einen guten Grund, dass die gesamten Erinnerungen an sein früheres Leben als Duncan Kerr aus seinem Gedächtnis gelöscht sind.«

»Und was erzähle ich Ian?«

»Vielleicht gar nichts.«

Phelan schüttelte schnell den Kopf. »So wie die Könige und die Krieger interagieren, was glaubst du wohl, wie lange es da dauern wird, bis Ian Tristan zu sehen kriegt?«

»Nicht lange.«

»Genau. Ian muss es erfahren.«

Kellan mochte Tristan. Sehr sogar. Und zwar nicht nur, weil er ein Drachenkönig war. Tristan hatte sich als jemand bewährt, dem Kellan vertrauen konnte. Er würde in Bezug auf Ian alles tun, was Tristan wünschte. Wenn Tristan seinen

Bruder aus einem früheren Leben nicht sehen wollte, dann würde Kellan dafür sorgen, dass Ian sich daran hielt und sich nicht einmischte.

»Wir werden Tristan beschützen.«

Phelan hob eine Augenbraue, ein gespannter Ausdruck trat in seine Augen. »Und wir werden Ian den Rücken stärken.«

»Das verspricht interessant zu werden.«

»Ja.«

Das Boot verlangsamte seine Fahrt, der Motor lief inzwischen leiser als vorher. Regen prasselte auf das Deck der Yacht. Der heftige Regen war ein Zeichen dafür, dass der Sturm länger anhalten würde.

Kellan erhob sich erst, als das Boot angelegt hatte und vertäut war. Bevor er den ersten Schritt an Deck machen konnte, kam Con von draußen herein; sein blondes Haar triefte vor Nässe, und sein dunkelrotes Hemd klebte ihm an der Brust.

»Geht es ihr gut?«, fragte Con und wies mit dem Kopf auf Denae.

»Es wird schon wieder.«

Cons schwarze Augen musterten Phelan kurz, bevor er knapp nickte und zu Tristan in den Regen zurückkehrte.

»Wieso habe ich das Gefühl, dass er nicht glücklich darüber ist, dass du Denae mitgenommen hast?«, fragte Phelan.

Kellan presste die Lippen zusammen. Er hatte dieselben Schwingungen aufgefangen von Con, und das behagte ihm ganz und gar nicht. »Ich schere mich einen Scheißdreck um das, was er denkt. Ich treffe meine eigenen Entscheidungen.«

»Sogar wenn du in Dreagan lebst? Ich habe den Eindruck, dass Con die Regeln aufstellt.«

Kellan schnaubte. »Er versucht es. Aber wir alle sagen ihm, dass er sich zum Teufel scheren soll, wenn wir sie nicht akzeptieren.«

»Das würde ich auch tun.«

Kellan baute sich vor Phelan auf, bevor der hinausgehen konnte. »Con ist ein guter Mann. Er würde dir jederzeit den Rücken freihalten, wenn es nötig ist.«

»Ja, ich weiß.«

»Aber er wird auch auf dich losgehen, und zwar schneller, als du reagieren kannst, wenn er es für gerechtfertigt hält.«

Phelan runzelte die Stirn. »Kannst du mir ein Beispiel nennen?«

»Ulrik.«

»Diesen Namen habe ich früher schon gehört. Es handelt sich bei ihm doch nicht zufällig um den König der Silbernen, oder?«

»Doch. Wie hast du das erraten?«

Phelans Schweigen hielt lange genug an, um Kellan erraten zu lassen, dass Con das eine oder andere geäußert hatte. Ärger packte ihn. »Was hat Con dir über Ulrik erzählt?«

»Er hat Ulriks Namen nicht erwähnt. Er hat sich erkundigt, ob wir irgendetwas über einen Laden in Perth wissen, der ›Der silberne Drache‹ heißt.«

»Mist«, sagte Kellan und blickte hinunter auf Denae in seinen Armen. »Sei vorgewarnt, Krieger: Wenn es um Ulrik geht, waren die Könige immer geteilter Meinung. Wir haben uns einst wieder vereinigt, um den Krieg mit den Menschen zu beenden, aber wenn es jetzt eine Wahl gäbe, würde sich keiner von euch gern in diesem Streit zwischen den Fronten befinden.«

»Kapiert. So gern ich auch mehr hören würde, ich möchte

zurück zu Aisley. Und ich weiß, du möchtest Denae auch gern aus diesem Unwetter herausschaffen.«

Phelan war zuerst an Deck. Als Kellan ihm folgen wollte, sah er Tristan bereits über den Anleger gehen, ungeachtet des strömenden Regens.

Guy breitete einen Trenchcoat über Denae und achtete darauf, dass er ihren Kopf bedeckte. Als Kellan hinter Guy das Boot verließ, erblickte er Phelan, der über den Anleger zu Tristan rannte.

Erst als Kellan in dem Mercedes G-Klasse saß mit Guy hinter dem Steuerrad und Con auf dem Beifahrersitz, kletterte Tristan neben ihm auf den Rücksitz.

»Ist sie immer noch bewusstlos?«, erkundigte sich Guy.

Kellan nickte, während er den Mantel von Denaes Gesicht zurückschlug. »Ja.«

»Hattest du nicht gesagt, dass alles mit ihr in Ordnung ist?«, fragte Con und drehte sich zu ihnen um.

Tristan machte es sich bequem, ehe er Con langsam ansah. »Sie wurde von Magie getroffen, während sie Rhis Schwert führte und versuchte, einem Dunklen den Kopf abzuschlagen. Sie verdient es, so lange zu schlafen, wie sie es nötig hat.«

Con blickte von Tristan zu Kellan. »Ihr erwartet von mir, dass ich glaube, dass Denae die Magie der Dunklen Feen überlebt hat?«

»Es ist mir scheißegal, was du glaubst«, sagte Kellan. »Jedenfalls ist genau das passiert, als Taraeth erneut versucht hat, sie sich zu schnappen.«

»Taraeth.« Cons Stirnrunzeln nahm zu. »Menschen können die Magieangriffe der Dunklen Feen nicht überleben.«

Kellan ignorierte Con. »Fahr los, Guy.«

Einen Moment herrschte Schweigen, bevor Guy den Motor anließ, ein Lächeln auf dem Gesicht.

Nicht ein Mal erwähnte irgendeiner Rhys oder Kiril. Beide hatten es vorgezogen, als Drachen nach Dreagan zurückzufliegen, statt mit dem Boot zu fahren. Kellan hatte Tristan vorgeschlagen, dasselbe zu tun, aber der König der Bernsteinfarbenen hatte das abgelehnt.

Es war unübersehbar, dass Con nicht glücklich war. Ob es an der Tatsache lag, dass einige Könige nach Irland gegangen waren, um nach Kellan zu suchen, oder dass sie gegen die Dunklen gekämpft hatten, ohne auf Con zu warten, oder dass Denae nach Dreagan zurückkehrte, war Kellan nicht klar, doch es war ihm auch gleichgültig.

Alles hatte sich für die Drachenkönige in dem Augenblick geändert, da sie ihre Drachen fortgeschickt hatten. Alle Grundsätze, nach denen sich die Könige Hunderttausende von Jahren gerichtet hatten, waren außer Kraft gesetzt.

Sie mussten ihren eigenen Weg finden, und nur die Hoffnung, dass eines Tages die Drachen zurückkehren würden und dass die Silbernen eingesperrt blieben, hielt sie weiterhin zusammen.

Wenn es nicht um die Silbernen ginge, davon war Kellan fest überzeugt, hätten sich die Könige längst nicht nur über die ganze Erde, sondern über alle Gefilde verstreut.

Con hielt ihre Hoffnung am Leben, was die Drachen betraf, aber Kellan kannte die Wahrheit. Ihre Drachen würden niemals zurückkehren. Es gab einfach zu viele Menschen. Es gab keinen Platz für Drachen auf der Erde, und er fragte sich immer öfter, ob es überhaupt noch einen Platz gab für Drachenkönige.

Die Erde hatte ihnen Millionen von Jahren gehört, bevor

die Menschen kamen. Die Welt sollte eigentlich gemeinsam genutzt werden, aber das war in kürzester Zeit gescheitert.

Von dem Stolz, ein Drachenkönig zu sein, war nichts übriggeblieben. Sie lebten im Verborgenen, und dass sie ihre Gestalt wechseln konnten, war ein streng gehütetes Geheimnis. Keiner wusste von ihrer Macht oder dass sie unsterblich waren.

Nicht dass er Con und den anderen ihre Entscheidungen bezüglich Dreagan zum Vorwurf machte. Die Menschen waren immer schon schnell dabei gewesen, für Aufruhr zu sorgen. Es war immer schon kinderleicht gewesen, sie zu erschrecken, und sie waren einfach zu beschränkt, um selbstständig zu denken.

Sie hatten einen Herdentrieb, der viel zu leicht manipuliert werden konnte von einigen wenigen Menschen, die sie problemlos dazu anstacheln konnten, das zu tun, was sie von ihnen wollten.

Sogar jetzt noch, trotz der Entdeckung und Erforschung paranormaler Dinge, würden die Menschen nicht einsehen wollen, dass es Drachenkönige gab. Sie würden auch keinen der Krieger tolerieren.

Die Menschen behaupteten zwar, dass sie Wesen mit paranormalen Fähigkeiten finden wollten, aber das war nichts weiter als eine Behauptung. Einige würden kreischend vor Furcht davonrennen, andere würden versuchen, sie zu töten, und wieder andere würden versuchen, einen Drachenkönig zu fangen, um ihn zu »studieren«.

Was, wie jeder wusste, nichts anderes als »sezieren« bedeutete.

Jetzt konnte sich Kellan allerdings immerhin vorstellen, dass es ein paar geben würde – sehr, sehr wenige wie Denae,

Cassie, Elena und Jane –, die die Drachenkönige als das anerkennen würden, was sie waren.

Er senkte den Blick auf Denae und sah, dass ihre Wange an seiner Schulter ruhte. Kellan strich ihr behutsam eine lange, kupferbraune Haarsträhne hinters Ohr.

In der kurzen Zeit, die er sie jetzt kannte, war sie niedergestochen, angeschossen, missbraucht und von einem schweren Magiestoß der Dunklen Feen getroffen worden.

Sie hatte alles eingesteckt, ohne groß zu murren. Denae war eine durchtrainierte Kämpferin mit einem gewitzten Verstand. Sie war leicht zum Lächeln zu bringen, geistesgegenwärtig, schlagfertig und hatte eine scharfe Zunge.

Ihr Körper war trotz all der wundervollen femininen Kurven, die er immer so genossen hatte, erstaunlich straff. Sie hatte wunderbare Haare und Augen, die ihn in ihren Bann gezogen hatten, als er sich das erste Mal getraut hatte, in ihre whiskyfarbenen Tiefen einzutauchen.

Die Frage, was passieren würde, wenn sie wieder in Dreagan waren, war nicht schwer zu beantworten. Er wollte, dass Denae blieb. Kellan war vielleicht noch nicht so weit, ihr seine Treue für immer und ewig anzubieten, aber er war erst recht nicht bereit, sie gehen zu lassen.

Wofür er die perfekten Argumente hatte. Der MI5 suchte immer noch nach ihr, und nachdem sie Taraeth einen Arm abgeschlagen hatte, würden die Dunklen Feen ebenfalls Jagd auf sie machen.

Es gab keinen sichereren Ort als Dreagan.

Kellan war überzeugt, dass er Denae überreden konnte zu bleiben, und wenn Worte nicht ausreichen würden, war er wild entschlossen, seine Hände, seinen Mund und seinen Körper einzusetzen, damit sie ihre Meinung änderte.

Allein der Gedanke, wieder in ihren Körper einzudringen, erregte ihn geradezu schmerzhaft.

Er stieß den angehaltenen Atem aus und hob den Blick. Tristan beobachtete ihn mit einem leichten Lächeln, nickte ihm verständnisvoll zu und wandte sich dann ab, um aus dem Fenster auf die Landschaft zu blicken, die sie gerade durchquerten.

Kellan fuhr sich mit der Hand durch seine nassen Haare und gab sich Fantasien hin über die bevorstehende Nacht mit Denae. Es würde eine sein ohne jedwede Unterbrechung, welcher Art auch immer, eine, das schwor er sich, an die sie sich für den Rest ihres Lebens erinnern würde.

Genau wie er es tun würde.

39

Rhi begab sich nicht geradewegs zu ihrer Königin, nachdem die Könige Irland verlassen hatten. Stattdessen flüchtete sie sich in ihr Cottage. Sobald sie in dem kleinen Haus war, warf sie sich bäuchlings auf ihr Bett mit der schwarz-rosa Spitzenbettwäsche und ließ ihren lange zurückgehaltenen Tränen freien Lauf.

Sie vergoss Tränen um Balladyn, aber sie weinte auch um sich selbst.

Ihr war nicht bewusst gewesen, wie schwierig es sein würde, sich bei den Königen aufzuhalten und nicht an … *ihn* zu denken. An ihre gemeinsame Zeit und die ungestüme Liebe, die sich entwickelt hatte.

Wie viele Jahrhunderte waren vergangen, seit sie das letzte Mal seine Umarmung gespürt hatte?

Wie viele, seit sie seine Lippen geschmeckt hatte?

Wie viele, seit sie sich wertgeschätzt gefühlt hatte?

Geliebt?

Viel zu viele, verdammt noch mal.

Rhi rollte sich auf den Rücken, ohne sich die Tränen wegzuwischen, die ihr jetzt über die Schläfen in die Haare sickerten. Es war seltsam. Sie dachte, sie hätte das Weinen hinter sich, aber allein die Nähe der Könige schien die Vergangenheit wieder heraufzubeschwören – egal wie sehr sie sich bemühte, sie zu begraben.

Und Balladyn. Sie konnte es immer noch nicht fassen, dass er jetzt ein Dunkler war. Ihre Königin würde am Boden zerstört sein.

Allerdings nicht annähernd so sehr wie sie.

Balladyn war immer ein Teil ihres Lebens gewesen, schon als sie noch ganz jung war. Als der beste Freund ihres Bruders war er immer um sie herum gewesen.

Dann hatten die Feenkriege begonnen. Rhi konnte sich noch gut daran erinnern, wie sie neben ihrer Mutter stand und ihr Vater, ihr Bruder und Balladyn ihnen ein letztes Mal zuwinkten, bevor sie in den Krieg zogen.

Balladyn war als Einziger zurückgekehrt.

Ihre Mutter war kurze Zeit später vor Kummer gestorben und hatte Rhi allein zurückgelassen auf der Welt. Balladyn war ihre Familie geworden, ihr Mentor und ihr Freund. Er hatte ihr geholfen, das Leben zu meistern, und im Gegenzug hatte sie ihm geholfen, über die Kriege und die Tatsache hinwegzukommen, als Einziger überlebt zu haben, während es ihre Familie nicht geschafft hatte.

Balladyn war da, als ihre Beziehung mit ihrem Drachenkönig auf die ultimative Probe gestellt wurde. Er war da, um sie zu trösten, als sie weinte, bis die letzte Träne versiegt war. Er war da, um sie zu stützen, als ihre Welt sinnlos geworden war für sie.

Er war da, als sie ihrem Leben ein Ende machen wollte.

Balladyn hatte sie gedrängt weiterzuleben. Sie hatte sich die ganze Zeit nach Kräften dagegen gewehrt, und im Gegenzug hatte er sie noch mehr gedrängt. Bis sie eines Tages wieder einen ersten Schritt machte hinaus in die Welt.

Es war kein Wunder, dass alle glaubten, dass sie vor Kummer umkommen würde, als sie Balladyn fallen sah während eines Scharmützels mit den Dunklen.

Sie wollte die Leiche bergen, aber die Dunklen Feen waren in zu großer Überzahl. Zu ihrem Leidwesen musste sie ihn zurücklassen. Jetzt wusste sie, dass er nicht gestorben war. Er war verwundet worden. Wäre sie damals zu ihm gegangen, wäre er heute kein Dunkler.

Rhi zuckte zusammen, als die Sogwirkung ihrer Königin einsetzte, ein Zeichen, dass Usaeil sie an den Hof zurückbeorderte. Rhi drehte sich auf die Seite und rollte sich zusammen, schlang ihre Arme um die Taille.

Sie war noch nicht so weit, irgendjemandem gegenüberzutreten. Nicht nachdem sie sowohl die Könige als auch den Aufenthalt in Dreagan ertragen hatte, was viel zu viele tief vergrabene Erinnerungen in ihr geweckt hatte.

Sie setzte sich plötzlich aufrecht hin und wischte sich die Tränen ab. Wenn sie sich noch länger in ihren Erinnerungen suhlte, würden diese sie übermannen. Möglich, dass sie sich das eines Tages gestatten würde, aber nicht heute.

»Noch nicht«, murmelte sie.

Rhi entledigte sich ihrer schmutzigen Kleidung und durchwühlte diverse Einkaufstüten aus Designerläden, bis sie ein Outfit gefunden hatte, das ihr zusagte. Sie entfernte die Preisschilder und zog sich eine verwaschene hautenge Jeans und eine schwarze Blouson-Bluse an.

Dann holte sie ihre beiden Fläschchen Nagellack. Einen lavendelfarbenen, der »Gefällt's dir?« hieß, und einen dunkelauberginefarbenen, der »Magst du mir in den Hals beißen?«

hieß. Sie warf sie in ihre Louis-Vuitton-Handtasche und begab sich per Teleportation in die Garage. Sie knipste das Licht an und erblickte ihren Lamborghini, den sie mit einem dunkel kirschroten Überzug abgedeckt hatte.

Sie mochte ja eine Helle Fee sein, aber es gab Zeiten, zu denen sie gern so tat, als wäre sie ein Mensch. Natürlich hätte sie sich einfach in ihr Lieblingsnagelstudio teleportieren und dafür sorgen können, dass niemand sie bemerkte in diesem gut besuchten Laden.

Und genauso gut könnte sie sich auch anderswohin versetzen und so lange getarnt bleiben, bis sie sicher wusste, dass niemand in der Nähe war, aber es war einfach zu viel Aufwand.

Rhi startete den Lambo und grinste, als der starke Motor dröhnend zum Leben erwachte. Sie gab Gas, und ihr Lächeln wurde breiter, je lauter der Motor röhrte in der engen Garage.

»Verdammt, aber ich liebe diesen Wagen.«

Sie benutzte ihre Magie, um das Garagentor zu öffnen. Dann legte sie den Rückwärtsgang ein und setzte aus der Garage zurück, schloss das Garagentor erneut mithilfe ihrer Magie und fuhr auf die überfüllten Straßen von Austin.

Es gab keinen Ort auf der Welt, wo sie noch nicht gewesen war. Aber dieses Nagelstudio, das sie in der piekfeinen Gegend von Lake Travis in Texas aufgetan hatte, traf nun einmal genau ihren Geschmack, und zwar hundertprozentig. Weshalb sie immer wieder hierher zurückkehrte.

Außerdem ... hereinzukommen und so freundlich begrüßt zu werden von den Mädchen, besonders von ihrer Nageldesignerin Jessie, konnte die üblen Erinnerungen vertreiben, denen sie sich nicht stellen wollte – stellen konnte.

Rhi schloss die Tür zu ihren Erinnerungen einschließlich

der Erinnerungen an *ihn*, und der Motor des Lambos schnurrte, während sie sich in den Verkehr einreihte.

Als Erstes bemerkte Denae die Weichheit der Laken. Kellan hatte sie nach Dreagan zurückgebracht. Sie hatte nie bezweifelt, dass er das tun würde. Sie schlug die Augen auf und hoffte, dass er im Raum war, aber sie wurde enttäuscht.

Sie legte sich den Arm über die Augen. Zurückzukehren nach Dreagan hieß, sich der Zukunft zu stellen. Wie leicht war es doch gewesen, alles zu vergessen, als sie eingesperrt war in Irland bei den Dunklen.

Zweifellos hatte der MI5 bereits ihre Wohnung geräumt und alle ihre Habseligkeiten irgendwo eingelagert, wo sie sie nie finden würde. Doch das war in Ordnung. Die Dinge, die ihr etwas bedeuteten, waren sicher versteckt auf South Padre Island.

Denae seufzte und setzte sich aufrecht hin. Ihre Muskeln schmerzten zwar, aber ansonsten spürte sie keine bleibenden Schäden von Taraeths magischer Attacke. Sie schlug die Bettdecke zurück, blickte an sich herunter und stellte fest, dass sie immer noch Kellans Hemd trug. Trotz allem, was sie durchgemacht hatte, seit sie es trug, roch es immer noch nach ihm.

Sie zog es aus und faltete es ordentlich zusammen, um es zu verstecken hinter einem Kissen des dick gepolsterten Sessels. Auf diese Weise könnte sie, sollte sie fortmüssen aus Dreagan, etwas von Kellan mitnehmen.

Denae ging ins Badezimmer und drehte die Dusche auf, bis das Wasser richtig heiß war. Ihre Mutter hatte sie immer ausgelacht und nicht verstanden, warum sie, auch wenn draußen beinahe 40 Grad herrschten, immer heiß duschen wollte.

Sobald sie in die Duschkabine trat und das Wasser auf sie herabfiel, seufzte Denae tief auf. Sie legte den Kopf zurück, um ihre Haare nass zu machen, und schloss dabei die Augen. Mehrere Minuten lang stand sie so und genoss die Hitze des Wassers, bevor sie ihre Haare und ihren Körper einseifte.

Sie spülte sich gerade die letzten Reste des Shampoos aus den Haaren, als sie von einer muskulösen Gestalt gegen die Duschwand gedrängt wurde. Kellan ließ ihr gar nicht erst die Zeit, ihn zu erkennen, bevor er sie küsste. Sein Kuss war innig und ausgiebig, weckte umgehend ihre Leidenschaft und ihr Verlangen.

Sie schmolz geradezu dahin in seinen Armen. Sie war unersättlich, wenn es um ihn ging. Er hatte mit seinen raffinierten Berührungen und heißhungrigen Küssen die schamlose Dirne in ihr geweckt.

Seine Hände waren plötzlich überall, berührten sie am ganzen Körper, bis sie nicht mehr wusste, wo oben und wo unten war. Mit gierigen Händen streichelte sie seine stählernen Muskeln, seinen glühenden Leib. Und sein Luststöhnen entflammte ihre eigene Lust noch stärker.

»Du warst nicht im Bett«, sagte er zwischen mehreren Küssen entlang ihres Halses.

»Du warst nicht im Zimmer, als ich aufwachte.«

»Wir brauchen kein Bett.«

Sie schüttelte den Kopf und keuchte, als er sich herunterbeugte, seine Lippen um ihre Brustwarze schloss und an ihr saugte. »Nein, kein Bett nö… nötig.«

»Gefällt dir das?«, fragte er mit vor Begehren heiserer Stimme.

Ihre Stimme versagte ihr den Dienst. Denae nickte einfach nur mit dem Kopf.

Er begann, kleine Küsse ihren Bauch hinunter zu verteilen, und sie zog ihn hastig wieder hoch für einen richtigen Kuss. Sie wusste, wenn sie ihm seinen Willen ließ, würde es Stunden dauern, bevor sie wieder klar denken konnte, und dieses Mal wollte sie mit ihm ihren Spaß haben.

Denae schob ihn von sich und gegen die Wand. Ein aufreizendes Lächeln lag in seinen seladongrünen Augen, als er fragte: »Was ist?«

»Jetzt«, sagte sie, während sie ihre Hände über seine Brust und seinen Bauch gleiten ließ, bis sie eine Hand um seinen aufgerichteten Schwanz schloss, »bin ich an der Reihe.«

Der Griff seiner Finger um ihre Arme wurde fester, aber er hielt sie nicht zurück. Stattdessen beobachtete er sie, und sein Blick wurde zunehmend hungriger, bis ihre Knie beinahe weich wurden vor Wollust.

Denae kniete sich vor ihn, und das Wasser prasselte ihr auf den Rücken. Sie bewunderte seine eindrucksvolle Erektion, streichelte seinen langen Schwanz mit beiden Händen. Dann blickte sie hoch zu Kellan und schloss langsam ihre Lippen um seine Eichel.

Als sie ihn in den Mund nahm, gab er ein langes, leises Stöhnen von sich. Denae presste ihre Beine zusammen und saugte stärker, bewegte ihren Kopf, sodass er aus ihrem Mund und wieder rein glitt.

Sie hatte kaum den richtigen Rhythmus gefunden, als er sie hochriss und gegen die Wand schob. Er hakte einen Arm unter ihr Knie und drang mit einem einzigen Stoß tief in sie ein.

»Dein süßer Mund hätte beinahe dafür gesorgt, dass ich komme, aber ich wollte in dir sein«, sagte er schwer atmend.

Was Denae auch immer hatte sagen wollen, war vergessen,

als er anfing, sich in ihr zu bewegen. Sie klammerte sich an ihn, ihre Nägel gruben sich in seine Schultern, und sie warf den Kopf in den Nacken.

Ihr Liebesspiel hatte etwas Überhastetes und Fieberhaftes an sich. Es riss sie mit sich fort in einer Welle nicht enden wollender, wahnsinniger Leidenschaft, die ihr den Atem nahm.

Mit jedem Stoß drang er tiefer und brutaler in sie ein. So sehr Denae sich auch bemühte, es zu leugnen – sie spürte, wie ihre Verbindung immer enger und stärker wurde.

Seine Anziehungskraft erschreckte sie beinahe, und sie rückte versuchsweise etwas von ihm ab. Aber sofort drückte er ihre Brustwarze und erinnerte sie daran, dass sie ihm gehörte – auch wenn es nur für den Augenblick war.

Denae konnte sich ihm nicht entziehen, nicht einmal, wenn ihr Herz in Gefahr war. Sie öffnete ihm ihren Körper und ihr Herz – was auch immer das für Folgen haben mochte.

Seine Finger gruben sich tief in ihre Hüften, als er wieder und wieder zustieß, während das Wasser auf sie prasselte. Ohne Vorwarnung kam der Höhepunkt. Er war wild und heftig, und das umso mehr, weil Kellan fortfuhr mit seinen Stößen.

Denae klammerte sich an ihm fest und fragte sich, wie er es schaffte, aufrecht stehen zu bleiben. Ihr Körper vibrierte vor Befriedigung, aber sie hätte wissen müssen, dass er mehr von ihr wollte.

Er zog sich zurück und veränderte ihre Position so, dass sie sich vornüberbeugte und ihm ihren Po entgegenstreckte. Er trat hinter sie und drang in sie ein.

Denae keuchte, stützte sich mit gespreizten Händen an

die nasse Glaswand, während sie mit jedem Stoß nach vorn gedrängt wurde. Das Gefühl seiner Eier an ihren Schenkeln jagte ihr Wonneschauer durch ihren bereits mehr als erregten Körper.

Dann streckte er seine Hände aus und umfasste ihre Brüste, reizte und massierte ihre Brustwarzen. Wie aufs Stichwort reagierte ihr Körper auf seine Berührung.

Ihr zweiter Orgasmus kündigte sich an, ihr Körper war erneut entflammt. Kellans Hand suchte und fand ihre Klitoris, und sie erreichte den zweiten Höhepunkt, der dieses Mal noch stärker war als der erste.

Sie rief seinen Namen in dem Moment, als er aufbrüllte und nach einem letzten tiefen Stoß seinem eigenen Orgasmus nachgab.

Einen Moment verharrten sie so. Es würde nicht lange dauern, bis die Welt sich wieder störend bemerkbar machte, aber jetzt gehörte jede einzelne kostbare Sekunde nur ihnen. Kellan küsste ihren Nacken und zog sich langsam aus ihr zurück.

Denae richtete sich auf und drehte sich um, als er die Seife nahm und anfing, sie einzuseifen. Lachen erfüllte das Badezimmer, während sie sich gegenseitig wuschen und dabei immer wieder Pausen einlegten für ausgiebige Küsse und zärtliche Berührungen.

Mitten während eines ihrer heißen Küsse war plötzlich ein lautes Pochen an der Schlafzimmertür zu hören. Kurz darauf rief jemand nach Kellan.

Er trat zurück, ein leichtes Stirnrunzeln im Gesicht. »Ich muss gehen.«

»Ich weiß«, sagte sie und gab sich alle Mühe, etwas gezwungen und leicht zittrig zu lächeln. Sie wollte, dass er ging, ohne zu wissen, dass sie gleich total zusammenbrechen würde.

Sie wartete mit klopfendem Herzen darauf, dass er ihr eröffnete, dass sie sich unterhalten müssten, oder sie zumindest bat, noch eine Weile zu bleiben. Stattdessen stellte er die Dusche ab und reichte ihr ein Handtuch.

Denae hielt das Handtuch um sich geschlungen, als sie aus der Dusche trat und im Schlafzimmer verschwand.

Gerade so wie er, wie sie im tiefsten Herzen wusste, aus ihrem Leben verschwinden würde.

40

Phelan betrat das Cottage, das er mit Aisley teilte, und fand sie im Wohnzimmer, wo sie gerade bei einem Glas mit Laura und Charon zusammensaß.

Alle drei wandten ihm ihre Köpfe zu, als er zur Tür hereinkam. Charon, sein Kampfgefährte und enger Freund, runzelte sofort die Stirn. Aisley war aufgesprungen und lief auf Phelan zu, noch bevor er die Tür hinter sich geschlossen hatte.

Er freute sich über ihre liebevolle Begrüßung, als sie ihre Arme um ihn schlang. Phelan hielt sie fest, vergrub seinen Kopf an ihrem Hals.

»Jetzt bist du wieder zu Haus«, flüsterte Aisley.

Sie hatten keine Geheimnisse voreinander. Sie wusste, warum er nach Dreagan gegangen war, und er hatte sie über alles auf dem Laufenden gehalten, soweit es ihm möglich war. Was er ihr noch nicht gesagt hatte, sondern sich bis zu seiner Rückkehr aufgespart hatte, war, dass Tristan Duncan war.

Dieses Geheimnis lastete schwer auf ihm, und Phelan wusste, sobald er es mit ihr teilte, würden sich die Dinge ändern für alle Krieger und Druiden, aber am meisten für alle, die in und um MacLeod Castle lebten.

Aisley trat einen Schritt zurück und streichelte sein Gesicht, ihr besorgter Blick musterte ihn forschend. »Du siehst aus, als könntest du einen Drink vertragen.«

»Genau genommen zwei oder drei«, antwortete er. Er küsste sie und genoss wie immer die Tatsache, dass solch eine Frau tatsächlich die Seine war.

Sie war nicht nur eine Druidin, sie war ein Phoenix – erwachte wieder zum Leben, wenn sie verbrannt wurde. Phelan hatte sie einmal verloren und geglaubt, dass er den Rest seines unendlichen Daseins ohne sie fristen müsste. Aber als sie ihren Körper verbrannt hatten, war sie zurückgekehrt zu ihm. Auf diese Weise hatte jeder, einschließlich Aisley selbst, von der seltenen Gabe erfahren, die ein Erbteil ihrer Familie war und weitergegeben wurde.

Schließlich, als er den Kuss beendete und sie sich aus seinen Armen löste, lächelte Aisley. Mit ihr in seinem Leben konnte er allem entgegensehen – sogar dem, was so schrecklich war wie das Kommende.

»Wir machten uns schon ein wenig Sorgen«, sagte Laura, als sie ihn begrüßte.

Phelan lächelte die Frau seines besten Freundes und Mitkriegers Charon an. »Ich möchte mich duschen, um mir den Gestank der Dunklen Feen abzuschrubben, aber das muss warten. Es gibt Dinge, die alle erfahren müssen.«

»Das klingt unheilvoll«, sagte Charon stirnrunzelnd, nachdem sie sich die Hände geschüttelt hatten und er sich wieder aufs Sofa gesetzt hatte, Phelan gegenüber. »Ich dachte, du wärst nur nach Dreagan gegangen, um dich mit Con und den anderen Königen zu unterhalten.«

Phelan blickte zu Aisley, die in der Küche stand und nur die Achseln zuckte.

»Ich wusste nicht, wie lange du wegbleiben würdest oder was passieren würde«, erklärte sie. »Hätte ich Charon alles gesagt, wäre er ebenfalls nach Dreagan gegangen und hätte darauf bestanden, dich zu begleiten.«

Charon legte die Stirn noch tiefer in Falten, während er von Aisley zu Phelan blickte. »Ich werde langsam sauer. Wovon zum Teufel redet ihr beiden?«

Laura legte ihre Hand auf Charons. »Es sieht ganz so aus, als wäre Phelan in etwas verwickelt worden.«

»Ich glaube, du hast recht«, sagte er und blickte Phelan weiterhin finster an. »Und ich habe das dumpfe Gefühl, dass die Könige es nicht für der Mühe wert hielten zu erwähnen, wie tief die Kacke sein würde, bevor Phelan hineintrat.«

Aisley setzte sich neben Phelan aufs Sofa und reichte ihm die geöffnete Flasche Bier. Er nahm drei große Schlucke, bevor er die Flasche auf dem Tisch zwischen den Sofas absetzte und Charon in die Augen blickte. »Ich wusste, dass die Sache höchst übel war, als ich zustimmte. Man hat mir nichts vorgemacht.«

Charon holte tief Luft und atmete sie langsam wieder aus. »Wie schlimm ist es?«

»Möglicherweise verheerend.«

Phelan fuhr fort und erzählte ihnen von Denae, von der Allianz zwischen dem MI5 und den Dunklen Feen, davon, dass Denae und Kellan von den Dunklen gefangen genommen wurden und Rhi geholfen hatte, den Drachenkönig und die Frau zu orten in Irland. Er beschrieb die Zugänge der Feen, dass die Dunklen Feen ein verlassenes Herrenhaus besetzt und es irgendwie geschafft hatten, die unterirdische

Feenwelt mithilfe eines Tunnelsystems zu öffnen, und wie er und Tristan geholfen hatten, Kellan und Denae aus den Tunneln zu schaffen.

Er trank den Rest seines Bieres, während er von der Schlacht erzählte und wie die Könige zusammen mit Denae zurückgekehrt waren nach Schottland.

»Die Feen haben ihre Welt zu unserer hin geöffnet?«, fragte Aisley mit zitternder Stimme.

Phelan ergriff ihre Hand. »Noch nicht ganz. Rhi und die Könige befürchten allerdings, dass es dazu kommen könnte. Bis jetzt beschränkt sich die Öffnung auf die Tunnel unterhalb des Herrenhauses.«

»Wie schlimm ist es?«, fragte Charon.

»Schlimm. Sehr schlimm«, antwortete Phelan. »Die Kreaturen, auf die wir gestoßen sind, sind riesig und tückisch. Wenn die Feenwelt mit unserer zusammenfließt, werden die Menschen nicht wissen, was sie tun sollen.«

Lauras intelligente Augen begegneten seinem Blick. »Unternehmen die Hellen Feen irgendetwas wegen der Dunklen? Oder haben sie sich gar verbunden mit ihnen?«

»Hierbei handelte es sich ausschließlich um die Dunklen«, antwortete Phelan. »Rhi stand uns zur Seite und hat sich am Kampf beteiligt. Es wurde nicht viel geredet, aber ich weiß, dass die Könige große Befürchtungen haben hinsichtlich der Allianz der Dunklen mit dem MI5.«

»Und wer hat dieses Bündnis ins Leben gerufen?«, überlegte Aisley laut.

Phelan grinste. Seine Frau hatte genug Zeit in Gesellschaft ihres üblen Cousins verbracht, um einschätzen zu können, wie Schurken tickten. »Sie haben Ulrik im Verdacht.«

»Schon wieder dieser Name«, sagte Laura und schüttelte

den Kopf. »Ich habe das Gefühl, dass er derjenige ist, der in die Bar kam, vor einigen Monaten. Er sah verloren aus, gehetzt. Ich würde ihn nicht unbedingt den Bösen zuordnen.«

»Aber das Böse hat viele Gesichter«, sagte Charon. »Das haben wir oft genug erfahren.«

Laura schlug auf dem Sofa ihre Beine unter und zog eine Grimasse. »Das ist leider nur zu wahr.«

»Also«, sagte Aisley. »Wohin führt uns das?«

Phelan lehnte sich zurück und musterte die drei Menschen um sich herum. Sie waren seine Familie. Seit Jahrhunderten hatten die Krieger die *Droughs*, also die bösartigen Druiden, bekämpft. Aisleys Cousin, Jason, war der Letzte, den sie töten mussten.

Es wäre leicht, den Drachenkönigen zu sagen, dass sie ihre eigenen Kämpfe austragen sollten. Wie viele Jahrhunderte waren verstrichen, bevor die Könige sich bemüßigt gefühlt hatten, den Kriegern ihre Existenz zu offenbaren? Nicht ein Mal hatten die Könige eingegriffen und waren ihnen zu Hilfe gekommen während der Kriege der Krieger.

Sondern erst, als es so aussah, als würde der Krieg in das Leben der Menschen eindringen und ihnen schaden.

Genau wie jetzt.

Phelan atmete tief durch »Die Könige sind mächtig. Ich habe gerade miterlebt, welchen Schaden sie den Dunklen zufügen können. Ich sah aber auch, wie die Dunklen die Könige blockieren können, sie davon abhalten können, Drachengestalt anzunehmen.«

»Scheiße«, murmelte Charon.

Phelan hätte es nicht besser ausdrücken können. »Ich glaube, wir müssen uns bereithalten für den Fall, dass sie uns in irgendeiner Weise um Hilfe bitten.«

»Das sehe ich auch so«, meinte Aisley.

Laura und Charon nickten beide.

Phelan befeuchtete sich die Lippen. Damit war ihm eine Last von den Schultern genommen. Er würde das alles noch einmal wiederholen müssen in MacLeod Castle vor den anderen zwölf Kriegern und ihren Druiden-Frauen.

»Da ist doch noch etwas«, sagte Aisley mit ihrer schnellen Auffassungsgabe.

Phelan fuhr sich durch die Haare. »Was ich euch jetzt gleich erzähle, müsst ihr drei fürs Erste für euch behalten. Ich weiß einfach nicht, was ich tun soll oder, wenn ich es den anderen erzähle, was es für Folgen haben wird.«

Charon trank seinen in Dreagan hergestellten Whisky aus und stellte das Glas auf den Couchtisch. »Also, nun hast du aber ganz gewiss meine volle Aufmerksamkeit. Von welchem Geheimnis hast du denn erfahren?«, fragte er lächelnd.

Phelan konnte das Lächeln nicht erwidern, weil er genau wusste, welche Verwirrung er gleich stiften würde.

»Erzähle es uns einfach. Die Spannung bringt mich noch um«, sagte Aisley und verzog das Gesicht.

»Ich bin heute einem Drachenkönig begegnet, der Tristan heißt.«

Laura sah ihn erstaunt an. »Na gut. Und was ist mit ihm, was dich so tief beunruhigt?«

Aisleys Augen weiteten sich, als ihr bewusst wurde, was er gleich den anderen eröffnen würde.

Phelan räusperte sich. »Wie oft waren wir vier schon in Dreagan? Aber könnt ihr euch erinnern, ihm jemals begegnet zu sein?«

Charon schmunzelte. »Jedes Mal wenn wir dort sind, gibt

es mehr Könige. Ich kann sie mir nicht alle merken. Aber der Name sagt mir nichts.«

»Mir auch nicht«, sagte Laura. »Die meisten unverbundenen Könige neigen dazu, sich vom Herrenhaus fernzuhalten.«

Es war genau das, was er erwartet hatte. Einige würden argwöhnen, dass Con dafür gesorgt hatte, dass Tristan von den Kriegern abgeschottet wurde. Womit sie wohl recht hätten.

»Erinnert sich einer von euch, irgendwann einen bernsteinfarbenen Drachen gesehen zu haben?«

»Ja«, antwortete Aisley prompt. »Mehrmals in den Gefechten, die wir mit Jason hatten.«

Charons Lächeln wurde angestrengter. »Ich habe ihn auch bemerkt.«

»Ich ebenfalls«, fiel Laura ein.

Jetzt kam der schwierige Teil. Phelan hatte keine Ahnung, wie sie reagieren würden. Im Nachhinein betrachtet, hätte er die Dinge mit Tristan vielleicht besser handhaben können.

»Phelan«, drängte Charon ihn mit leiser, nachdrücklicher Stimme.

Er sah seinen engsten Freund an und musste feststellen, dass dessen Lächeln komplett verschwunden war. Phelan schluckte, seine Kehle war wie zugeschnürt. »Es gibt einen Grund, warum keiner von euch Tristan je zuvor gesehen hat. Aisley und ich haben ihn jetzt in Dreagan gesehen, aber das war reiner Zufall.«

»Warum sprichst du von Zufall?«, wollte Laura wissen.

Aisley griff nach Phelans Hand und sagte: »Weil ihr, wenn ihr ihn gesehen hättet, auf den ersten Blick gewusst hättet, wer er ist – oder war.«

»Und das wäre …?«, drängte Charon sie.

Phelan ließ ein paar Sekunden verstreichen, bevor er sagte: »Duncan.«

Seine Enthüllung führte zu schockiertem Schweigen im Raum. Phelan hatte den Verdacht, dass sein Gesicht genauso ratlos wirkte wie Charons in diesem Moment.

»Bist du sicher?«, fragte Laura.

Phelan führte Aisleys Hand an seine Lippen und küsste ihren Handrücken. »Absolut. Ich bin Duncan ja vielleicht nie begegnet, aber es gibt keinen Zweifel, dass er Ians eineiiger Zwillingsbruder ist.«

»Das begreife ich nicht«, sagte Laura. »Wie kann es sein, dass Duncan ein Krieger war, getötet und dann zu einem Drachenkönig wurde?«

Phelan zuckte die Achseln. »Nicht einmal die Könige können sich das erklären. Offenbar gab es schon seit Jahrhunderten keine neuen Könige mehr.«

»Und Duncan? Ich meine … Tristan?«, fragte Laura. »Weiß er, dass er Ians Bruder ist?«

Phelan hatte gewusst, dass diese Frage auf ihn zukommen würde, aber das machte die Antwort keinesfalls leichter. »Nein. Tristan behauptet, keinerlei Erinnerungen zu haben an die Zeit, bevor er vom Himmel gefallen und in Dreagan aufgewacht ist.«

Es blieb Phelan nicht verborgen, dass Charon bisher keinen einzigen Ton von sich gegeben hatte. Sein Freund saß reglos und wie versteinert da, mit schockierter Miene und totenbleich.

Laura warf Charon einen kurzen Blick zu und räusperte sich, bevor sie Phelan ansah. »Ich nehme an, dass Con nicht gerade glücklich darüber war, dass du Tristan gesehen hast.«

»Das kannst du wohl laut sagen. Aber die Könige hatten mich um meine Hilfe gebeten in der Feenangelegenheit. Wir haben allerdings erst nach meinem Eintreffen erfahren, dass Kellan und Denae von den Dunklen entführt worden waren. Dann traf Rhi total geschwächt ein, weil sie sich viel zu lange getarnt hatte. Sie konnte kaum aufrecht sitzen, so erschöpft war sie. Und das war der Moment, in dem Tristan hinzukam.«

»Geht es Rhi jetzt wieder gut?«, fragte Aisley besorgt.

Zwischen Aisley und Rhi war eine besondere Verbindung entstanden, eine, die Phelan förderte. Rhi hatte ihm nicht nur geholfen, seine Feenhälfte zu akzeptieren, sondern sie brachte Aisley auch viel über die Feen bei.

»Ja, jedenfalls, als ich sie das letzte Mal gesehen habe.«

Charon stand abrupt auf. »Ich brauche frische Luft.«

Phelan und Aisley beobachteten, wie er aus dem Haus stakste und Laura ihm schnell hinterherging.

»Ich wusste, dass er die Neuigkeiten nicht gut verkraften würde«, meinte Phelan.

Aisley rutschte bis zur Kante des Sofas vor und wandte sich ihm zu. »Jetzt, da wir allein sind, kannst du mir erzählen, was mit Rhi ist, was du vor mir zu verheimlichen suchst.«

»Meine Schöne …«, begann er, aber sie schnitt ihm mit einer Handbewegung das Wort ab.

»Versuch es gar nicht erst. Rhi ist auch für mich wie eine Schwester. Erzähl mir, was du weißt.«

Phelan zog Aisley ganz fest in seine Arme und legte sein Kinn auf ihren Kopf. »Nicht mehr als das, was wir bereits über ihre Affäre mit dem Drachenkönig wussten. Die Dinge liefen nicht … gut für Rhi und den König.«

»Hast du irgendetwas erfahren, was dich annehmen lässt, dass sie diese Affäre mit Con hatte?«

»Nein. Kellan weiß etwas, aber er will es nicht sagen. Ich glaube nicht, dass es Con war, meine Schöne. Sie hassen einander.«

»Zwischen Liebe und Hass verläuft ein sehr schmaler Grat.«

Phelan beschloss in diesem Augenblick, dass er das Thema bei nächster Gelegenheit Rhi gegenüber zur Sprache bringen würde. Hoffentlich wäre sie dann etwas gesprächiger, als die Drachenkönige es bisher waren.

41

Kellan stolzierte in Cons Büro und war verblüfft, dass er ihn allein antraf.

»Wie ich sehe, habe ich dich überrascht. Das passiert nicht gerade sehr häufig«, sagte Con, während er die Verschlusskappe auf seinen Füller schraubte und ihn beiseitelegte, bevor er sich zurücklehnte in seinem Sessel.

Kellan ließ sich nicht täuschen von Cons lässiger Haltung. »Was war so wichtig, dass es nicht bis morgen warten konnte?«

»Denae.«

Kellan sträubten sich umgehend die Nackenhaare. Es lag an Cons Tonfall, dem, den er immer dann einsetzte, wenn er glaubte, die anderen Könige herumkommandieren zu können. Das hatte in der Vergangenheit nicht geklappt, und es würde, verdammt noch mal, auch jetzt nicht klappen.

»Sie geht dich nichts an.«

»Da bin ich anderer Meinung. Sie befindet sich in meinem Haus.«

Kellan atmete erst mal tief durch, weil er etwas Zeit brauchte, um seine Wut zu zügeln. Es gelang ihm nicht ganz, aber immerhin war er jetzt in der Lage, mit Con zu reden, statt ihm einen Kinnhaken zu verpassen.

»Dein Haus?«, fragte Kellan leise. »Ich meine mich erinnern zu können, dass ich genauso viel Blut und Schweiß investiert habe, um dieses Haus zu gestalten und aufzubauen, wie jeder andere König. Dies ist nicht *dein* Haus, Con. Es ist unser Haus.«

»Ich bin der Anführer hier …«

»Das kann sich sehr schnell ändern«, fiel Kellan ihm ins Wort.

In all den Jahren, in denen er König der Bronzenen war, hatte es Kellan genügt, seine Drachen anzuführen. Aber er wusste, dass er – und jeder der anderen Könige – das Recht hatte, Con herauszufordern und die Führung zu übernehmen.

Jederzeit.

Cons schwarze Augen verfinsterten sich, und er reckte das Kinn. »Soll das eine Drohung sein?«

»Das hängt von deinen nächsten Worten ab. Ich stand immer hinter dir, auch wenn ich nicht deiner Meinung war. Du bewegst dich auf einm schmalen Grat.«

»Ich tue, was ich für das Beste halte.«

»Du meinst wohl für dich, oder?«, schnaubte Kellan. »Du hast immer getan, was für dich das Beste war. Wann hast du dabei je an uns gedacht?«

»Jeden verdammten Tag!«, brüllte Con, während er sich aus seinem Sessel erhob und auf den Schreibtisch stützte.

Kellan verbot es sich zu lächeln. Es passierte nicht jeden Tag, dass jemand Con auf die Zinne brachte. Tatsächlich war der König der Könige bekannt für seine Selbstbeherrschung. »Sollte ich da einen Nerv bei dir getroffen haben?«

Ein Muskel zuckte an Cons Kinn, als er sich straffte und sich mit einer Hand durchs Haar fuhr, sodass jede Strähne ordentlich an ihrem Platz war. Als er dann wieder sprach, war seine Stimme ruhig und beherrscht. »Wenn Denae hierbleibt, wird der MI5 uns weiter verfolgen.«

»Sie müssen ja nicht erfahren, dass sie hier ist.« Kellan hatte bereits an alle Argumente, die Con ins Feld führen würde, gedacht, und er hatte auf jedes einzelne die passende Antwort.

»Sie werden es erfahren.« Con setzte sich wieder hin und platzierte seine Ellbogen auf den Armlehnen seines Ledersessels, bevor er seine Fingerspitzen aneinanderlegte. »Der MI5 ist ein Stachel in unserem Fleisch. Doch so schwer sie uns das Leben machen können – es sind die Dunklen, die mir echte Sorgen bereiten. Denae hat Taraeth den Arm abgeschlagen.«

Kellan lehnte sich an die Tür und verschränkte die Arme vor seiner Brust. »Wenn einer von uns das getan hätte, würdest du ihm anerkennend auf den Rücken klopfen. Aber eine Sterbliche, eine, die befingert und gefoltert wurde von den Dunklen, hat es getan, und schon ist sie eine Belastung. Seltsam, dass dein Mantra ›Es gilt, die Menschen um jeden Preis zu beschützen‹ hier nicht ins Spiel kommt.«

Als Con ihn nur wütend anstarrte, fuhr Kellan fort: »Du hast uns überredet, unsere Drachen in andere Gefilde zu schicken, damit die Menschen weiterleben können. Du hast deinem besten Freund und Rivalen seine Macht genommen, um die Menschen zu retten. Immer wirst du alles tun, was nötig ist, um zu beschützen, was dir wichtig ist, Con.«

»Willst du damit sagen, dass ich Ulrik das gern angetan habe?«, fragte Con mit eisiger Stimme.

»Ich will damit sagen, dass es dich nicht weiter gekümmert hat. Ich will damit sagen, dass du nicht gezögert hast. Ich will damit sagen, dass du eine Gelegenheit gesehen und ergriffen hast.«

»Was weißt du schon?« Con knirschte mit den Zähnen.

Kellan feixte, ließ seine Hände sinken und stieß sich von der Tür ab. »Ich schreibe die Geschichte der Könige auf, schon vergessen? Ich weiß alles.«

Ihre Unterhaltung wurde durch ein Klopfen unterbrochen und dadurch, dass jemand Kellans Namen rief durch die geschlossene Tür.

»Diese Diskussion ist beendet. Denae wird so lange bleiben, wie sie will. Und wenn du sie zwingst fortzugehen, werde ich mit ihr gehen.«

»Das kannst du nicht tun«, sagte Con mit einer Andeutung von Verblüffung in seiner Miene.

Kellan legte seine ganze Wut in das Wort, als er erwiderte: »Abwarten.«

Dann drehte er sich um und riss die Tür auf, hinter der Tristan stand. Kellan stürmte aus dem Büro und sparte sich die Mühe, die Tür hinter sich zu schließen, als er zusammen mit Tristan wegging.

»Was ist los?«, erkundigte er sich bei dem neuen König, nachdem sie eine gewisse Entfernung zwischen sich und Cons Büro gelegt hatten.

»Rhys und Kiril sind noch nicht wieder zurück.«

Kellan blieb stehen und spähte den Korridor hinunter zu Cons Büro. »Warum sagst du es nicht Con?«

»Zunächst mal, weil Con dagegen war, dass sie gehen. Banan ist auf dem Rückweg, nachdem er Henry abgesetzt hat, und Guy starrt nur die Silbernen an.«

Die Silbernen. Kellan hatte die Drachen nicht besucht, seit

er aufgewacht war. Es war zu hart, die wunderbaren Wesen zu betrachten und sich nicht sehnlichst zu wünschen, sie zu befreien und sich an dem Anblick zu erfreuen, wie sie sich in den Himmel schwangen mit Gebrüll – ungeachtet der Tatsache, dass es das Ende der Menschen bedeuten würde.

Die Silbernen waren die letzte Verbindung zu ihren eigenen Drachen, die die Könige vor so langer Zeit verbannt hatten.

»Vergiss Guy für den Moment. Er braucht etwas Zeit für sich allein«, sagte Kellan. »Wo ist Hal?«

»Der kümmert sich in den Büros von Dreagan Industries mit Cassie um irgendwelche Vertriebsprobleme. Ich wollte ihn nicht behelligen. Laith, Ryder und die anderen sind auch beschäftigt.« Tristans dunkle Augen beobachteten alles, bekamen jeden Blick, jede Geste, einfach alles mit.

Kellan bedeutete Tristan, ihm zu folgen. »Rhys und Kiril sollten inzwischen zurück sein. Hast du versucht, sie zu erreichen über die Drachenverbindung?«

»Ja.«

»Versuchen wir es noch einmal, bevor wir gehen und sie suchen.« Es war Kellans große Sorge um seine Freunde, die ihn davon abhielt, sofort zu Denae zurückzukehren, aber sobald er wieder bei ihr in ihrem Zimmer wäre, würden er und Denae ein ausgiebiges Gespräch über die Zukunft führen.

Was er ihr sagen wollte, hatte er sich noch nicht überlegt. Er wusste nur, dass er sie bei sich haben wollte.

Denae schaltete den Fön aus, als sie hörte, wie sich die Schlafzimmertür öffnete. »Con«, sagte sie, als sie aus dem Badezimmer spähte.

»Ich frage mich, ob wir uns ein bisschen unterhalten können.«

Sie ging sofort in Abwehrhaltung. Hatte Kellan Con geschickt? Nein. Das war absolut nicht Kellans Stil. Er würde seine Angelegenheiten selbst in die Hand nehmen, egal, wie unangenehm sie wären.

»Worüber?«, fragte sie, während sie sich ihr noch feuchtes Haar hinter die Ohren klemmte.

»Die Frauen haben Kleidung für dich gefunden, wie ich sehe.«

Sie blickte hinunter auf die Jeans und das schicke Dr.-Pepper-T-Shirt. »Genau. Worüber willst du mit mir reden?«

»Wie sehen deine Pläne aus?«

Natürlich konnte sie Con nicht sagen, dass sie gehofft hatte, diese Unterhaltung zuerst mit Kellan führen zu können, oder dass sie sich verzweifelt wünschte, bei Kellan bleiben zu können.

Stattdessen teilte sie ihm mit, zu welchem Entschluss sie gekommen war. »Ich werde Henry kontaktieren und versuchen, mich beim MI5 einzuschleichen, damit ich herausfinden kann, wer die Verbindung zu den Dunklen Feen hergestellt hat. Dann werde ich mich aus ihren Datenbanken löschen.«

»Tatsächlich?«, fragte Con mit erhobenen Augenbrauen.

»Tatsächlich.« Dass sie herausfinden wollte, wer hinter den Drachenkönigen her war, ging ihn sowieso nichts an. Sie tat das nicht für ihn. Sie tat das für Kellan und ihre Zeit, die sie miteinander verbracht hatten.

»Ich habe dich möglicherweise falsch eingeschätzt, Denae.«

Sie verdrehte die Augen. »Ich bin sicher, dass du das getan hast. Also, nun frag schon, was du wirklich wissen willst.«

»Und was könnte das sein?«

»Wann ich hier verschwinde?«

Er starrte sie schweigend mehrere Sekunden lang an, bevor er die Lippen zu einem Grinsen verzog. »Kann ich dich irgendwo hinfahren?«

Denae war froh, dass er nicht ihren heftigen, angsterfüllten Herzschlag hören konnte. Es kostete sie ihre ganze Überwindung zu gehen. Aber sie hatte Arbeit vor sich, Arbeit, die nur sie erledigen konnte.

Für die Drachenkönige.

Für die Welt, die sie kennengelernt hatte.

Für … Kellan.

»Ich komme besser allein zurecht«, sagte sie. »Keine Sorge. Ich werde in Kürze hier verschwunden sein. Oh, aber eins noch. Hast du vor, mein Gedächtnis zu löschen, wie ihr es ursprünglich vorhattet?«

Con holte tief Luft und stieß sie langsam wieder aus. »Wenn wir das täten, würden die Dunklen dich aufspüren, ohne dass du die geringste Chance hättest, dich zu verteidigen.«

»Du gehst also das Risiko ein, dass ich der Welt mitteile, dass ihr Drachenkönige seid?« Sie wusste, dass sie ihn bedrängte, aber sie wollte absolut sicher sein.

»Ja. Ich weiß, dass du Kellan gern hast. Wenn du unser Geheimnis preisgibst, bringst du ihn in Gefahr.«

Sie verschränkte die Arme vor der Brust und musterte Con forschend. »Das würde ich niemals tun. Und da du es nun weißt, werde ich nichts weiter dazu sagen.«

»Also viel Glück dann.« Mit einem knappen Kopfnicken verließ er sie und schloss leise die Tür hinter sich.

»Wow«, murmelte sie zu sich selbst, als sie die Arme senkte. »Nicht mal das Angebot, dass ich mich melden darf, sollte ich irgendetwas brauchen. Du kannst wirklich ein richtiges Arschgesicht sein, Con.«

Es war einfach für Denae, ihren Zorn auf Con zu konzentrieren. Das war besser, als in Selbstmitleid zu versinken, weil sie Kellan verließ. Es war ja nicht so, als hätte er sie gebeten zu bleiben, und genau das war zumindest ein Grund dafür, dass sie ihre Gefühle nur schwer in Schach halten konnte.

Sie hätte von Con wahrscheinlich verlangen sollen, ihr zu helfen, das Herrenhaus zu verlassen, ohne auf Kellan zu stoßen. Oder vielleicht war das genau der Grund, warum Kellan sie allein gelassen hatte – nämlich um ihr Zeit zu geben zu verschwinden, ohne dass sie sich begegneten.

Denae setzte sich auf die vordere Kante des Stuhls und zog ihre Laufstiefel an. Der MI5 hatte sie gut trainiert. Sie war findig und bestens darauf vorbereitet, sich durchzuschlagen mit nichts weiter als den Kleidern, die sie am Leib trug, wenn es sein musste. London und das MI5-Hauptquartier zu erreichen war ein Kinderspiel für sie.

Sie stand auf und blickte sich noch ein letztes Mal um im Zimmer. Als sie sich zur Tür wandte, entdeckte sie Rhi, die im Türrahmen lehnte und ihre Nägel bewundernd musterte, die dunkelauberginefarben lackiert waren mit lavendelfarbenen Akzenten.

»Willst du weg?«, fragte Rhi und warf mit einer leichten Kopfbewegung ihre langen Haare zurück.

Denae zuckte die Achseln. »Du siehst besser aus.«

»Ich brauchte nur eine kleine Auszeit, nachdem ich so viel Magie verbraucht hatte.«

Denae kannte Rhi inzwischen gut genug, um zu wissen, dass die Helle Fee nicht zufällig vorbeigekommen war. »Was hast du mitbekommen von meiner Unterhaltung mit Con?«

Rhi seufzte dramatisch, ließ ihre Arme sinken und sah Denae direkt in die Augen. »Ich traf ein, als du dir die Haare getrocknet hast. Du hast mich nicht gesehen, und als Con vorbeikam, sah ich keinen Grund, ihn auf meine Anwesenheit aufmerksam zu machen.«

»Warum bist du gekommen?«

Ein Anfall von Traurigkeit verdunkelte die silbernen Augen. »Ich wollte sehen, wie es dir geht. Es war unglaublich mutig und dumm zugleich, dass du Taraeth angegriffen hast.«

»Er wollte mich erneut verschleppen«, sagte Denae und zuckte die Achseln. »Er hat mir keine andere Wahl gelassen.«

»Oh, versteh mich bitte nicht falsch«, sagte Rhi mit großen Augen. »Ich bin nicht verstimmt, weil der Bastard jetzt einen Arm weniger hat. Er verdient das und noch viel mehr. Es war dumm, Denae, weil er dich jetzt bis in alle Ewigkeit verfolgen wird.«

Denae sank auf den Stuhl und ließ den Kopf in ihre Hände sinken. »Na toll. Der MI5 und die Dunklen Feen. Noch jemand, der hinter mir her ist?«

»Wenn du gehst, ohne mit Kellan geredet zu haben, kannst du ihn getrost deiner Liste anfügen.«

Denae hob den Kopf und spähte zu Rhi. »Wie gut kennst du Kellan?«

»Besser als jede andere Fee und in gewisser Weise besser als einige der Könige. Warum?«

»Wenn er gewollt hätte, dass ich bleibe, hätte er mich gebeten?«

Rhi nickte. »Hat er dir irgendetwas gesagt?«

»Nein. Aber ich weiß, dass meine Anwesenheit, solange die Dunklen Feen und der MI5 mich verfolgen, eine fortwährende Gefahr für die Drachenkönige darstellt, weil sie unter laufender Beobachtung des MI5 stehen, bis die einen Grund gefunden haben, hier einzudringen.«

»Du willst also gehen, um ihn zu beschützen?«

»Ich möchte nicht gehen. Aber ich muss.«

Rhi lächelte strahlend und zwinkerte ihr zu. »Ich kann dir helfen.«

»Du könntest mich hier herausbringen, ohne dass Kellan mich sieht?«

»Ich kann dich hinbringen, wo du willst. Sogar in ein anderes Land, wenn du das möchtest.«

Denae ließ sich das einen Moment durch den Kopf gehen. Ihre gesamte Familie existierte nicht mehr. Sie hatte keine Freunde. Ihre einzige erwähnenswerte Verbindung war die zu Kellan, und er war ein unsterblicher Drachenkönig.

»Vielleicht. Zuerst möchte ich aber jede Spur von mir aus den Datenbanken des MI5 löschen, damit ich das abhaken kann. Ich möchte, dass sie total ausrasten.«

»Oh, Kindchen. Dabei kann ich dir unglaublich gut helfen«, sagte Rhi lachend. »Vergiss den Plan, dich mühsam beim MI5 einzuschleichen. Ich kann dich direkt an den gewünschten Ort innerhalb des entsprechenden Gebäudes bringen.«

Denae lächelte zum ersten Mal seit Stunden. »Zuerst muss ich ins Rechenzentrum. Das befindet sich im Keller mit diversen Überwachungskameras und einem halben Dutzend Wächtern, die die Korridore patrouillieren.«

»Ein Kinderspiel«, sagte Rhi und verdrehte die Augen. »Bist du bereit?«

Denae ergriff Rhis ausgestreckte Hand. »Ja.«

42

Die nächsten dreißig Minuten verbrachte Kellan damit, durch die Berge zu streifen und nach Rhys und Kiril zu suchen, indem er ihre mentale Verbindung benutzte. Er war unglaublich erleichtert, als sich beide Könige endlich meldeten.

»Hält sich Kiril noch in Irland auf?«, fragte Tristan, der die Antworten durch die Drachenverbindung mitgehört hatte.

Kellan zuckte die Achseln. »Er ist sein eigener Herr. Er kann tun, was er will. Kiril fordert das Schicksal heraus, indem er sich so nah bei den Dunklen Feen aufhält, aber vielleicht möchte er das. Du musst ihn selbst fragen, wenn du es genau wissen willst. Grundsätzlich bin ich der Meinung, dass ein Spion in Irland keine schlechte Idee ist.«

»Was ist mit Rhys?«

Kellan ließ seinen Blick über die Berge schweifen, die Dreagan umgaben. »Sechzigtausend Morgen klingen, als ob es reichlich Platz gäbe, für sich zu sein, aber wenn du ein Drachenkönig bist und nur innerhalb dieses Gebietes du selbst sein kannst, kann es sich so beengt anfühlen wie die winzigste Insel. Manchmal müssen wir einfach allein sein, nur umgeben von Land und Luft.«

Tristan rieb sich das Kinn, das leichte Schabegeräusch übertönt durch den pfeifenden Wind und den Schrei eines Adlers. »Und was tun wir jetzt? Mir gefällt es nicht, dass wir nur den nächsten Schritt der Dunklen abwarten.«

»Alle Könige wissen, dass ein Krieg vor der Tür steht. Wir haben das schon so oft erlebt, dass wir alle unseren Platz kennen.«

»Nicht alle«, widersprach Tristan leise.

Kellan klopfte dem König auf den Rücken und lächelte. »Mach dir keine Sorgen um deinen Platz. Du hast dein Recht, hier zu sein, unterstrichen. Und auch wenn das nicht der Fall wäre, die Tatsache, dass du die Tätowierung trägst, das Schwert besitzt und Drachengestalt annehmen kannst, würde ausreichen. Du magst nicht alles über unsere Geschichte wissen, aber das spielt keine Rolle, wenn es um die Verteidigung unserer Heimat geht.«

»Und was ist mit meinem … vorherigen Leben?«

»Du meinst, mit der Tatsache, dass du ein Krieger warst?«

Tristan nickte kaum merklich.

»Sie beweist nur, dass du weißt, was Loyalität und Familie bedeuten«, sagte Kellan. »Und es bedeutet auch, dass du weißt, wie man kämpft.«

»Ian, mein angeblicher Zwillingsbruder, will bestimmt mit mir reden.«

»Ja. Es wäre möglicherweise gut für dich, mit ihm zu reden.«

»Um ihm … was zu sagen?«, fragte Tristan wütend. »Dass ich mich an nichts aus meiner Vergangenheit erinnere? Dass ich nicht einmal wusste, dass es ihn gibt, bis Phelan es mir sagte?«

»Vielleicht. Was auch immer du sagen willst, entscheidest

du allein. Ian hat einen Bruder verloren. Auch wenn du dich nicht an dein vorheriges Leben erinnerst, kann sich immer noch herausstellen, dass er ein guter Freund für dich wird. Zwillinge haben eine Verbindung, die nur andere Zwillinge wirklich verstehen. Wurde diese Verbindung durchbrochen, als du ein König wurdest? Das kann ich nicht beantworten. Nur wenn du dich mit Ian triffst und dich mit ihm unterhältst, wirst du dir die Frage beantworten können.«

Tristan runzelte die Stirn und blickte hinunter ins Tal, wo Schafe weideten. »Ich werde darüber nachdenken.«

»Gut. Gehen wir zurück zum Herrenhaus. Ich möchte nach Denae sehen. Ich bin schon eine geraume Weile weg.«

Sie machten sich gemeinsam an den Abstieg. »Was wird mit ihr geschehen?«, wollte Tristan wissen.

»Wenn sie überleben möchte, muss sie in Dreagan bleiben.«

»Con möchte das nicht, oder?«

Kellan warf ihm einen kurzen Blick zu und knurrte. »Für jemanden, der erst seit Kurzem bei den Königen lebt, hast du eine bemerkenswert schnelle Auffassungsgabe.«

»Ich studiere Leute. Allein sie zu beobachten genügt in der Regel, um ihre wahren Gefühle zu erkennen. Nimm dich beispielsweise, wie du Denae gehalten hast auf dem Rückweg von Irland. Es gab genug Platz, wo du sie hättest ablegen können, aber du wolltest sie unbedingt in den Armen halten. Du magst sie, sogar mehr, als dir selbst bewusst ist.«

Kellan war nicht gerade begeistert darüber, wie leicht Tristan ihn durchschaute, aber vielleicht hatte es ja auch seine nützliche Seite. »Und Denae? Wie schätzt du sie ein?«

»Sie mag dich sehr gern, aber sie glaubt, nicht hierher zu gehören. Für sie bist du ein wieder lebendig gewordener

Mythos. Sie wehrt sich gegen ihre Gefühle für dich, so als würde …«

Als Tristan schwieg, blieb Kellan stehen und sah ihn an. Unsicherheit überkam ihn. »Sprich weiter.«

Tristan wandte den Blick ab, und als er Kellan wieder in die Augen sah, war seine Besorgnis unübersehbar. »Sie macht auf mich den Eindruck, als würde sie sich stillschweigend verabschieden wollen.«

Kellan blieb einen Moment stehen. Tristans Worte waren wie eine Alarmglocke in seinem Kopf. Er setzte sich abrupt in Bewegung und rannte den Rest des Weges zurück zum Herrenhaus. Selbst als er in die Küche platzte und Jane so überraschte, dass sie ihre Teetasse fallen ließ, nahm das starke Bedürfnis, Denae in die Arme zu schließen, nicht ab.

Er sprang die Treppe hinauf und rannte durch den Flur zu ihrem Zimmer. Kellan riss die Tür auf und erwartete nichts anderes, als Denae dort sitzen und auf ihn warten zu sehen.

Aber der Raum war leer.

Kellan musste nicht erst das Haus durchsuchen oder das Gelände. Er wusste im tiefsten Inneren, dass sie fort war. Wie dumm von ihm zu glauben, dass sie auf ihn warten würde. Das war nicht Denaes Art.

Sie war daran gewöhnt, für sich selbst zu sorgen, ihre eigenen Entscheidungen zu treffen. Sie war tödlich im Zweikampf, intelligent und intuitiv.

Noch während etwas in seinem Inneren zerbrach, wurde er rasend vor Wut. Er wusste, wer verantwortlich war für Denaes Aufbruch. Er hatte Con gewarnt. Jetzt war der Zeitpunkt gekommen, die Drohung wahrzumachen.

Kellan drehte sich um und schob Tristan beiseite, der ihn schließlich eingeholt hatte. Jetzt war keine Zeit zum Reden.

Jetzt war es Zeit zu handeln. Kellan verlangsamte seine Schritte nicht, bis er wieder in seiner Höhle stand.

Sein Blick wanderte zu der Stelle, wo er Denae das erste Mal erblickt hatte. Es schien eine Ewigkeit her zu sein. Sie passte zu ihm, wie noch keine andere es zuvor getan hatte. Sie verstand ihn total.

Und er erkannte sie als das, was sie war – seine Gefährtin.

Er hatte es vielleicht nicht zugeben wollen, aber er hatte es gewusst. Vom ersten Moment an hatte er es gewusst.

Wie ein Esel hatte er sich dagegen gesträubt und versucht, sie auf Abstand zu halten. Als das nicht funktioniert hatte, hatte er immer noch so getan, als ob es nur eine Spielerei wäre, wo es doch so viel mehr war als das.

»Denae«, flüsterte er, und bei dem Gedanken an sie tat ihm das Herz weh.

Er würde sie finden. Er würde sie wieder in den Armen halten, und dann würde er ihr sagen, was er für sie empfand.

Aber zuerst würde er mit Con abrechnen.

Kellan ging zum hinteren Ende seiner Höhle und legte seine Hand auf einen kleinen vorstehenden Felsstein. Nach einem kleinen Stoß seiner Drachenmagie, kombiniert mit einem Tropfen seines Blutes, regnete es plötzlich Steinchen und Staub um ihn herum.

Das Geräusch von Stein, der über Stein glitt, ertönte in der Höhle, als sich ein Fach öffnete und sein Schwert zum Vorschein kam. Er griff nach dem lederumwickelten Griff, der wie geschaffen war für einen Kampf Mann gegen Mann.

Kellan zog die Waffe aus ihrem Versteck. Einige Könige zeigten ihre Waffe gern, aber er gehörte nicht dazu, nicht nach dem, was Con Ulrik angetan hatte.

Mit bewunderndem Blick ließ Kellan die glatte Klinge in

seiner linken Handfläche ruhen. Ranken und Blätter waren in das Heft des Schwertes eingraviert, verliefen über die gesamte Klinge und verbanden sich mit einem Drachen.

Es war eine wunderschöne und tödliche Klinge.

Eine, die dafür geschaffen wurde, einen Drachenkönig zu töten. Kellan war bereit, es in Drachengestalt mit Con aufzunehmen, aber er würde auch sein Schwert bei sich haben.

Ein Drachenkönig konnte nur durch einen anderen Drachenkönig, wenn beide in Drachengestalt waren, getötet werden oder durch ihre Schwerter. Kellan war auf beides vorbereitet.

Mit dem Schwert in der Hand ging er mit langen, entschlossenen Schritten zum Herrenhaus zurück.

Denae fasste es nicht, wie leicht die Dinge durch Rhis Mithilfe waren. Sie hatte Denae im Handumdrehen ins Innere des Rechenzentrums befördert und gleichzeitig die Überwachungskameras deaktiviert.

»Fang an«, sagte Rhi und verschwand wieder.

Erst als Denae auf die Wand zutrat, hinter der sich die verborgene Tastatur und der Monitor befanden, fiel ihr ein, dass man möglicherweise bereits ihre Fingerabdruck-Erkennung gesperrt hatte.

»Das klappt doch nie«, murmelte sie, als sie ihre Hand auf den weiß leuchtenden Bildschirm legte.

Grüne Strahlen leuchteten auf und scrollten über ihre Hand und wieder zurück, bevor sie von einer Seite zur anderen scrollten. Fünf pulsierende Kreise tauchten um ihre Fingerspitzen herum auf. Einen Moment später ertönte ein leises Zischen, als sich das silberne Paneel in der Wand bewegte und ein großer, flacher Bildschirm sichtbar wurde.

Ein zweites Zischen ertönte, als sich ein weiteres Paneel öffnete und die Tastatur herausglitt.

»Tja, ich schätze, das beantwortet die Frage. Ich nehme an, dass sie es schlicht für unmöglich hielten, dass ich an den Sicherheitsleuten vorbeikomme. Das war ihr erster Fehler.«

Denaes Finger flogen über die Tastatur und riefen ihre gesamten Dateien auf – jeden Bericht, den sie geschrieben hatte, jeden Einsatz, zu dem sie geschickt worden war, jede Erwähnung ihres Namens –, und sie löschte alles.

Als Nächstes ersetzte sie ihren Namen durch den einer weiblichen Nachwuchsagentin, sodass der MI5 unter ihrem Namen nichts mehr in seinen Datenbanken finden konnte.

Sie musste jeden Löschvorgang dreimal wiederholen. Und dann warf sie die Server-Diskette aus, damit sie diese später zerstören konnte, um ganz auf Nummer sicher zu gehen. Sie hielt die kleine Diskette in der Hand und wunderte sich wieder einmal, wie etwas so Kleines ihr Leben retten – oder zerstören konnte.

»Fertig?«, fragte Rhi, als sie neben ihr erschien.

»Bin ich.«

»Das ist alles?«, fragte die Fee und betrachtete die Diskette skeptisch.

»Jawohl.«

Rhi warf ihr einen seltsamen Blick zu. »Haben sie denn keine Backups ihrer Sicherungsdisketten? An einem anderen Ort, aber über Fernabfrage erreichbar für den Fall, dass jemand genau das tut, was du gerade tust?«

Denae rang die Hände. »Verdammt. Die habe ich ganz vergessen.«

»Wie viele gibt es?«

»Zwei, von denen ich weiß.«

Rhi nickte. »Wer könnte wissen, wo die sich befinden?«

»Henry sollte das wissen. Aber ganz sicher weiß es mein Boss Frank.«

Rhi lachte plötzlich. »So viel Spaß hatte ich seit Jahren nicht. Ich glaube, es wird Zeit, dass wir diesen Frank ein bisschen verwirren.«

Bevor Rhi sie hinteleportieren konnte, fuhr Denae zurück. »Wieso hat sich hier keiner blicken lassen, nachdem die Sicherheitsüberwachung ausgeschaltet war?«

»Hah«, sagte Rhi und wies mit dem Finger auf sich selbst. »Ich bin eine Fee. Meine Magie kann wunderbare, gefährliche Dinge bewerkstelligen.«

Denae mochte zwar innerlich am Boden zerstört sein, weil sie Kellan verlassen hatte, aber sie lächelte bei dem Gedanken, den Leuten, die versucht hatten sie umzubringen, eins auszuwischen. »Lass uns Frank aufsuchen.«

Innerhalb von fünf Minuten waren sie in seinem Abteilungsleiterbüro, die Überwachungskameras erneut ausgeschaltet, und Frank saß vor ihnen mit einem Ausdruck äußerster Fassungslosigkeit und Furcht im Gesicht.

»Wo befinden sich die Sicherungsdisketten des Servers?«, fragte Denae.

Frank weigerte sich, sie anzuschauen.

Rhi lächelte und setzte sich auf die Schreibtischkante, schlug ein langes jeansbekleidetes Bein über das andere. Sie stützte ihre Hände auf und beugte sich so weit vor, dass ihre Gesichter nur Zentimeter voneinander entfernt waren. »Antworte ihr.«

»Niemals.«

Rhi seufzte. »Hör zu, Schwachkopf, ich sage das jetzt nur einmal. Antworte uns, und wir gehen und lassen dir noch etwas von deinem Verstand übrig in deinem erbsengroßen Hirn. Wenn du mich aber dazu zwingst, sorge ich dafür, dass du den Rest deines Lebens in einer Gummizelle verbringst. Und dann komme ich immer mal wieder vorbei und quäle dich einfach nur aus Spaß an der Freude.«

»Als ob du das könntest«, höhnte er.

Denae lachte schallend, als Rhi Frank mit einer kleinen Handbewegung kopfüber an die Decke beförderte.

»Schon gut, schon gut!«, schrie er. »Lass mich einfach nur herunter.«

Denae hatte bereits Papier und Stift gezückt, als er ihr die Aufbewahrungsorte und Passwörter für den Zugang nannte.

»Also, war doch gar nicht schwer, nicht wahr?«, fragte Rhi zuckersüß. »Du hättest es dir zweimal überlegen sollen, Denae ermorden zu lassen, aber die schlechteste Entscheidung deines Lebens war, dich mit den Dunklen Feen zu verbünden.«

Franks Augen weiteten sich. »Bi… bi… bist du eine … eine … eine …«

Rhi verdrehte übertrieben die Augen. »Nein, ich bin eine Helle Fee. Ich nehme es allerdings nicht auf die leichte Schulter, wenn Menschen sich in Dinge einmischen, die sie nichts angehen. Und damit bist du gemeint. Also, da wir jetzt die nötigen Informationen haben, ist es Zeit, aus deinem Gedächtnis alles, was mit Denae zu tun hat, zu löschen.«

»Warte!«, schrie er.

Aber es war zu spät.

Denae zögerte eine Sekunde, bevor sie neben Rhi trat, deren Hand auf Franks Stirn lag. »Was ist, wenn er gelogen hat hinsichtlich der Aufbewahrungsorte oder einen ausgelassen hat?«

»Das habe ich mit bedacht. Ich durchsuche gerade seinen Geist«, sagte Rhi, die die Augen geschlossen hatte und eine sehr konzentrierte Miene machte. Einige Minuten später schüttelte sie den Kopf. »Er hat uns die Wahrheit gesagt. Also, ich lösche jetzt dein Bild und deinen Namen aus seinem Gedächtnis und ersetze beides durch die Agentin, die du überall eingesetzt hast.«

»Wird er jetzt tatsächlich verrückt und kommt in die Klapse?«

Rhi öffnete die Augen und begegnete Denaes Blick. »Nein. Aber ich könnte dafür sorgen, wenn da das möchtest. Er hat befohlen, dich zu töten. Und er ist verstrickt in die Allianz mit den Dunklen. Ganz davon zu schweigen, dass er alles über die Drachenkönige erfahren will.«

»Ich möchte ihm schon Schaden zufügen, aber ich werde es nicht tun. Lass ihn am Leben mit seinen ausgewechselten Erinnerungen. Seine wohlverdiente Strafe wird er bald genug bekommen.«

Rhi ließ ihre Hand sinken und ging um den Schreibtisch herum. »Unser nächster Aufenthalt ist Brasilien. Rio ist wunderschön«, sagte sie, kurz bevor sie aus dem Büro verschwanden.

43

Kellan fand Con in dem Berg, der mit dem Herrenhaus verbunden war. Es war derselbe Berg, in dem die Silbernen eingeschlossen und in Schlaf versetzt waren.

Er hörte den Streit, der aus der hinteren Grotte kam, sobald er den Berg betrat. Rhys' und Cons Stimmen übertönten alle anderen.

Unbemerkt betrat Kellan die Grotte, da alle Augen auf die Mitte derselben gerichtet waren, wo Rhys und Con sich gegenüberstanden und sich heftig stritten. Kellan lehnte sein Schwert an die Wand und mischte sich unter die Menge der Drachenkönige.

Sofort teilten sie sich, gaben eine Gasse frei zu Con. Rhys entdeckte Kellan, und er musste etwas in seiner Miene gelesen haben, weil er sofort einen Schritt von Con zurücktrat.

»Du kannst nicht einfach die Überprüfung verschwitzen«, schimpfte Con mit Rhys. »Wir tragen hier schließlich Verantwortung.«

Rhys musterte Con wütend. »Du bist nicht mein Vater. Und ebenso wenig mein Aufpasser. Ich erfülle meine Pflichten, auch ohne dass du mich ständig kontrollierst.«

»Die Dunklen hätten dich zu fassen kriegen können, genau wie Kellan. Ich hätte nicht zulassen können, dass sich zwei Könige in ihrer Gewalt befinden.«

»Aber einen konntest du ihnen überlassen?«, fragte Rhys, dessen Miene eine Mischung aus Wut und Bestürzung zeigte.

Cons Brust hob sich, als er tief durchatmete, sodass sich sein pfefferminzgrünes Designerhemd über der Brust spannte. »Das habe ich nicht gemeint, und das weißt du auch ganz genau.«

Kellan hatte die beiden jetzt fast erreicht. Er blieb nicht stehen, sagte kein Wort, als er zu ihnen trat und seine Faust Con mit voller Wucht gegen das Kinn donnerte.

Con, der den Schlag nicht hatte kommen sehen, taumelte zur Seite. Er betastete seine aufgeplatzte Lippe und straffte sich langsam, bevor er sich Kellan zuwandte. »Kannst du deine Wut nicht zügeln?«

Der Schlag und die Freude, Con bluten zu sehen, fachten seine Wut nur noch mehr an. »Du machst dir keinen Begriff. Ich habe dich ausdrücklich dazu aufgefordert, dich aus meinem Leben herauszuhalten. Ich habe dir gesagt, dass ich es mir nicht bieten lassen würde, wenn du dich einmischst, aber du hast beschlossen, meine Drohung nicht ernst zu nehmen.«

Er ließ Con keine Zeit zu antworten, sondern verpasste Con einen linken Haken in die Niere und wich Cons Rechten, die auf seine Schläfe zielte, aus. Dann richtete er sich wieder auf und vollführte eine langsame Drehung, um Con seinen Ellbogen gegen die Nase zu donnern. Blut spritzte in hohem Bogen, während das Geräusch der knirschenden Knochen in der Grotte widerhallte.

Ein gebrochener Knochen reichte allerdings nicht, um Con fertigzumachen. Mit schwingenden Fäusten startete er einen erneuten Angriff auf Kellan. Kellan schaffte es, einige der schnellen Fausthiebe abzublocken, und anderen auszuweichen, aber der Rest landete genau da, wo Con sie platzieren wollte.

Denae rieb sich die Hände und begutachtete ihr Werk. Sie und Rhi hatten schnelle Arbeit geleistet in Rio, bevor Rhi sie nach Papua-Neuguinea gebracht hatte.

»Alles fertig?«, fragte Rhi, als sie in den Computerraum geschlendert kam.

»Alles fertig. Ich bin offiziell gelöscht beim MI5.« Denae spürte, wie ihre Anspannung langsam nachließ. »Ich hätte das niemals hingekriegt ohne deine Hilfe.«

Rhi verdrehte die Augen. »Quatsch. Du hättest es auf jeden Fall geschafft. Es hätte zwar länger gedauert, aber du hättest es ganz bestimmt gedeichselt.«

»Vielleicht.«

»Nicht vielleicht. Du bist unglaublich geschickt, Schätzlein«, sagte Rhi lächelnd. Doch dieses Lächeln wich unvermittelt einer Grimasse.

»Was ist los?«

Rhi warf ihre langen Haare über ihre Schulter zurück. »Meine Königin hat mich schon mehrmals zu sich befohlen. Sie ist … tja, sie ist inzwischen ziemlich sauer und lässt es mich spüren. Ich muss abhauen, Denae, aber vorher bringe ich dich, wohin auch immer du willst.«

Sie war noch nicht vorbereitet aufs Alleinsein. Ohne etwas zu haben, worauf sie sich konzentrieren konnte, würde sie ständig nur an Kellan denken. Es wäre kinderleicht, Rhi zu bitten, sie auf irgendeine tropische Insel zu teleportieren, um sich mal richtig zu erholen, oder sogar in ein anderes Land.

Aber am Ende würde das absolut nichts ändern.

Ihr Herz würde sich immer noch schmerzlich nach Kellan sehnen, ihr Körper nach seiner Berührung.

Es gab nur einen Ort, an den eine Person, der es so dreckig ging wie ihr, wollte.

»Nach Hause. Ich möchte nach Hause.«

Rhi lächelte freundlich und verständnisvoll. »Dann soll es so sein.«

Eine Berührung Rhis reichte, und schon stand Denae auf dem Rasen vor ihrem Haus auf South Padre Island. Sie drehte sich um, um Rhi zu danken, aber die Fee war bereits verschwunden.

Ließ Denae zurück mit ihrer Vergangenheit, während ihre Gegenwart sie zu verschlingen drohte.

Kellan wusste schon lange nicht mehr, wie viele Treffer er einstecken musste. Und er hatte auch die Übersicht darüber verloren, wie oft er Con blutig geschlagen hatte. Jedes Mal wenn er das geschafft hatte, wurde sein Grinsen breiter.

Aber das brachte ihn absolut nicht dem Ziel näher, Denae zurückzubekommen. Allerdings war es ein Anfang.

Er platzierte einen harten Treffer in Cons Bauch, sodass Con sich krümmte, woraufhin Kellan das Knie hob und es Con ins Gesicht donnerte. Kellan wollte die Nummer gerade wiederholen, als Con ihn um die Hüfte packte und von sich schleuderte – direkt gegen die Wand der Grotte.

Kellan keuchte vor Schmerz, als etwas sich in seinen Rücken bohrte. Er bearbeitete Cons Rücken mit beiden Fäusten, während Con ihm wieder und wieder einen rechten Haken in die Seite versetzte.

Sie wurden ohne viel Federlesens auseinandergerissen. Guy hielt Con fest, während Rhys sich um Kellan kümmerte. Zwischen ihnen stand Banan, der wütend von Con zu Kellan blickte.

»Was zum Teufel geht hier vor?«, verlangte Banan zu wissen.

Rhys ließ Kellan los und zuckte die Achseln. »Kellan wollte einen Kampf. Wer bin ich schon, ihn davon abzuhalten?«

Kellan war das Reden leid. Er wollte handeln. Er wollte abrechnen.

Er wollte Denae.

Kellan schob Banan beiseite und rammte seine Schulter Con, noch bevor Guy ihn ebenfalls losgelassen hatte, in den Brustkorb. Und schon waren sie wieder dabei, sich gegenseitig brutal zu verprügeln.

»Warum?«, krächzte Con.

»Du hast sie weggeschickt.« Kellan beendete diese Bemerkung mit einem Aufwärtshaken gegen Cons Kinn.

Rhi hatte die Grotte aufgesucht und sich auf einem großen Felsbrocken niedergelassen, was ihr einen hervorragenden Blick auf den Kampf zwischen Kellan und Con verschaffte. Ihre Audienz bei ihrer Königin war kurz gewesen – eine echte Seltenheit. Sie war überrascht, Kellan in eine Prügelei verwickelt zu sehen.

»Ich glaube, ich weiß, wen du dir als Sieger wünschst«, sagte Tristan, während er sich neben ihr gegen den Felsbrocken lehnte.

Rhi schnaubte. »Glaubst du? Kennst du mich so gut, Drache?«

»Du verabscheust Con.«

Das war eine Tatsache. Sie zuckte die Achseln. »Ich schätze, das gibt den Ausschlag zu Kellans Gunsten.«

»Was tust du hier, Rhi?«, erkundigte sich Banan, der sich zu ihnen gesellte.

Sie wäre lieber wieder bei ihrer Königin und ließe Hackfleisch aus sich machen, als in Dreagan mitten unter so vielen Drachenkönigen zu sein. Aber Usaeil hatte ihr einen ausdrücklichen Befehl erteilt.

Den konnte Rhi nicht einfach ignorieren.

»Weswegen prügeln sie sich?«, fragte sie stattdessen.

Tristan warf ihr einen kurzen Blick zu. »Musst du diese Frage wirklich stellen?«

»Denae.« Sie nickte. »Con wollte doch, dass sie verschwindet.«

Keiner der Könige kommentierte ihre Feststellung. Was gab es da schon groß zu sagen?

»Er hätte Kellan nicht unter Druck setzen sollen«, sagte sie.

Banan seufzte vernehmlich. »Allerdings nicht. Ich habe schon versucht, sie auseinanderzubringen. Ich glaube, sie hören erst auf, bis einer von ihnen beiden tot ist.«

»Kellan hat Con herausgefordert?«, fragte sie erschrocken. Ihr wurde beinahe schlecht vor Entsetzen.

Tristan trommelte mit seinen Fingern auf den Felsbrocken. »Nicht direkt. Bisher hat er ihn noch nicht offiziell herausgefordert.«

»Hat er sein Schwert mitgebracht?«

Mit grimmiger Miene wies Banan mit dem Kinn zu der

Wand neben dem Eingang, an der das Schwert lehnte. »Tristan hat mir erzählt, was passiert ist. Con hat eine Grenze überschritten. Das hat er weder bei mir noch bei Hal oder Guy getan. Warum tut er das jetzt bei Kellan?«

»Weil er ein Saftsack ist«, sagte sie und konnte die aufsteigende Angst nicht abschütteln.

»Wenn das hier nicht bald ein Ende findet, wird einer von ihnen sterben«, sagte Banan. »Wir haben so viele Könige während des Krieges verloren, als wir entweder für Con oder für Ulrik Partei ergriffen. Wir haben unsere Drachen nicht mehr, Rhi. Wir können es uns einfach nicht leisten, noch weitere Könige zu verlieren, nicht angesichts des bevorstehenden Krieges gegen die Dunklen.«

Sie wusste, dass er recht hatte, aber ihr Hass auf Con trübte ihr Urteilsvermögen. Sie könnte sich bemerkbar machen, was höchstwahrscheinlich den Kampf stoppen würde – zumindest für eine Weile. Aber Con …

»Lass deinen Hass dieses eine Mal beiseite«, bat Banan. »Für Kellan, weil ich glaube, dass du weißt, wo Denae ist.«

Sie wandte ihren Blick von dem blutigen Kampf ab und Banan zu, sah ihn unverwandt an. »Ich werde es für Kellan und Denae tun.«

»Einverstanden.«

Rhi drehte ihren Kopf zur anderen Seite und starrte Tristan an, bis er nickte. »Natürlich. Diese Unterhaltung bleibt unter uns dreien.«

Sie zwinkerte dem hübschen König zu. »Ich mag dich, Tristan. Tu mir einen Gefallen, und werde bloß kein Arschloch.«

»Ich werde mein Bestes versuchen«, sagte er und zwinkerte zurück.

Rhi schluckte und atmete tief durch, bevor sie sich räusperte. Sofort richteten sich Cons schwarze Augen auf sie. Er runzelte die Stirn, und da er abgelenkt war, sah er Kellans Faust nicht auf sich zukommen.

Sie dachte nicht im Traum daran, ihr Lächeln zu unterdrücken, als Con zu Boden ging und sich auf seinen Allerwertesten setzte. Im Gegenteil, sie begann laut zu klatschen, und das Geräusch hallte wider in der Grotte, in der es plötzlich still geworden war.

Kellan stand etwas linkslastig da, Blut und Schweiß bedeckten sein Gesicht. Seine langen Haare fielen ihm ins Gesicht, und seine Kleidung war zerrissen und blutig. Aber so schnell, wie die Wunden der Könige heilten, würde keiner von ihnen irgendwelche bleibenden Schäden davontragen.

»Gut gemacht, Kellan«, sagte sie und pfiff anerkennend.

»Rhi«, flüsterte Banan verärgert.

Sie beugte sich nach links, damit er ihre geflüsterten Worte hören konnte. »Ich habe gesagt, ich werde es für Kellan und Denae tun. Ich habe nicht versprochen, nett zu sein.«

Kellan wandte sich ihr zu, und seine seladongrünen Augen verengten sich. »Rhi.«

Dieses eine Wort enthielt alles, was in Kellan vorging. Seine Wut, seine Besorgnis, seine Traurigkeit, seine ... Hoffnung.

Tränen stiegen ihr in die Augen. Sie kannte dieses Gefühl der Hoffnung nur zu gut. Es hatte ihr über so vieles hinweggeholfen. Bis sie es unterdrückte – entschieden und nachdrücklich.

Sie blieb auf dem Felsbrocken sitzen, als Kellan zu ihr eilte. Con folgte ihm auf den Fersen, nachdem er sich aufgerappelt hatte.

»Was tust du hier?«, verlangte Con zu wissen, bevor Kellan etwas sagen konnte.

»Verzieh dich, du Idiot«, sagte sie und verdrehte die Augen.

Con runzelte verwirrt die Stirn, als er vor ihr stand. »Was?«

Rhi ignorierte ihn und richtete ihre Aufmerksamkeit auf Kellan. Sie wollte ihm alles erzählen, aber das meiste war privater Natur und nur für seine Ohren bestimmt. Seine Zuneigung zu Denae hatte sich zu etwas Wunderbarem und Erstaunlichem entwickelt. Es musste nicht befleckt werden von Con.

Sie blickte über Kellans Kopf zu den anderen Königen in der Grotte. »Ich bin hier, weil meine Königin mich geschickt hat. Sie bereitet ihre Armee darauf vor, gegen die Dunklen zu kämpfen. Meine Königin möchte, dass die Drachenkönige erfahren, dass die Hellen Feen nicht abseitsstehen und zusehen werden, wie die Dunklen die Welt zerstören.«

»Also … gut, das zu wissen«, sagte Con mit einer Andeutung von Sarkasmus.

»Wir Könige müssen in Alarmbereitschaft sein«, sagte Kellan zu seinen Brüdern. »Die Dunklen wollen einen von uns, und sie werden alles tun, um uns in eine Falle zu locken.«

Guy fuhr sich mit der Hand übers Gesicht. »Wir brauchen mehr Informationen. Was wir wirklich brauchen, ist ein Spion.«

»Ist bereits vor Ort«, sagte Rhi und lächelte strahlend. »Warum, glaubt ihr, ist Kiril in Irland geblieben?«

Banan stieß sich von dem großen Felsbrocken ab. »Ich werde Henry erneut kontaktieren. Wir können mithilfe der Computer Bewegungen rund um den Globus verfolgen und alles, was uns seltsam vorkommt, überprüfen.«

»Was eine ganze Menge sein kann«, meinte Tristan. »Fangen wir gleich damit an.«

Als die Könige nach und nach die Grotte verließen, wartete Rhi in der Hoffnung, dass Con ebenfalls gehen würde. Sie hätte es besser wissen müssen. In null Komma nichts war sie allein mit Kellan und Con.

»Warum bist du immer noch hier?«, stellte Con sie sogleich zur Rede.

Sie konzentrierte sich auf Kellan. »Denae geht es gut. Ich habe ihr geholfen, jeden Hinweis darauf, dass sie etwas mit dem MI5 zu tun hatte, zu löschen. Sie haben keinerlei Aufzeichnungen mehr über sie, kein Bild, nichts. Und ich habe auch das Gedächtnis ihres Chefs gelöscht.

»Andere werden sich an sie erinnern«, gab Con zu bedenken.

Rhi zuckte die Achseln, während sie ihm einen kurzen Blick zuwarf. »Sie werden annehmen, dass sie sie erfunden haben oder sich falsch erinnern. Als Spionagedienst speichert der MI5 alles in Computerdateien. Um Papier zu sparen, werden alle Berichte elektronisch erstellt und auf ihren Servern gespeichert.«

»Und du sagst, sie hat alles gelöscht?«, fragte Kellan.

»Alles, was in London gespeichert war. Dann mussten wir zu ihren geheimen Standorten und auch dort die Dateien entfernen. Denae ist schnell, erfindungsreich und gewitzt. Dass der MI5 sie töten wollte, war nicht dessen klügster Schachzug.«

Kellan ließ den Kopf hängen. Aus ihrem Augenwinkel sah Rhi, dass Con ihn beobachtete. Sie fragte sich, was dem König der Könige wohl durch den Kopf ging. War ihm bewusst, wie sehr Kellan Denae liebte?

Interessierte ihn das überhaupt?

Als Kellan den Kopf hob, war etwas von seiner rasenden Wut verraucht. »Weißt du, wo sie ist?«

»Ja.«

»Bring mich hin.«

Con streckte seinen Arm aus und packte Kellan bei der Schulter. »Kellan …«

»Nein«, sagte Kellan und riss sich los. »Ich bin nach wie vor bereit, dich herauszufordern, Con. Im Moment interessiert mich allerdings nur Denae. Wenn du mit mir auf Leben und Tod kämpfen willst, werde ich es tun. Du musst es nur sagen.«

»Ich habe sie nicht weggeschickt«, sagte Con.

Rhi sah ihn zweifelnd an. »Ach nein? Du hast sie aufgesucht und gefragt, wie ihre Pläne aussehen. Du hast sie gefragt, wie du ihr helfen könntest, als sie dir eröffnete, dass sie vorhat, Dreagan zu verlassen. Aber du hättest sie dazu bewegen müssen zu bleiben, bis Kellan Gelegenheit hatte, mit ihr zu reden. Moment mal«, sagte sie mit großen Augen und in sarkastischem Tonfall. »Genau das ist der Punkt, nicht wahr? Du wolltest verhindern, dass sie miteinander reden. Du wolltest, dass Denae geht. Ohne Rücksicht darauf, was es für Kellan bedeutet.«

Con hielt ihrem Blick ein paar Sekunden lang stand. Dann sah er Kellan an. »Denae ist eine lebende Zielscheibe. Sie mag sich ja um den MI5 gekümmert haben, aber die Dunklen haben sie noch auf ihrem Radar. Sie werden sie verfolgen.«

»Lass sie es nur versuchen«, sagte Kellan ruhig.

»Falls sie überhaupt einverstanden ist, mit dir zurückzukehren.«

Kellans Lächeln war eisig. »Sollte das der Fall sein, will ich dein Wort, dass du sie hier tolerierst. Oder ich *werde* dich herausfordern.«

Con nickte zustimmend und marschierte aus der Grotte.

Rhi glitt von ihrem Felsbrocken herunter, als Cons Gestalt um die Ecke verschwunden und sie mit Kellan allein war. »Gehen wir, Sexy. Ich liebe ein gutes Happy End.«

44

South Padre Island, Texas

Denae trat mit ihrem großen Glas Eistee auf die Veranda und setzte sich auf die Hollywoodschaukel. Den einen Fuß unter ihren Oberschenkel geschoben, stieß sie sich mit dem anderen so ab, dass die Schaukel träge hin- und herschwang.

Die Luft war heiß und schwül, aber die Brise, die vom Golf von Mexiko hereinwehte, sorgte für etwas Erfrischung. Drinnen lief die Klimaanlage, doch die Veranda war immer der Lieblingsplatz ihrer Eltern gewesen. Sie erinnerte sich vieler Abende, als sie noch ein Kind war, an denen sie alle auf die Veranda gegangen waren nach dem Essen und die Sterne betrachtet hatten.

Ihre Eltern hatten in der Hollywoodschaukel gesessen und Händchen gehalten und sich liebevoll angelächelt, als wären sie erst Monate, und nicht schon Jahre, zusammen.

Denae und Renee hatten meistens mit ihren Puppen auf dem Boden oder Karten gespielt. Diese gemütlichen Abende waren ihre Welt gewesen, und sie hatte sie für selbstverständlich gehalten.

In einem einzigen Sommer war ihr idyllisches Leben in Scherben zerbrochen.

Denae kniff die Augen zusammen wegen des Tränenschleiers und nahm einen großen Schluck Tee. Es war hart, wieder zurück in diesem Haus zu sein. Jedes Zimmer, das sie betrat, weckte Erinnerungen. Einige waren gut, einige schlecht.

Ein Summen zog ihre Aufmerksamkeit zur rechten Seite. Der Kreppmyrtenbaum, den ihre Mutter gepflanzt hatte, stand dort in voller Blüte. Die zarten Zweige bogen sich unter dem Gewicht der rosa Blüten, und die Bienen und die Schmetterlinge machten sich scharenweise darüber her.

Sie musste lächeln. Ihre Mutter hatte es geliebt, in ihrem Blumengarten zu arbeiten. Er war ihr ganzer Stolz und ihre Freude. Die Kreppmyrte, hatte sie ihnen gesagt, würde Schatten und Schönheit spenden, wenn sie ausgewachsen war.

»Sie hatte recht«, sagte Denae.

Sie seufzte, sah wieder geradeaus – und ließ beinahe ihr Glass fallen, als sie Kellan erblickte, der auf dem Gartenweg stand und sie anstarrte.

Er trug eine schwarze, tief auf den Hüften sitzende Jeans und ein stahlgraues T-Shirt. Seine Haare sahen feucht aus, so als käme er gerade aus der Dusche.

Ihn wiederzusehen machte Denae bewusst, wie sehr sie ihn liebte. Es war das Schwierigste in ihrem Leben gewesen, Dreagan zu verlassen. Was wollte er hier? War ihm nicht klar, dass sie es nicht noch einmal schaffen würde, ihn zu verlassen?

Er machte einen Schritt auf sie zu, sodass Denae sich von der Schaukel erhob. Ihre bloßen Füße machten kein Geräusch, als sie auf die Treppe zuging.

Sie saugte seinen Anblick in sich auf, die Kraft, die Lebendigkeit, die unglaubliche Sinnlichkeit. Sie wusste, wie gut seine Lippen küssen, wie sanft und liebevoll seine Hände sein konnten und wie köstlich sein Körper war.

Er stellte einen Fuß auf die unterste Stufe, und dann lächelte er bedächtig.

»Was tust du hier?«, fragte sie, nachdem sie schließlich die Sprache wiedergefunden hatte.

Er blickte sich um. »Ist dies das Haus, in dem du aufgewachsen bist?«

»Ja«, sagte sie zerstreut.

»Es ist hübsch. Müsste neu gestrichen werden.«

Denae runzelte die Stirn, reagierte leicht beleidigt. »Ich weiß. Ich hatte jemanden, der sich ums Haus gekümmert hat, während ich weg war.«

»Warum hast du es nicht einfach verkauft?«, fragte er und musterte sie wieder mit seinen hellgrünen Augen.

»Ich hatte es vor. Ich konnte mich aber einfach nicht dazu entschließen. Ich musste den MI5 allerdings davon überzeugen, dass es verkauft ist, also habe ich es auf den Namen meiner Tante überschreiben lassen.«

»Kluges Kind.«

Sie trat zögernd beiseite. »Möchtest du hereinkommen?«

Kellan stieg die Treppe hinauf auf die Veranda. Nur zu gern hätte sie ihre Finger durch sein karamellfarbenes Haar gleiten lassen und seinen Kopf zu sich heruntergezogen, um ihm einen Kuss zu geben.

Irgendwie schaffte es Denae, ihre Hände bei sich zu behalten. Sie hob ihr Glas. »Hättest du gern ein Glas Eistee?«

»Nein, mein Herz.«

»Eine Führung?«

»Nein.«

Denae fummelte an ihren weiten, abgeschnittenen Baumwollshorts herum, die drohten, ihr über die Hüften zu rutschen. Ihr rotes Tank Top kam ihr plötzlich viel zu eng vor und klebte auf ihrer schweißnassen Haut.

Das war ihre Reaktion auf Kellan. Er erschütterte sie regelmäßig, brachte sie aus dem Gleichgewicht, wenn er nur in ihre Nähe kam. Sie konnte keinen klaren Gedanken fassen, keinen vollständigen Satz formulieren, weil ihr Verstand und Körper prompt auf ihn reagierten.

»Was willst du?«

»Dich.« Seine Stimme war sanft, leise. Sein Blick gefühlvoll und wachsam.

Sie schmolz auf der Stelle dahin. Nach diesem einfachen Wort war sie bereit, sich in seine Arme zu werfen. Verdammt, wem wollte sie etwas vormachen? Sie war dazu in dem Moment bereit gewesen, als sie ihn erblickt hatte.

»Warum bist du gegangen?«, fragte er.

Denae spürte, wie ihr ein Tropfen Kondenswasser vom Glas auf den Fuß tropfte. »Es war das Beste so. Ich hatte einen Plan.«

»Einen Plan, den du nicht mit mir besprochen hast.«

Er klang gekränkt. Sie krauste die Stirn. »Warum hätte ich das tun sollen?«

»Weil wir füreinander bestimmt sind. Und das weißt du.«

Sie schüttelte langsam den Kopf. »Nein. Das weiß ich nicht. Du bist unsterblich. Ich nicht. Du bist ein Drachenkönig. Ich bin … nun ja, ich bin ein Mensch. Weißt du, das sind die, die du verabscheust.«

»Ich habe Menschen verabscheut«, sagte er, während er näher trat. »Bis ich einer Amerikanerin, die für den MI5 arbeitete, begegnet bin, die sich in meine Höhle geschlichen und mich aufgeweckt hat.«

Kellan war sich nicht sicher, ob er die richtigen Worte fand. Er hatte noch nie zuvor eine Frau umworben, aber er war wild entschlossen, alles zu tun, um mit Denae nach Dreagan zurückzukehren. Sogar wenn das bedeutete, dass er sie auf Knien anflehen musste.

Sie sah einfach zum Anbeißen aus in ihren ausgeblichenen Shorts und dem Tank Top. Ihr Haar war offen, und es war so lang, dass es bis auf ihre Oberarme fiel. Sie war das Schönste, was er je gesehen hatte – oder je sehen würde.

»Ich habe mich um den MI5 gekümmert. Ich werde auch einen Weg finden, mit Taraeth fertigzuwerden.«

Kellan wusste, dass sie wirklich zu vielem fähig war. Aber mit einem von den Dunklen Feen fertigzuwerden überstieg ihre Fähigkeiten. Doch das würde er ihr selbstverständlich nicht sagen, jedenfalls nicht mit so vielen Worten. Sie war eine stolze Frau, und sie hatte jedes Recht dazu.

»Die Dunklen unterscheiden sich von allem, was dir bisher über den Weg gelaufen ist«, sagte Kellan. »Du hast eine Kostprobe davon zu schmecken bekommen in Irland. Der Unterschied ist, dass sie dort ihre Aufmerksamkeit auf uns beide verteilt hatten. Jetzt wird Taraeth aber ausschließlich dich jagen. Und du wirst ihn nie kommen sehen.«

»Ich bin nicht dumm«, sagte sie und senkte den Blick. »Taraeth und alle übrigen Dunklen ängstigen mich zu Tode.«

Auf dieses Stichwort hatte er nur gewartet. Er ergriff ihre Hand und sagte: »Dann lass dir bitte von mir helfen, lass dich von mir beschützen.«

Sofort riss sie ihre Hand weg. »Geht es darum? Machst du dir immer noch vor, dass du ein Versprechen einhalten musst? Du hast mich gerettet, Kellan. Du hast mich vor dem MI5 und vor den Dunklen gerettet. Dein Versprechen ist erfüllt.«

»Verdammt noch mal, Frau, du machst mich wahnsinnig«, sagte er und gab einen Stoßseufzer von sich. »Ich möchte dich beschützen, weil ich dich liebe. Ich will ganz sichergehen, dass niemand dir je wieder schaden kann, und solltest du jemals wieder so dumm sein, dich in Schwierigkeiten zu bringen, will ich da sein, um dir da rauszuhelfen.«

Sie blinzelte. »Was hast du gesagt?«

»Ich sagte, dass ich immer an deiner Seite sein will.«

»Nein. Das davor.«

»Dass du mich wahnsinnig machst?«, fragte er. Er wusste genau, was er wiederholen sollte. Er hatte nicht beabsichtigt, so nebenbei damit herauszuplatzen. Er hatte ihr seine Liebe nach allen Regeln der Kunst gestehen wollen, aber alle guten Vorsätze waren vergebens gewesen, sobald er sie auf der Hollywoodschaukel hatte sitzen sehen.

Ihre Halsschlagader pulsierte unregelmäßig. »Nein. Das im Mittelteil.«

»Oh. Wo ich gesagt habe, dass ich dich liebe?«

Sie nickte. »Genau. Das meine ich.«

»Ich liebe dich.«

»Das kannst du nicht tun.« Sie schwieg und schluckte. »Du kannst nicht hierherkommen und so etwas sagen.«

Er glaubte nicht, dass er Frauen je verstehen würde. Sie hörte es doch offensichtlich gern, also warum wehrte sie sich dagegen? »Dann sag mir, weswegen nicht.«

»Du magst Menschen nicht. Du hast jahrhundertelang geschlafen, um uns aus dem Weg zu gehen.«

»Stimmt«, gab Kellan zu. »Aber ich habe nie mit dir gerechnet, mein Herz. Du bist stark, ehrenhaft, klug, gewitzt, schön und unverwüstlich. Du kapitulierst nie, und du gibst nie auf. Also, warum gibst du bei mir auf?«

Sie wandte ihren Kopf ab, aber Kellan sah, dass ihr Tränen in die Augen traten. Er zog sie in seine Arme und hielt sie ganz fest, als ihre Schultern zu beben begannen.

Es gab so vieles an dieser Frau, was er noch nicht kannte, aber er verstand genug, um zu begreifen, dass sie für ihn bestimmt war. Er wusste, dass er sie liebte, und wenn er sonst nichts wusste – das reichte ihm.

Dann traf es ihn wie ein Schlag, dass sie ihn möglicherweise nicht liebte. Sie hatte ihre Liebesspiele genossen, aber sie hatte nie etwas darüber hinaus angedeutet.

»Wenn du nicht das Gleiche empfindest, werde ich nicht weggehen. Ich werde hierbleiben und dich so lange umwerben, bis ich dich für mich gewonnen habe.«

Denae hob den Kopf, ihre Wimpern tränenfeucht. »Du würdest bleiben?«

»Ja. Ich brauche dich, Denae.«

»Con möchte mich nicht dort haben.«

»Con kann mich mal«, sagte Kellan kategorisch. »Wir hatten eine … Unterhaltung … bevor ich abgehauen bin. Er wird dich willkommen heißen.«

»Mit ›Unterhaltung‹ meinst du, dass ihr euch geprügelt habt?«

Kellan blickte an die Decke und zuckte die Achseln. »Das könnte man so sagen.«

»Warum?«

»Weil ich dachte, dass er dich weggeschickt hat.«

»Blödmann«, sagte sie und streichelte seine Wange. »Wieso war dir nicht klar, dass ich gegangen bin, weil ich dich liebe?

Ich wollte dafür sorgen, dass der MI5 mich in Ruhe lässt, und ich wollte die Dunklen Feen ablenken von dir.«

Kellan gab ihr einen heißen Kuss, legte all seine Liebe, seine Sehnsucht und sein Verlangen hinein. Er wollte ihr durch Worte und Berührungen beweisen, wie sehr er sie brauchte.

Als er endlich von ihr abließ, waren ihre Lippen geschwollen, und er drängte sie rückwärts zur Haustür. Er nahm ihr das Teeglas ab und stellte es auf einen Stuhl, bevor er die Tür öffnete und von einem Schwall kühler Luft begrüßt wurde.

Denae umschlang ihn mit ihren Armen und stieß mit dem Fuß die Tür hinter sich zu, als sie in den Flur traten.

»Kommst du zurück mit mir nach Dreagan?«, fragte er.

Sie nickte, während sie ihm das T-Shirt über den Kopf zerrte. »Ja. Und jetzt halt den Mund, und küss mich.«

Kellan lächelte, als ihre Lippen sich fanden.

45

Es hätte Denae nicht überraschen sollen, dass Kellan einen Privatjet mietete, der sie nach Schottland zurückbrachte. Nicht dass sie dem Acht-Stunden-Flug viel Aufmerksamkeit geschenkt hätte. Wenn sie nicht gerade schlief, lag sie in Kellans Armen.

Sobald sie in Inverness eintrafen, war Tristan zur Stelle, um sie abzuholen und zurückzufahren nach Dreagan. Denae wusste nicht, was sie bei ihrer Ankunft in Dreagan erwartete, aber bestimmt hatte sie nicht mit Con gerechnet, der zur Begrüßung auf sie wartete.

»Ich sagte dir doch, dass wir beide eine Abmachung getroffen haben«, erklärte Kellan, als er ihr die Tür des Range Rover aufhielt, um sie aussteigen zu lassen.

Mit Kellan an ihrer Seite ging Denae auf Con zu. »Ich sagte dir ja, dass ich mich um den MI5 kümmern würde.«

»Das stimmt. Mit Rhis Hilfe, wie ich hörte. Aber ich glaube langsam, dass du das auch allein geschafft hättest«, sagte Con.

»Hätte ich.«

Er verzog einen seiner Mundwinkel zu der Andeutung eines Lächelns. »Willkommen in Dreagan.«

Und damit machte er auf dem Absatz kehrt und ließ sie stehen. Denae sah Kellan an, der wortlos die Achseln zuckte.

»Lass uns auf unsere Zimmer gehen, bevor die Frauen mitbekommen, dass du hier bist«, sagte er.

Denae fing an zu lachen, als sie Cassies Stimme hörte, die ihren Namen rief. Kellan ergriff ihre Hand und lief mit ihr zum Hintereingang des Hauses, das sie durch die Küche betraten. Sie rannten die Treppen hinauf zu seinem Zimmer und schlossen die Tür hinter sich.

Kellan drehte sich zu Denae um und sah sie an. »Wir müssen miteinander reden.«

»Haben wir das nicht während des Fluges getan?«

»Ich erinnere mich nicht ans Reden. Ich erinnere mich ans Küssen, Berühren und viele Orgasmen, aber nicht daran, dass wir miteinander geredet haben.«

Denae biss sich auf die Lippe, als er näher kam. »Ah, ja. Du magst recht haben. Ich dachte, wir hätten in Texas alles Notwendige besprochen.«

»Ich muss dich aber noch etwas fragen«, sagte er, als er vor ihr stehen blieb und ihre Hände ergriff.

»Ich höre.«

Kellan zögerte einen Moment. »Ich liebe dich.«

»Und ich liebe dich.« Denae stellte sich auf die Zehenspitzen und küsste ihn. »Das hatten wir bereits geklärt, nicht wahr?«

»Ja, aber da ist noch etwas.«

Ihr verging das Lächeln, und sie senkte den Blick. »Ich weiß nicht, wie viel Zeit mir mit dir bleibt, weil ich sterblich bin, aber ich möchte keine Sekunde davon verschwenden.«

»Was wäre, wenn du für immer mit mir zusammen wärest?«

Sie hob den Blick zu ihm und sah, dass seine hellgrünen Augen sie aufmerksam musterten. »Für immer?«

»Für immer. Bis in alle Ewigkeit. Wir könnten das haben.«

»Und der Haken an der Sache?«

»Du müsstest dich damit einverstanden erklären, meine Gefährtin zu werden.«

Sie runzelte die Stirn. »Meinst du damit so etwas wie verheiratet zu sein? Oder habe ich das falsch verstanden?«

»Es ist wie eine menschliche Hochzeit, aber wenn eine Sterbliche zustimmt, die Gefährtin eines Drachenkönigs zu werden, wird sie mit einem Drachenauge gezeichnet und ist genauso unsterblich wie ihr Gefährte.«

»Also könnten wir … ewig zusammen sein?«

Er nickte erwartungsvoll. »Aber du hast schon recht. Es gibt einen Haken. Wir können keine Kinder bekommen. Keine Sterbliche war jemals in der Lage, einen von uns gezeugten Fötus auszutragen, sofern sie überhaupt schwanger wurde.«

»Aber ich werde dir gehören, und du wirst mir gehören?«

»Ja, mein Herz. Unabhängig davon, ob du der Zeremonie zustimmst oder nicht, werde ich dir immer gehören.«

Denae hätte platzen können vor Freude. Was Kellan ihr quasi zu Füßen legte, war mehr, als sie jemals erwartet hätte vom Leben. Und dem Blick nach zu urteilen, mit dem er sie betrachtete, hielt der dumme Kerl es doch tatsächlich für möglich, dass sie ablehnen könnte.

»Mal sehen«, sagte sie und ließ ihre Hände über seine Arme gleiten. »Du bietest mir Äonen an deiner Seite an, in denen ich nicht altere und für immer deine Küsse und deinen wunderbaren Körper genießen und erforschen kann, ganz wie es mir beliebt? Hm. Meine Antwort darauf ist ein definitives Ja.«

Er lächelte angespannt. »Bist du sicher? Du hast die Sache mit den Kindern verstanden, oder?«

»Ich habe es verstanden. Wir werden schon eine Lösung finden, sollte die Zeit kommen, da ich das Bedürfnis nach einem Kind habe, aber ich vermute, dass du mir immer genügen wirst.«

Er riss sie an seine Brust und presste sie an sich. Zu ihrer Überraschung stellte sie fest, dass er zitterte. Sie würde nie die Tiefe seiner Liebe in Frage stellen.

Denae streichelte seinen Rücken. Trotz der Bedrohung durch die Dunklen Feen war sie noch nie so glücklich gewesen.

Con starrte auf die Papiere auf seinem Schreibtisch, ohne sie bewusst wahrzunehmen. Noch einer seiner Könige hatte sich verliebt. Er konnte die tiefe Besorgnis, die sein Inneres erfasst hatte, nicht verdrängen.

Keiner von ihnen hätte jemals Liebe empfinden dürfen für eine Menschenfrau.

Niemals.

Vor zwei Jahren hatten die Silbernen angefangen, sich zu rühren. In der Folge hatte Hal sich in Cassie verliebt, dann Guy in Elena und schließlich auch noch Banan in Jane, aber all das war in Vergessenheit geraten.

Sie hatten sich darauf konzentriert, den Kriegern in ihrem Kampf gegen die bösartigen Druiden zu helfen und weiterhin im Verborgenen zu leben auf dieser Welt. Aber die Bedrohung, die bereits in London augenfällig geworden war, ließ ihnen erneut keine Ruhe.

Und dieses Mal hatte sich der Feind der Hilfe des MI5 und der Dunklen Feen versichert. Es war nur normal, dass jeder darüber so etwas wie die Silbernen, die sich rührten, vergaß.

Auch wenn die Silbernen seit Abertausenden von Jahren absolut regungslos verharrt hatten.

Die Silbernen gehörten zu Ulrik. Könnte er einen Weg gefunden haben, wieder Kontakt aufzunehmen zu seinen Drachen? Das war einfach unmöglich. Con hatte Ulrik seiner Magie beraubt, einschließlich seiner Fähigkeit, Verbindung mit seinen Silbernen aufzunehmen.

Keiner der Drachenkönige hatte die leiseste Ahnung, welche Anstrengungen Con unternehmen musste, um sicherzustellen, dass alles, wofür sie so hart gearbeitet hatten, geheim blieb. Und das war auch besser so.

Con blickte zum Handy, das auf seinem Schreibtisch lag. Ulriks Nummer war darin gespeichert. Nicht dass er sie jemals benutzt hatte, aber Con war gern auf alles vorbereitet.

»Warum rufst du ihn nicht einfach an?«

Er zuckte zusammen bei der lieblichen Stimme, die Rhi gehörte. Wie er es hasste, wenn sie einfach so auftauchte in seinem Büro. Er vermisste die Zeit, da die Helle Fee sich geweigert hatte, sich zu erkennen zu geben. Vielleicht sollte er dafür sorgen, dass sie nicht so mir nichts, dir nichts in Dreagan auftauchen konnte, wie es ihr beliebte.

Con hob den Blick und sah, dass sie auf einem der Sessel vor seinem Schreibtisch saß. »Von wem redest du?«

»Von Ulrik. Ruf ihn an. Vielleicht erlebst du eine Überraschung.«

Con musste den aufflammenden Zorn in sich zurückhalten. Er starrte in ihre silbernen Augen und versuchte vergeblich, ihre Gedanken zu lesen. Verdammte Fee. »Woher weißt du das? Hast du mit ihm gesprochen?«

»Nein«, sagte sie und verdrehte die Augen. »Immer nimmst du das Schlechteste an. Deshalb verlierst du auch die Loyalität deiner Könige.«

Das wollte er nicht hören, schon gar nicht von ihr. »Was willst du, Rhi?«

»Ich habe Denae eine Blutprobe entnommen, ohne dass sie es bemerkt hat.«

Jetzt hatte sie Cons volle Aufmerksamkeit. »Warum?«

»Ich wollte wissen, ob es einen Grund dafür gibt, dass die Verführungskünste der Dunklen bei ihr nicht verfangen haben. Taraeth hat sie zu Orgasmen gezwungen, aber sie hat sich ihm verweigert. Nicht ein einziges Mal ist sie dem Zauber eines der Dunklen erlegen.«

»Kellan hat dasselbe behauptet, aber ich habe ihm nicht ernsthaft geglaubt. Ich dachte, seine Gefühle hätten ihn geblendet.«

»Er hat nicht gelogen. Ich habe es mit eigenen Augen gesehen.« Rhi befeuchtete besorgt ihre Lippen. »Ich wünschte, ich könnte sagen, dass ich etwas gefunden habe in ihrem Blut, was beweist, dass sie etwas von einer Fee in sich hat oder etwas Ähnliches.«

»Aber da war nichts«, beendete Con ihre Ausführungen.

Rhi schüttelte den Kopf. »Nichts. Sie ist eine ganz normale Sterbliche.«

»Warum hatten sie dann keine Macht über sie?«

»Ich kann mir nur einen Grund denken – Kellan.«

Con runzelte nachdenklich die Stirn, während er seine Arme auf den Schreibtisch legte. »Etwas, was Kellan getan hat?«

»Nein. Ihre Gefühle füreinander. Denae und Kellan haben miteinander geschlafen, bevor die Dunklen Feen sie entführt haben. Ich glaube, während der Zeit, in der sie allein waren, ist eine Verbindung zwischen ihnen entstanden, ist ihre Liebe gewachsen. Ich glaube, das ist es, was die Dunklen daran gehindert hat, Denae zu verführen.«

»Ich habe Frauen erlebt, die ihre Männer innig geliebt und trotzdem einfach vergessen haben, dass sie verheiratet sind, sobald sie einem Dunklen begegneten.«

»Das stimmt. Aber keiner dieser Männer war ein Drachenkönig.«

Con blinzelte und lehnte sich langsam zurück. »Wenn die Dunklen die Fähigkeit besitzen, uns durch ihre Magie daran zu hindern, Drachengestalt anzunehmen, dann macht es auch Sinn, dass eine Frau, die einen König liebt, immun ist gegen die Verführung der Dunklen Feen.«

»Genau«, sagte Rhi lächelnd. »Ich möchte meine Theorie nicht überprüfen an Cassie, Elena oder Jane, aber es ist etwas, was man im Hinterkopf behalten sollte.«

Con musterte die Helle Fee mehrere Minuten. »Du musstest mir all das nicht erzählen. Warum hast du es getan?«

Der Ernst in ihrer Miene wich dem Abscheu, den sie für ihn hegte. »Glaube mir, Con, du wirst nicht der Einzige der Könige sein, dem ich es erzähle.«

»Ist dein Hass auf mich so groß?«

»Ich könnte dir die gleiche Frage stellen.«

Genau wie unzählige Male zuvor befanden sie sich wieder in einer Pattsituation. »Danke für die Information, Rhi.«

»Behaupte ja nicht wieder, dass ich nie etwas für euch tue«, sagte sie noch, bevor sie verschwand.

Con fuhr sich mit der Hand über das Gesicht, als seine Tür

aufgerissen wurde. Er hob den Blick und sah Kellan und Denae auf der Türschwelle stehen.

»Sie hat eingewilligt, meine Gefährtin zu werden«, sagte Kellan mit breitem Grinsen, ehe er Denae anbetungsvoll ansah.

Denae schenkte ihm ein strahlendes Lächeln. »Das stimmt.«

Wenn Con versuchte, sie davon abzubringen, würde Kellan ihn herausfordern. Con konnte entweder noch einen König verlieren oder nachgeben. Diese Entscheidung zu treffen war nicht sonderlich schwer. Er musste um jeden Preis für die Geschlossenheit seiner Könige sorgen.

Er erhob sich. »Herzlichen Glückwunsch. Wann soll die Bindungszeremonie stattfinden?«

»Morgen«, sagte Kellan, bevor sie sein Büro verließen und die Tür hinter sich schlossen.

Alles, wogegen Con gekämpft hatte, schien zuzunehmen, und zugleich schwand der Zusammenhalt der Könige in seinem Reich zusehends. Vielleicht schwand er zu schnell für ihn, um das, worauf sie zusteuerten, noch ändern zu können.

46

So nervös war Kellan noch nie gewesen. Oder so aufgeregt.

Er stand kurz davor, den Bund zu schließen mit der wunderbarsten, der allerschönsten Frau, und er konnte es kaum erwarten, bis es amtlich war.

Zu seiner Rechten stand Con. Letzterer mochte ja lächeln, aber Kellan wusste, dass er nicht glücklich war über diese Verbindung. Nicht dass es Kellan kümmerte. Er war endlich wirklich glücklich – wie er es nicht mehr gewesen war, seit er das letzte Mal umringt von seinen Drachen durch die Lüfte geflogen war.

Sein ganzer Hass auf die Menschen war nicht vollständig verschwunden, aber Denae hatte so viel davon beseitigt, dass er ihn jetzt nur noch als eine Art Ärger empfand. Außerdem … wie konnte er Sterbliche hassen, wenn er gleichzeitig eine liebte?

»Bist du dir sicher?«, flüsterte Con.

Kellan erhaschte einen kurzen Blick auf Denae, die durch den schmalen Tunnel im Berg auf sie zukam. Con hatte ihn wiederholt gefragt, ob es die richtige Entscheidung war, Denae zu seiner Gefährtin zu machen, womit er einen Nerv bei Kellan traf, und zwar mehrfach. »Frag mich das nicht noch einmal. Ich warne dich.«

Er vergaß Con und die anderen Könige, die die Wände der Grotte säumten, sobald er sich auf Denae konzentrierte. Ihre langen, kupferbraunen Haare waren offen und zu langen, dicken Locken frisiert.

Kellan lächelte, als er das ihre Kurven umschmeichelnde bronzefarbene Kleid registrierte. Es war schulterfrei und bodenlang mit einem Schlitz bis hoch zum rechten Oberschenkel.

Es war üblich, dass Con den Frauen ein Geschenk überreichte, eine Art Willkommensgabe. Kellan wollte schon ärgerlich werden, als er etwas Glitzerndes unter ihren Haaren bemerkte. Er identifizierte es als große Ohrgehänge mit schön geschliffenem Rauchquarz.

Kellan streifte Con mit einem kurzen Blick und stellte fest, dass der ihn wartend ansah. Kellan nickte ihm zu zum Zeichen dafür, dass er das Geschenk billigte.

Und dann stand Denae endlich vor ihm.

Kellan nahm ihre Hand, und sie lächelten sich an, während er sie in die Grotte geleitete, die ausschließlich den Bindungszeremonien vorbehalten war. Er sah, wie sie die Wände betrachtete, die das Licht der Fackeln spiegelten, und strahlte förmlich, als er sie leise nach Luft schnappen hörte beim Anblick der kunstvollen Drachenbildnisse in allen Größen an den Wänden.

Er bedeutete ihr, vor Con stehen zu bleiben, der sie beide minutenlang unverwandt musterte, während die anderen sich um sie herum aufstellten.

»Wir haben Äonen durchlebt, ohne Gefährtinnen zu finden, und dennoch stehen wir hier vor einer weiteren Bindungszeremonie, diesmal mit Kellan und Denae. Denae hat bewiesen, dass sie es wert ist, den Bund mit einem Drachenkönig zu schließen, indem sie gegen einen der Dunklen gekämpft – und ihm den Arm abgeschlagen hat.«

Laute Hochrufe ertönten reihum, und Kellan ergriff Denaes Hand und drückte sie. Denae strahlte ihn mit vor Liebe leuchtenden Augen an.

»Und jetzt heißen wir Denae offiziell willkommen als Kellans Gefährtin.« Cons Stimme hallte duch die Grotte.

Kellan sah Denae tief in die Augen und nahm ihre Hände in seine. Irgendwie konnte er es immer noch nicht fassen, dass er Denae gefunden hatte. Was wäre wohl passiert, wenn sie in eine andere Höhle eingedrungen wäre statt in seine? Nicht auszudenken.

»Kellan, bindest du dich an diesen Menschen, an Denae Lacroix?«, fragte Con. »Schwörst du, ausschließlich sie zu lieben, zu beschützen und zu ehren?«

»Ganz bestimmt«, antwortete er, woraufhin Denae ihn strahlend ansah.

»Denae«, sagte Con. »Bindest du dich an den Drachenkönig Kellan, den Herrn der Bronzenen? Schwörst du, ausschließlich ihn zu lieben, für ihn zu sorgen und ihn in Ehren zu halten?«

»Ich warne jeden, der versucht, mich daran zu hindern«, antwortete sie.

Kellan hätte sie am liebsten auf der Stelle geküsst, aber stattdessen sah er ihr fest in die Augen. Eine Sekunde später weiteten sich Denaes Augen, und ihr linker Arm zuckte, als die Tätowierung, wie sie nur die Gefährtin eines Drachenkönigs trug, entstand.

Denae betrachtete ihren Arm. Kellan konnte es kaum erwarten, mit seinen Fingern über das Auge des Drachen und die Flammen, die es umgaben, zu fahren. Das Tattoo war ungefähr so groß wie Denaes Faust und bestand aus derselben roten und schwarzen Tinte wie sein eigenes.

»Das ist das Zeugnis eurer Gelöbnisse und eurer Liebe. Es gibt kein Zurück mehr«, teilte Con ihnen mit. Dann erhob er seine Stimme, damit alle Anwesenden ihn hören konnten: »Denae ist jetzt offiziell als diejenige gekennzeichnet, die Kellan angehört.«

Ohrenbetäubender Jubel erschallte. Kellan zog seine Gefährtin in seine Arme. »Jetzt kannst du mir nicht mehr entkommen.«

»Ich wollte dir nie entkommen«, flüsterte sie verführerisch.

Kellan besiegelte ihren Bund mit einem Kuss, bei dem ihr keine Wahl blieb, als sich fest an ihn zu klammern.

Epilog

MacLeod Castle

Charon durchmaß das Schloss mit großen Schritten und hielt erst inne, als er Ian erblickte, der mit seiner Frau Dani an einer langen Tafel saß. Charon überhörte die Begrüßungsrufe rundum und eilte zu ihnen.

»Ich muss mit dir reden«, sagte Charon, als er vor Ian stehen blieb und nur die Tafel sie trennte.

Ian sah ihn fragend an mit seinen braunen Augen und runzelte die Stirn. »Worum geht es?«

»Es ist etwas Privates. Etwas, was du vielleicht lieber ohne Zeugen hören möchtest.«

Ian stand auf und zog Dani mit hoch. »Sie kommt mit.«

»Natürlich«, sagte Charon, ehe er sich umdrehte und ihnen vorausging. Er hatte gerade erst die Hälfte der Strecke bis zur Tür zurückgelegt, als ihm Fallon MacLeod in den Weg trat. Nur einen Herzschlag später bauten sich die beiden anderen MacLeod-Brüder, Lucan und Quinn, links und rechts von Fallon auf.

»Was geht hier vor?«, fragte Fallon.

Charon fuhr sich mit der Hand übers Gesicht. Das Schloss gehörte den MacLeods, und sie hatten es allen Kriegern und Druiden geöffnet. Fallon war der inoffizielle Anführer.

»Charon«, drängte ihn Quinn.

Verdammt, aber Charon mochte nicht lügen. Er hatte Quinn oft genug angelogen, während sie sich beide in Deirdres Gewalt befanden. Aber was er zu sagen hatte, war in allererster Linie für Ians Ohren bestimmt. Danach blieb alles weitere Ians Entscheidung überlassen.

Lucan legte seine Hand auf Charons Schulter. »Du siehst aus, als hättest du seit Tagen nicht geschlafen. Ist alles in Ordnung mit Laura?«

»Ja«, sagte Charon und blickte den Torques an, den Lucan trug. Alle drei MacLeod-Brüder trugen die antiken Halsringe, die sie von ihren Eltern geerbt hatten. »Laura geht es gut.«

»Was ist es dann?«, fragte Quinn.

Charon blickte über seine Schulter und sah, dass Ian und Dani sich näherten. »Ich muss zuerst mit Ian reden. Alles Weitere bleibt ihm überlassen.«

Lucans meergrüne Augen blickten besorgt. »Gibt es irgendetwas, was wir tun können?«

»Wartet hier auf ihn«, sagte Charon, bevor er um die Brüder herumging und die Burg verließ.

Es dauerte nicht lange, bis Dani und Ian auf dem Burghof zu ihm traten. Charon blickte auf das Kopfsteinpflaster unter seinen Füßen. »Seltsam, dass dieser Hof einst voller Pferde und Kutschen und Menschen war. Heutzutage parken hier Autos.«

»Du jagst mir schreckliche Angst ein«, sagte Dani. »Bitte, sag uns, was los ist.«

Jetzt, da er vor Ian stand, war Charon sich nicht mehr so

sicher, ob er ihm seine Neuigkeiten mitteilen sollte. Vielleicht hatte Phelan recht, und es war etwas, was man am besten dem Zufall überließ.

Ian spähte in den Himmel, als ein Donnergrollen ertönte. »Spuck es schon aus, Charon. Was hat dich so verstört?«

»Duncan ist nicht tot.«

Charon hielt es für das Beste, einfach damit herauszuplatzen, aber als Ians Gesicht jegliche Farbe verlor, überfielen ihn Zweifel.

»Wie kannst du das behaupten?«, fuhr Dani ihn an, während sie zu Ian trat und seine Wange liebkoste.

Charon rieb sich den Nacken. »Weil es die Wahrheit ist.«

»Wie das?«, fragte Ian mit rauer, krächzender Stimme.

Diesen Teil hätte Charon sich lieber erspart. Sie waren zwar Bündnispartner geworden, aber es konnte genauso gut sein, dass sie sich wieder trennten, je nachdem, wie Ian die Neuigkeiten aufnahm. »Phelan hat es gerade erst herausgefunden und mir mitgeteilt.«

»Moment mal. Was genau?«, fragte Dani und sah ihn an. »Was du da erzählst, ergibt keinen Sinn. Wenn Phelan es herausgefunden hat, warum ist er dann nicht hier?«

»Weil er nicht der Meinung ist, dass ich es erfahren muss«, mutmaßte Ian.

Charon schüttelte den Kopf. »Phelan wollte, dass du es auf andere Weise erfährst, und da ich offenbar totalen Mist baue, hatte er wahrscheinlich recht.«

»Also, Phelan hat es herausgefunden. Und wie?«, fragte Ian mit harter Stimme und eisigem Blick.

»Er hat den Drachenkönigen geholfen. Und da ist ihm Tristan begegnet.«

»Wer ist Tristan?«, fragte Dani.

Charon schloss kurz die Augen. »Duncan. Wie es scheint, ist aus Duncan ein Drachenkönig geworden.«

»Er lebt?«, fragte Ian leise. Durch den Schock wurden seine Gesichtszüge ganz schlaff, obgleich seine Augen vor Freude leuchteten. »Mein Bruder lebt? Warum haben die Könige mir das vorenthalten?«

»Weil Tristan keine Erinnerung an sein früheres Leben als dein Bruder hat.«

Die freudige Erregung, die sich in Ians Miene gespiegelt hatte, verflüchtigte sich bei Charons Worten. Und dieser hasste sich selbst in diesem Moment. Er war davon überzeugt gewesen, dass es das Richtige wäre, Ian zu informieren. Jetzt wusste er, dass es das nicht war.

»Ich möchte ihn sehen«, sagte Ian. »Weiß er von mir?«

»Phelan hat lange mit ihm geredet. Er weiß inzwischen von dir. Und mehr weiß ich nicht.«

Ian sah seine Frau an. »Ich muss ihn aufsuchen.«

»Ich weiß. Ich bleibe an deiner Seite«, gelobte sie, während sie sein Gesicht streichelte.

Charon sah ihnen hinterher, als sie ins Schloss zurückgingen, während es anfing zu regnen. Er wartete ein paar Sekunden, bevor er in seinen Wagen stieg und zurückfuhr nach Ferness.

Cork, Irland

Kiril öffnete die Eingangstür und betrat schmunzelnd sein neues Heim. Es musste ein bisschen aufgepeppt werden, aber es war absolut ausreichend für seine Ansprüche, geradezu perfekt. Besonders der Keller.

Kaum hatte er die Diele betreten, als sein Handy klingelte. Kiril meldete sich, ohne das Display auch nur anzusehen, da er wusste, dass es nur einer der Drachenkönige sein konnte.

»Hallo?«

»Con ist in die Luft gegangen, genau wie du vermutet hast«, sagte Rhys.

Kiril lachte. »Es kann ihm nur guttun, ab und zu seine notorische Gelassenheit zu verlieren.«

»Und, was treibst du so?«

»Ich habe gerade ein Haus gekauft.«

Es folgte ein ungläubiges Schweigen. »Du hast … was getan?«

»Ich habe ein Haus gekauft«, wiederholte er, während er durchs Erdgeschoss schlenderte. »Denk doch mal nach, Rhys. Wir besitzen Häuser überall auf der Welt, aber kein einziges in Irland.«

»Wegen der Dunklen. Muss ich dich daran wirklich erinnern?«

»Ich denke nicht daran, in einem Hotel zu wohnen, ganz egal, wie lange ich hierbleibe. Außerdem weißt du so gut wie ich, dass wir dieses Haus brauchen, sollten sich die Dinge so entwickeln wie geplant.«

Rhys seufzte durchs Telefon. »Du hast recht. Es gefällt mir aber immer noch nicht, dass du allein bist.«

»Ich muss aber allein sein, wenn ich sie ausspionieren soll.«

»Gehst du wieder in den einen Pub?«

»Na klar.«

Rhys murmelte etwas, was Kiril nicht verstehen konnte. Dann sagte Rhys: »Irgendwelche potenziellen Probleme?«

»Ein Kerl hat mich angestarrt. Natürlich war er bloß scharf auf meinen Körper.«

Rhys lachte, aber beide wussten, dass die Dinge sehr schnell äußerst kritisch werden konnten.

»Ruf mich an, bevor du in die Höhle des Löwen gehst, und ich möchte, dass du mich anrufst, wenn du sie wieder verlässt.«

»Klar, Mum. Wenn ich die Frau aufgetan habe, schicke ich dir eine SMS. Anrufen könnte nämlich etwas schwierig werden.«

»Du marschierst direkt in die Hölle und legst dich vorsätzlich mit Dämonen an.« Rhys' Knurren war deutlich zu hören. »Das gefällt mir nicht.«

Alles Scherzhafte war aus Rhys' Stimme verschwunden. Kiril blieb in der Küche stehen und lehnte sich gegen die Wand. »Jemand muss es tun. Du bist zu auffällig geworden letztes Mal. Es gab nur mich. Ich werde schon klarkommen. Und wenn sie mich zu fassen kriegen, werde ich fliehen. So wie Kellan.«

Rhys grummelte. »Sei vorsichtig, Blödmann.«

»Du auch, Mistkerl.«

Kiril beendete die Verbindung und legte das Handy auf die Theke. Er *hatte* vor, freiwillig in die Hölle zu marschieren, weil jemand es tun musste.

Con hätte das Unternehmen nie gebilligt, da das Risiko bestand, dass dabei einer seiner Könige geschnappt werden könnte.

Kiril wusste, dass genau das passieren könnte, aber wenn er dadurch die Information erhielt, die die Könige benötigten, um zu erfahren, wer sie verfolgte, dann würde er sich auf der Stelle bereitwillig den Dunklen ausliefern.

Hinter ihm klopfte es an der Tür, und eine männliche Stimme mit einem starken irischen Akzent fragte: »Mr. Kiril, wohin soll ich Ihr Gepäck stellen?«

Und so nahm das Täuschungsmanöver seinen Anfang. Kiril steckte sein Handy ein und ging lächelnd zurück zur Eingangstür. »Ins Schlafzimmer, bitte.«

Danksagung

Es gehört unglaublich viel dazu, ein Buch zu Ende zu schreiben, und ich würde es nie packen ohne meine fantastische Lektorin, Monique Patterson, und alle anderen bei SMP, die damit befasst waren. Ihr seid spitze!

Ich danke meiner wunderbaren Agentin, Louise Fury, die mich auf Trab hält. Und ich verneige mich vor meinem Team – Melissa Bradley, Stephanie Dalvit und Leah Suttle. Worte können nur unzureichend ausdrücken, wie sehr ich euch alle schätze.

Mein spezieller Dank gilt meiner Familie für ihre nie endende Unterstützung.

Und natürlich meinem Mann, Steve Für … nun ja, alles! Ich liebe dich, Sexy!

Mystery

Düster! Erotisch! Unwiderstehlich!

Diese Ladies haben keine Angst im Dunkeln: Die Mystery-Starautorinnen des Heyne Verlags schicken ihre Heldinnen und Helden ohne zu zögern in die finstere Welt des Zwielichts. Denn dort erwarten sie die gefährlichen, romantischen Verstrickungen der Nacht ...

J. R. Ward
Black Dagger - Nachtjagd
978-3-453-53271-7

Coreene Callahan
Feuer - Tödliches Verlangen
978-3-453-31457-3

Heather Killough-Walden
Engelssturm - Uriel
978-3-453-40929-3

Kim Harrison
Blutspur
978-3-453-43223-9

Leseproben unter **heyne.de**

HEYNE